Oetinger

KRISTIN BRIANA OTTS

SHADOW DRAGON

DIE FALSCHE PRINZESSIN

Deutsch von Tanja Ohlsen

Verlag Friedrich Oetinger · Hamburg

MIX
Papier aus verantwortungsvollen Quellen
FSC® C014496

Poppenbütteler Chaussee 53, 22397 Hamburg

Deutsch von Tanja Ohlsen
Einbandgestaltung: Verlag Friedrich Oetinger unter Verwendung
eines Fotos von: © Wojciech Zwolinski / Trevillion Images
Satz: Dörlemann Satz, Lemförde
Druck und Bindung: GGP Media GmbH,
Karl-Marx-Straße 24, 07381 Pößneck, Deutschland
Printed 2017
ISBN 978-3-7891-0844-0

www.oetinger.de
www.shadowdragon-buch.de

Für meine Eltern, die ihre 10-jährige Tochter ernst genommen haben, als sie sagte, dass sie Autorin werden möchte.

Für Bryson, der mich trotz meiner Schattenseiten liebt und mich immer wieder ins Licht schubst.

Für Rowan Evanjalin, die Welt gehört dir, mein kleiner Bär. Das ist alles für dich.

PROLOG

Mit dem Gesicht nach unten liege ich am Flussufer, das Kinn fast im Wasser. Am Grund des langsam fließenden Stroms kann ich ihre Schatten erkennen. Ihre Bewegungen sind so schnell, dass sie mit bloßem Auge kaum zu verfolgen sind, aber wenn ich fest blinzle, kann ich die blaugrünen Körper, die silbrigen Linien entlang des Rückgrats und die Füße mit den Schwimmhäuten und den messerscharfen Krallen erkennen. Schlangengleich winden sie sich am Grund des Flusses entlang. Ihre Köpfe sind lang und schmal und elegant und ihre Augen groß wie kleine Monde. Gelegentlich blickt eines dieser Augen zu mir hoch und betrachtet mein neugieriges Gesicht über der Wasseroberfläche.

Ich halte die Hände über den Strom und berühre den weißen Schaum auf den Wellen, doch ich achte sorgfältig darauf, nicht zu tief einzutauchen. Ein Mal habe ich meine Hände ins Wasser gesteckt, damit ich das Lied der Drachen in meinem Körper hören konnte. Doch schon nach zwei Minuten wurde die Musik unerträglich, mein Herz begann zu zittern, und ich konnte an nichts anderes mehr denken als daran, wie gerne ich in den Fluss springen und in die lächelnden Rachen schwimmen würde. Keuchend riss ich die Hände aus dem Wasser und kam wieder zu mir.

Nie wieder werde ich so unvorsichtig sein.

Also fasse ich dieses Mal nichts an. Ich halte Abstand und sehe hin, aber ich bleibe misstrauisch – genau wie die Drachen.

Uns wurde immer gesagt, dass die Drachen von den Göttern kamen – als eine Gabe der Zwillingsmacher der Welt. Schließlich waren Drachen Magie, und Magie war ein Zeichen des Göttlichen. Nur Götter und Göttinnen konnten Magie vergeben, und nur die ergebensten aller Diener konnten sie anwenden.

Aber ich weiß nicht, ob das stimmt. Schließlich verhindern die von den Schamanen gemachten Amulette der Fischer nicht immer, dass die Drachen ihnen einen großen Fischfang stehlen. Die Talismane in der Menagerie verhindern nicht immer, dass die gefangenen Drachen nach ihren Hütern schnappen. Daher glaube ich, dass die Drachen vielleicht aus anderem Holz geschnitzt sind als die Götter. Ihre Macht ist nicht so vage wie das Kribbeln, das ich im inneren Heiligtum des Tempels spüre – sie ist mehr wie die wilde Kraft des Flusses während eines Monsuns. Es ist eine raue, starke, irdische Macht, und sie ruft mich, seit ich denken kann. Deshalb komme ich immer wieder zum Fluss. Deshalb kann ich mich nicht davon fernhalten.

»Kai!« Ich erschrecke, als Aiko mich am Arm packt. »Was machst du denn da? Komm schon, sonst kommen wir noch zu spät!«

Ich springe auf und folge ihr über die schmale Brücke, die sich über den Fluss zu der kleinen Insel darin spannt. Der Tempel glänzt im goldenen Licht der Morgensonne, sein poliertes Dach reflektiert ihre Strahlen genauso wie das Wasser, das um ihn herum plätschert. Es ist der Tempel der Sonnengöttin Kosuke und die Schule der Onna-Bugeisha. Als ich noch ganz klein war, glaubte ich, dass ich im Tempel geboren wurde. Ich glaubte, dass mich die Muttergöttin aus verbranntem Weihrauch und Flussschlamm erschaffen hatte. Das war, bevor ich herausfand, was es bedeutete, ein Findelkind zu sein – von seinen Eltern verlassen, gerettet von den Onna-Bugeisha und der Gnade von Kosuke.

Früher lag ich mit meinen Freundinnen oft zusammen wach, und wir unterhielten uns flüsternd über unsere Eltern, die wir nicht kannten.

Immer wieder stellten wir uns dieselben Fragen: Wer waren sie wirklich? Waren sie schlechte Menschen oder Narren, die uns weggegeben haben, weil sie böse waren? Sind sie gestorben, oder haben sie uns auf der Schwelle von Kosukas Tempel abgelegt, um uns vor einem schrecklichen Schicksal zu bewahren? »Vielleicht«, wisperten wir, »… vielleicht war das ja wirklich wahr, und sie waren gar nicht schrecklich, und irgendwann kommen sie uns holen …«

Wir konnten nicht anders. Alle kleinen Mädchen träumen.

Die Lehrer sprachen nicht oft von unseren Eltern, aber wenn, dann hatten sie nur giftige Worte für sie. Inkompetent, behaupteten sie. Narren. Diesen Menschen war es egal, ob ihr lebt oder sterbt. Es sind Tiere.

Jetzt, mit der Weisheit meiner sechs Jahre, weiß ich, dass unsere Lehrer recht haben. Niemand würde uns holen kommen. Wir hatten keine Familie – wir hatten nur einander.

Aiko und ich rennen durch das taunasse Gras zu den anderen Mädchen und stellen uns in einer Reihe am Ufer auf. Wir sind siebenundzwanzig, alle sechs Jahre alt, Zimmergenossinnen, die von klein auf zusammengelebt haben. Heute ist unsere erste Trainingswoche. Unser ganzes Leben lang wurden wir als »Mädchen« oder »Kinder« bezeichnet, aber die letzten paar Tage waren wir »Kriegerinnen«. Jeden Morgen wache ich auf und spüre, wie gut dieses Wort klingt.

»Paare bilden!«, befiehlt Lehrerin Chiasa.

Aiko und ich nehmen uns an den Händen, weil wir immer Partner sind. Die Lehrerin reicht jeder von uns ein stumpfes Holzschwert, dessen Splitter sich in meine Handflächen graben. Sie ermahnt uns, gerade zu stehen, das Kinn vorzurecken und mit beiden Füßen fest auf dem Boden zu stehen. Das Schwert ist zu schwer für mich und zittert in meiner Hand, aber ich bemühe mich, strammzustehen und Lehrerin Chiasas Anweisungen zu folgen.

»Schlag links!«, ruft die Lehrerin, und ich lasse mein Schwert so heftig wie möglich auf das von Aiko prallen. Das Knacken von Holz auf Holz überrascht uns beide, sodass uns die Übungsklingen aus der Hand fallen. Klappernd landen sie auf dem Boden, und mindestens drei der anderen Schülerinnen drehen sich um und starren uns an. Schnell heben wir unsere Waffen wieder auf und fahren mit der Übung fort, als sei nichts geschehen. Ich lasse meinen Blick zu Lehrerin Chiasa gleiten, die an unseren Reihen auf und ab geht. Entweder hat sie unsere Ungeschicktheit nicht bemerkt, oder sie ignoriert sie. Aiko und ich versuchen, ein Kichern zu unterdrücken.

Die Lehrerin bewegt ihren Körper, als sei er aus Eisen – streng und gerade und unverwundbar. Jedes schwarz-silberne Haar ist in einem perfekten Zopf gefangen und in einem dicken, gewundenen Kranz oben auf ihrem Kopf festgesteckt. Ich bewundere sie. Sie trägt die gleiche Tunika mit dem hohen Kragen wie wir alle, gebunden mit einer Leinenschärpe, nur dass unsere schwarz sind, während ihre die leuchtend rote Farbe einer Tempelmutter hat. Wenn sie läuft, flattern die losen Ärmel um sie herum wie Flügel. Ihre Beine, die in roten Hosen stecken, sind stark und dick wie Baumstämme, ihre Füße nackt. Sie ist fast schon eine alte Frau, aber ihre Haut strahlt, und sie hat Muskeln wie ein Mann. Eines Tages will ich genauso sein wie sie – stark wie Eisen und schön wie die Sonne.

Aiko stöhnt, als ich ihr zum zweiten Mal die Waffe aus der Hand schlage. Ich versuche, nicht zufrieden mit mir zu sein. Selbstzufriedenheit ist keine Kriegereigenschaft.

»Hier«, sage ich. »Du musst es so halten.«

Ich zeige ihr, wie sie am besten die Finger um den Schwertgriff legt, um es richtig fest halten zu können. Die Hälfte von dem, was Lehrerin Chiasa uns sagt, verstehe ich nicht – schließlich ist das erst unser zweiter Tag außerhalb des Klassenzimmers –, aber meine Hände wissen, wie man ein Schwert halten, schwingen und kräftig gegen eine andere

Klinge schlagen muss. Das ist nicht gerade leicht, aber für mich ist es genauso natürlich wie für Aiko Sprachen und Geschichte.

Aiko verlagert ihre Hände, und wir beginnen erneut mit unseren Übungen. Jetzt macht sie es besser. Ihre Bewegungen sind langsamer und präziser. Voller Stolz grinse ich meine Freundin an.

»Schlag links. Schlag rechts. Tritt nach vorne …«

Die Übungen ziehen sich ewig hin – aus Minuten werden Stunden. Meine Arme und Beine beginnen zu brennen. Verzweifelt sehe ich Lehrerin Chiasa an, doch sie geht immer noch auf und ab und wiederholt gelassen und fast abwesend ihre Befehle. Und gerade als ich glaube, ich müsste vor Schmerzen in meinen Händen und Muskeln sterben, sagt sie: »Und Schluss, Kriegerinnen!«

Wir lassen die Waffen fallen und werfen uns erschöpft ins Gras.

Die Lehrerin geht weiter vor uns auf und ab, die Hände auf dem Rücken verschränkt. An ihrer Hüfte trägt sie ein Schwert, ein richtiges Schwert aus echtem Stahl. Ich beobachte, wie es in der Sonne blitzt und glänzt, und frage mich, wann ich selbst meine eigene glänzende Klinge bekommen werde.

Schließlich bleibt die Lehrerin stehen, wendet sich uns zu und lächelt plötzlich.

»Kleine Kriegerinnen«, beginnt sie, »hört ihr den Fluss? Könnt ihr seinen Gesang hören, wenn er unsere Höfe mit Wasser versorgt?«

»Ja«, murmeln wir alle und lauschen auf das gluckernde und plätschernde Wasser.

»Seht ihr die Gazellen, die dort drüben auf der Wiese grasen? Seht ihr die Reiher, die am Ufer fischen? Hört ihr den Gesang der Drachen tief unten im Flussbett? Das ist Mizu. Es ist eure Heimat – und es ist ein Geschenk.« Ihr Blick gleitet über unsere Reihen. »Und wer macht euch dieses Geschenk, kleine Kriegerinnen?«

Wie aus einem Mund antworten wir: »Die königliche Familie des River Kingdom!«

Das gehört zum Kriegerkodex. Diesen Kodex haben wir in der Schule alle auswendig gelernt. Schon als kleine Kinder lernten wir, dass die Reiher mit den Flussgöttern verwandt sind und dass die Gazellen Windgeister sind. Mir kommt es vor, als mache der Kriegerkodex einen dummen Fehler – natürlich sind der König und die Königin wunderbar, aber nicht sie schenken uns die Gazellen und die Reiher. Doch diese Bedenken schiebe ich beiseite. Hauptsächlich, weil ich mich immer noch über die Familie freue, die ich gefunden habe, die Schwesternschaft der Kriegerinnen. Ich bin bereit, fast alles zu glauben, wenn ich dadurch eine Familie bekomme.

»Sehr gut«, sagt Lehrerin Chiasa und klingt wirklich erfreut. »Ja! Der König und die Königin des River Kingdom haben uns Mizu geschenkt. Sie haben uns Straßen, Tempel, Bauernhöfe und Gärten geschenkt. Und euch, Kriegerinnen, euch haben sie euer Leben geschenkt. Sie haben euch aus der Gosse geholt, in der euch eure Eltern zum Sterben liegen lassen haben. Sie haben euch an unsere Tür gebracht, sie haben euch von Waisen in Onna-Bugeisha verwandelt, die Kriegerinnen der Schwesternschaft von Kosuke.« Wieder lässt sie ihren Blick über uns schweifen. »Sagt mir, wer ihr seid, Kriegerinnen!«

Im Chor rufen wir: »Wir sind Onna-Bugeisha!«

Ich lasse mir die Worte auf der Zunge zergehen. Bis zum heutigen Tag galten diese Worte nur für die älteren, größeren Mädchen. Seit heute gehören sie auch mir. Ich lege sie mir um die Schultern und probiere ihre Größe aus. Noch kann ich nicht sagen, ob sie mir wirklich passen. Das Schwert allerdings – das liegt mir in der Hand, als ob es dort hingehört. Mehr gehört nicht dazu? Es braucht nur die Sehnsucht nach einer Familie und die Begeisterung, eine Klinge in der Hand zu halten – und schon wird aus einer Gossenwaise eine Onna-Bugeisha?

Das leise Lächeln der Lehrerin wächst zu einem breiten Grinsen, und ihre Stimme wird so laut und stark, dass ihr donnernder Klang mir eine Gänsehaut auf den Armen verursacht.

»Und jetzt habt ihr Namen. Ihr habt Schwestern. Und ihr werdet der starke Schwertarm von Prinzessin Noriko sein. Ihr werdet für ihre Sicherheit sorgen, sie vor allem Übel beschützen und eurem Reich dienen, indem ihr Mizus Prinzessin dient.«

Schwestern. Ein Zauberwort. Es ist der schönste Teil dieses Tages, der Teil, der mich die Geschichten beiseiteschieben lässt, die nicht ganz dazu passen wollen.

Doch schnell und energisch tauchen Fragen auf und setzen sich in meinem Hinterkopf fest. Und sie lassen nicht locker, obwohl ich zusammen mit den anderen Mädchen die Worte der Lehrerin wiederhole.

»Also, kleine Kriegerinnen!«, dröhnt Lehrerin Chiasa. »Sagt mir noch einmal, wer ihr seid!«

»Wir sind Onna-Bugeisha!«, rufen wir zurück und strecken unsere Holzschwerter in die Luft.

»Sagt mir, wie ihr eurem Königreich das Geschenk eures Lebens vergelten wollt!«

»Wir werden der Prinzessin des Königshauses dienen!«, erwidern wir.

»Wir sind mutig und treu, schlau und schnell. Unser Leben gehört Noriko. Unsere Schwerter gehören Mizu!«

Aiko wirft mir einen Seitenblick zu, lächelt und hält ihr Schwert so fest, dass ihre Fingerknöchel weiß hervortreten. Ich lächle zurück, doch mein Lächeln ist unsicher. Plötzlich höre ich mein Herz laut in meinen Ohren hämmern.

Irgendetwas stimmt nicht. Irgendetwas in mir fühlt sich wie ein kleines Tier an, das man in eine Ecke gedrängt hat.

Was, wenn ich mein Schwert nicht für Mizu führen will? Was, wenn ich es behalten will? Wenn ich mein Leben behalten will und einfach nur ein Mädchen mit einem Schwert sein will, das die Drachen im Fluss beobachtet? Was würde Lehrerin Chiasa wohl tun, wenn ich zum Tempel zurücklaufen würde, zurück zu den Gärten, wo die kleinsten Mädchen noch ihre Blumenkränze binden und Grillen fangen?

Kann ich den Kriegerkodex ablehnen und immer noch Kai vom Kosuke-Tempel sein, Kai von Mizu, Kai mit einer Familie?

Oder … was ist, wenn … Mir schwirren tausend Gedanken durch den Kopf, und einer davon drängt sich in den Vordergrund: ein Wunsch, an den ich seit Jahren nicht mehr zu denken gewagt habe. Eine Mutter und ein Vater – Blutsverwandte, die mich wollen … Vielleicht wurde ich ja gar nicht ausgesetzt, sondern bin nur verloren gegangen, und sie würden mich bei sich willkommen heißen – mich und mein Schwert.

Das Schwert will ich nicht aufgeben.

Bevor ich mich noch bewusst entscheiden kann, was ich eigentlich tun will, beginnen meine Füße, mich von den anderen Mädchen wegzutragen, während meine Hand den Schwertgriff fest umklammert hält.

Plötzlich ist Lehrerin Chiasa da. Ich weiß nicht, wie sie sich so schnell bewegen kann, aber auf einmal steht sie direkt neben mir. Ich erstarre und lege langsam den Kopf in den Nacken, um zu ihr aufzusehen. Sie sieht mich kalt und streng an, als ob sie aus Stein gemeißelt wäre.

»Wohin willst du, Kai?«, fragt sie.

Die Fragen in meinem Kopf summen wie ein Hornissenschwarm, doch als ich den Mund aufmache, kann ich nur stottern: »Ich … ich will nur … Ich glaube, ich kann nicht …«

»Unsinn«, erwidert Lehrerin Chiasa. Das Wort trifft mich wie ein Ziegelstein in den Magen. Es ist ein scharfes, stakkatoartiges Wort, das meine Wünsche und meine Bedenken hinwegfegt, als wären sie nichts. »Natürlich kannst du. Du bist dazu geschaffen, eine Onna-

Bugeisha zu sein. Du bist dazu geboren, ein Schwert zu schwingen. Ich habe dich beobachtet.«

Teils bin ich erfreut, das Lob zu hören, teils träume ich noch davon, wegzulaufen.

»Wer sind meine Eltern?«, stoße ich hervor. »Haben sie mich wirklich in der Gosse zurückgelassen?«

Es war nicht meine Absicht, diese Frage hervorzustoßen. Aber sobald sie einmal ausgesprochen ist, ist sie die wichtigste Frage der Welt.

In Lehrerin Chiasas Gesicht zuckt es, und ich fürchte, dass sie sich bemüht, nicht die Beherrschung zu verlieren.

»Das weißt du doch, Kai«, sagt sie übertrieben geduldig. »Natürlich haben sie dich verlassen. Du bist eine Waise, die nur dank der Gnade von Kosuke lebt. Du bist hier, weil dich die Sonnengöttin gerettet hat, sie hat dich dazu auserkoren, eine Kriegerin zu sein. Sie hat dein trauriges kleines Leben betrachtet und entschieden, etwas aus dir zu machen.«

»Aber …« Ich versuche, einen anderen Gedanken zu fassen. Und dann erkenne ich es: Schwestern. Wenn ich bleibe, werden diese Mädchen meine einzige Familie sein. Ich werde nie heiraten. Ich werde nie ein Kind haben.

»Ich hätte gerne eine Familie«, sage ich leise und sehe schüchtern zur Lehrerin auf.

Wieder lächelt Chiasa, diesmal ein wenig sanfter.

»Und genau das wird dir das Leben als Kriegerin bieten«, erklärt sie zuversichtlich. »Eine Familie. Eine Welt voller Ehre und Treue und Gemeinschaft.«

Sie versteht mich nicht. Ich will eine richtige Familie. Ich will mein eigenes Leben und mein Schwert.

Das hier will ich nicht.

Sobald ich diesen Gedanken gefasst habe, bin ich erleichtert. Ich habe mich entschieden. Vielleicht werde ich eine große Kriegerin, vielleicht werde ich im Tempel bleiben, vielleicht werde ich mein Glück aber auch in der Welt suchen und die Eltern finden, die mich weggegeben haben. Aber ich will wählen können – ich will meine Welt selbst gestalten.

Ich sehe die Lehrerin an, und die vielen Möglichkeiten lassen meine Augen leuchten. Doch bevor ich auch nur ein Wort sagen kann, sagt sie meinen Namen.

»Kai.« Ihr Gesicht zeigt tiefe Furchen, als hätte jemand ihre Wangen mit einem Meißel bearbeitet. »Du musst eine Onna-Bugeisha sein, sonst wirst du wieder die Waise Kai sein. Kai aus der Gosse. Kein Essen mehr, kein Schutz mehr, kein Zuhause mehr bei den Schwestern. Verstehst du das?«

Wieder trifft es mich wie ein Schlag in den Magen, und meine Eingeweide werden zu Wasser.

Ich bin nicht zu jung, um zu erkennen, dass Kai aus der Gosse keine Überlebenschance hat.

»Also, Kai«, fährt Lehrerin Chiasa fort, ihr Gesicht immer noch starr und ernst, »sag mir, wer du bist.«

Ich schlucke schwer. Alle meine Schwestern starren mich an, unverwandt, unablässig. Sie haben nicht solche Zweifel wie ich.

»Ich bin eine Onna-Bugeisha«, flüstere ich, obwohl mir ein Kloß im Hals zu sitzen scheint. Doch das Gesicht der Lehrerin wird nicht weicher.

Lauter wiederhole ich: »Ich bin eine Onna-Bugeisha.«

Sie lächelt immer noch nicht. Also sage ich es immer wieder und wieder und wieder. »Ich bin eine Onna-Bugeisha … Ich bin eine Onna-Bugeisha! Ich bin eine Onna-Bugeisha! Ich bin eine Onna-Bugeisha!«

Je länger ich in ihr erstarrtes Gesicht sehe, desto stärker spüre ich die Verzweiflung, die in mir wächst und mir panisch in die Kehle steigt. Ich ersticke an dem Wort und flehe sie an, die Kriegerin in mir zu sehen.

Als ich durch meine Tränen hindurch schließlich wieder etwas erkennen kann, sehe ich, dass Lehrerin Chiasa lächelt – ein breites Lächeln, bei dem sie alle Zähne zeigt.
»Sehr gut, Kai«, sagt sie. »Genau das bist du.«

KAPITEL 1

Zehn Jahre später

Nicht zappeln, nicht zappeln, nicht zappeln …

Mit den anderen schwarz gekleideten Onna-Bugeisha stand ich in exakten Reihen entlang der Ränder des Palasthofes und versuchte verzweifelt, nicht mit den Füßen auf den Steinen zu scharren. Fünfzig von uns verharrten still und mit versteinerten Gesichtern, ein ganzes Bataillon von Mädchen, ausgewählt aus den fünfhundert Kriegerinnen des Kosuke-Tempels. Äußerlich hatte ich die Anzeichen von Nervosität wohl unter Kontrolle, aber innerlich zitterte ich vor Aufregung. Ich bemühte mich, Haltung zu bewahren, während ich mit meinen Schwestern zusammen die Palasttüren beobachtete und schweigend auf die königliche Familie wartete.

Normalerweise war ich gut darin, mich zu einer aufmerksamen Haltung zu zwingen, aber so eine Flut von Farben und Lärm im Palast hatte ich noch nie zuvor erlebt. Der ganze Aufruhr brachte mein Innerstes zum Tanzen. Diener, Höflinge, Beamte, Kahnschiffer, alle eilten über den Platz oder ans Ufer, bereit, Segel zu setzen. Selbst die normalen Palastwachen liefen durcheinander – höchst unprofessionell – und unterhielten sich, während sie seitlich neben den Stufen warteten.

Madame Chizuko, die Anstandsdame der Prinzessin, bebte vor

Zorn, weil Dutzende von Füßen die perfekten Wirbel und Wellen des Steingartens durcheinanderbrachten. Ein paar Männer konnten gerade noch verhindern, die seltenen Zierbüsche zu zertreten, die der königlichen Familie Glück bringen sollten. Es war eigentlich nicht ihre Schuld. Es ging hier hektischer zu als im Tempel vor dem Mittsommerfest von Mizu, und da so viele Menschen im Palast waren, war es unumgänglich, dass dessen Ruhe gestört wurde.

Hinter uns ankerten die königlichen Barken im Hafen des Mizu, der an dieser Stelle so breit war, dass ich das andere Ufer kaum erkennen konnte. Von ihren Masten flatterte das Banner von Mizu: ein blauer Fisch auf silbernem Feld mit einer rosa Perle im Maul. Die Barken sahen so luxuriös aus, dass ich Mühe hatte, sie nicht anzustarren. Im Licht der Morgensonne glänzten die blau-goldenen Seidensegel. Ich hatte noch nie einen Fuß auf eine Barke gesetzt und konnte kaum glauben, dass ich die ganze nächste Woche auf dem Schiff der Prinzessin verbringen sollte.

Ich versteifte mich automatisch, als unsere Kommandantin an mir vorbeischritt, und richtete den Blick starr geradeaus.

»Kriegerinnen!«, rasselte Mayumi. »Was für eine Ehre. Viele Onna-Bugeisha würden ihre Schwerter dafür geben, heute an eurer Stelle zu stehen …«

Lady Mayumi war wie eine Tigerin: Ihre Worte klangen wie ein Knurren, und die Augen mit den schweren Lidern starrten unter dicken Brauen hervor. Ihr Gesicht und ihre Hände waren runzlig wie bei einer Großmutter, doch ihr dicker Zopf war immer noch tiefschwarz, ohne eine einzige graue Strähne. Niemand wusste, wie alt sie war. Manche behaupteten, sie hätte schon vor Jahren in Rente gehen sollen, aber immer, wenn man im Tempel versuchte, einen Ersatz für sie heranzuziehen, verpasste sie der Neuen eine Abreibung, wie sie sonst nur die jungen Rekruten bekamen, und schickte sie weg.

Mayumi schritt an mir vorbei, und ich nutzte die Gelegenheit, mich unter den verschwitzten Schulterplatten zu kratzen. Meine neue Rüstung war mir erst vor einer Woche angepasst worden. Die Schutzkleidung der Onna-Bugeisha bestand aus feuergehärtetem Leder und nicht aus Stahl und war deshalb leichter als die der Soldaten oder der Palastwachen. Wir trugen sie über Brust und Rücken sowie an Unter- und Oberschenkeln. Unsere Katanas hingen in ihren Hüllen am Gürtel. Wir verzichteten auf den klobigen Helm der Soldaten zugunsten eines hohen Kragens, der unseren Hals schützte, ohne die Bewegungsfreiheit des Kopfes einzuschränken. Die Rüstung war gerade schwer genug, um uns daran zu erinnern, dass sie da war, und ermahnte uns: *Dies ist eine Ehre. Seid ihrer würdig.*

Wieder wurde meine Aufmerksamkeit abgelenkt. Ich blinzelte zum südlichsten Fenster hinauf und versuchte, Prinzessin Noriko zu erkennen. Ohne den Blick von der Kommandantin zu wenden, trat mir Aiko auf den Fuß.

»Konzentrier dich!«, zischte sie mir aus dem Mundwinkel zu.

Genau. Konzentration. Ich war darauf trainiert, mich zu konzentrieren – trainiert, im bitterkalten Winter zwei ganze Tage in tiefer Meditation still zu sitzen. Trainiert, gebrochene Knochen auf dem Übungsplatz zu ignorieren. Trainiert, früh aufzustehen und spät zu Bett zu gehen und den Kodex der Onna-Bugeisha in allen sechsundzwanzig Dialekten der vier Königreiche zu rezitieren. Trainiert, eine der besten Kriegerinnen im gesamten Chitwitlok-Imperium zu sein. Dennoch waren meine Füße der Aufregung des Tages nicht gewachsen, egal wie lange ich meditiert hatte, um mich in einen ruhigen, gelassenen Zustand zu bringen.

Aiko war das Training schwerer gefallen als mir. Sie interessierte sich für Geschichte, die Erzählungen von Reisenden und die Berichte des Spionenmeisters über die Intrigen an den Höfen der umliegenden Königreiche. Für stundenlange Schwertkampfübungen und zwanzig Meilen lange Geländeläufe war sie nicht geschaffen. Sie war klein, dunkelhäutig und so zartgliedrig wie ein Vogel, sodass ihre Muskeln an dem zierlichen Körper massiv wirkten. Sie hatte Jahre gebraucht, um das Katana zu meistern. Stundenlang hatten wir bis tief in die Nacht mit dem Schwert geübt, damit sie von den Lehrerinnen nicht bestraft wurde. Dafür hatte sie mich gelehrt, zu lesen, ohne etwas zu überspringen, selbst an den schönsten Frühlingstagen im Unterricht aufzupassen und die blumigen Sätze der Balladen von Mizu zu verstehen.

Ohne einander hätten wir es nicht geschafft.

Ein silbergrüner Blitz am Rand meines Blickfeldes lenkte meine Aufmerksamkeit wieder auf die Barken. Zwei Drachen wurden von ihren Hütern zu den Schiffen gebracht. Mein Magen verkrampfte, die Tiere zogen mich an wie Magneten. Große Göttin, sie waren so nahe! In wenigen Sekunden könnte ich bei ihnen sein und meine Handflächen auf die glatten, schuppigen Flanken legen. Natürlich durfte ich das nicht. Niemand durfte das, nur die Drachenhüter, doch die Versuchung ließ mich erneut mit den Füßen scharren.

Drachen waren heilig, sie wurden bei jedem großen Anlass geholt, damit sie Glück brachten. Manchmal erhaschte ich bei irgendwelchen Festlichkeiten einen Blick auf die Schlangenwesen – eingesperrt, betäubt und weit weg von den Menschen, falls sie zu hungrig wurden. Es tat mir in der Seele weh, sie so zu sehen, mit ihnen zu fühlen. Aber diese beiden waren anders. Diese Drachen waren glänzend und poliert, mit Goldketten und regenbogenfarbigen Bändern behängt. Wellen überliefen ihre Körper wie die von Schlangen, als sie ihren Hütern folgten. Im Morgenlicht glänzten ihre großen Augen silbrig. Eine der Bestien ließ die Kiefer schnappen, und ich sah ihre Zähne – wie viele Reihen kleiner Nadeln.

Der Anblick dieser Drachen schmerzte mich nicht. Sie wirkten nicht traurig und gebrochen. Diese Drachen pulsierten so stark vor Magie, dass mir der Kopf schwirrte. Sie erweckten in mir den Wunsch nach *Wasser, Gallonen von Wasser, die über mein Haar und meine Schultern strömten, meinen Rücken hinunter, nach dem Geruch von Flussgras und kaltem Schlamm und den im flachen Wasser schlummernden Welsen …*

Ich knirschte mit den Zähnen und wurde rot. *Konzentrier dich, Kai. Konzentrier dich …*

»Wunderschön«, hauchte Aiko.

Sofort fühlte ich mich besser, weil ich wusste, dass die Magie auch sie ergriffen hatte. Normalerweise gingen meine Schwestern an den Drachen vorbei, ohne auch nur einen Schauer zu verspüren, weshalb ich mir immer wie ein schwächliches kleines Mädchen ohne die geringste Selbstbeherrschung vorkam.

Aber jetzt waren alle abgelenkt und starrten die Drachen mit offenem Mund an. Lady Mayumi seufzte.

»Rührt euch, Kriegerinnen«, grollte sie.

Die Onna-Bugeisha entspannten sich und begannen, miteinander zu reden.

Aiko zog das Katana aus der Hülle und polierte es mit ihrem Ärmel. Dann schenkte sie mir eines ihrer seltenen Lächeln.

»Und, Prinzessin Kai«, fragte sie, »was hältst du davon?«

Stirnrunzelnd sah sie mich an. Als wir fünf gewesen waren, hatten Aiko und Chou wohl beschlossen, dass ich der Prinzessin Noriko ein wenig ähnlich sah, deshalb war »Prinzessin« jetzt ihr liebster Spitzname für mich – wahrscheinlich, weil sie wussten, wie sehr es mich ärgerte.

»Von was?«, fragte ich zurück.

»Glaubst du, der künftige Kaiser wird beeindruckt sein?«

»Natürlich. Wer wäre das nicht?«

Ich beobachtete, wie die Drachenhüter die Drachen an die erste

Barke ketteten. Sofort tauchten sie unter und spannten ihre Fesseln an, um in den Tiefen des Flusses Fische zu fangen. Über das Rauschen des Wassers hörte ich ihre Lieder – schriller und komplizierter als der Gesang der Wale.

»Ich weiß nicht«, meinte Aiko. »Die Kaiserstadt … Man sagt, die Gebäude seien so hoch, dass sie die Sonne verdecken. Ist es beeindruckender als das?«

Ich blinzelte sie an.

»Nein. Das … das kann nicht sein …«

Verlegen erkannte ich, dass ich davon ausging, dass die Kaiserstadt genauso aussah wie Mizu. Ich nahm an, dass es im übrigen Imperium kleine, runde Hütten, mit Flussschlamm gedeckte Dächer, Felder mit Reis, Kürbis und Hafer sowie strahlende Tempel mit runden, glänzenden Türmen gab.

Aiko zuckte mit den Achseln.

»Nun, man sagt, die Straßen wären den ganzen Tag mit Fackeln erleuchtet.«

Irgendwoher nahm Aiko immer solche kleinen Fakten. Doch das klang zu absurd, wie aus einem Märchen. Ich schloss die Augen und versuchte, mir vorzustellen, dass der Palast des River Kingdom so hoch war, dass er die Sonne verdeckte, und dass die kleinen, hübschen Häuser von Mizu zu Villen wurden, die ihre Schatten über die Straßen warfen. Doch es gelang mir nicht.

»Na und? Was heißt es schon, wenn sie große Häuser haben?«, meinte ich, plötzlich beleidigt und defensiv. »Dafür haben sie keine Flussdrachen.«

Aiko sah dabei zu, wie die Drachen im Wasser spritzten und planschten.

»Was glaubst du, gibt es in der Kaiserstadt überhaupt Flüsse?«

Das leise Zittern in ihrer Stimme erschreckte mich. Es klang, als sei sie den Tränen gefährlich nahe.

»Sicher«, antwortete ich. »Jeder hat Flüsse. Wie sollte man ohne Flüsse irgendwo hinkommen?«

Aiko blinzelte ein paarmal und wandte dann das Gesicht ab. Aber sie weinte bestimmt nicht. Aiko weinte nie.

»Alles in Ordnung?«, erkundigte ich mich.

Gereizt schüttelte sie den Kopf und wischte sich über die Augen.

»Natürlich ist alles in Ordnung.« Sie sah über den Mizu. »Ich habe mich nur gefragt … Ich hoffe nur … dass wir wieder nach Hause kommen …«

»Wir werden zurückkommen«, antwortete ich automatisch. Doch dann bekam ich ein flaues Gefühl im Magen, und mein Herz begann heftig zu schlagen. »Natürlich kommen wir zurück. Wovon redest du eigentlich?«

Sie zuckte mit den Achseln.

»Noriko ist volljährig. Was ist, wenn der zukünftige Kaiser ihr den Hof machen will?« Sie schüttelte den Kopf. »Was ist, wenn er sie heiratet? Wir sind die Wache der Prinzessin. Wir sind an sie gebunden, nicht an Mizu. Wir müssen bei ihr bleiben – wohin sie auch geht.«

Jetzt brannten auch mir die Augen.

»Daran habe ich noch gar nicht gedacht.«

Ich habe schon mein Leben aufgegeben – wollen sie jetzt auch noch, dass ich meine Heimat aufgebe? Geben sie uns eine Familie, einen Namen und eine Aufgabe, nur um uns zu zwingen, für immer an einem fremden Ort zu leben?

Ich holte tief, tief Luft – *genug!* – und wies die Gedanken von mir.

Aiko polierte den Knauf ihres Schwertes mit dem Daumen.

»Für das River Kingdom wäre es gut, nicht wahr? In der Kaiserstadt hätten wir dann eine wichtige Stellung. Und wenn Noriko den künftigen Kaiser heiratet, wird er wahrscheinlich auch seinen Nachfolger aus Mizu wählen.« Sie sah mich an, und ich erkannte die

Verzweiflung in ihrem Gesicht, als sie wiederholte: »Für Mizu wäre es tatsächlich gut.«
»Ja, das ist richtig«, stimmte ich zu. Aber ein kleiner, Teil von mir dachte traurig: *Also muss auch Noriko ihr Leben aufgeben.* Wenn jemand das Recht hatte, wegen der bevorstehenden Reise Panik zu bekommen, dann war es die Prinzessin. Sie reiste ins Herz des Imperiums, um der Krönung des neuen Kaisers beizuwohnen, doch natürlich setzten alle ihre Hoffnungen darin, dass sie das Herz eines wirklich wichtigen Mannes eroberte, eines Mannes, der dem kleinen Königreich Mizu zu mehr Bedeutung verhelfen würde.
Plötzlich verspürte ich Mitleid mit meiner Prinzessin. Vielleicht würde ich eines Tages für mein Reich sterben oder zum Dienst in eine andere Stadt geschickt werden – weit weg vom Tempel der Kosuke. Aber mich konnte niemand zu einer politisch günstigen Heirat zwingen. Davor musste ich mich nicht fürchten.
»Was glaubst du, wie es ist, von einem Adligen hofiert zu werden?«, fragte Aiko mit neuem Interesse. »Oder einen Kaiser zu heiraten?«
Der Gedanke war zu absurd, um darüber nachzudenken, daher lachte ich nur: »Das hört sich stressig an. Ich hätte lieber einen guten Sparringspartner als einen Liebhaber.«
Auch Aiko lachte, doch ihre Wangen röteten sich.
»Das könnte lustig sein«, fand sie. »Es könnte … recht interessant sein.«
Interessant? Ich versuchte mir vorzustellen, wie ein junger Mann lächelnd und mit einer Verbeugung meine Hand nahm und mir mit der anderen über das Haar und die Wange strich. Wie würde sich die Hand eines Mannes wohl anfühlen? Wie würde sein Mund … schmecken?
»Mädchen!«, rief Lady Mayumi, die plötzlich hinter uns auftauchte.

Aiko und ich zuckten zusammen. Wenn Mayumi zufrieden war, waren wir »Kriegerinnen«, wenn sie glaubte, dass wir uns kindisch verhielten, waren wir »Mädchen«.
»Das ist unangemessenes Gerede für Kriegerinnen eures Standes«, sagte sie streng. »Solche Gedanken solltet ihr lieber für euch behalten!«
Ich wurde rot, als hätte mir Mayumi direkt in meinen merkwürdigen Tagtraum gesehen. Wir verbeugten uns vor unserer Kommandantin. Aikos Wangen waren ebenso rot wie meine.
Plötzlich flogen die Palasttüren auf, und Glöckchen kündigten die königliche Familie an. Sofort nahmen wir alle Salutstellung ein – Dutzende schnatternder Mädchen verwandelten sich blitzschnell zu synchronen, stoischen Reihen, die Katanas gezogen und der Königsfamilie als Loyalitätsbezeugung entgegengestreckt.
»Wir sind hier«, besagte die Geste. »Unsere Klingen gehören euch. Unsere Leben gehören euch.«
In einer Sekunde beruhigten sich meine Nerven und mein Körper. Das waren die Momente, in denen ich mich wohlfühlte. Hier stand ich, wo ich gebraucht wurde, zusammen mit den besten und tapfersten meiner Kriegerschwestern. Ich war der starke Schwertarm der Prinzessin. Ich war eine Onna-Bugeisha.
Hinter uns hatte das hektische Treiben plötzlich aufgehört. Diener und Höflinge standen in ehrfürchtiger Erstarrung, und erwartungsvolles Schweigen breitete sich aus. Selbst die trägen Palastwachen hatten Haltung angenommen und formierten ihre Reihen zu beiden Seiten des Palasttores.
Die königliche Familie schritt die Stufen herunter. In ihren prachtvollen Zeremonialgewändern sahen sie aus wie bunte Papageien. Der König und die Königin hielten einander an den Händen. Das taten sie stets bei öffentlichen Anlässen, es zeigte dem Volk, dass das Reich von einer einigen Familie regiert wurde. Das hatte uns

zumindest Mayumi erzählt. Insgeheim glaubte ich, dass sie sich außerdem sehr liebten.

Die beiden Prinzen folgten ihren Eltern. Der dreijährige Haru hielt den sechsjährigen Taijo an der Hand. Taijo versuchte, ähnlich dreinzusehen wie sein Vater, aber Haru hüpfte die Stufen hinunter und winkte den erwartungsvollen Zuschauern fröhlich zu.

Als Letzte kam Prinzessin Noriko, den Kopf leicht gesenkt und die Hände vor dem Körper gefaltet. Sie kam mir immer ein wenig schüchtern vor, fast scheu, wie eine nervöse Gazelle. Eine Zeit lang hatte ich mich gefragt, woher das kam, aber nachdem ich sie ein paar Abende während Staatsdiners bewacht hatte, wusste ich es: Höflinge und Dörfler hungerten gleichermaßen nach ihrer Aufmerksamkeit – nach ihrem Blick, ihrer Stimme, ihrem Lächeln. Sie war das älteste Kind der Königsfamilie und die Zukunft von Mizu, und als solche wurde sie fast so verehrt wie ihre Eltern. Meine Aufgabe als ihre Wache war es hauptsächlich, sie vor aufdringlichen Männern und Frauen zu beschützen, die sich nicht an die Grenzen hielten.

Ich war erst seit einem Jahr eine von Norikos Wachen, seit ich meine Ausbildung als Novizin abgeschlossen hatte. Sie hatte noch nie mit mir gesprochen. Einmal hatte sie mir zugenickt und mich angelächelt – und ich war über ihren Anblick erstaunt gewesen. Es waren ihre Augen. Ihr Gesicht war kühl, gefasst und milde – aber ihr Blick flatterte im Raum umher, ihre Augen waren groß, wässrig und hatten rote Ränder. Es waren die Augen von jemandem, der unsicher und müde war.

In diesem Augenblick erwachte in mir das starke Bedürfnis, sie zu beschützen. Aus einer königlichen Erbin wurde ein Mädchen, das mich brauchte. Sie war *meine* Prinzessin. Der Instinkt, ihr zu helfen, war so stark, als wäre ich ihr bester und treuester Jagdhund.

Da Noriko dem künftigen Kaiser die Geschenke Mizus überbringen würde, trug sie die Farben des River Kingdom. Ihr Gesicht war mit

Silberpuder bestäubt, und auf ihre Wangen und das Kinn waren blaue Kreise gemalt. Schwarzer Khol umrahmte ihre Augen und schwang sich in kleinen Flügeln von den Augenwinkeln empor. An ihren Ohrläppchen hingen schwere, runde Scheiben, die in der Sonne in allen Farben schillerten: Drachenschuppen. Ihr Kopfschmuck reichte ihr bis auf die Schultern und bestand aus blauen, grünen und goldenen Perlen, die beim Gehen wie Glöckchen klimperten.

Der gesamte Hofstaat hielt den Atem an, starrte sie an, leises Flüstern zog sich durch die Menge. Norikos traditionelles Kostüm wurde nur zur Krönung eines Kaisers von einem Kind der Königsfamilie getragen, und es war Jahrzehnte her, seit man es in Mizu gesehen hatte. Ein paar der älteren Diener nickten einander zu und dachten wehmütig an eine andere Zeit zurück, eine andere Prinzessin, einen anderen Kaiser. Ich hatte keine solchen Erinnerungen, aber ich fand, dass Noriko zauberhaft aussah – wie die Verkörperung der Seele unserer Heimat. Mit ihr würden wir einen würdigen Botschafter zum kaiserlichen Hof schicken.

Langsam hob Prinzessin Noriko den Kopf und lächelte.

»Mein Volk«, begann sie, und ihre wohltönende Stimme war gerade laut genug, dass die aufmerksame Menge sie verstehen konnte. »Es ist mir eine große Freude, euch zu repräsentieren, wenn wir zur Krönung unseres neuen Herrschers in die Kaiserstadt fahren.«

Gut, dachte ich. Sie machte ihre Sache gut. Ihrer Stimme war kaum ein Zittern anzumerken. Im Stillen schickte ich ihr gute, mutige, starke Gedanken.

»Es ist eine Zeit großer Aufregung und Veränderung für unser Imperium«, fuhr sie fort, »und ich vertraue darauf …«

Plötzlich brach sie ab, krächzte, schrie dann auf und taumelte zurück.

Tintenschwarzes Blut durchtränkte ihre Seidengewänder. Ein Pfeil steckte in ihrer linken Schulter, und Noriko sah ihn an, als könne sie sich seine Existenz nicht erklären. Ihr Schrei erstickte in einem heiseren Gurgeln, dann stürzte sie zu Boden.

Zwischen dem Angriff auf Noriko und dem Zeitpunkt, an dem ich handelte, vergingen nur zwei Sekunden, doch es waren zwei quälend langsame Sekunden. In diesen beiden Sekunden sah ich Folgendes:

Erstens: Der Mann, der den Pfeil abgeschossen hatte, befand sich auf dem Dach. Er hatte hinter einer der Statuen gehockt, und seine Kleidung hatte die gleiche Farbe wie die Steine, daher hatte man ihn nicht bemerkt.

Zweitens: Der Mann war nicht allein. Andere sprangen aus der Menge vor, ein Dutzend oder mehr, rannten auf die Königsfamilie zu und schwangen Schwerter und Keulen.

Drittens: Ich hätte diese Männer schon vor einer Stunde sehen müssen. Ich hätte es merken müssen. Mein ganzes Leben lang war ich auf diesen, genau diesen Moment vorbereitet worden, und trotzdem hatte ich es nicht gesehen. Schande, Schande, Schande über mich – ich war von dem Glanz um mich herum so geblendet gewesen, dass ich meine Pflichten vergessen hatte.

Viertens: Die Männer waren schmutzig, mager und zerlumpt und blickten wild um sich. Mit wirbelnden Waffen bahnten sie sich ihren Weg durch die Menge, verzweifelt, wie tollwütig stürzten sie sich auf die Königsfamilie. Die einzigen Männer, die einen derartig undurchdachten Angriff starten würden, waren Revolutionäre: verbitterte Bauern, die der königlichen Familie die Schuld an ihrer Armut gaben und Ackergeräte zu Waffen umfunktionierten. Das Militär hatte in diesem Jahr schon ein paar Mal Probleme mit ihnen gehabt – es war zu Raubüberfällen, kleineren Gefechten und wütenden Protesten gekommen –, aber noch nie zuvor hatten sie das Königshaus angegriffen.

Zwei Sekunden. Dann zog ich mein Schwert.
Die Palastwachen hingegen standen fast eine halbe Minute lang ungläubig staunend da. Sie waren völlig nutzlos – kaum mehr als überbewertete Sicherheitsbeamte, die den adligen Besuchern sagten, wann sie den König sehen durften. Es waren die Onna-Bugeisha und die anderen persönlichen Leibwachen der königlichen Familie, die die wirkliche Arbeit übernahmen. Aber nach den langen Sekunden hilflosen Verharrens verstanden selbst sie die Gefahr – und schirmten die Familie mit ihren gepanzerten Körpern ab. Der König und die Königin, die Prinzen und die gefallene Prinzessin verschwanden augenblicklich hinter ihnen.
Gut, dachte ich wieder. Im Augenblick wollte ich sie nicht beschützen. Ich wollte kämpfen. Ich wollte Blut.
Also wirbelte ich herum, um mich den Männern mit Schwertern zu stellen, die meine Prinzessin angreifen wollten.
Meine Scham hatte sich in Wut verwandelt, und vor meinen Augen tanzte roter Nebel. Ich hatte noch nie mit jemandem gekämpft – jedenfalls nicht außerhalb des Übungsplatzes. Aber ich wusste, was ich zu tun hatte, so sicher, wie ich wusste, wie man atmet. *Es ist nur eine weitere Übung.*
Als mich einer der Rebellen angriff, antwortete ich mit einem fliegenden Tritt, der seinen Wangenknochen brach. Blut schoss ihm aus Mund und Nase, und er fiel wie ein Stein zu Boden und hielt sich das Gesicht.
Aus dem Augenwinkel sah ich einen weiteren Angreifer auf mich zukommen und eine rostige Klinge schwingen, die wohl seit Jahrzehnten nicht mehr benutzt worden war. Ich wich seinem wilden Hieb aus und entwaffnete ihn, indem ich ihm mit dem Schwertknauf auf das Handgelenk schlug. Er heulte auf, ließ das Schwert fallen und taumelte blind auf mich zu. Sein Handgelenk war gebrochen, das sah ich an der Art, wie er die Hand schützend an den

Körper hielt, dennoch griff er weiter an und hielt das Schwert in seiner gesunden Hand. Ich konnte seinen Schlag leicht abwehren und brach ihm dann mit einem weit ausholenden Tritt den anderen Arm. Doch als der zweite Knochen brach, schrie er nicht auf, sondern sah mich nur an und fiel auf die Knie.

Einen Moment zögerte ich und starrte zurück. Aus der Entfernung hatte ich geglaubt, die Rebellen hätten einen irren, hasserfüllten Blick. Doch von Nahem konnte ich keinen Hass erkennen, nur Verzweiflung. Ich hatte ein merkwürdiges Gefühl, als sollte ich nicht nur der Prinzessin, sondern auch ihm helfen.

In weniger als fünf Minuten hatten die Onna-Bugeisha die Bauern überwältigt. Es war wie eine weitere Übung, nur einfacher, denn bei unseren Kriegsspielen verhielten sich unsere Meister immer wie erfahrene Soldaten.

So einfach geht das, dachte ich, als ich zusah, wie Aiko und die anderen die halb bewusstlosen Männer fesselten. *Zu einfach.*

Irgendetwas hatte ich übersehen.

Ich blieb stehen, den Fuß im Nacken meines gefallenen Gefangenen. Vor meinem geistigen Auge ließ ich die letzte Stunde des Morgens Revue passieren: die Diener, die die Schiffe beluden, die Palastwache, die auf dem Hof verstreut war, die Onna-Bugeisha, die sich bereit machten und Lady Mayumis Anweisungen zuhörten, die Drachenhüter …

Die Palastwache. Ich erinnerte mich an ein Gesicht in der Menge. Ein Gesicht, das nicht dorthin passte. Sein Kinn war stoppelig und unrasiert gewesen und seine Augen rot gerändert. Er war unruhig gewesen und hatte seine Rüstung betastet, als sei sie neu für ihn …

Das ergab Sinn. Die Palastwache arbeitete in Schichten, und wenn sie wechselten, kannten sie einander oft kaum. Sie gehörten nicht zur Familie, nicht so wie wir – ein unbekanntes Gesicht unter ihnen würde nicht auffallen …

Ich suchte die Bauern-Wache und fand sie gerade, als sie aus der Reihe ausscherte, plötzlich zu der gestürzten Prinzessin sprang und sie sich über eine Schulter warf. Ich trat meinen Gefangenen beiseite und rannte dem Bauern nach, als er zur nächsten Barke eilte. Die Prinzessin war halb bewusstlos und schluchzte.
Aiko fluchte, als ich mich an ihr und dem Mann, den sie gerade entwaffnete, vorbeidrängte.
»Kai, was hast du …«
»Schnell!«, schrie ich. »Der da ist keine Wache. Schnell!«
Die anderen waren immer noch ein paar Sekunden hinter mir.
Die Bauern-Wache setzte zu einem wilden Sprung vom Ufer auf das Deck der Barke an und prallte gegen zwei Diener, die, die Arme voller Gepäck, verdutzt innegehalten hatten. Am Rand des schlammigen Ufers blieb ich schlitternd stehen.
Der Rebell drohte den Dienern mit seinem Schwert und stieß Befehle aus, die ich nicht verstand. Die Diener ließen ihre Pakete fallen, hielten die Hände über die Köpfe und zogen sich langsam zurück. Dann drehte sich der Mann wieder zum Hof um. Selbst von Weitem konnte ich sehen, dass ihm der Schweiß über die Wangen lief und seine Lippen rau und aufgesprungen waren. Er hielt die Prinzessin wie ein Kind eine Stoffpuppe.
»Ich bin der Volksrepräsentant der westlichen Dörfer. Mein Volk hungert! Ich bin vor Monaten mit unseren Forderungen an den Königshof gekommen!«, rief er. »Sie wissen, wie man unser Leid lindern kann. Schwört, dass ihr uns gebt, was wir brauchen, oder ich ertränke sie!« Seine Stimme zitterte, doch sie war laut und deutlich.
»Schwört es mir auf der Stelle!«, forderte er und rief immer wieder: »Schwört es! Schwört es! Schwört es, oder ich ertränke sie!«
Ich holte tief Luft, ließ mein Schwert fallen und sprang in den Fluss.
Der Mizu kam aus den schmelzenden Schneefeldern der Berge im

Shi-Königreich und war so kalt, dass es brannte, so kalt, dass meine Zehen augenblicklich taub wurden. Ein paar Sekunden schwebte ich schwerelos im Wasser und wartete darauf, dass sich mein Körper an die Kälte gewöhnte, dann schwamm ich auf den aufragenden Schatten der Barke zu.

Als ich an die Oberfläche kam, schrie der Mann immer noch: »… oder ich ertränke sie! Schwört, oder ich ertränke sie …«

Ich packte ihn am Knöchel und zog ihm die Füße weg. Mit einem überraschten Aufschrei stürzte er aufs Deck. Die Prinzessin entglitt seinem Griff und rollte zur Mitte des Bootes, während sich der Rebell gegen meinen Griff wehrte. Ich ergriff sein Bein mit beiden Händen, stemmte mich mit den Füßen gegen den Rumpf der Barke und zog ihn in den Fluss.

Als wir zusammen untergingen, bekam er meinen Hals zu fassen und drückte zu. Seine Finger waren so hart wie Stahlklammern. Meine Kehle zuckte, und ich schluckte Wasser. Ich versuchte, seine Hände zu lösen, und der Fluss füllte meine Lunge. Meine Lippen öffneten und schlossen sich wie die eines Fisches, und vor meinen Augen tanzten bunte Punkte.

Schließlich rammte ich ihm das Knie in den Unterleib, woraufhin er sich zusammenkrümmte und mich losließ.

Mit schmerzender Brust schwamm ich zur Oberfläche und würgte die schmutzige Flüssigkeit hervor. Doch ich hatte nur für einen einzigen Luftzug Zeit, bevor mich die harten Hände wieder nach unten zogen.

Er hielt meinen Knöchel, als wäre ich seine letzte Verbindung zum Leben – doch das war ich nicht. Wir gingen beide unter. Der Mann ertrank, und er wusste es. Seine Panzerung war zwar für ihre Verhältnisse recht leicht, aber sie schwamm nicht. Mit den gleichen verzweifelten Augen wie die anderen Rebellen sah er mich an, während wir tiefer und tiefer sanken.

Ich werde sterben, dachte ich. Ich hatte immer geglaubt, dass diese Erkenntnis mit Furcht einhergehen würde, doch ich war ganz ruhig, die Panik in mir hatte sich gelegt. Es war immer meine Bestimmung gewesen, dass ich mein Leben für meine Prinzessin gebe. Dafür waren wir ausgebildet worden.

Als ich die Tatsache akzeptierte, wurde alles friedlich, ich überließ mich dem Gefühl – bis meine Lungen verkrampften und mein Körper dagegen anzukämpfen begann. Und dann verspürte ich nicht Angst, sondern Wut – wenn ich heute starb, würde ich in meiner allerersten Schlacht sterben, und das war schändlich. Ich würde sterben und immer noch Fragen haben, immer noch gegen das ängstliche und rebellische kleine Mädchen in mir ankämpfen.

Nein. Ich sterbe noch nicht. Ich bin noch nicht fertig.

Ich trat und schlug wild um mich, doch der Mann ließ mich nicht los. Aus seinem Mund stiegen Blasen auf und verzerrten ihn zu einem stummen Lachen.

Plötzlich zuckte ein silberner Blitz auf, und ein hoher Schrei, wie der eines Falken, gefolgt von einem leisen Grollen, erklang im Fluss. Etwas streifte meinen Arm – etwas Großes, Raues, etwas mit Schuppen, das den Lederpanzer von meiner Schulter zerrte und mir den Oberarm aufriss. Und da erst fielen mir die Drachen ein.

Ich sah durch das trübe, blutige Wasser, in dem die beiden Bestien wie Haie kreisten, sanft mit der Strömung schwammen, tauchten, wendeten und so schnell zuschlugen, dass mein Blick ihnen kaum folgen konnte. Wieder trat ich wütend gegen den Griff des Rebellen an meinem Knöchel an. An der Seite ihrer Hüter waren die Drachen einigermaßen zahm, aber ich war in ihren natürlichen Lebensraum gestürzt, in dem alles, was sich bewegte, Beute war.

Immer und immer wieder umkreisten sie uns wie schöne, tödliche Bänder. Ich bekam Panik. Noch ein Mal zerrte ich an meinem Knö-

chel, befreite mich endlich aus dem Griff meines Widersachers und schoss nach oben, dem Licht entgegen, während sich das Wasser unter mir mit Blut dunkel färbte.
Als ich an die Oberfläche kam, streckten sich mir ein Dutzend Hände entgegen und zogen mich auf die Barke. Keuchend blieb ich auf dem Deck liegen, während sich um mich herum eine rosa Pfütze ausbreitete. Die kühle Luft brannte an meinen Schultern und Armen, wo die Drachenschuppen mir lange Streifen aus der Haut gekratzt hatten.
Der Kapitän warf mir eine schwere Decke über die Schultern und murmelte etwas von Schock und Blutverlust.
»Mir geht's gut«, stieß ich hervor und betrachtete die rote Flüssigkeit, die aus meinen Wunden strömte. Vor meinen Augen tanzten Sterne. »Ich brauche kein …«
Doch noch bevor ich ausgesprochen hatte, verlor ich das Bewusstsein.

***

Den Blick des Rebellen vergaß ich nie.
Verzweifelt. Immer wieder spukte mir dieses Wort im Kopf herum. Wer war so verzweifelt, dass er den Palast angreifen würde, die gesamte Königswache und die Onna-Bugeisha, nur mit ein paar zerlumpten Bauern?
Und warum?
Es war, als hätte er nichts zu verlieren gehabt. Aber das war doch albern. Die königliche Familie sorgte für alle Bürger von Mizu. Was also wollte er?
Mein Magen rebellierte immer noch, ich zitterte und hatte Gänsehaut. Ich war eine knappe Stunde bewusstlos gewesen, als eine der Palastwachen mir sagte, dass mich der König und die Königin zu sprechen wünschten. Mir war zwar klar, dass das eine Ehre war,

doch ich wollte nicht mit ihnen sprechen. Mein ganzer Körper war ausgebrannt, und mein Kopf war wie mit Watte gefüllt. Am liebsten wäre ich auf meinem Lager zusammengebrochen und hätte tagelang geschlafen.

Außerdem verdiente ich eine solche Ehre gar nicht. Ich hätte die Rebellen erkennen müssen, bevor sie auf Noriko schossen. Und ich sollte jetzt nach ihren Motiven fragen. Sie waren Guerillakämpfer, Männer, die entschlossen waren, die Prinzessin zu töten, die ich beschützen musste.

Und trotzdem ... *Sie waren so verzweifelt gewesen.*

Lady Mayumi drückte meinen Arm so fest, während sie mich durch die Gänge des Palastes geleitete, dass die Bandagen wieder nässten. Ich zuckte zusammen, beschwerte mich aber nicht. Obwohl sie so grob war, schien sie doch auf meiner Seite zu stehen.

»Sie hätten zumindest sagen können, warum du gerufen wirst«, knurrte sie. »Hätten dir die Gelegenheit geben sollen, dich zu erholen. Du bist in diesem Fluss fast gestorben.«

»Bin ich aber nicht«, antwortete ich, doch sie ignorierte meinen Einwand.

»Verdammte Drachen«, sagte sie. »Mir ist egal, was für eine besondere zeremonielle Bedeutung sie haben. Sie sind gefährlich. Zu viel Magie, zu viele Zähne.«

Wir kamen an einer weiteren Tür vorbei, vor der vier Wachen anstelle von zweien standen. Wir drangen tief in den Palast ein, weiter, als ich je zuvor gekommen war. Ich hatte die Prinzessin bei Staatsdiners, Bällen oder offiziellen Empfängen mit ausländischen Würdenträgern bewacht, aber ich war nie in die königlichen Gemächer eingeladen worden. Ich war eine Onna-Bugeisha, Prinzessin Norikos starker Schwertarm, aber für den König und die Königin war ich nur eine unter vielen Wachen.

Bis jetzt, anscheinend.

»Sie sollten dir eine Medaille verleihen«, grollte Mayumi, als wir den innersten Korridor erreichten.
König Denji und Königin Chiyoko saßen auf einem Podest. Die Königin war immer noch blass und aufgewühlt, doch sie hatte ihre staub- und blutbespritzte Kleidung durch frische Gewänder ersetzt. Der König war gefasster. Schweigend betrachtete er mich über seine gefalteten Hände hinweg.
Lady Mayumi zwang mich zu einer tiefen Verbeugung und hielt mich dort unten fest, bis der König uns bedeutete, uns zu erheben. Schweigend und abwartend nahmen wir Haltung ein. Ich hoffte, dass er meine klappernden Zähne und zitternden Knie nicht bemerken würde.
Nach einer langen Minute konnte ich die Stille nicht mehr aushalten, dazu war mir zu kalt und zu schlecht, und ich hatte zu starke Schmerzen.
»Wie geht es Prinzessin Noriko? Haben die Heiler sich um sie gekümmert?«
Ich richtete die Frage an den Beamten, der neben dem Thron stand, denn ich konnte nicht mit dem König oder der Königin sprechen, bevor sie das Wort an mich gerichtet hatten.
»Das haben sie«, antwortete der Beamte. »Sie ruht sich jetzt aus. Sie ist schwach, aber sie wird sich wieder vollständig erholen.«
Ich nickte und war dankbar, dass ich nicht umsonst fast ertrunken war.
Die Stille hielt an. Der König und die Königin starrten mich an, während ich versuchte, meine Unruhe zu verbergen. Ich hatte nicht das Gefühl, als wollten sie mir eine Medaille verleihen, eher, als überlegten sie sich, wie sie mich am besten bei Tisch zerlegen sollten. Mir wurde immer schlechter und kälter.
»Interessant«, murmelte der König schließlich. »Du hattest recht, meine Liebe. Etwas in ihren Augen … der Mund …« Er legte den

Kopf schief. »Es könnte funktionieren. Niemand am Hof kennt Noriko. Wenn sie entsprechend angezogen ist – im Zeremonialgewand und mit dem Kopfschmuck …«

Mayumi erstarrte, und der Griff um meinen Arm verstärkte sich.

»Eure Majestät«, sagte sie, »ich bitte um Verzeihung. Was meint Ihr …?«

»Mir gefällt das nicht, Sir«, wandte der Beamte ein. Er stand neben den beiden Thronen, und mir fiel plötzlich auf, wie blass er war. »Wenn Ihr erlaubt, Eure Majestäten, ich halte es für unklug …«

»Wir haben Euch nicht nach Eurer Meinung gefragt, Minister Hisakawa«, unterbrach ihn die Königin. Sie neigte sich vor und sah mir in die Augen.

»Kai«, murmelte sie. »Dein Name ist Kai, nicht wahr?«

»Ja, Eure Majestät«, antwortete ich, überrascht und beeindruckt, dass sie meinen Namen kannte.

»Erzähl mir etwas von dir, Kai. Du bist eine Waise?«

Das war eine merkwürdige Frage. Alle Wachen der Prinzessin waren Waisen.

»Ja, Eure Majestät. Die Onna-Bugeisha haben mich als Baby aufgenommen. Ich habe mein ganzes Leben im Tempel verbracht.«

»Und bist du zufrieden, deinem Reich als Onna-Bugeisha zu dienen, dem Schild und Schwertarm von Prinzessin Noriko?«

»Ja«, antwortete ich schnell, bevor ich überlegen konnte. Ich musste auch nicht darüber nachdenken, die Antwort sollte automatisch kommen und mir in Fleisch und Blut übergegangen sein. Ja, ja, natürlich war ich zufrieden.

Die Königin sah ihren Mann an, der sie angespannt anlächelte.

»Vielleicht«, meinte die Königin, »vielleicht ist sie passend.«

Plötzlich kam mir das Zimmer zu klein vor. Meine Brust und meine Lungen waren zu klein. Ich fasste nach Mayumis Hand, der Hand, die meinen Arm hielt.

»Von was reden sie da?«, flüsterte ich.
Lady Mayumis grimmiger Blick sagte mir alles. Ich wusste genau, was sie sagen wollten.
Und das machte mir noch mehr Angst als der verzweifelte Blick in den Augen des Attentäters.

Kapitel 2

»Prinzessinnen kratzen sich nicht«, tadelte Madame Chizuko. »Das gehört sich nicht!«
Aber unter dem Kopfschmuck juckte es mich. Ich steckte einen Finger unter das Perlenband und kratzte mich an der Stirn. *Es kann mir egal sein, ob es sich gehört oder nicht*, dachte ich. *Ich bin keine Prinzessin.*
Allerdings … Im Augenblick war ich es.
Offensichtlich sahen Noriko und ich, wenn ich unter vielen Lagen Seide, Juwelen und Make-up verborgen war, fast identisch aus.
»Ich glaube«, hatte Aiko behauptet und ihren Kopf schief gelegt, »ihr könntet vielleicht Schwestern sein. Es liegt an der Form der Augen und des Mundes. Und ihr seid gleich groß …«
Ich sah das anders, aber das spielte keine Rolle, denn der König und die Königin fanden es auch. Also hatte ich innerhalb weniger Stunden den Platz der Königstochter von Mizu eingenommen. Sie hatten mir alles erklärt, während man mir schnell und grob die Haare kämmte und mich mit Parfum bestäubte. Das River Kingdom konnte nicht von der Krönung des Kaisers fernbleiben, und Mizu durfte sich nicht die Blöße geben, zuzugeben, dass die Prinzessin nur knapp einem Attentat entkommen war. Sie sagten es immer und immer wieder, bis die Worte wie ein Mantra in meinem Kopf erklangen: *Mizu darf nicht schwach wirken.*

Während die Kammerdienerinnen meine Taschen packten, versicherte mir Aiko, dass das sehr sinnvoll war und dass es ein kluger Schachzug des Königs sei.

»Offensichtlich hat Prinzessin Noriko zu große Schmerzen, um zu reisen. Es ist nur logisch, dass eine Doppelgängerin ihren Platz einnimmt. Aber eine Doppelgängerin, die auch noch eine ausgebildete Kämpferin ist?« Aiko nickte entschieden. »Es gibt niemanden, der das Königreich besser vertreten kann als du.«

Mir war schwindelig geworden. Selbst jetzt hatte ich noch das Gefühl, keine Luft zu bekommen. Das … das war der schlechteste Plan, den ich mir vorstellen konnte. Das ganze Königreich hing von meiner Fähigkeit ab, jemand anderen darzustellen. Und ich war nicht gut darin, jemand anderes zu sein. Ich war Kai – schnell mit dem Schwert und dem Speer und dem Stock, entschlossen gegen Schüler, die andere schikanierten. Meine Hände hatten nach einem Jahrzehnt Waffentraining harte Schwielen, mein Körper bestand aus Muskeln, und meine Nase war schief, weil sie mir drei Mal von einem Sparringspartner gebrochen worden war. Vielleicht konnte ich lernen, mich ein wenig wie eine Prinzessin zu verhalten, aber jeder, der nur ein wenig Zeit mit mir verbrachte, würde wissen, dass ich nicht Noriko war.

»Sie hätten dich wählen sollen, Aiko«, stöhnte ich.

Doch sie schüttelte nur den Kopf: »Ich sehe der Prinzessin überhaupt nicht ähnlich. Aber du schon, Kai. Du schaffst das.«

Ich unterdrückte einen Seufzer. Ob ich das für eine gute Idee hielt oder nicht, spielte keine Rolle. Mein Schwert gehörte meinem Königreich. *Ich gehe dorthin, wo ich gebraucht werde.* Das musste ich mir immer wieder sagen, weil ich fürchtete, der Versuchung nachzugeben, aus der fahrenden Kutsche zu springen. *Die königliche Familie hat mir diese Aufgabe anvertraut, und es ist eine Ehre. Ich gehe dorthin, wo ich gebraucht werde …*

Vorsichtig schob ich den Vorhang beiseite und sah aus dem Fenster. Zu Prinzessin Norikos Gefolge gehörten insgesamt zehn Kutschen, fünf berittene Palastwachen, fünfzig Onna-Bugeisha und fünf von je zwei Trägern gehaltene Sänften, die die Geschenke für den zukünftigen Kaiser enthielten. Seit zwei Tagen reisten wir jetzt schon auf der Kaiserstraße, davor hatten wir drei Tage in den Barken verbracht. Das Land hatte sich in Hunderten von Farben und Strukturen gezeigt: von den grünen Flussauen von Mizu bis zu den dichten, dunklen Wäldern und den schartigen Felsen des hoch liegenden Wüstenlandes. Die Kaiserstraße war die einzige Konstante, ein endloses Band aus Pflastersteinen, von denen manche glatt und eben waren, andere krumm und durch hartnäckige Wurzeln geborsten.

Jetzt hatte uns die Straße bis vor die Tore der Stadt geführt. Die Vororte erhoben sich um uns herum – Tempel, die sich vor die Sonne schoben, und Türme, die aufstiegen wie lange Zeigefinger. Ich hörte das gedämpfte Getöse und das Lärmen von Leuten, Pferden, Ausrufern, Kutschen, Straßenverkäufern und streunenden Hunden, es schien, als sei die ganze Stadt ein einziges atmendes, stöhnendes, seufzendes Lebewesen. Die Gebäude waren höher als alles, was ich je gesehen hatte, aber sie verdeckten die Sonne nicht vollständig, wie Aiko behauptet hatte. Ich war dankbar dafür.

Minister Hisakawa, der Ratgeber der Prinzessin, oder besser *mein* Ratgeber, zog den Vorhang wieder zu.

»Prinzessin Noriko gafft nicht«, erklärte er.

Der Minister war älter als Lady Mayumi, zeigte aber keineswegs deren raue Freundlichkeit. Er hatte einen gedrechselten Stock, mit dem er mir gegen die Schienbeine schlug, wenn ich zu sehr herumzappelte oder zu lange aus dem Fenster sah oder eine Frage falsch beantwortete. Er und Madame Chizuko hatten mich während der Reise mit seitenlangen Aufzeichnungen in Norikos zierlicher Kalligrafieschrift unterrichtet – Aufzeichnungen aus ihren persönlichen Tagebüchern. Es kam mir unrecht vor, sie zu lesen, aber Madame Chizuko beharrte darauf, dass es absolut notwendig sei. Die beste Möglichkeit, zu erfahren, wie eine Prinzessin denkt, ist, ihr Tagebuch zu lesen.

Also las ich sie schuldbewusst und prägte mir die Einzelheiten gut ein.

»Der Prinz von Namu ist gerade erst zehn Jahre alt. Sein Name ist Iseul, und er scheint entschlossen, mich zu heiraten – was für ein lieber Junge. Vielleicht überlege ich es mir, falls Vater nicht darauf hofft, dass ich seinen älteren Bruder, den zukünftigen Kaiser, heirate. Im Augenblick leben wir zwar in Frieden mit dem Forest Kingdom, aber Namu hat ein langes Gedächtnis. Immer noch lassen sie die Erinnerung an die Tage unserer Feindschaft beiläufig in die Gespräche einfließen, was meinen Vater nervös macht …«

Diese Information speicherte ich für später. Der jüngste Prinz von Namu heißt Iseul. Er will mich heiraten. Das war nicht die Art von Prinz gewesen, die mir vorgeschwebt hatte, als ich kurz davon geträumt hatte, dass mir ein Adliger den Hof machte. Die Heirat mit einem Zehnjährigen – war das in der Welt einer Prinzessin möglich? Ich fragte mich, wie es wohl war, aus politischen Gründen zu Freundschaften und Werbungen gedrängt zu werden. Mir würde es wohl nicht gefallen, wenn ich Noriko wäre, andererseits hatte ich aber auch keine Ahnung davon, wie es war, wenn einen irgendein Junge begehrte.

Ein Schauer lief mir über den Rücken. Das war ein Gedanke, der mir immer wieder durch den Kopf ging. *Begehrt.* Eine Sache, die in Norikos Tagebüchern immer wieder auftauchte und die ich nicht ignorieren konnte, war, dass jeder sie wollte. Sie war *begehrenswert.* Prinzen und Botschafter aus allen Königreichen hatten um ihre Hand angehalten, weil sie schön und gebildet und von königlicher

Abstammung war, und weil Mizu eine strategisch wichtige Region für den Handel im Kaiserreich war.
Ich war noch nie begehrenswert gewesen. Ich hatte es auch nie sein wollen, weil das für eine Kriegerin keine sonderlich wichtige Eigenschaft war. Aber wenn ich Norikos Aufzeichnungen las und die Geschichten über ihre Flirts – da wurden meine Wangen rot, und mein Magen verkrampfte sich in einer Art und Weise, die mich dazu brachte, den Blicken der anderen in der Kutsche auszuweichen.
Ich las weiter.
»*Madame Chizuko besteht darauf, zu jedem einzelnen Anlass mitzukommen. Sie bleibt an meiner Seite, bis ich ins Bett gehe. Sie überschreitet weit die Pflichten einer Anstandsdame – sie könnte gut eine Onna-Bugeisha sein. Ich bin sicher, sie hält sich für meine Mutter.*«
Das hatte ich bereits aus erster Hand erfahren. Chizuko war so angespannt, dass sie wahrscheinlich zerspringen würde, wenn man sie zu hart anstieß. Ihrer Meinung nach würden die Prinzessinnenlektionen über das Schicksal des Imperiums entscheiden.
Und diese Lektionen nahmen kein Ende. Ich lernte, wie man die Angehörigen anderer Königshäuser richtig begrüßt, welche Geschenke man bei Hofe macht, die Werkzeuge, die man an einer Tafel des Kaiserhauses benutzt. Ich lernte, wie Noriko läuft und redet. Ich zog mich mindestens zehn Mal am Tag an und aus und lernte, wie man die Zeremonialgewänder anlegt – Hunderte von Knöpfen an schwerem, besticktem Stoff.
Immer wieder wünschte ich mir, dass es der Prinzessin gut genug gegangen wäre, um mich vor der Abreise selbst zu unterrichten. Vielleicht wäre es mir dann mehr wie eine Ehre als wie eine Lüge vorgekommen.
Ich fühlte mich die ganze Zeit verloren, während ich mein Gehirn mit Fakten, Namen und Orten aus dem Leben einer anderen

vollstopfte. Jede Nacht scheiterten meine Versuche, einzuschlafen, weil ich gegen die aufsteigende Panik ankämpfen musste.
Ich wollte nach Hause. Zumindest wollte ich aus dieser stickigen Parfumschachtel auf Rädern hinaus.
»Minister … Madame Chizuko«, begann ich. »Könnten wir nicht eine Pause machen? Könnten wir nicht eine Weile neben der Kutsche herlaufen, nur bis wir zum Palast kommen?«
»Gute Güte, Kind!«, stieß Chizuko hervor. »Prinzessin Noriko, die zu Fuß zum Palast geht? Am Tag, an dem sie dem zukünftigen Kaiser vorgestellt wird? Auf gar keinen Fall! Also bitte, lies weiter! Ich glaube, das ist jetzt der Teil, wo Noriko über unser Treffen mit dem Desert Kingdom schreibt.«
Ich schloss die Augen und betete zur Göttin, mir Geduld zu schenken. Dann blätterte ich in den Notizen und begann zu lesen:
»Prinz Cadeo, der älteste Sohn des Königs von Samac …«
»*Cah*-dee-oh«, korrigierte mich Minister Hisakawa. »Nicht Cah-*dee*-oh. Es ist sehr respektlos, den Namen eines Adligen falsch auszusprechen. Und der Hof ist ein gemeiner Haufen, sie reißen uns lieber den Kopf ab, als eine derartige Entehrung durchgehen zu lassen.«
So etwas sagte Hisakawa ständig. Er schien der Meinung zu sein, dass die meisten Angehörigen des Kaiserreiches uns am liebsten in unseren Betten ermorden wollten.
»Aber im Moment leben wir doch in Frieden mit dem Desert Kingdom«, seufzte ich und rieb mir über die Stirn.
Hisakawa machte den Mund auf, schloss ihn aber dann wieder. Chizuko stieß ein kurzes, scharfes Lachen aus, und Hisakawa sah sie böse an.
»Frieden«, behauptete er, »ist eine höchst labile Sache. Die anderen Königreiche … sind nicht so zivilisiert wie Mizu. Wir halten ihnen ihre Ignoranz zwar nicht vor, aber wir sind vorsichtig.«

Wieder kicherte Chizuko. Ich verstand nicht, was daran so lustig war, also ignorierte ich sie und las weiter, während ich im Stillen Prinz Cadeos Namen wiederholte, bis ich ihn perfekt beherrschte.
Das Schaukeln der Kutsche und der Klang meiner eigenen Stimme schläferten mich fast ein, als plötzlich Trompeten unsere Ankunft vor den Palasttoren verkündeten. Die ganze Karawane kam zum Stehen. Minister Hisakawa erhob sich, glättete die Falten in seinem Gewand und stieg aus der Kutsche aus. Ich sprang trotz Chizukos aufgeregtem Protest auf und bekam die Tür zu fassen, bevor sie hinter dem Minister zuschlug. Halb aus der Kutsche gelehnt, hatte ich endlich die Gelegenheit, zu gaffen.
Der Palast war kein Palast im eigentlichen Sinne. Er war eine zweite Stadt, ein Gewirr aus kleinen, dicht gedrängten Häusern, Höfen, Gärten, Türmen und Hallen. Vor der massiven Steinmauer stehend, die die Palaststadt von der Stadt-Stadt trennte, konnte ich gerade noch die Spitzen der Gebäude erkennen. An den Wachtürmen standen Soldaten, und diese Männer waren kein überbewertetes Begrüßungskomitee. Ihre vergoldete Rüstung glänzte, und sie machten ernste und wichtige Gesichter.
Das Nordtor vor uns war mit einer Reihe von Bildern verziert, die den Ursprung des Chitwitlok-Imperiums darstellten. Auf dem ersten Bild stand der Kaiser Phx der Erste weinend allein auf einem Hügel und betrachtete die vier miteinander verfeindeten Königreiche: das River Kingdom von Mizu, das Forest Kingdom Namu, das Desert Kingdom Samac und das Mountain Kingdom Shi. Das zweite zeigte den Kaiser beim Verhandeln, wobei sich seine ausgestreckten Arme langsam in ledrige Schwingen verwandelten und die Finger in Klauen. Auf dem dritten war aus dem kleinen, traurigen Kaiser ein großer, schwarzer Drache geworden, der das Maul zu einem lauten Fauchen aufgerissen hatte. Die kriegführenden Ar-

meen der vier Königreiche waren in Angst und Ehrfurcht erstarrt. Und auf dem vierten Bild hatte der Drachenkaiser seine großen Schwingen um die wilden Armeen der Königreiche gelegt und sie zu einer vereint.

Es war eine ziemlich vereinfachte Darstellung der Geschichte des Kaiserreiches, dachte ich, schließlich hatte der erste Kaiser fast ein Jahrzehnt gebraucht, um die Königreiche zu einen, selbst nachdem er seinen Drachenstatus angenommen hatte. Aber die Bilder waren wunderschön.

»Du!« Eine knochige Hand packte mich an der Schulter und zerrte mich zurück in die Kutsche. »Benimm dich!«, zischte Chizuko. »Bei allen Göttern, wir sind kaum fünf Sekunden hier, und du blamierst mich schon!«

Alte Hexe, dachte ich böse. Ich wartete, bis Chizuko damit beschäftigt war, Hisakawa durch ihr eigenes Fenster zu beobachten, bevor ich wieder den Kopf hinausstreckte.

Vor dem Nordtor stand Lady Mayumi, kündigte uns bei den wachhabenden Soldaten an und reichte ihnen ein dickes Bündel Papiere. Die Wachen überprüften es und blätterten die Seiten durch. Hisakawa überreichte ihnen ein zweites Bündel, das sie ebenfalls untersuchten. Sie stellten Lady Mayumi und Minister Hisakawa eine endlos lange Reihe von Fragen über die königliche Familie, die Waffen und Geschenke, die wir dabeihatten, und die großen Wassertanks, in denen unsere Flussdrachen lagen.

Ungeduldig klopfte ich mit den Pantoffeln auf den Kutschenboden. Nach einer gefühlten Ewigkeit traten die Wachen endlich beiseite, und die großen Tore öffneten sich. Ächzend setzte sich unsere Kutsche in Bewegung und passierte die Grenze von der Stadt zum kaiserlichen Hof.

Schwer schluckend zog ich mich wieder in die Kutsche zurück. Plötzlich merkte ich, wie trocken mein Mund war und wie wild mein Herz hämmerte. Ich war für das hier noch nicht bereit. Ich musste noch weiterlernen, mehr lesen und mich zwingen, Noriko zu verstehen. Aber mir blieb keine Zeit mehr. Der Zeitpunkt war gekommen.

Heute bin ich Noriko, dachte ich. *Und es gibt kein Zurück mehr.*

***

Die Onna-Bugeisha gingen neben mir her, als wir den Innenhof betraten. Zehn meiner Schwestern eskortierten mich, den Rest hatte man in ihre Baracken geschickt. Sie würden in den nächsten Tagen die Palastwachen unterstützen – auf dem Palastgelände patrouillieren, Unruhestifter fernhalten und jeden verhaften, der versuchte, Ärger zu machen. Doch diese zehn Onna-Bugeisha würden mit mir kommen und nur mit mir.

Ich war so dankbar dafür. Aiko war dabei … und die große, ernste Hanan … Miki, die mir beim Rechnen geholfen hatte, seit ich drei Jahre alt war … Chou, das netteste und lustigste Mädchen, die dennoch immer irgendwie angeekelt aussah, als würde sie etwas Verfaultes riechen.

Es ist in Ordnung, sagte ich mir mit klopfendem Herzen. *Das sind deine Schwestern. Deine Schwestern sind bei dir, und sie werden nicht weggehen.*

Das Gewicht des Kopfschmucks ließ meinen Nacken schmerzen, und unter dem dicken Make-up brannten meine Wangen. Meine Füße waren voller Blasen, denn Norikos zierliche Pantoffeln waren mir zu klein.

Ich kann das nicht.

Der Gedanke kam mir ganz plötzlich, wie ein Schlag ins Gesicht. Panik stieg in mir auf, und auf halbem Weg über den Hof wurde ich langsamer. Meine Hände zitterten. Große Göttin, was stimmte denn nicht mit mir? Ich stand schließlich nicht einem bewaffneten

Feind gegenüber, ich sollte doch nichts anderes tun, als mich verbeugen und lächeln und nette Dinge sagen.

Aber hier waren so viele Menschen, so viele Blicke auf mein Gesicht gerichtet, die mich von oben bis unten musterten, so viele Münder, die über mich redeten …

Zähneknirschend zwang ich mich, weiterzugehen. Die Onna-Bugeisha zogen sich ein Stück zurück, sodass sie eher hinter mir als neben mir standen.

Aus allen Ecken des Hofes kamen die Repräsentanten der anderen Königreiche mit ihrem Gefolge – das Desert Kingdom vom Südeingang her, strahlend in Rot und Gold und mit Leibwächtern, die Sicheln trugen. Durch das Westtor kamen die Vertreter des Forest Kingdom, umgeben von den königlichen Bogenschützen. Das Mountain Kingdom wurde von Kriegern mit eisernen Streitäxten durch das Osttor geleitet.

Zuerst bemerkte ich die Wachen. Instinkt und Ausbildung ließen mich ihre Bewaffnung, ihre Rüstung und ihre Haltung registrieren. Ich fühlte mich ihnen verbunden – doch heute waren sie nicht meine Leute. Heute gehörte ich zu den Adligen, die an der Spitze jeder dieser Gesandtschaften gingen. Sie waren ruhig und würdevoll, ein Bild königlicher Perfektion. Ich dagegen schwitzte unter den Seidenkleidern, und von meinen Versuchen, einen königlichen Gesichtsausdruck aufzusetzen, taten mir schon die Gesichtsmuskeln weh.

Ich machte drei Schritte in die Mitte des Hofes und trat zu den anderen Königreichen, bevor wir uns nebeneinander vor dem Pavillon des zukünftigen Kaisers aufstellten. Mit einem leisen Lächeln auf den Lippen lehnte er sich auf seinem Thron vor und murmelte dem Mann neben ihm etwas zu.

Rechts und links von ihm standen leere Throne mit den Insignien der Königreiche. Einer davon war meiner. Ich musste mich dem künftigen Kaiser vorstellen, und dann musste ich mich auf diesen Thron setzen.

Ich kann das nicht! Oh Göttin, hilf mir …!

Plötzlich trat Aiko neben mich, und ihre Wärme und Stärke beruhigten mich. Ich holte tief Luft und verdrängte die Angst. Meine Füße waren schwer wie Blei, und ich bekämpfte meine Furcht, indem ich die Schritte zählte. *Fünfundzwanzig, sechsundzwanzig, siebenundzwanzig* … achtundzwanzig Schritte, bis ich vor dem Kaiser stand.

Er war noch fast ein Junge, vielleicht neunzehn oder zwanzig Jahre alt, mit kühlen, bernsteinfarbenen Augen.

Seine Kleidung war einfach, viel schlichter als unsere, und bestand aus einer braunen Tunika und Stiefeln. Schmale Goldreifen umschlangen seine Handgelenke, Knöchel und den schwarzen Haarknoten.

Neben dem Thron des künftigen Kaisers stand eine kleine Gruppe von Beratern und Wachen. Mit hinter dem Rücken verschränkten Händen beobachteten sie den Aufmarsch der Königshöfe. Diese alten Männer waren wesentlich ehrfurchtgebietender als der künftige Kaiser selbst. Prinz Hanuel war nur ein Junge, den man plötzlich zum Herrscher machte, während diese Leute seit Generationen die Räder im Getriebe des ganzen Imperiums schmierten.

Mein Herz schien zu zerfließen, während ich mich verzweifelt bemühte, mich an ihre Namen und ihren Rang zu erinnern. Aiko hätte es natürlich gewusst. Ich wünschte, ich könnte sie ansehen und sie mir irgendwie telepathisch helfen. Welcher davon war Großmeister Xuwicha? Ich musste den Reichskanzler genauso grüßen wie den künftigen Kaiser, da sie beide auf ihre Weise Herrscher waren. Ich versuchte, die Insignien über ihren Herzen zu erkennen, um die des Kanzlers zu finden.

… wie sahen die noch mal aus?

Hektisch durchsuchte ich mein Gedächtnis und versuchte, mich an die seitenlangen Zeichnungen, Beschreibungen und unterstrichenen Wörter in den Büchern der Prinzessin zu erinnern. Ich sah das Symbol des Kaisers, der Berater, der Könige von Shi, Samac und Namu, aber Großmeister Xuwicha …

Eine Sekunde, bevor ich vor dem Thron des zukünftigen Kaisers stand, fiel es mir plötzlich wieder ein. Großmeister Xuwicha war der große, gertenschlanke Mann mit dem Spitzbart und dem Kahlkopf. Er stand rechts vom Thron und betrachtete die Gesandtschaft des River Kingdom mit strengem Blick. Seine Gewänder waren mit einem silbernen Halbmond und goldenen Sternen bestickt.

Erleichtert kniete ich vor dem künftigen Kaiser und brachte meine auswendig gelernte Begrüßungsformel vor.

»Ich grüße Euch, Euer Eminenz. Im Namen der königlichen Familie von Mizu schwören wir Euch Treue.«

Na also, dachte ich. *Das ging doch ganz gut.*

Dann wandte ich mich an Großmeister Xuwicha, doch der schien gereizt und sah mich über seine Brille hinweg böse an. Als ich ihn schnell begrüßte, klang meine Stimme vor Nervosität höher als sonst.

»Und ich grüße Euch, Großmeister Xuwicha, Kanzler der Vier Königreiche …« Sein Titel umfasste noch mehr, nur … wie lautete der Rest?

Ich hatte es vergessen. Verdammt, ich konnte mich an nichts mehr erinnern. Ich starrte den künftigen Kaiser an, dann Großmeister Xuwicha, und das Lächeln in meinem Gesicht erstarrte. Mit brennenden Ohren winkte ich den Dienern hinter mir zu, ihre Geschenke zu bringen: Lebensmittel, Juwelen, Wandteppiche, Weinfässer – und natürlich die Drachen.

»Ich bringe Euch Geschenke vom Fluss, großer künftiger Kaiser, auf dass wir an der Freude und dem Glanz Eurer kommenden Herrschaft teilhaben können.«

Dann stand ich auf, verneigte mich und setzte mich auf den Thron mit den Insignien von Mizu. Ich faltete die zitternden Hände und suchte nach den Gesichtern von Hisakawa und Chizuko. Ich lächelte, denn immerhin hatte ich die Zeremonie nicht völlig ruiniert, und das war schließlich auch schon etwas.

Doch der Minister und meine Hofdame lächelten nicht. Ihre Gesichter waren angespannt und ernst, Minister Hisakawa schüttelte sogar leicht den Kopf. Mein Magen verkrampfte sich.

Gute Göttin, was hatte ich nur falsch gemacht?

Mein Blick streifte über den Hof, und ich bemerkte noch mehr Stirnrunzeln und unsichere Blicke. Der Krampf in meinem Magen verstärkte sich.

Jetzt trat die Delegation des Desert Kingdom vor den Kaiserthron, mit dem Prinz und der Prinzessin in rot-orangen Kleidern an ihrer Spitze. Für einen Augenblick wich meine Furcht meiner Neugier. Der Junge und das Mädchen waren so dunkelhäutig wie Aiko, und sie trugen ihr Haar in langen Zöpfen, die ihnen bis an die Taille reichten. Ich betrachtete ihre Gesichter und verglich sie miteinander. Sie sahen sich sehr ähnlich, aber Aiko hatte gesagt, dass das nichts zu bedeuten hatte. Sie sagte, dass sich Zwillinge manchmal gar nicht ähnelten und dass man nicht auf den ersten Blick wissen konnte, ob Cadeo und Minh nicht vielleicht innerlich völlig verschieden waren. Trotzdem fragte ich mich, wie gleich sie einander wirklich waren.

Der König von Samac leugnete natürlich strikt, dass seine Kinder Zwillinge waren, denn zuzugeben, dass seine Familie mit Halbseelen geschlagen war, wäre politischer Selbstmord gewesen. Das Desert Kingdom würde aus der Kaiserstadt verdrängt werden, ihre Botschafter fortgeschickt …

Verdrängt werden …

Oh Gott.

Plötzlich wurde mir klar, was ich für einen Fehler begangen hatte.

Als könne er meine Gedanken lesen, sah mich Prinz Cadeo so böse an, dass mein Magen erneut einen Salto schlug.

Das Desert Kingdom hätte sich zuerst vorstellen sollen. Da der alte Kaiser aus Samac gekommen war, hatte Samac die Ehre, dem neuen künftigen Kaiser zuerst die Treue zu schwören. Nur, dass ich mich vorgedrängt hatte, ihnen diese Ehre gestohlen hatte, um jeden der hier anwesenden Angehörigen des River Kingdom bis aufs Blut zu blamieren. Schlimmer noch, ich hatte die sowieso schon angespannten Beziehungen zwischen Mizu und dem Desert Kingdom aufs Spiel gesetzt. Was würden meine Schwestern sagen? Oh mein Gott – *was würde Lady Mayumi sagen?*

Schweigend belegte ich mich mit jedem hässlichen Fluch, der mir einfiel. Ich war keine Prinzessin. Ich war ein unkultiviertes Landmädchen – ich war Kai aus der Gosse, Waisenkind des Tempels, und ich kannte nur die Kriegsspiele und Disziplin der Onna-Bugeisha.

Aber heute konnte ich nicht Kai sein. Heute musste ich Prinzessin Noriko sein.

Ich reckte das Kinn und zwang mich, die Scham zu verdrängen – aus meinem Kopf, meinen Schultern, aus den Händen und Fingern. Ich zwang die schlechten Gefühle durch meine Fußsohlen hinaus und seufzte erleichtert auf, als Ruhe und Klarheit wiederkehrten.

Ich habe einen Fehler gemacht, sagte der gefasste Teil meines Geistes. *Aber es ist geschehen, und jetzt gibt es kein Zurück mehr.*

Ich sah Cadeo und Minh an, deren finsteres Stirnrunzeln ihre Gesichter zu perfekten Spiegelbildern machte. Ich musste mich entschuldigen, und zwar mit der Grazie und Haltung einer Prinzessin.

Die Delegation des Desert Kingdom präsentierte ihre Gaben für den künftigen Kaiser: Kisten voller klebriger, roter Früchte, bunt bestickte Teppiche, Tiere aus buntem Glas, wie vom Wind geschaffen.
Als Letztes kamen ihre Drachen. Irgendwie hatte ich erwartet, dass sie wie unsere Flussdrachen waren – schlank, schnell, funkelnd. Aber diese Bestien waren nur entfernte Verwandte der Drachen, die ich kannte. Sie waren rauchfarben, ihre Schuppen rot gerändert, als wären sie angesengt worden. Auf ihren keilförmigen Köpfen ragten scharfe Hörner empor, und an ihren Schwänzen saßen Giftstachel wie bei einem Skorpion. Sie waren wunderschön und furchtbar, und sie verbreiteten eine Magie, bei der ich tausend Kehlen durchschneiden wollte. Ich hatte den Geschmack von Blut im Mund.
Ich hätte sie gerne genauer betrachtet, hatte aber Angst, sie anzustarren. Die Wüstendrachen schienen ihren Prinzen und ihre Prinzessin nur widerwillig zu verlassen. Sie stießen ihre Köpfe gegen Minhs Brust, spreizten die Flügel und warfen sich Cadeo wie große Katzen zu Füßen. Die Drachenhüter konnten sie nur mit Mühe zu den Ställen führen und mussten dabei den peitschenden Schwänzen und blinkenden Zähnen ausweichen. Schließlich lockten sie die Drachen mit blutigem Kuhfleisch. Ich sah, wie Minh schnell eine Träne aus ihrem Gesicht wischte.
Ich hatte schon davon gehört, dass die Prinzen aus dem Desert Kingdom eine besondere Beziehung zu ihren Drachen hatten. Was hatte Samac nur, dass es eine solche Liebe zwischen diesen beiden Spezies hervorbrachte? Vielleicht lag es an der besonderen Wildheit der Wüstentiere. Minh und die Drachen sahen aus, als seien sie aus dem gleichen Holz geschnitzt.
Sobald die Tiere den Hof verlassen hatten, konnte ich wieder leichter atmen.

»Dummes Landei«, knurrte Cadeo leise, als er sich nach seiner Vorstellung auf den Thron neben dem meinen setzte.

Heiße Scham ließ meinen ganzen Körper brennen, doch ich verdrängte sie und hielt den Kopf weiter erhoben. Prinzessin Noriko war kein Landei, und heute war ich Noriko.

Als Nächster präsentierte der junge Prinz von Namu – Bruder des künftigen Kaisers – seine Geschenke. Prinz Iseul trug weiches Leder, gesäumt mit Perlen und bunten Troddeln, und sein dunkelrotes Haar fiel ihm locker und glänzend bis zu den Füßen. Die grünbraun gesprenkelten Drachen des Forest Kingdom waren nur so groß wie große Hunde und trotteten ihren Hütern hinterher. Der Prinz kniete vor dem künftigen Kaiser und blieb todernst, bis ganz zum Schluss der Präsentation. Als könne er nicht anders, grinste er seinen Bruder schnell an, winkte und ging dann zu seinen Höflingen zurück.

Der Prinz des Mountain Kingdom, Enlai, war trotz des milden Frühlingswetters ganz in weiße Felle gekleidet. Seine Drachen hatten die Farbe von Stein und ragten hoch über unseren und denen aus Samac empor. Ihre riesigen Flügel warfen wilde Schatten an die Palastmauern.

So viele Drachen, und alle so unterschiedlich. Doch irgendwie fühlte ich mich angesichts der Fremdartigkeit der Bestien besser. Am kaiserlichen Hof waren wir alle fehl am Platze. Wir kamen alle irgendwo anders her, und für diese Krönung hatten wir unsere Wurzeln hinter uns gelassen. Wenn die Drachen das konnten, dann konnte ich das auch.

Wir wurden aufgefordert, zum künftigen Kaiser in seine große Kutsche zu steigen, um die Prozession durch die Stadt zu beginnen. Der zukünftige Kaiser saß nicht bei uns, sondern in einem erhöhten Abteil, während wir anderen jungen Adligen auf den gepolsterten Bänken der Kutsche Platz nahmen. Es war recht eng, und ich war

zwischen Prinzessin Minh und Prinz Iseul aus dem Forest Kingdom eingequetscht.
Die physische Nähe hatte die merkwürdige Wirkung, dass alle so taten, als wären sie völlig allein. Sie starrten ins Nichts, hielten die Hände im Schoß verschränkt und lächelten höflich. Die Verlegenheit war geradezu spürbar wie zäher Leim.
Der kleine Waldprinz brach als Erster das Schweigen.
»Bin ich eigentlich der Einzige, dem es in der Nähe der Samac-Drachen schlecht wird?«, fragte er. Er lispelte leicht, was ihn noch jünger erscheinen ließ. »Die haben einfach zu viel Magie, davon kriege ich Kopfschmerzen.«
Die anderen kicherten, und damit war der Bann gebrochen. Plötzlich war die Kutsche voller leiser Stimmen, die Fragen stellten und sich über Politik und mögliche Heiraten unterhielten.
Prinz Iseul von Namu lächelte mich schüchtern an.
»Schön, Euch wiederzusehen, Prinzessin Noriko.«
Oh ja, richtig. Prinz Iseul wollte mich heiraten.
Ihm schien nicht aufzufallen, dass ich nicht Noriko war. Wahrscheinlich sah ich ihr ähnlicher, als ich geglaubt hatte. Oder er hatte nicht viel Zeit mit ihr verbracht.
Ich lächelte zurück – ein besonderes Noriko-Lächeln, das lieblicher und weniger offen war als mein eigenes.
»Prinz Iseul«, antwortete ich. »Es ist lange her.«
»Zwei Jahre«, erwiderte er. »Ich bin jetzt zwölf.«
»Zwölf«, lachte ich, hoffentlich charmant. »Dann seid Ihr ja fast schon ein Mann!«
Er reckte die magere Brust vor, und seine Wangen röteten sich leicht.
Plötzlich fiel ein Schatten auf die Kutsche, als eine große, schwarze Gestalt über dem Palast in die Luft stieg und über den Hof glitt. Mein Herz machte einen Satz, und ich vergaß mich und trat den

anderen auf die Kleider und Schuhe, um den Kopf aus dem Fenster zu strecken. Der Drache war zwei- oder dreimal so groß wie die anderen Tiere, diese Wesen, die wir als Drachen bezeichneten. Der Shadow Dragon – das heilige Tier des Imperiums, angeblich die Verkörperung des ersten Kaisers – flog vor der Sonne, die seine schwarzen Schuppen wie eine Ölpfütze in allen Farben leuchten ließ. Die riesigen Flügel und sein massiger Körper warfen Schatten auf den ganzen Hof. Er stieß einen heiseren Schrei aus, wie ein Adler, mit der Spur eines Brüllens darin.

Mir blieb der Mund offen stehen, als wäre mein Kiefer ausgerenkt. Es war mir egal, dass ich aussah wie eine Idiotin – ich hätte mir nie träumen lassen, dass ich den Großen Drachen einmal aus der Nähe sehen würde. Ich hatte ihn mir stattlicher und fürstlicher vorgestellt, nicht so wild – aber kleiner. Ich hatte geglaubt, dass er viel kleiner wäre. Wie konnte ein Tier nur so groß sein? Seine Flügel, die Klauen, die Kiefer …

Ein, zwei, drei Mal kreiste der Große Drache über uns und schoss dann in Richtung Kaiserstadt davon. Der Kutscher ließ die Peitsche über dem Rücken der Pferde knallen, und wir folgten ihm durch das Nordtor auf die Kaiserstraße. Der Shadow Dragon flog über uns, während die Kutsche durch die Menge von Menschen ratterte, die uns zuwinkten, lachten und Blumen warfen. An jeder Kreuzung standen Musikanten, schlugen große Zimbeln und bliesen Trompeten, als wir vorbeifuhren. Auch die Onna-Bugeisha marschierten neben der Kutsche, zusammen mit den Leibwachen der anderen Königreiche. Ich sah Aiko unter ihnen und versuchte, ihren Blick einzufangen, versuchte, in einem Blick das Ungeheure dieses ganzen Tages auszudrücken.

Doch Aiko sah starr geradeaus, ein Vorbild an perfekter Disziplin, und ignorierte mich.

Ein plötzliches Gefühl tiefer Einsamkeit brachte mich dazu, den

Kopf aus dem Fenster zu strecken, um den Kindern zuzuwinken und um den Shadow Dragon besser sehen zu können. Er war so groß, dass mich der Schatten seines Körpers zittern ließ. Sobald ich den kühlen Wind seiner Flügel im Gesicht spürte, ergriff mich die enorme Magie des Tieres. Sie war überall, in mir und um mich herum, und sie brannte mir in Lunge und Blut. Ich versuchte, sie zu erfassen und ihre Natur zu ergründen, aber das war, als versuche man, durch einen Sumpf zu schwimmen – dicht, dunkel und tief. Die Aura des Drachen war so voller Intelligenz und wilder Macht, dass sie mir wie ein scharfer Schmerz in die Schläfen fuhr.

Benommen und plötzlich sehr, sehr müde sank ich in die Kutsche zurück. Die kurze Begegnung mit dem Shadow Dragon machte mich schwach wie eine Puppe. Ich blinzelte gegen den Drang an, einzuschlafen, und bemerkte trotz meines verschwommenen Blicks einen vertrauten, bösen Gesichtsausdruck. Prinzessin Minh sah mich von der Seite her bitterböse an. Ich hatte ganz vergessen, dass sie neben mir saß, bis sie mich hasserfüllt ansah.

Ich holte tief Luft und wandte mich zu ihr, um ihrem Blick zu begegnen. Ihre feurigen, schwarzen Augen waren mit goldenem Khol umrahmt, was wunderschön und gleichzeitig beunruhigend aussah, genauso wie die Drachen des Desert Kingdom.

»Ja?«, sagte ich. Aber es war Kais Stimme und nicht Norikos, die sprach, bevor ich es verhindern konnte. Der scharfe Ton ließ Minh überrascht aufblicken, und sie runzelte noch stärker die Stirn.

»Für wen haltet Ihr Euch eigentlich?«, fragte sie leise, aber giftig.

Ich hielt den Atem an, und einen Moment lang fürchtete ich, sie hätte mein Geheimnis entdeckt, vielleicht erkannte sie unter dem schweren Make-up und dem Kopfschmuck die falsche Prinzessin. Doch das konnte sie natürlich nicht. Sie war gehässig und arrogant, aber sie war keine Gedankenleserin.

Also setzte ich mein schönstes Noriko-Lächeln auf, kühl und reizend.
»Prinzessin«, begann ich, »bitte verzeiht mir mein unangemessenes Verhalten während der Zeremonie heute. Es war schlicht ein Versehen meinerseits. Ich hatte keineswegs die Absicht, Euch der Ehre zu berauben, die Ihr Euch durch Eure Dienste in der Kaiserstadt verdient habt.«
Ich hielt inne. Es war eine gute Entschuldigung, glaubte ich. Ich hatte genau wie Noriko geklungen. Madame Chizuko wäre wenigstens ein Mal zufrieden gewesen.
Doch Minh schien das nicht im Geringsten zu beeindrucken. Ihr Stirnrunzeln verwandelte sich in ein höhnisches Lächeln, und langsam wandte sie ganz bewusst ihr Gesicht ab.
Ich stützte meinen Ellbogen auf das Fensterbrett und sah in den Himmel empor, wo der Shadow Dragon wie ein Papierdrachen auf- und abtauchte. Wie er so von Luftstrom zu Luftstrom tanzte, als würde es ihm Spaß machen, hatte etwas unglaublich Menschliches an sich. Die Tempelgelehrten sagten, dass so etwas Unsinn war, dass der Shadow Dragon ein Tier sei wie alle anderen. Aber dieselben Gelehrten erzählten uns auch, dass Kaiser Phx der Erste ein Gestaltwandler gewesen sei, der Urahn dieses Shadow Dragon. Wer konnte also sagen, was Unsinn war und was die Wahrheit?
Ein scharfer Schmerz in meinem Arm ließ mich nach Luft schnappen. Ich sah nach unten und bemerkte, dass Minh mich mit Daumen und Zeigefinger kniff und ihre goldenen Nägel in meine Haut grub. Ich sah in ihr von Abscheu verzerrtes Gesicht.
»Entschuldigung?«, empörte ich mich. »Akzeptiert man in Samac so eine Entschuldigung, oder bist du einfach nur besonders fies?«
Wieder hatte Kais Stimme die Oberhand über meine Hofmanieren gewonnen, aber das schien Minh nicht zu bemerken. Sie knurrte nur und stach mir ihre Nägel noch tiefer ins Fleisch, bis

ich fürchtete, dass mir gleich das Blut über den Unterarm laufen würde.
Ich sah die anderen in der Kutsche an, doch die jungen Prinzen sahen alle weg und taten höflich so, als bemerkten sie unseren Streit nicht. Iseul sah mich kurz an, angespannt und besorgt. Doch bevor ich seinen Blick erwidern konnte, sah auch er weg.
So ruhig wie möglich nahm ich Minhs dünnes Handgelenk, fand den Druckpunkt und drückte zu, so lange, bis sie mich mit einem leisen Ausruf losließ.
Dann wandte ich mich wieder zum Fenster, ebenso hochnäsig dreinblickend wie sie, und versuchte, die wilde Befriedigung zu unterdrücken, die in mir aufstieg. Der blaue Fleck würde ihr tagelang wehtun.
War das Norikos ganze Welt?, fragte ich mich. Ein einsamer Platz, wo all ihre Gleichgestellten nur darauf aus waren, sie mit ihren scharfen Krallen zu zerfetzen? Ich hatte die begehrenswerte Noriko gesehen, die bewunderte Noriko – aber vielleicht war sie auch die gehasste Noriko. Vielleicht lag es aber auch an mir, vielleicht hätte die richtige Prinzessin diese Situation viel besser gemeistert, und ihr Hass galt wirklich nur mir selbst.
Wieder sah ich Aiko, die mit den Onna-Bugeisha lief, und betete zur Göttin, dass sie zu mir sah. Nur ein Mal. Alles, was ich brauchte, war nur ein kurzes Lächeln von meiner Freundin, von irgendeiner Freundin.
Doch Aiko sah mich nicht an.
Doch jemand anderes tat es. Plötzlich spürte ich einen Blick auf mir ruhen, der wärmer und freundlicher war als der von Minh, daher erwiderte ich ihn. Enlai, der älteste Prinz des Mountain Kingdom, lächelte mich an.
»Keine Sorge«, meinte er, »die Königsfamilie von Samac hasst aus Prinzip alle.«

Das überraschte mich so, dass es mir den Atem verschlug. Nicht, weil er es sagte, sondern weil er im Flussdialekt mit mir sprach, meiner eigenen Muttersprache, und nicht in der gemeinsamen Sprache des Imperiums. Es war die Antwort auf ein Gebet, so willkommen wie die Sonne nach einem langen Winter.
Scham und Zorn lösten sich plötzlich in Luft auf, und erleichtert lächelte ich zurück.

***

In den schrägen Schatten des Palastes suche ich nach etwas, etwas, was ich brauche, obwohl ich Angst habe, es zu finden. Die Nacht ist tiefschwarz – der Mond scheint nicht – und leer wie ein Grab. Hinter mir macht eine unsichtbare Uhr tick, tick, tick. Je länger ich laufe, desto lauter tickt die Uhr, bis mein Herz im Gleichklang damit schlägt – tick, tick, tick, tick …
Das Ticken verändert sich, wird lauter, voller, klingt jetzt wie das Herz eines großen Tieres. Ein Rascheln erinnert mich an den Wind im Ried. Ich halte inne, lausche und erkenne plötzlich, dass es das Geräusch großer Drachenschwingen ist.
Mein Herz hämmert laut, als ich um eine Ecke biege und erwarte, die bedrohliche Gestalt des Shadow Dragon zu sehen.
Stattdessen schließen sich starke Arme um mich, der Duft nach Moschus und Gewürzen hüllt mich ein, und ein warmer Mund presst sich auf meine Stirn.
»Meine Liebste«, flüstert Enlai und legt seine Lippen auf meine. Leidenschaftlich erwidere ich seinen Kuss, weiß intuitiv, wie man das macht. Ich beiße in seine Lippen, will mehr davon, während die Hitze seines Körpers mich erfüllt …

Als die Morgendämmerung mein Zimmer erhellte, erwachte ich mit klopfendem Herzen in durchgeschwitzten Laken. Mein Kopf schmerzte, und die Zunge klebte mir am Gaumen. Ich wusste gar nicht, warum ich mich so fiebrig fühlte – mein Magen schien zu vibrieren, ich erschauderte, Gänsehaut breitete sich über meine Arme aus, und ich hatte das Gefühl, als krabbelte eine Armee von Ameisen über meinen Körper.

Vor meinem inneren Auge blitzte das Bild von Enlai auf: dem Enlai aus meinem Traum, der älter und stärker war als der echte, in dunkle Schatten gehüllt, und er schmeckte nach …

Blut, dachte ich. Wieder hüpfte mein Magen, und das Kribbeln auf meiner Haut verstärkte sich. Der Traum-Enlai schmeckte nach Blut, Stein und feuchter Erde, und der Kuss war so viel besser, als ich es mir je vorgestellt hatte.

Neben meinem Bett stand ein Krug mit Wasser. Ich trank daraus, doch mein Mund blieb trocken, und mein Körper glühte wie Feuer.

Ich versuchte, das alles zu verstehen und die Vorstellungen in meinem Kopf und die Gefühle in meinem Innersten zu entwirren.

»Du bist eine Onna-Bugeisha«, sagte ich, um mich selbst daran zu erinnern. »Und das … das ist nicht …«

Allerdings hatte ich keine Ahnung, wie ich diesen Satz beenden sollte. Ich war wach, viel zu wach, wacher, als ich jemals zuvor gewesen war, aber irgendwie kam es mir falsch vor.

Ich stand auf und schüttelte mich wie ein Hund, um den Traum zu verscheuchen, aber das reichte nicht. Mein Gehirn und mein Körper verlangten sehnlichst nach einem langen Lauf durch das Flussdorf, einem Trainingskampf auf dem Übungshof oder einem Einzelkampf gegen Lady Mayumi. Ich hatte festgestellt, dass, immer wenn mir Gedanken kamen, die mit dem Kriegerkodex nicht im Einklang standen, es mir half, meinen Körper zum Gehorsam zu zwingen. Ich betrachtete die Kleider der Prinzessin, die von meinen Kammerzofen zurechtgelegt worden waren. Den Gedanken daran, sie anzuziehen, konnte ich nicht ertragen. Nicht jetzt. Noch nicht. Es kribbelte mich immer noch, und die Hitze in meinem Körper ließ mich erröten. Es waren noch zwei Tage bis zur offiziellen Krönung. Bis dahin würde ich diese Scharade aufrechterhalten können, aber ich brauchte ein paar Stunden, in denen ich ich selbst sein konnte, ein paar Stunden, in denen ich Träume, Küsse und Blut vergessen konnte.

Bevor ich meine Meinung ändern konnte, zog ich die leichte, schwarze Tunika und meine Stiefel an, schnallte mir mein Schwert um und schlüpfte aus der Tür.

Aiko und Chou hielten davor Wache.

»Guten Morgen, Prinzessin«, begrüßte mich Aiko, ohne eine Miene zu verziehen. »Habt Ihr gut geschlafen?«

»Nein«, entgegnete ich knapp. Einen Augenblick lang war ich versucht, ihr alles zu erzählen – doch dann verdrängte ich diesen Gedanken wieder. Nein. Von diesem Traum durfte Aiko nie etwas erfahren.

»Hmm. Dachte ich mir. Ihr scheint nicht ganz Ihr selbst. Chou?«, wandte sie sich an die andere Wache. »Glaubst du nicht auch, dass die Prinzessin heute Morgen anders aussieht?«

»Hmm.« Chou legte den Kopf schief. »Habt Ihr etwas mit Eurem Gesicht gemacht, Prinzessin Noriko?«

»Schon gut, schon gut. Sehr witzig«, knurrte ich.

»Im Ernst, Kai«, sagte Aiko und senkte ihre Stimme zu einem Flüstern, »lass dich so ja nicht von Lady Mayumi erwischen.«

»Ich muss mich bewegen, Aiko«, erklärte ich. »Noch nie in meinem Leben musste ich so lange still sitzen. Ich habe das Gefühl, meine Muskeln werden zu Stein. Ich weiß nicht, wie diese Majestäten das aushalten.«

Aiko blinzelte mich an.

»Na ja«, meinte sie mit einem Blick auf die Sonne, die den ruhigen

Hof gerade erst erreichte, »weißt du, normalerweise schläft Prinzessin Noriko lange. Ich würde sagen, dass sie noch so ungefähr zwei bis drei Stunden im Bett bleibt.«
Sie verzog den Mund zu einem schiefen Lächeln.
»Du bist toll«, grinste ich zurück. »Danke. Willst du mitkommen?«
Ihr Lächeln verblasste zu einer Grimasse.
»Solange die Prinzessin schläft«, meinte sie mit einer spöttisch hochgezogenen Augenbraue, »bin ich im Dienst. Also bleibt nicht zu lange, Hoheit.«
»Verstanden.«
Dankbar schlug ich ihr auf die Schulter. Chou salutierte mit gespielter Höflichkeit, doch ihr Grinsen ruinierte die Wirkung. Ich verzog das Gesicht und schlich durch den Gang.
Im Palast war nur die Dienerschaft schon wach, der Rest des Haushalts schlief wohl auch länger. Ich wusste, dass ich ewig brauchen würde, wenn ich den Weg durch das Wirrwarr von Zimmern, Fluren und Höfen allein suchte, daher hielt ich eines der Zimmermädchen an und fragte sie nach einem Ort, wo ich in Ruhe mit dem Schwert üben konnte. Sie zeigte mir einen kleinen Garten in der Nähe von Großmeister Xuwichas Gemächern, wo Springbrunnen und hohe Bambusbäume einen mit grauen Steinen gepflasterten Innenhof umgaben. Durch den Bambus lag dieser hinter einer Blätterwand, sodass mich niemand sehen konnte, der nicht durch das Bogentor in den Hof kam.
Sofort zog ich das Katana aus der Hülle und hielt mir die Klinge vor die Nase. Ich stellte den linken Fuß zurück und hob das Schwert zur Abwehr hoch über den Kopf. Beinahe hätte ich vor Freude aufgestöhnt, als ich spürte, wie meine Muskeln sich dehnten, bewegten und anspannten. In meinem Kopf hörte ich Lady Mayumis barsche Befehle: *Schlag links. Schlag rechts. Tritt vor. Schlag*

nach unten. Abwehr hoch. Und noch einmal: Schlag links. Schlag rechts …

Es waren die einfachsten Übungen, die ich kannte, die ersten, die man einem Schüler beibrachte, aber sie machten mich wach und verdrängten die hässlichen Gefühle aus meinem Bewusstsein.

Ich hatte gerade angefangen, ein paar Vorstöße und hohe Kicks hinzuzufügen, als ich merkte, dass jemand hinter mir stand und mich beobachtete. Ich wirbelte herum, das Schwert schlagbereit ausgestreckt, für den Fall, dass der Zuschauer mich angreifen wollte.

Der Fremde, ein Junge etwa in meinem Alter, hob abwehrend die Hände.

»He!«, sagte er. »Achte nicht auf mich, ich genieße nur die Aussicht.«

Ich ließ das Schwert sinken und stellte die Spitze des Katana auf das Pflaster.

»Wer bist du?«, fragte ich barscher als beabsichtigt.

Er kam ein paar Schritte näher und betrachtete neugierig meine Tunika und das Schwert. Aus der Nähe sah er ein oder zwei Jahre älter aus als ich. Er hatte markante Wangenknochen, tief liegende Augen und eine schiefe Nase. Sein dunkles Haar war kurz geschoren bis auf eine zu lange Locke, die ihm in die Stirn hing. Das weiche Morgenlicht zeichnete scharfe Schatten in sein kantiges Gesicht. Seine Augen waren bernsteinfarben, fast golden, wenn die Sonne hineinschien, und in ihren Winkeln lagen kleine Lachfältchen. Er trug eine Ledertunika mit hohem Kragen, der seinen Hals bis zum Kinn bedeckte.

»Du bist ein Mädchen aus dem River Kingdom«, bemerkte er. »Eine von den ganz blutrünstigen …«

Er grinste, und plötzlich krabbelten wieder diese Ameisen über meine Haut.

»Blutrünstig?«, fragte ich verwirrt.

»Klar«, antwortete er. »Auf der Straße heißt es, dass die Hälfte der Mädchen aus Mizu Töchter der Kriegsgöttin sind – die Soldatinnen, die Onna-Bugeisha. Stimmt das?«

Onna-Bugeisha. Ein Sonnenstrahl brach durch die dunklen Wolken, die meine Stimmung trübten. Zum ersten Mal seit Tagen hatte jemand außer meinen Schwestern mich bei meinem richtigen Namen genannt – nicht Prinzessin oder Hoheit oder Noriko, sondern Onna-Bugeisha. Das war zur Abwechslung ganz schön.

Aber er sah mich nicht einfach nur an. Sein Blick schweifte über mein Gesicht, und sein Mund war zu einem spöttischen Lächeln verzogen. Ich hatte eine Lehrerin, die so grinste. Sie stand absolut still und grinste nur, während man sie umkreiste. Und wenn man endlich angriff, dann trat sie einfach beiseite und schlug einem kräftig auf den Kopf. *Lektion eins*, sagte sie dann. *Trau nie jemandem, der vor einem Kampf lächelt.*

Ich hatte den Eindruck, als ob dieser Junge ständig kämpfen wollte.

»Ich bin zwar eine Onna-Bugeisha«, erklärte ich, »aber Kosuke ist die Sonnengöttin und nicht die Kriegsgöttin.«

»Sonnengöttin?« Sein Grinsen wurde sogar noch breiter. »Das ist schon besser. Schön friedlich. Ich hab mir schon Sorgen gemacht. Ein so hübsches Mädchen sollte keine gewalttätige, kriegerische Hexe als Schutzpatronin haben.«

Augenblicklich trübte sich meine Laune.

»Friedlich?«, fragte ich eisig. Jetzt klang ich wie Lady Mayumi. »Da hast du mich missverstanden, und vor allem hast du unsere Legenden missverstanden. Kosuke, die Sonnengöttin, heiratete Masashi, den Befehlshaber der Geisterarmeen. Der Legende nach gab sich Masashi nicht damit zufrieden, die Geisterwelt zu regieren – er wollte ganz Chitwitlok beherrschen. Er wollte die zukünftige Kaiserin, die älteste Prinzessin von Mizu, töten. Kosuke flehte ihren Mann an, das Mädchen in Ruhe zu lassen, doch Masashi wollte nicht hören. Also hat Kosuke ihre feurigen Arme ausgestreckt, Masashi an sich gezogen und ihn lebendig verbrannt.« Ich grinste ihn mit meinem strahlendsten Lächeln an und fühlte mich in diesem Augenblick fast selbst wie die Tochter der Göttin. »Du siehst also, wir Onna-Bugeisha sind zwar nicht gerade gewalttätig, aber friedlich sind wir auch nicht wirklich.«

Der spöttische Ausdruck in seinen tiefdunklen, samtigen Augen verschwand, und er richtete seinen Blick fest auf mich.

»Verzeihung, meine Dame«, sagte er. Auf einmal klang er viel rauer, nicht mehr wie ein frecher Junge. »Ihr habt recht. Das war dumm und ignorant. Vielen Dank für die Geschichte und die Lektion.«

Damit verbeugte er sich so tief, dass seine Stirn fast den Boden berührte. Eine solche Verbeugung gebührte normalerweise einem besonderen Ehrengast, und vor Freude über das Kompliment hüpfte mein Magen so, dass ich mich einen Augenblick lang fragte, ob ich krank war.

»Nun, vielen Dank, dass Ihr so bereitwillig lernt«, erwiderte ich und verneigte mich knapp, die Hände auf den Knauf meines Katana gelegt. Als ich mich wieder aufrichtete, war das Grinsen wieder da – und irgendwie fühlte ich mich gleich besser. Mit so viel Respekt wusste ich nicht umzugehen, aber wie man einem frechen Grinsen begegnet, hatten mir meine Lehrerinnen beigebracht.

»Du nimmst die Verhaltensregeln wohl ganz genau, was? Das war gerade genug Verbeugung, dass ich nicht beleidigt sein kann – aber auch nicht so viel, dass ich mich in deiner Gegenwart willkommen fühle. Sehr schön.«

Das Flattern in meinem Magen legte sich augenblicklich, und ich sah ihn finster an. Zwischen den Zähnen brachte ich hervor: »Es ist vollkommen angemessen, sich so zu verbeugen, wenn man weder den Namen noch den Rang oder den Beruf seines Gegenübers kennt.«

»Das werde ich dir wohl glauben müssen«, erwiderte er. »Etikette ist nicht gerade meine Stärke.« Er blinzelte, und meine Kehle war plötzlich wieder wie zugeschnürt und trocken. »Aber da wir uns gerade erst kennengelernt haben, kleine Göttin, möchte ich, dass du dich wohlfühlst – und werde nett zu dir sein. Mein Name ist Jao. Ich bin einer der Drachenhüter des Palastes.«
Ich steckte das Schwert weg und erinnerte mich mit klopfendem Herzen an die Gestalt des Großen Drachen.
»Hüter? Wie Hüter des Shadow Dragon?«
»Genau der. Meine ganze Familie dient dem Großen Drachen. Jeder Einzelne von uns, sogar mein siebenjähriger Cousin.« Er zog eine Braue hoch: »Also dann verdiene ich wohl noch eine Verbeugung, Lady Benimm, oder?«
Ich dachte einen Augenblick darüber nach, dann salutierte ich – so begrüßte ein Krieger einen anderen Krieger. Einen Gleichgestellten.
Norikos Aufzeichnungen zufolge wurde ein Hüter des Shadow Dragon genauso gegrüßt wie ein Priester oder eine Priesterin. Aber mir war nicht danach, vor ihm auf die Knie zu fallen und mein Gesicht zu bedecken. Im Moment war ich nicht die Prinzessin und musste mich nicht ans königliche Protokoll halten. Ich würde aufrecht stehen bleiben und diesem Jungen ins Gesicht sehen. Seit wir das River Kingdom verlassen hatten, hatte ich mich nicht mehr so wie ich selbst gefühlt.
Ich fürchtete schon, dass Jao wütend werden würde, doch auch jetzt sah er mich nur fest an und schien nur leicht überrascht. Dann lächelte er mich an, ganz sanft, und unter seinem beharrlichen Blick wurde ich rot.
»Ihr ehrt mich, kleine Göttin.«
Meine Kehle war wie zugeschnürt. Ich senkte den Blick und polierte den Schwertknauf mit dem Daumen, um meine Hände zu

beschäftigen. Plötzlich kam mir meine kleine Trotzaktion dumm vor.

»Also ein Drachenhüter«, murmelte ich. »Das bedeutet, dass du Magie besitzt, nicht wahr? Das brauchst du, um dem Großen Drachen zu dienen.«

Jao runzelte die Stirn und schüttelte den Kopf.

»Oh nein, so ist das gar nicht …«

»Doch, ist es. Ich weiß es. Ich habe alles darüber gelesen!«, sprudelte ich hervor, als hätte ich mir das extra für ihn aufgehoben, und deutete auf ein Lederhalsband, das unter seinem Kragen hervorsah. »Die Hüter des Shadow Dragon werden bei ihrer Geburt von den Hohepriestern gesegnet. Du trägst doch einen Stein, oder? Wahrscheinlich einen grünen oder vielleicht einen blauen – der deine telepathische Verbindung zu dem Drachen verstärkt. Und außerdem verbringst du jedes Jahr einen Monat bei den Shi-Mönchen zum Meditieren und um die innere Ruhe zu finden und was diese Mönche sonst noch so lehren. Und du bist stark, viel stärker als wir, wegen des zweiten, schwarzen Steins, den du um deinen Knöchel trägst. Denn wenn du irgendwann feststellen solltest, dass du die telepathische Verbindung zu dem Shadow Dragon nicht mehr aufrechterhalten kannst, wirst du dich verteidigen müssen – sonst bist du wahrscheinlich tot. Also«, schloss ich und sah ihn wieder an, »erzähl mir nicht, dass du keine Magie hast.«

Jao riss staunend die Augen auf und sagte ein wenig atemlos: »Die erste Onna-Bugeisha, die ich treffe, und die ist rein zufällig eine Drachenexpertin. Wenn das mal kein Zufall ist!«

»Ich bin keine Expertin. Ich bin nur …« Ich klappte den Mund zu, schloss die Augen und ballte die Hände. *In der Nähe von Drachen kann ich nicht atmen, ich kann ihre Gedanken nicht von meinen lösen, ich kann ihre Magie in meinem Kopf fühlen. Ich weiß nicht, wa-*

rum sie so eine Wirkung auf mich haben, obwohl ich keine magischen Steine trage und von den Priestern nicht gesegnet wurde.
»Du bist was … nur?«, forschte Jao.
»Ich … ich liebe Drachen.« Das klang so lahm und unglaublich dumm, dass ich aufsah, um zu sehen, ob Jao wieder grinste. Aber das tat er nicht. Er sah mich weich und zufrieden an, als hätte er etwas Kostbares gefunden, was er verloren geglaubt hatte.
Ich räusperte mich und suchte panisch nach Worten, damit er aufhörte, mich so anzustarren.
»Nun«, brachte ich schließlich hervor. »Du wohnst wohl hier in der Kaiserstadt?«
Er nickte.
»Ich habe noch nie woanders gewohnt. Ich habe nur ein Mal die vier Königreiche besucht – als ich drei war. Da war ich mit meinem Vater im Shi-Gebirge. Er ist ein Jahr lang gereist und hat die verschiedenen Drachenarten studiert. Er hat sogar ein Buch darüber geschrieben, das jetzt in der kaiserlichen Bibliothek steht.« Er sagte das mit einer gewissen Befriedigung. Er schien stolz auf die Arbeit seines Vaters zu sein – aber es war nicht die Art von lautem, angeberischem Stolz. Diese Zuneigung zu seiner Familie und die Freude, seinem Reich zu dienen, machten ihn mir sehr sympathisch.
Ohne weiter darüber nachzudenken, machte ich einen Schritt auf ihn zu.
»Wie ist er denn wirklich?«, fragte ich. »Der Shadow Dragon, meine ich.«
Er lachte. Er schien gerne zu lachen.
»Na ja. Der Drache …« Er seufzte, und wieder wurde sein Gesicht weich und strahlend. »Er ist von einer majestätischen Aura umgeben. Ich glaube, irgendwo tief im Inneren erinnert er sich daran, einmal Kaiser gewesen zu sein. Und die Magie – sie ist überwälti-

gend. Du würdest das nicht verstehen, aber sie ist so stark, dass es manchmal richtig wehtut, neben ihm zu stehen.«

Ja, dachte ich und schloss die Augen, um mich an die Prozession vom Tag zuvor zu erinnern – an das Gefühl, überwältigt zu sein in der Gegenwart von etwas so Altem und Wunderbarem.

»Es ist … Wenn er ausatmet, wird einem schwindelig«, sagte ich leise. »Und wenn er einatmet, macht er dich atemlos.«

Als ich die Augen wieder öffnete, stellte ich fest, dass Jao mich wieder mit großen Augen anstarrte. Dann senkte er den Blick.

»Entschuldige«, sagte er rau. »Bei all der Zeit, die ich mit dem heiligen Drachen verbringe, sollte man meinen, ich wäre auf die Begegnung mit einer Göttin vorbereitet.«

Ich schnaufte über das unbeholfene Kompliment, aber mein Herz schlug wie wild, und meine Wangen wurden heiß. Ich kämpfte dagegen an und auch gegen das Lächeln, das sich unwillkürlich auf meinem Gesicht breitmachte. Und die Ameisen waren auch wieder da und krabbelten überall über mich hinweg wie in meinem Traum.

Große Göttin, dachte ich entsetzt. *Was passiert nur mit mir?*

»Nun«, verlangte Jao, den Blick immer noch aufs Pflaster gerichtet, »erzähl mir vom River Kingdom. Erzähl mir von euren Drachen.«

Plötzlich fiel mir wieder mein Fehler bei der Zeremonie ein und wie Prinz Cadeo mir »Blödes Landei!« zugezischt hatte, als er sich neben mich setzte. Das kühlte meine Wangen und dämpfte meine Stimmung augenblicklich.

»Mizu ist klein«, antwortete ich zähneknirschend, »aber es ist stolz und schön.«

Er ließ seinen Blick über mein Gesicht gleiten, auf dessen Wangen ein paar feuchte Haarsträhnen klebten.

»Ja«, sagte er, »das sehe ich.«

»Jao!«

Er drehte sich zu einer kleinen Frau mit dicken, dunklen Zöpfen um, die im Toreingang aufgetaucht war.
»Hier bist du«, sagte sie. »Komm, wir werden in den Ställen gebraucht.«
»Ich komme sofort, Mutter«, antwortete Jao. Sie nickte kurz und ging, ohne auf ihn zu warten.
Jao drehte sich wieder zu mir um. Langsam, als sei ich ein nervöser Hund, der ihn beißen könnte, strich er mir eine lose Haarsträhne hinters Ohr. Ich schaffte es gerade so, nicht zurückzuzucken, zu hyperventilieren oder sonst irgendwelche Dummheiten zu machen. Mit blitzenden Augen verneigte er sich erneut und – vor Schreck schrillten in meinem Kopf die Sirenen los – nahm meine Hand, um sachte seine Lippen auf meine Fingerknöchel zu drücken. Es war eine sehr sanfte Geste, und sein Mund war so weich wie ein Schmetterlingsflügel.
»Es war mir eine Freude, Euch kennenzulernen, Tochter der Kosuke«, murmelte er leise.
Dann war er fort, und ich stieß den Atem aus, den ich unbewusst angehalten hatte.

Kapitel 3

Um mich herum summten die Stimmen wie wütende Wespen, als die Diplomaten der einzelnen Königreiche die Rahmen für Handelswege und Wasserrechte, Steuern und Stammesgesetze absteckten und immer wieder neu verschoben. Die Krönung bot den vier Königreichen die Gelegenheit, Allianzen zu bilden, die so lange halten würden, wie der Kaiser regierte. Die Verhandlungen waren anstrengend, und häufig entstanden bedeutungsschwangere Pausen, und lange, finstere Blicke durchquerten den Raum. So langsam verstand ich die Worte Hisakawas: *Der Frieden ist eine zerbrechliche Ware.*

Prinz Iseul und ich saßen auf einer Seite, offiziell, um die Verhandlungen zu überwachen, aber in Wahrheit waren wir nur Dekoration. Das war mir bis zu diesem Tag nicht klar gewesen. Am Abend zuvor hatte ich noch lange in Norikos Aufzeichnungen gelesen, um so viel zu lernen, wie ich konnte. Aber seit ich das Zimmer betreten hatte, hatte mich noch niemand auch nur angesehen. Niemand stellte mir eine Frage. Niemand redete mit mir, als hätte ich bei diesen wichtigen Gesprächen auch etwas zu sagen. Ich war unsichtbar. Schön, dekorativ, zeremoniell – unsichtbar.

Es war stickig und heiß, und es stank nach einem Dutzend verschwitzter Männer, die in ihrem eigenen Zorn kochten. Meine eigenen Kleider klebten mir feucht am Körper.

Meine Prinzessinnenmaske war verrutscht. Ich merkte, wie der höflich interessierte Gesichtsausdruck in der Hitze zu schmelzen begann wie die dicke, silberne Farbe. Eine gelangweilte und trotzige Kai bahnte sich ihren Weg an die Oberfläche, unter der ich sie versteckt hatte, bereit, hervorzuspringen und zu verlangen, dass ich an etwas Wichtigem teilnahm.

Ich begann, mit dem Fuß zu wippen.

»Wie ist die Reisernte des River Kingdom dieses Jahr, Prinzessin?«, fragte Prinz Iseul. Er saß neben mir, stützte sich auf die Ellbogen und hatte das Kinn in die Hände legt. Er schien sich tatsächlich zu freuen, hier zu sein.

Ich hatte keine Ahnung, was Noriko über unsere Reisernte wissen konnte.

»Sie scheint gut zu werden«, sagte ich und gab ihm damit eine möglichst vage Antwort. »Danke der Nachfrage, Euer Hoheit.«

»Ich habe nur ein Mal Reis gegessen«, bekannte Prinz Iseul. »Das war, als ich mit meinem Vater vor ein paar Jahren nach Mizu gereist bin, als wir uns kennengelernt haben. Ich war damals erst zehn, aber ich erinnere mich an den Reis – sie haben ihn mit einer süßen Creme zubereitet, aber ich weiß nicht mehr, wie sie das nannten. Wisst Ihr, wie das heißt?«

»Kokosmilch«, antwortete ich.

»Ja, genau! Kokosmilch!« Er strahlte mich an. »Das hat mir sehr gut geschmeckt.«

»Danke«, sagte ich, als hätte ich Reis mit Kokosmilch selbst erfunden.

Meine Muskeln waren von meinem morgendlichen Training ganz steif und empfindlich. Lady Mayumi würde entsetzt über meinen Zustand sein, wenn ich endlich wieder auf den Übungsplatz kam …

Iseul redete immer noch, als die Diplomaten sich erhoben und

voreinander verbeugten. Offenbar hatten sie eine Vereinbarung getroffen.
»Ausgezeichnet«, sagte Großmeister Xuwicha und klatschte in die Hände. »Wir werden dem künftigen Kaiser den neuen Vertrag nach der Krönung zeigen.«
Ich war während fast des ganzen Treffens unaufmerksam gewesen, aber das spielte keine Rolle. Es würde mich doch niemand danach fragen, und ich würde am Abend nicht meine Notizen durchgehen müssen.
Machte das Noriko etwa nichts aus? Sie war eine Trophäe, ein glänzendes und machtloses Statussymbol, das in der Gegend herumkutschiert wurde. Vielleicht war es ihr egal. Sie hatte es schließlich ihr ganzes Leben lang getan. Vielleicht tat sie, was sie tun konnte, wenn sie es tun konnte, und akzeptierte, dass die königlichen Erben normalerweise hinter ihren Ministern zurückstanden. Vielleicht. Was mich betraf – mich machte diese Nutzlosigkeit verrückt.
»Lasst uns morgen erneut zusammenkommen und über die vorgeschlagenen Steuern auf Zuckerrohr sprechen«, fuhr Xuwicha fort.
»Ja«, stimmte der Kanzler von Namu zu und schüttelte dem Kanzler von Mizu die Hand. Obwohl sie in Norikos seitenlangen Aufzeichnungen aufgeschrieben waren, konnte ich mir ihre Namen einfach nicht merken. »Das River Kingdom ist natürlich der wichtigste Handelspartner von Namu. Wir werden auch weiterhin ausschließlich mit Euch verhandeln, bis unsere Königreiche mit den Bedingungen einverstanden sind. Ihr seid die oberste Priorität für das Forest Kingdom.«
»Das wissen wir zu schätzen«, erwiderte unser Kanzler, der den Namen seines Gegenübers offensichtlich auch vergessen hatte. »Wir freuen uns schon auf die Besprechung morgen.«
Natürlich tun wir das, dachte ich. Der Mann sah aus, als ob er sich noch unwohler fühlte als wir alle. Über den hochgeknöpften Kra-

gen seines Gewandes quollen von der Hitze gerötete Fleischröllchen. Ich hätte wetten können, dass der Einzige, der sich tatsächlich auf die Besprechungen morgen freute, Iseul war.
War es ihnen egal? Wir sprachen über Nahrung und Handel und Importwaren, Dinge, die für kleine Königreiche wie das unsere über Leben und Tod entschieden. Doch ihre Gespräche drehten sich im Kreis, Entscheidungen wurden stundenlang aufgeschoben, und man warf sich gegenseitig lächerliche Verstöße vor, während die wirklichen Probleme ungelöst blieben. Mir kam das dumm und ineffizient vor, doch ich musste unseren Ministern wohl oder übel vertrauen – denn ich durfte ja nichts anderes tun.
Ich holte tief Luft und zwang mich, mich zu beruhigen. Dabei stellte ich mir vor, wie ich auf einer weiten Ebene Schwertübungen machte … am Fluss meditierte … einen Pfeil nach dem anderen in der Mitte einer Zielscheibe versenkte …
Wir erhoben uns, und ich folgte den Diplomaten von Mizu auf den Gang. Dort lagen andere, identische Zimmer, an denen meine Minister, Berater und Höflinge vorbeigingen bis zu einem weiteren identischen Raum, in dem wir die gleichen Themen mit der Delegation des Mountain Kingdom besprechen würden.
Als Prinz Cadeo und Prinzessin Minh an uns vorbeikamen, um unseren Platz in dem Raum einzunehmen, den wir eben verlassen hatten, sah ich, wie der Minister von Namu sich tief vor ihnen verneigte. Und obwohl er leise sprach, vernahm ich deutlich die Worte »ausschließlich mit Euch verhandeln« und »Desert Kingdom ist unser wichtigster Handelspartner«.
Vielleicht war ich nur einer von vielen Lügnern im Palast.
Ich wollte nach Hause. Hier gehörte ich nicht her. Nicht einmal Noriko gehörte hierher. Ich wollte nur …
»Prinzessin?«
Erschrocken sah ich auf, als Prinz Enlai auf mich zukam und sich

verneigte – fast so vollendet wie Jao am Morgen. Er trug ein leichteres Gewand als das, das er am Tag der zeremoniellen Geschenkübergabe angehabt hatte. Seine dunkelblaue Tunika war mit weißem Pelz verziert, aber sie war dünn und weich genug, dass sich die Muskeln an seinen Armen und seiner Brust darunter abzeichneten.

Unwillkürlich sah ich seinen Mund an. Der Geruch und der Geschmack des Traum-Enlai stiegen in mir auf, und Hitze schoss durch meine Adern.

Ich senkte den Kopf, damit er nicht sah, wie ich errötete, und brachte nur eine wesentlich ungelenkere Verbeugung zustande.

»Guten Tag, Prinz Enlai.«

»Guten Tag, Prinzessin Noriko«, erwiderte er lächelnd.

Einen langen, unangenehmen Augenblick lang standen wir uns schweigend gegenüber. Madame Chizuko neben mir starrte uns an, und auf ihrem faltigen Gesicht zeichnete sich ein tiefes Stirnrunzeln ab. Enlais Lächeln geriet ins Wanken, er faltete die Hände und räusperte sich.

»Bitte, Eure Hoheit – ich möchte nicht unverschämt erscheinen, aber ich würde Euch gerne fragen, ob Ihr mir die Ehre erweisen würdet, mich heute Abend ins Theater zu begleiten. Die kaiserlichen Schauspieler werden auftreten, und es soll eine spektakuläre Vorstellung geben.«

Wieder sah er Madame Chizuko an, die jetzt aussah, als hätte man ihr eine Distel ins Gewand gesteckt. Panisch sah ich sie an. So etwas stand nicht in meinen Aufzeichnungen. Ja, wir hatten über die Möglichkeit gesprochen, dass ich – beziehungsweise Noriko – eine geeignete Ehe mit einem Prinzen der Nachbarreiche eingehen könnte. Aber das war rein hypothetisch gewesen. Ich hatte geglaubt, dass wir viel zu sehr mit Glanz und Gloria beschäftigt sein würden, dass für eine Brautwerbung keine Zeit blieb. Chizuko hatte mich angewiesen, mich den Erben der Königreiche gegenüber höflich, interessiert und ausgesprochen heiratswillig zu zeigen – aber nicht zu erwarten, dass ich tatsächlich umworben werden würde. So etwas geschah erst nach der Krönung: Dann würde die echte Noriko die Briefe und Geschenke und schmierigen Anträge bekommen, während ich wieder unbemerkt zu einer Onna-Bugeisha würde.

Das hier gehörte nicht zum Plan.

Doch ich war auch ein klein wenig aufgeregt. Das war der Teil, der mit den Fingern in die Haare des Traum-Enlai fuhr und ihn küsste und in seine Unterlippe biss, bis er Blut schmeckte …

Ich verkrampfte meine Finger ebenso wie meinen Magen und stammelte: »Eure Hoheit … Prinz Enlai … Ich fühle mich geehrt, aber ich …«

»Sie nimmt an.« Chizukos Stimme war so scharf und bitter, dass ich kaum verstand, was sie sagte. Mit offenem Mund blinzelte ich sie an. »Sie nimmt an, und Ihr müsst sie um Punkt sieben Uhr zur Vorstellung begleiten. Kommt zu ihren Gemächern. Solltet Ihr zu spät kommen, wird sie allein zur Vorstellung gehen. Habt Ihr das verstanden?«

»Ja, Madame«, antwortete Prinz Enlai so milde, dass ein Fremder glauben konnte, dass Chizuko die Königin war und der Prinz nur ein frecher kleiner Junge.

Ich hatte das Gefühl, dass mir jeden Augenblick die Lungen platzen würden. War schon mal jemand aus Verlegenheit gestorben? Ich war mir jedenfalls sicher, dass ich gleich zusammenbrechen würde.

Doch dieser kleine, feurige Teil in mir jubelte, schwoll an und überwand das ängstliche Kriegermädchen, das nichts von Brautwerbung verstand. Diese Nacht gehörte mir, dieser Moment gehörte mir … Sicher, Prinzessin Noriko würde ihn zurückfordern, ich konnte diesen Jungen nicht für immer behalten. Aber jetzt – ich hatte das Jetzt.

Und die beiden Teile meines Ichs – der zögerliche und der triumphierende – kämpften wie zwei Todfeinde in mir.
Prinz Enlai verneigte sich erst vor Chizuko und dann vor mir, und schweigend gingen wir zum letzten Zimmer am Ende des Ganges. Enlai setzte sich auf den Platz gegenüber meinem leeren Stuhl, während der Rest seines Hofes den Raum betrat. Ich erlaubte mir ein paar lange Sekunden, ihn anzusehen, während der Kampf in meinem Kopf andauerte.
»Nun«, knurrte Chizuko leise, als wir noch im Gang ausharrten, »ich kann nicht behaupten, dass ich vollkommen zufrieden bin. Wir hatten gehofft, dass Prinzessin Noriko die Aufmerksamkeit des künftigen Kaisers erregt – aber eine Allianz zwischen Mizu und Namu ist natürlich auch von Vorteil.«
»Nur dass ich nicht Noriko bin«, flüsterte ich heiser.
Madame Chizuko zischte mich an und sah sich verstohlen um. Doch niemand hatte es gehört – niemand achtete auf uns.
»Was hat das denn damit zu tun?«, grollte sie. »Natürlich bist du das nicht. Aber du siehst so aus, und das ist alles, worauf es ankommt.«
»Aber … ich bin nicht Noriko«, beharrte ich weiter. »Wie kann ich … so tun … Wie kann ich einem Prinzen den Hof machen, wenn ich …«
»Meine Güte, Kind!«, mahnte Chizuko und sah mich an. »Niemand hat etwas davon gesagt, dass du dem Prinzen den Hof machen sollst. Du wirst lächeln, dich höflich unterhalten und möglicherweise die Handelsbeziehungen zwischen Mizu und Namu erwähnen – diese lächerlichen Hinterwäldler dürfen nicht von unseren Abkommen zurücktreten. Aber auf keinen Fall wird eine kleine, falsche Prinzessin einem Prinzen des Mountain Kingdom den Hof machen.«
Sie tätschelte mir den Arm auf eine gönnerhafte Weise, die in mir Mordgelüste aufsteigen ließ, und grinste mich an. Kein schönes

Grinsen. Nicht wie das von Enlai. Oder von Jao. »Keine Angst, meine Liebe. Sollte der Prinz zu zudringlich werden, lenke ihn für einen Moment ab – und dann lauf weg. Wenn nötig, bringen wir die echte Prinzessin auf einer Trage herein, solange er nicht hinsieht.«

Und dann lachte sie. Chizuko, die sonst nie lachte, warf den Kopf zurück und lachte über meine Unwissenheit.

Aber das Wort »zudringlich« hatte in mir eine Flut neuer Gedanken ausgelöst. Ich kannte kaum dessen Bedeutung, aber ich malte mir tausend Möglichkeiten aus. Ich stellte mir vor, wie wir beide hinter den anderen Menschen aus dem Theater kamen und in eine dunkle Ecke schlüpften. Ich stellte mir ein Gewirr aus Armen und Beinen, Händen in Haaren und heftigen Atemstößen vor. In meinem Tagtraum passten unsere Körper zusammen wie Puzzleteile, es war leicht und warm und sanft. Doch als ich mich Enlai gegenübersetzte, spürte ich plötzlich einen Stich von Verzweiflung: Es würde nicht leicht werden.

Natürlich konnte ich erklären, woher Babys kamen und wie das funktionierte, aber ich hatte keine Ahnung, wie man sich in die Arme eines Liebhabers schmiegte. Und die Hitze in meinem Körper erlosch ganz plötzlich, als ich merkte, wie unbeholfen, albern und peinlich meine Phantasien eigentlich waren.

Enlai sah mich an. Auf seinem Gesicht tauchte wieder dieses Lächeln auf, und er blinzelte mir zu – eine kokette Geste, die ihn gleich darauf verlegen zu machen schien, denn er wurde rot und grinste erneut.

Er war das strahlendste Licht im Raum, das Ernsthafteste, was ich an diesem Tag gesehen hatte, und zum ersten Mal wünschte ich mir, dass die Lüge Wahrheit wäre. Nur für heute Abend.

***

»Wie ist er?« Aiko versuchte, gelangweilt und normal zu klingen, doch ich kannte sie zu gut. Sie und Chou saßen im Schneidersitz auf meinem Bett – auf Norikos Bett – und sahen mir zu, wie ich die kunstvollsten, am reichsten bestickten Gewänder anlegte, die ich je getragen hatte. Mit offenem Mund und großen Augen wie kleine Findelkinder, die zum ersten Mal den Tempel der Göttin erblickten, sahen sie mich an.

»Hört auf, solche Gesichter zu machen«, verlangte ich. »Ihr macht euch lächerlich.«

»So kommen wir uns auch vor«, erklärte Chou. »Du bist doch diejenige, die mit dem Adel spielt, den Prinzen schöne Augen macht und über das Schicksal der Königreiche diskutiert. Wir wissen gar nichts außer dem, was wir hören, wenn wir dich bewachen oder wenn wir in der Baracke sind.« Sie sah mich finster an. Mir war nicht klar, ob das Absicht war oder ob sie einfach immer so aussah. »Und da wir von den Baracken sprechen … Wusstest du, dass außer uns alle anderen unserer Schlafgenossen männlich sind? Sie haben hier keinen Platz für weibliche Soldaten, weil sie hier noch nie weibliche Soldaten gesehen haben«, meinte sie und sah noch finsterer drein. »Idioten!«

»Darüber will ich nicht reden«, meinte Aiko und wedelte mit der Hand zu Chou hinüber. »Ich will lieber alles über Prinz Enlai wissen.«

Ich kämpfte mit den Knöpfen an meinem Ärmel.

»Er ist … nett. Sehr nett«, antwortete ich. »Und … groß.«

Enttäuscht sahen sie mich an.

»Ich schätze, er sieht gut aus«, fuhr ich fort, als fiele mir das gerade erst auf. Dabei hatte ich stundenlang über die Konturen seines Mundes und seiner Wangenknochen nachgedacht.

»Er sieht gut aus«, stellte Chou fest. »Wir haben ihn alle gesehen. Daran gibt es keinen Zweifel.«

Achselzuckend tat ich so, als wäre mir das egal.
»Na gut also, er sieht gut aus. Und er ist nett. Und groß. Reicht euch das?«
»Nein«, erklärte Chou mit einem Schmollmund, der so unkriegerisch war wie nur irgendetwas. »Kann ich nicht mal für ein paar Stunden Prinzessin sein? Ich will auch wissen, wie es ist, wenn einem ein Prinz den Hof macht.«
»Er macht nicht mir den Hof«, widersprach ich, immer noch mit den Knöpfen kämpfend. »Er macht Noriko den Hof. Das hat Madame Chizuko unmissverständlich klargemacht. Aber wenn ihr wirklich so scharf auf den Prinzen seid, machen wir einen Tausch: Du kannst das Stück genießen, und ich kann wenigstens einen Abend lang bequeme Kleidung tragen.«
Vielleicht, dachte ich, *vielleicht gehe ich auch und unterhalte mich mit Jao über Drachen. Das wäre* ***schön***. *Vielleicht genauso schön wie das Theaterstück.*
Aiko hörte auf zu lächeln und schwieg, was bedeutete, dass sie nachdachte.
»Nun?«, wollte ich wissen. »Findest du Enlai hübsch? Bist du eifersüchtig, dass ich mich mit einem Prinzen abgebe?«
»Ja zur ersten Frage und nein zur zweiten«, antwortete sie. Sie lächelte abwesend und zog die Stirn kraus.
Auch Chou fiel es auf.
»Was geht in deinem Kopf vor, Aiko?«
Aiko räusperte sich und sagte: »Ich bin nur neugierig. Was passiert, wenn er sich in dich verliebt?«
Plötzlich verkrampfte sich mein Herz, und ich brauchte ein paar Sekunden, um wieder atmen zu können
»Nein, das … das wird er nicht. Das kann er nicht. Madame Chizuko sagt, ich soll seine … Aufmerksamkeit … nicht ermutigen.«

»Das musst du auch nicht«, schnaufte Chou. »Er ist ein Mann. Den musst du nicht ›ermutigen‹ – du musst nur lächeln, dein Haar zurückwerfen, die Hüften schwingen, und schon geht es los.«
Aiko und ich sahen sie verständnislos an.
»Wirklich?«, fragte ich. »Mehr gehört nicht dazu?«
Chou zuckte mit den Achseln. »Weiß ich nicht. Ich hatte noch nie die Gelegenheit, es auszuprobieren.«
Aiko verdrehte die Augen.
»Was ich sagen will, ist, dass du – ob du ihn nun ermutigst oder nicht, ob du willst, dass er dich liebt, oder nicht – in dieser Welt fremd bist, Kai. Manchmal verhältst du dich wie eine Kriegerin anstatt wie eine Prinzessin. Für den Adel ist das aufregend. Aufregend und reizvoll.« Aiko stützte das Kinn auf die Faust und den Ellbogen aufs Bett. »Also will ich wissen: Was passiert, wenn er sich in dich verliebt? Was passiert, wenn er dich diese Woche öfter sehen will, vor der Krönung und bevor du ihn an die echte Noriko weiterreichen kannst? Wenn er … alles von dir sehen will?« Auf ihren Wangen tauchten zwei rote Flecken auf. Sie hüstelte elegant und betrachtete ihre Fingernägel.
Einen langen Augenblick schwiegen wir alle, aber in meinem Kopf spielten sich die wichtigsten Szenen meines Traumes immer wieder ab. Was wenn … was wäre wenn …?
Doch nein. Was auch immer Enlai wollte, ich war es nicht.
»Ich würde es machen«, sagte Chou plötzlich.
»Was?«, stieß ich heiser hervor.
»Alles. Einfach alles.« Sie grinste, was sie viel jünger aussehen ließ. »Was auch immer wir wollten.«
»Das ist gegen den Kodex«, erklärte ich ohne große Überzeugung. In mir gab es immer noch das kleine Mädchen, das diesen Teil des Kriegerkodex nicht verstehen wollte. Und das sich im Augenblick jedenfalls nicht an die Regeln halten wollte.

»Ja, natürlich, aber es ist doch so – im Augenblick bist du keine Onna-Bugeisha. Du bist Prinzessin Noriko. Du musst die Rolle zum Wohle deines Reiches spielen. Also kannst du auch keine Schwierigkeiten für etwas bekommen, was die Prinzessin tun würde. Eigentlich wäre es ein noch größerer Verstoß gegen den Kodex, wenn du deine Rolle nicht bis zum Letzten spielen würdest.«
Chous Augen waren groß, funkelten glänzend und hungrig. Ich verstand, warum sie sich wünschte, dass es in Ordnung war. So bekam wenigstens eine von uns die Chance, von den verbotenen Früchten zu kosten.
Aber ich musste an den langweiligen Morgen mit den ganzen Treffen und Anhörungen und Vertragsverhandlungen denken, bei denen ich keine Rolle gespielt hatte. Wo ich nur schön, dekorativ und zeremoniell gewesen war – und unsichtbar. Und ich fragte mich, was Noriko mit Enlai wohl tun würde. Was ihr erlaubt war. War es einer Prinzessin erlaubt, sich mit einem Prinzen in eine dunkle Ecke zu drücken und ihn atemlos zu küssen? Würden sie wirklich zulassen, dass sich ihre hübsche kleine Puppe davonschlich und sich wie ein gewöhnliches Bauernmädchen benahm?
Nein, ich hatte nicht das Gefühl, dass Norikos Anstandsdamen es zulassen würden, dass sie ihre Phantasien auslebte.
Ich wechselte das Thema, denn auf einmal wusste ich nicht, wie ich die vielen Gedanken, Wünsche, Ängste und Ideen in meinem Kopf sortieren sollte.
»Behandeln sie euch in den Baracken wenigstens anständig?«, fragte ich.
»Ja, klar.« Aiko zuckte mit einer Schulter. »So viele Bäder habe ich in meinem ganzen Leben noch nicht genommen. Duftende Bäder sogar. Wie machen sie das? Wie kriegen sie so viele große Düfte in so kleine Fläschchen?«
Lächelnd hörte ich zu, wie sie mir von den Wachen der anderen

Königreiche erzählte, von ihren Waffen und ihren einzigartigen Kampftechniken.
»Aber sie mögen uns nicht«, warf Chou ein. Sie lag auf dem Bauch auf meinem Bett, die Wange in das weiche Satin gepresst, und streichelte den Stoff wie ein Kuscheltier.
»Sie scheinen ... reserviert«, korrigierte Aiko. »Aber die meisten von ihnen haben noch nie eine Onna-Bugeisha gesehen. Die anderen Königreiche haben so etwas nicht. Sie haben nichts, was einer Onna-Bugeisha ähnelt.«
»Sie mögen uns nicht«, beharrte Chou. »Sie nennen uns Göttinnen oder Dämonen oder kleine Mädchen. Manche sind ehrfürchtig, manche haben Angst vor uns, und einige ignorieren uns einfach. Anfreunden will sich niemand mit uns.«
Aiko wurde wieder still, doch ein zuckender Muskel in ihrem Kiefer verriet, wie sehr sie die Zähne zusammenbiss. Heiße Wut stieg in mir auf. Wie konnten diese Menschen es wagen, meine Schwestern zu meiden?
»Das sind Feiglinge!«, stieß ich heftig hervor. »Sie können nicht mit Dingen umgehen, die sie nicht verstehen.« Doch dann musste ich an Jao denken und den Respekt, der zusammen mit dem Spott in seinen Augen aufgeblitzt war, als wir uns unterhalten hatten, und ich musste meine Worte abschwächen. »Die meisten von ihnen jedenfalls nicht.«
Chou zuckte mit den Achseln und sah Aiko aus dem Augenwinkel an.
»Na, sie verstehen es tatsächlich nicht. Weißt du, ich habe gestern zum Appell gerufen, und man hat mich angesehen, als hätte ich die Toten auferstehen lassen. Ich glaube, in der Kaiserstadt bringt man Frauen nicht einmal Lesen bei, geschweige denn Kämpfen.«
Entsetzt starrte ich sie an. Die Lehrerinnen im Tempel lehrten uns noch vor Beginn des Trainings Lesen. Mit sieben wurde von uns

erwartet, dass wir die Hälfte der Sprachen der vier Königreiche konnten. Mit zwölf konnten wir die Werke der großen Dichter und Philosophen auswendig.

Außerdem gaben die Lehrerinnen auch den Frauen des Dorfes ein Mal in der Woche Unterricht. Dabei ging es abwechselnd um Selbstverteidigung, Fischen, Bogenschießen, Lesen, Schreiben und Arithmetik, damit jedes Mädchen im Reich für sich selbst sorgen konnte, egal, ob sie heiratete oder nicht.

»Was für eine Regierung haben sie in diesem verflixten Kaiserreich eigentlich?«, zischte ich. »Die Hälfte der Stadt ungebildet zu lassen …«

»Vielleicht sollten sie dich dafür verantwortlich machen, Prinzessin Kai.«

In diesem Moment platzte die Tür auf, und eine Reihe von Zimmermädchen kam schweigend herein. Sofort klappte ich den Mund zu, während Aiko und Chou aufsprangen und so taten, als hätten wir eben nicht wie Freundinnen im Vertrauen gesprochen.

Ich glaubte nicht, dass die kaiserlichen Dienerinnen den Flussdialekt verstanden, trotzdem mussten wir vorsichtig sein. Keines der kaiserlichen Zimmermädchen wusste, wer ich war. Selbst unsere eigenen Diener nannten mich ohne die geringste Spur von Ironie oder Verdacht »Eure Hoheit« oder »Prinzessin Noriko«. Nur Chizuko, Hisakawa und meine Schwestern wussten Bescheid.

Aber falls den Mädchen unsere Nervosität aufgefallen war, so sagten sie jedenfalls nichts. Sie gingen ständig in den Räumen reicher Ausländer ein und aus und waren es gewohnt, dass Leute in eleganter Kleidung in fremden Sprachen miteinander tuschelten.

Die Kammerzofen umschwärmten mich, schlossen die verflixten Knöpfe und steckten mir das Haar auf. Ihr geschäftiges Treiben versperrte mir die Sicht auf Chou und Aiko, und plötzlich wurde mir vor Aufregung ganz schlecht.

Ich würde den Abend mit Prinz Enlai verbringen.

Wieder begann es in meinem Magen zu flattern. Ich zwang mich, meine Nerven mit harten, kalten Fakten zu beruhigen. *Es ist nur das Theater. Es ist nur ein Abend. Es wird nichts passieren. Und es geht nicht einmal um mich – das ist alles für die Prinzessin. Ich tue nur meine Pflicht.*

»Also gut!« Madame Chizuko scheuchte die geschäftigen Mädchen auseinander und zog mich in die Zimmermitte, wo sie mein Aussehen mit einem Anflug von Zufriedenheit begutachtete. »Ja, gut. Du siehst präsentabel aus, denke ich. Nun, denk daran: Du handelst für Noriko, aber du bist nicht Noriko. Du darfst auf keinen Fall andeuten, dass du für Prinz Enlai romantische Gefühle hegst. Du darfst aber auch nichts tun, um eine derartige Allianz in der Zukunft zu unterbinden. Nichtssagende Freundlichkeit – das ist der Schlüssel. Du musst so tun, als würdest du ihn mögen, aber nicht zu sehr. Du musst seinen guten Willen, nicht seine Leidenschaft ansprechen.«

Ich mag ihn ja, dachte ich. Das muss ich gar nicht spielen. Mein Herz verkrampfte sich. Wie wäre es wohl, wenn wir normale Menschen wären, nur ein Junge und ein Mädchen, die sich mochten und sich zusammen ein Theaterstück ansehen wollten? Was würde dann passieren?

Eine der Zofen tupfte mir mit einem Schwamm die Wangen ab und trug die Paste auf, die meiner Haut die perfekte Prinzessinnen-Tönung verlieh. Auf ihren Befehl hin schloss ich die Augen und ließ mir die Lider mit Khol schwärzen. So dunkle Augen hatte ich nicht mehr gehabt, seit mir Aiko aus Versehen ihren Trainingsstock an den Schädel geknallt hatte.

Chizuko, die offensichtlich den Klang ihrer eigenen Stimme liebte, wiederholte sich noch mehrmals: »Ja, genau – er muss dir wohlgesinnt sein, aber du darfst ihn nicht ermuntern, Leidenschaft zu zeigen! Hast du mich gehört? Guter Wille, nicht Leidenschaft!«

Und ich sagte: »Ja, ja, ich habe gehört, ich habe verstanden.« Ich verstand es besser, als sie wusste.

Im Tempel wurde bei der ersten Menstruation eines Mädchens eine Nachtwache abgehalten, während der sie über ein lebenslanges Zölibat und ihre Hingabe an die Schwesternschaft meditierte. Also hatte ich meditiert und meinen Frieden damit gemacht, dass ich für immer eine Schwester bleiben würde und nie eine Ehefrau, eine Mutter oder eine Geliebte sein würde.

Zumindest hatte ich geglaubt, ich hätte meinen Frieden gemacht. Bis jetzt hatte ich noch nie davon geträumt, dass mich ein junger Mann mit starken Armen und warmen Lippen an sich drückte. Ich hatte mir nie vorgestellt …

Jetzt, wo man mir das Gesicht für ebenjenen jungen Mann anmalte – und mich dafür bereit machte, zu lachen und zu reden und zu tanzen, als ob er vielleicht eines Tages mehr als nur reden und tanzen wollte … erst jetzt wurde mir die Tragweite meines Eides bewusst.

Ich würde nie von einem Mann erwählt werden – weder von Enlai noch Jao oder einem jungen Bauern in Mizu. Ich würde nie umworben werden. Nicht wirklich – nicht ich. Ich war bereits erwählt worden.

Am besten, dachte ich, wäre es wohl, aufzuhören, so zu tun, als wäre es schön, ihn zu küssen. Es wäre nicht gut. Es wäre wohl das Schlimmste und Schmerzlichste, was heute Abend passieren konnte, denn es würde ein Feuer in mir entfachen, das eigentlich erloschen sein sollte. Zum Wohle des Königreiches und meiner Prinzessin musste ich jeden Gedanken an Küsse – oder mehr – unterdrücken.

»Prinzessin?« Eine Dienerin betrat das Zimmer und verneigte sich. »Prinz Enlai ist gekommen, um Euch zum kaiserlichen Theater zu geleiten.«

Ich holte tief Luft, rief den Geist von Noriko an und setzte ihr Lächeln auf.

»Ich lasse ihm danken. Bitte richte ihm aus, dass ich gleich bei ihm sein werde.«

***

»Das River Kingdom hat mich immer fasziniert«, bemerkte Enlai.

»Warum?«, wollte ich wissen.

Ich wusste nicht, was ich mit meinen Händen tun sollte. Im River Kingdom war es für einen jungen Mann nicht unhöflich, einem Mädchen, dem er den Hof machte, den Arm zu bieten, aber Enlai war kein gewöhnlicher Junge. Er lief in gebührendem Abstand neben mir her, die Hände hinter dem Rücken verschränkt. Vielleicht berührten Adlige einander nie – was vielleicht auch ganz gut war, denn in seiner Nähe wurde mir auch so schon ganz heiß.

Was war, wenn er mir seinen Arm bot? Ablehnen konnte ich nicht – aber meine Handflächen waren so feucht, dass ich auf dem Ärmel seines Gewandes Spuren hinterlassen würde, und das wäre wahrscheinlich mein Ruin.

»Eure Kultur ist so bezaubernd«, erklärte er. »Ähnlich wie die des Desert Kingdom. Ihr habt schöne Bräuche und Traditionen und Dutzende von Tempeln. Im River Kingdom scheint alles so viel einfacher zu sein.«

Das Wort »bezaubernd« ärgerte mich. Ich vermutete, dass er zu höflich war, um »rückständig« oder »merkwürdig« zu sagen, und war plötzlich gereizt. Doch ich verbarg meine Gefühle und versteckte mich hinter kühler Arroganz.

»Wart ihr schon einmal in Mizu, Eure Hoheit?«

»Oh ja«, sagte er. »Vor vielen Jahren, als ich sieben Jahre alt war. Mit meinem Vater.«

»Und als Ihr sieben Jahre alt war«, erkundigte ich mich schneidend,

»da sind Euch besonders die bezaubernden Qualitäten unseres Königreiches aufgefallen?«
Als er lachte, merkte ich, wie mein Ärger von mir abfiel. Er hatte so ein schönes Lachen.
»Ihr habt mich ertappt, Prinzessin«, sagte er. »Ich kann mich kaum an unsere Reise nach Mizu erinnern, das ist wahr. Aber das, was ich gelernt habe, hat mich begeistert. Euer kleines Land versorgt den ganzen Kontinent mit mehr Reis, Seide und Fisch als alle anderen Königreiche zusammen. Diese Produktivität erstaunt mich.«
Er sagte das, als sei es eine bekannte Tatsache und als ob Prinzessin Noriko über grundlegende Kenntnisse über die Exportverhältnisse ihres Landes verfügen sollte. Ich hatte keine Ahnung gehabt, dass wir Fisch und Reis exportierten. Seide, ja. Jeder wusste, dass die feinsten Seidenstickereien der Kaiserstadt aus Mizu kamen. Aber ich hatte unsere Reisfelder gesehen. Sie waren klein und gehörten den Bauern, die damit ihre eigenen und vielleicht noch die Nachbarsfamilien versorgten. Was Enlai gesagt hatte, erstaunte mich ebenfalls. Woher hatten wir so viel? Wie kam es, dass wir nicht nur unser eigenes Volk, sondern auch noch die anderen Königreiche ernähren konnten?
Dann fiel mir der verzweifelte Blick des falschen Wachmanns ein, der im Fluss gestorben war. Und auf einmal kam mir ein verräterischer Gedanke: Vielleicht ernährten wir unser Volk gar nicht?
»Ja«, antwortete ich Enlai und schob die hässlichen Gedanken beiseite. »Ich bin sehr stolz auf unser Land.«
»Und eure Kampfkraft ist beeindruckend«, fuhr Enlai fort. »Eure Onna-Bugeisha – wann beginnen sie mit ihrer Ausbildung? Mit vier? Oder fünf?«
Das war ein Thema, mit dem ich mich auskannte.
»Sie beginnen ihr Training erst mit sechs«, erzählte ich. »Aber schon mit drei Jahren lernen sie Sprachen, Gedichte, Philosophie und die

Geschichte des Krieges. Außerdem lernen sie die Grundregeln der Etikette, da sie die Leibwache der Prinzessinnen sind und sich daher oft an ihrem Hof aufhalten.« Vor Stolz überlief mich ein leichter Schauer. Ich hätte ihm gerne mehr erzählt – von der Schönheit des Tempels, der starken Bindung zwischen den Schwestern und dem Ruhm, dem Königreich zu dienen. Doch das war Kais Welt, nicht Norikos.

Enlai schüttelte den Kopf. »Erstaunlich. Wir könnten so viel von Euch lernen.« Dann lachte er leise. »Andererseits, wenn wir im Königreich Shi Göttinnen hätten, könnten wir vielleicht auch Frauen zu Soldaten machen.«

Wieder war die Rede von Göttinnen – wie Chou gesagt hatte. Ich dachte an die Dutzende von Mädchen, die im Tempel beim wöchentlichen Unterricht saßen – wo die Frauen der Fischer lernten, Profit und Verlust für ihre Familien zu berechnen, und die anständigen, vernünftigen Bauersfrauen, wie man eine Sense schwang. Im River Kingdom wurden diese Frauen ebenso geehrt und respektiert wie die Tempelschwestern. Niemand hielt uns für Göttinnen, nur weil wir Onna-Bugeisha waren. Theoretisch konnte jedes Mädchen eine Schwester werden, wenn sie bereit war, jahrzehntelang zu lernen und hart zu arbeiten. Doch Enlai und die Männer aus den anderen Königreichen brauchten wohl eine übernatürliche Erklärung dafür, dass eine Frau so etwas konnte.

Mich überfiel ein seltsames Mitleid. Was für ein merkwürdiges, blindes Leben – jedes Mädchen als entweder minderwertig oder anbetungswürdig zu betrachten. Keine Freundschaft, kein freies Gelächter, kein gegenseitiger Respekt. Er hatte in seiner behüteten Welt so viel verpasst.

Ich lächelte Enlai an und verspürte eine plötzliche Milde ihm gegenüber.

»Wisst Ihr, ich habe von dem Gerücht gehört – dass die Mädchen von Mizu alle Töchter der Göttin Kosuke sind. Aber seid versichert, Eure Hoheit, das ist nicht wahr. Wir sind so menschlich wie jeder andere. Der einzige Unterschied ist, dass wir nicht glauben, dass Frauen göttlich sein müssen, um intelligent und stark zu sein.«

Er blinzelte, zog die Brauen hoch und lächelte mich überrascht an, sagte aber nichts. Unwillkürlich musste ich an Jaos Worte denken: *»Ihr ehrt mich …«*

Das Schweigen dauerte an. Ich wartete – auf Widerspruch oder ein Geständnis, aber es kam nichts.

»Ihr ehrt mich«, flüsterte Jao wieder in dem Winkel meines Gehirns, der nicht von Enlai besetzt war. *»Ihr ehrt mich …«*

Schließlich wechselte ich das Thema und fragte: »Wie ist denn das Heer des Shi-Reiches?« Aus irgendeinem Grund machte es mich traurig, das Gespräch über die Frauen von Mizu zu beenden. Auf einmal fühlte ich mich weiter von zu Hause – und mir selbst – entfernt als je zuvor.

Er wedelte mit der Hand.

»Oh, das ist recht einfach aufgestellt. Längst nicht so spezialisiert wie das von Mizu. Unsere Soldaten werden durch das Los bestimmt. Der Kriegsminister erhält den Namen jedes fähigen Jungen, wenn er fünfzehn Jahre alt wird. Jedes Jahr ziehen wir dreihundert neue Männer in unser Heer ein. Es ist eine Ehre, und die Familien werden für den Verlust ihres Sohnes entschädigt. Aber es ist eigentlich ein langweiliger Dienst. Unsere Armeen sind vornehmlich damit beschäftigt, Bauernaufstände niederzuschlagen, einen richtigen Krieg gab es schon seit Jahren nicht mehr.«

»Aufstände?«

Prinz Enlai zuckte mit den Achseln. »Überfälle. Zerlumpte Dörfler, die Steuereintreiber überfallen und beraubt haben und sich aufführen wie eine Art Revolutionäre. Kleinigkeiten eben.«

Ich runzelte die Stirn. Das klang ähnlich wie die Situation in Mizu. »Prinz Enlai«, fragte ich, »haben diese aufständischen Bauern jemals … Euch angegriffen?«
Er lachte.
»Nein, nein, die königliche Familie war nie in Gefahr. Wie ich schon sagte, gibt es seit Jahrzehnten keine ernsthaften Konflikte in Shi.« Er sah mich auf einmal beunruhigt an. »Warum fragt Ihr?«
Ich hätte es ihm gerne erzählt. Ich wollte über den Mordversuch sprechen und ihn warnen. Wenn die Lage in den Bergen ebenso war wie in Mizu, musste er aufpassen.
Aber das konnte ich nicht. Die erste Regel meiner Täuschung hier in der Kaiserstadt lautete: Niemand durfte von dem Angriff erfahren, denn dann würden sie wissen, dass ich nicht Noriko war.
»Ich bin nur um Eure Sicherheit besorgt bei solchen Unruhen«, erwiderte ich daher. »Ich … ich fände es schrecklich, wenn Euch etwas zustoßen würde.«
Seine Wangen röteten sich, und ich stellte erschrocken fest, wie intim diese Ausrede geklungen haben musste.
Doch er sagte nur lächelnd: »Nun, ich … ich freue mich, dass Euch kümmert, was mir geschieht.«
Ich musste schlucken, um den Kloß in meinem Hals loszuwerden, und zwang mich, zaghaft zu lächeln.
»Natürlich kümmert mich das, Eure Hoheit.«
Einen Augenblick lang sprachen wir nicht, dann bot mir Prinz Enlai seinen Arm. In mir explodierte ein Feuerwerk, als ich meine Hand in seinen Ellbogen legte.
Auf dem restlichen Weg zum Theater sprachen wir nicht viel. Ich dachte darüber nach, dass er sich so real und solide anfühlte – er war aus Haut und Blut und Knochen, wie ich. Und ich dachte an seine Worte und grübelte darüber nach.
Bauernaufstände, hatte er gesagt. Wie tief reichte diese Revolution

wohl? Wir hatten unsere Probleme vor dem Rest des Kaiserreiches verborgen – vielleicht taten die anderen Königreiche das Gleiche?

Das Theater war ein kleines Gebäude am Rand der Palastmauern, gleich neben dem Wehrgang, in dem die kaiserlichen Wachen standen. Auf dem grauen Schieferdach standen Skulpturen der Helden aus einem Dutzend Bücher oder Theaterstücke, und die Tür war aus polierter Bronze mit Perlmuttverzierungen. Fenster gab es keine.

»Ich habe noch nie ein Theaterstück gesehen«, sagte ich und erkannte gleich darauf, wie dumm diese Bemerkung gewesen war. Kai hatte noch nie ein Theaterstück gesehen, aber Noriko bestimmt.

Doch Prinz Enlai schien mein Fehler nicht aufzufallen. Stattdessen lächelte er mich nur mit diesem wundervollen Lächeln an und sagte: »Dann freue ich mich, dass Ihr Euren ersten Theaterausflug mit mir verbringt.«

Verdammt, dachte ich wieder. *Ich bin nicht Noriko, und du hast ja gar keine Ahnung. Du bist nett und groß und hübsch, und ich bin unter der ganzen Schminke und Seide nur Kai. Verdammt!*

Er hielt mir die Tür auf und folgte mir ins Theater. Erstaunt keuchte ich auf.

Vor mir führte eine steile Treppe in eine Senke hinunter. Das Theater verschwand drei Stockwerke tief unter der Erde, und der Boden war mit Marmor gepflastert. Tausende gepolsterter Sitze umgaben die Bühne. Fast alle davon waren besetzt. Offenbar waren alle, die in der Kaiserstadt lebten oder arbeiteten, gekommen, um die kaiserlichen Schauspieler zu sehen. Ich sah mich in der Menge nach Jao um, konnte ihn aber nicht entdecken.

Über dem Parkett waren Logen in die Wände des Theaters eingebaut, aber es war klar, dass diese ausschließlich dem Adel vorbehalten waren. Der größte Teil des Publikums saß unten. Von der Decke hingen Laternen in unterschiedlichen Formen und Größen herab und warfen ein weiches Kerzenlicht auf die Wände und Sitze.

»Es ist wie ein Wunder, nicht wahr?«, sagte Enlai. »Das Theater wurde von Meister Zuri entworfen. Er ist der beste Baumeister der vier Königreiche.«

»Daran zweifle ich nicht«, gab ich zurück. »Wo sollen wir denn sitzen?«

Er deutete nach oben auf eine der Logen in der Nähe des künftigen Kaisers. Ich war enttäuscht. Ich hätte lieber im Parkett gesessen bei den anderen Leuten, wo die Laternen wie Sterne über unseren Köpfen schwebten. Aber ich folgte Enlai die Treppe zu unseren Plätzen hinauf.

Dort standen fünf Stühle, größer und reicher verziert als die im Parkett. Auf einem kleinen, runden Tisch mit Mosaikmuster stand ein Tablett mit Käse, Obst, Brot und kleinen Stücken von etwas Tiefschwarzem, süß Riechendem. Neugierig nahm ich ein Stück davon und rieb es zwischen den Fingern.

»Das nennt man Kakao«, erklärte Enlai. »Es kommt aus dem Desert Kingdom.«

Ich legte mir eines der Stücke auf die Zunge. Es schmeckte bittersüß, erdig und dekadent. Nur mit äußerster Selbstbeherrschung konnte ich mich zurückhalten, nicht gleich den ganzen Teller zu essen.

An der Brüstung stand Prinz Iseul und sah ins Publikum hinunter. Die Hände hatte er auf dem Rücken verschränkt, aber sie zitterten wie kleine, gefangene Vögel, und er tippte mit den Zehen unruhig auf den Boden. Plötzlich wurde mir klar, dass er nur ein kleiner Junge war, gefangen im goldenen Käfig eines Prinzen. Er wollte auch in der Menge sein und die Vorstellung zusammen mit Kindern in seinem Alter ansehen, aber die Förmlichkeit und Etikette des Hofes hielten ihn hier fest, zusammen mit zwei Fremden, die er beeindrucken sollte. Ich nahm mir fest vor, freundlich zu Prinz Iseul zu sein, denn wir waren uns ähnlicher, als ihm bewusst war.

Als der kleine Prinz uns kommen hörte, wirbelte er herum, und sein Gesicht erhellte sich. Er verneigte sich erst vor mir und dann vor Enlai und begann sofort, das Stück zu beschreiben, das wir sehen würden. Es war eine berühmte Geschichte aus dem Forest Kingdom, und er konnte die Vorstellung gar nicht abwarten. Es ging um einen Stern, der sich den Zorn eines bösen Zauberers zugezogen hatte und von ihm dafür in ein Menschenkind verwandelt wurde.

»Das Baby«, erklärte Iseul überstürzt, »wurde von der Königin von Namu adoptiert, und sie zog es auf wie ihren Sohn. Er sollte ein schönes Mädchen aus dem Forest Kingdom heiraten, aber er wusste nicht, dass sie in Wahrheit die Tochter des Zauberers war und ihn in ihrer Hochzeitsnacht töten sollte. Aber die Frau im Mond wusste, dass der Mann einmal ein Stern gewesen war, und hat einen Plan geschmiedet, ihn zu retten, indem sie …«

Lachend unterbrach ihn Enlai.

»Bitte, Eure Hoheit! Verratet uns nicht das Ende. Wir werden schon bald selbst sehen, was mit dem Mond und dem Sternenprinz geschieht.«

Prinz Iseul zog die Stirn kraus, seufzte tief und setzte sich schmollend. Ich sah weg, damit die beiden nicht sehen konnten, dass ich ein Lächeln unterdrücken musste.

Ein alter Diener in der Livree des Kaiserhofes trat hinter dem Vorhang hervor und stellte einen Krug Wein auf unseren Tisch.

»Danke«, sagte ich.

Er runzelte die Stirn und sah mich überrascht an.

»Wann fängt denn die Vorstellung an?«, erkundigte sich Enlai, ohne den Mann anzusehen.

»Die Schauspieler sollten gleich auftreten, Hoheit«, antwortete der Mann. »Vielleicht könnt Ihr sie im Dunkeln hinter der Bühne schon sehen. Und der Goldene Drache – seht Ihr ihn, Euer Hoheit? –, er hängt über dem Eingang für das gewöhnliche Volk.«

Die letzten Worte hatte er an Iseul gerichtet, der sofort wieder aufsprang und sich an die Brüstung lehnte.
»Wo denn? Ich sehe ihn nicht …«
Ich zog die Brauen zusammen. In meinem Kopf schrillten plötzlich Alarmsirenen los. Der Goldene Drache hing über dem Eingang für den Adel, nicht über dem für das gemeine Volk. Ich hatte ihn gesehen, als wir gekommen waren. Hatte Iseul ihn nicht bemerkt?
»Dort!«, zeigte der Diener. Seine knochigen Finger deuteten ins Dunkle, doch er hielt den Blick auf Iseul gerichtet. »Hinter der Bühne … links von euch … Seht nur hin, dann werdet Ihr ihn entdecken.«
Da ist keiner, dachte ich, während eine dunkle Ahnung in mir aufstieg. Wovon redete der Mann? Dort war nichts …
Die Stimme des Dieners – leise und intensiv – und die Art, wie er nah bei Iseul stand, ließen mir einen Schauer über den Rücken laufen. Sein von den Laternen erhelltes Gesicht war schmal und blass und eifrig …
Ich hörte ein schwaches Ächzen und Knacken – ein Geräusch, das mich an Bäume im Sturm erinnerte. Ich erstarrte, und noch bevor ich die Gefahr richtig erkannt hatte, rief ich eine Warnung aus.
»Iseul! Zurück!«, begann ich, doch plötzlich hallte ein lautes Knacken durch den Zuschauerraum, und die Brüstung gab nach.
Iseuls Schrei war fast lauter als das Bersten des Holzes, und die Augen in seinem weißen Gesicht waren weit aufgerissen, als er stürzte. Ich hechtete ihm nach und schlitterte auf dem Bauch zum Rand des Balkons. Mein rechter Fuß hakte sich in den noch intakten Teil des Geländers, während ich mit der linken Hand nach den wedelnden Armen des Prinzen griff. Ich bekam sein Handgelenk zu fassen und spürte den Ruck in meinen Gelenken und Muskeln, als das

Gewicht unserer Körper an meinem Fuß zerrte. Ich unterdrückte einen Schmerzensschrei.
»Prinzessin!«, stieß Iseul hervor.
»Ich habe Euch, Hoheit«, sagte ich mit zusammengebissenen Zähnen. »Haltet Euch fest!« Ich streckte die andere Hand nach ihm aus.
»Hoheit«, sagte ich dann. »Wenn ich Euch seitlich hin- und herschwinge, kann ich Euch mit dem Schwung wieder auf den Balkon bringen.«
»Das kann ich nicht!«, flüsterte Iseul heiser. Seine Augen waren so groß wie Teller und sein Mund ein riesiges O. »Ich werde abstürzen!«
»Nein, das werdet Ihr nicht«, behauptete ich. »Ich habe Euch. Ich werde Euch nicht loslassen. Kommt, Prinz Iseul. Ich brauche Eure Hilfe.«
Ein Schaudern überlief ihn, und unsere Hände wurden schweißfeucht.
»Hoheit«, sagte ich, versuchte aber, mir meine Verzweiflung nicht anmerken zu lassen. »Bitte!«
Er schluckte und begann dann langsam, die Beine von einer Seite zur anderen zu schwingen. Beim dritten Mal half ich mit aller Kraft nach und brachte ihn zurück auf den Balkon, wo wir uns auf den Rücken rollten und nach Atem rangen. Mein rechtes Bein war verkrampft und brannte von der Anstrengung wie Feuer. Plötzlich war ich von Händen umgeben, die mir aufhalfen, und besorgten Stimmen, die sich erkundigten, ob es uns gut ging.
»Ja … ja, schon gut«, sagte ich und versuchte, zwischen den Leuten hindurch zu erkennen, ob Iseul verletzt war. Er war blass und lehnte sich zitternd an die Schulter eines Dieners. Er rang um seine Fassung, aber ich sah weder Blut noch gebrochene Knochen.
Er warf mir einen Blick zu und den Anflug eines Lächelns, dann

verschwand er hinter den Menschen um uns herum. Einer davon war Enlai, ein anderer der neue Kaiser.
Der künftige Kaiser wandte sich von seinem kleinen Bruder ab und schob sich durch die Menge zu mir. Ich wollte mich verbeugen, doch er hielt mich an der Schulter fest und sah mir in die Augen.
»Prinzessin Noriko, meine Familie und ich stehen tief in Eurer Schuld.«
Mir wurde mit einem Mal bewusst, dass ich ihn noch nie hatte sprechen hören. Er hatte eine schöne Stimme, weich und sanft, mit dem Anflug eines Lispelns.
»Keine Ursache, Majestät«, erwiderte ich und senkte den Blick. »Ich bin froh, dass ich ein schreckliches Unglück verhindern konnte.«
»Wie habt Ihr das gemacht?«
Die Frage kam von Enlai, der mich seltsam ansah, verwundert, erstaunt und … misstrauisch.
»Ich … das war rein instinktiv«, antwortete ich leise. Das stimmte ja auch, ganz und gar, und ich versuchte, ernst zu sein, während Enlai mir forschend ins Gesicht sah.
»Nun, das war … das war unglaublich«, sagte er. »Ihr seid ein Wunder, Prinzessin Noriko.« Doch er sah mich nicht an, als sei ich wundervoll, sondern runzelte die Stirn, als glaube er, ich würde etwas verbergen.
Mein Herz hämmerte laut. *Nein, Enlai, bitte sieh mich nicht so an, bitte werde nicht misstrauisch und frage zu viel. Ich will Noriko sein, nur noch eine kleine Weile. Ich will, dass du so tust, als würdest du mein Geheimnis nicht erkennen …*
Ich lächelte mein süßestes, sittsamstes Prinzessinnenlächeln.
»Gott sei Dank ist Iseul nicht verletzt«, sagte ich.
Enlai nickte zustimmend.
Ich dankte den Göttern dafür, dass Iseuls Leben gerettet worden

war, doch mit plötzlich aufflammendem Misstrauen fragte ich mich, wem wir für den Versuch, ihn zu töten, zu danken hatten. Der alte Diener war nirgendwo zu sehen.

***

»Das war nicht normal«, erzählte ich Madame Chizuko zum mindestens siebten Mal. »Es war nicht in Ordnung. Wusstet Ihr, dass die Zwillinge aus dem Desert Kingdom gar nicht gekommen sind? Und dieser Diener, er kam aus dem Nichts …« Je öfter ich die Geschichte wiederholte, desto lächerlicher kam ich mir vor, doch ich hielt starrsinnig an meiner Theorie fest. »Im Ernst! Ich glaube, das war ein Mordversuch!«
»Unsinn«, widersprach Chizuko. »Und sag nicht, du weißt schon was.« Mit einem Schaudern flüsterte sie: »Zwillinge!«
»Aber es ist kein Unsinn«, fuhr ich auf. »Warum sollten sie ausgerechnet an dem Abend, an dem der Balkon der Königsloge abbricht, nicht ins Theater kommen? Es sieht aus, als hätten sie es gewusst.«
Chizuko wedelte mit der Hand. »Ob dieses Unglück …«
»Dieser Mordversuch«, unterbrach ich sie unwirsch.
»… ob dieses Unglück aus Unachtsamkeit oder Bosheit geschah, braucht dich nicht zu kümmern.«
Die Frau machte mich wahnsinnig. »Wie könnt Ihr das sagen?«
»Weil es Mizu nichts angeht«, erklärte Chizuko. »Ich hasse es, dir das zu sagen, Kai, aber das River Kingdom kümmert sich nicht sonderlich um den jüngsten Prinzen eines benachbarten Reiches. Die haben ihre eigenen Probleme. Unsere Priorität ist Prinzessin Noriko. Und im Augenblick bist du Noriko. Bis zur Krönung musst du dich wie Prinzessin Noriko verhalten. Du bist nicht hier, um Geheimnisse zu enthüllen. Überlass es den kaiserlichen Wachen, mögliche ›Mordversuche‹ zu unterbinden. Und«, fuhr sie finster fort, »beschuldige um Himmels willen nicht andere Königreiche,

sich an so etwas zu beteiligen. Habe ich dir denn gar nichts beigebracht?«
Ich starrte zurück.
»Wo ist Lady Mayumi? Ich würde gerne mit ihr darüber sprechen.«
Lady Mayumi hatte ich die letzten beiden Tage kaum gesehen. Sie ging ganz in unserem Täuschungsmanöver auf und behandelte mich mit ausgewählter Höflichkeit, ganz wie sich eine Wache gegenüber einer Prinzessin verhalten würde, nicht wie eine Kommandantin gegenüber einer Kriegerin.
Chizuko richtete sich zu ihrer vollen Größe auf. »Hisakawa und ich haben beschlossen, dass Lady Mayumi sich ein wenig von dir fernhalten sollte. Es ziemt sich nicht für eine Prinzessin, sich mit gemeinen Kriegern abzugeben.«
»Ihr habt *was* beschlossen?«, fuhr ich auf. »Ihr könnt doch nicht einfach irgendetwas beschließen, ohne mit mir oder meiner Kommandantin zu reden!«
»Ach nein?«, spottete Madame Chizuko.
»Nein, könnt Ihr nicht!« Ich merkte, dass meine Stimme fast zu einem Keifen geworden war, also holte ich tief Luft, schloss die Augen und stellte mir den ruhigsten Punkt des Mizu vor – dort, wo das tiefe Wasser die Tempeltür erreichte. Ich versuchte, zu diesem Fluss zu werden. »Ich diene Kosuke, und Lady Mayumi ist meine Befehlshaberin.«
»Das stimmt nicht«, widersprach Chizuko. »Du stehst im Dienst der königlichen Familie. Norikos starker Schwertarm, nicht wahr? Gib nicht vor, als hättest du das Recht auf eine eigene Meinung – nicht hier!« Sie durchquerte den Raum, goss sich ein Glas Wasser ein und kippte es herunter wie etwas viel Stärkeres. Ich war sprachlos und suchte immer noch nach einer passenden Antwort.

Doch noch bevor ich etwas sagen konnte, fuhr sie fort: »Aber zumindest hat dir dein verrücktes Verhalten heute Abend den Respekt des neuen Kaisers eingetragen.«
Ich schüttelte den Kopf. Der Respekt des Kaisers interessierte mich im Moment gar nicht.
»Aber wenn das kaputte Geländer ein Anschlag auf Iseuls Leben war«, überlegte ich, ohne auf ihr ungläubiges Schnauben zu achten, »dann könnte es erneut passieren. Und nächstes Mal könnte es schlimmer ausgehen.«
»Und genau aus diesem Grund ist die Kaiserstadt gerade randvoll mit Wachen und Soldaten aus allen Königreichen«, erwiderte Chizuko. »Wenn es Probleme gibt, werden sie sie erkennen und beheben.«
Ich dachte an den Anschlag auf Prinzessin Noriko – den Pfeil, der mich an ihrer Stelle hierhergebracht hatte. Auch die königliche Familie war an diesem Tag gut bewacht worden, und dennoch war ich die Erste gewesen, die erkannt hatte, dass mit dem Bauern-Soldaten, der versucht hatte, sie zu töten, etwas nicht stimmte.
Nein, dachte ich grimmig. Ich bin niemand, der es anderen überlässt, sich um ihre Probleme zu kümmern.

***

Schlag links, Schlag rechts, Tritt nach vorne, Schlag nach unten, Abwehr hoch. Und noch einmal! Schlag links, Schlag rechts …
Im Schutz des Laubs in dem kleinen Innenhof reagierte ich meinen Zorn und meinen Frust bei den Übungen ab. Meine Schläge waren tödlich, meine Tritte hätten den stärksten und größten Angreifern die Kniescheiben zerschmettert. Lehrerin Chiasa wäre mit meiner plötzlichen Konzentration sehr zufrieden gewesen.
»Guten Morgen, kleine Göttin.«
Ich fuhr herum und richtete mein Schwert erneut auf Jaos Brust.

Er schien es dieses Mal erwartet zu haben, denn er blieb entspannt stehen, die Hände in den Hosentaschen. Um den Hals trug er einen Schlüssel an einer dünnen Lederschnur. Er wirkte müde – unter seinen Augen lagen dunkle Schatten –, doch das schien seine Laune nicht zu beeinträchtigen. Ein Grübchen blitzte auf, als er mich angrinste. Plötzlich spürte ich die Stelle, an der er meine Hand geküsst hatte, sehr deutlich.

»Du scheinst heute voller Energie zu sein«, bemerkte er.

In mir brach etwas, und meine Muskeln, die sich zu engen Knoten verkrampft hatten, lockerten sich plötzlich. Mit einem Seufzer löste sich der Stein auf meiner Brust. Ohne dass ich es erlaubt hätte, verzog sich mein Mund zu einem Lächeln. Und dann sah ich ein: Ich freute mich, ihn zu sehen.

Es war das Gegenteil von dem Gefühl, das ich bei Enlai gehabt hatte – verworren und unsicher. Jao war klar und ehrlich, kein Hochseil, auf dem ich meine Balance finden musste, sondern eine weite, offene Fläche. Er versetzte meinen Magen ebenfalls in Aufruhr, aber auf andere Weise. Bei Enlai hatte ich Angst, dass ich Kai aufgeben könnte. Bei Jao fürchtete ich, dass ich Noriko aufgeben konnte.

Ich steckte das Katana in die Hülle.

»Guten Morgen. Ja. Ich denke, ich bin … sehr energisch.« Ich bückte mich, packte meinen rechten Fuß und hielt die Dehnung, bis es wehtat. Als ich aufgewacht war, hatte sich mein Bein angefühlt, als wäre es durch die Mangel gedreht worden, und meine Muskeln schmerzten, als hätte ich sie noch nie benutzt. Mein Körper war nicht darauf vorbereitet gewesen, sich von Balkonen zu stürzen und das Gewicht eines Halbwüchsigen zu halten, nicht nach so vielen Tagen des Nichtstuns. Es machte mich wütend, so vom besten und treuesten Werkzeug in meinem Arsenal im Stich gelassen zu werden. Deshalb hatte ich mich am Morgen wieder aus Norikos Zim-

mer geschlichen, noch früher als zuvor, um mich wieder in Form zu bringen.
Ich spürte, wie Jaos Blick den Linien meines Beines folgte, während ich mich dehnte. Es verschaffte mir ein angenehmes Gefühl von Befriedigung.
»Ich habe gehört, was deine Prinzessin gestern getan hat«, sagte Jao. »Wo warst du? Hast du es gesehen?«
Ganz plötzlich erlosch meine Freude. Immer wieder musste ich die Szene der letzten Nacht durchleben und analysieren. Selbst wenn ich versuchte, es nicht zu tun – das Universum ließ mich nicht.
»Ja«, sagte ich, »ich war da.«
Er schüttelte den Kopf.
»Ich hätte nie geglaubt, dass sich ein Angehöriger des Königshauses so bewegen könnte, oder so schnell. Wer hat ihr das beigebracht?«
Es tat mir in der Seele weh, nicht die Wahrheit herauszusprudeln. Für mich war es wenig befriedigend, eine Prinzessin zu sein, ich fand, dass Kai die Ehre der Kriegerin gebührte.
»Ich weiß nicht. Vielleicht liegt es am Wasser in Mizu«, brachte ich hervor.
Er starrte mich an, wippte von einem Fuß auf den anderen und biss sich auf die Unterlippe. Das merkwürdige Funkeln in seinen Augen ließ mich in meiner Dehnung innehalten und mich aufrichten.
»Was ist los mit dir?«, fragte ich.
Er grinste breit – ein schelmisches Grinsen, ohne die vornehme Zurückhaltung, die Enlais Lächeln zeigte. Ich fühlte ein Kribbeln im ganzen Körper. Bei der Göttin, dachte ich mit hochrotem Kopf. Jetzt erfüllten zwei Männer meine Phantasien. Wie peinlich.
»Willst du den Shadow Dragon kennenlernen?«, fragte er.
Mir blieb fast das Herz stehen. »Was? Im Ernst?«
»Ja, im Ernst«, lachte er. »Vor der Krönungszeremonie lassen wir

den Drachen ruhen. Meine Arbeit ist fertig – ich habe den Tag frei. Und da habe ich an dich gedacht.«

»Aber …« Meine Gedanken flogen durcheinander. Dieses Wesen bedeutete alles für das Imperium. Es war das Symbol für die Einheit, Magie und Macht, die die vier Königreiche miteinander verbanden. Er wurde sein ganzes Leben lang von derselben Familie gepflegt. In meiner Vorstellung war der Shadow Dragon für mich mindestens genauso verboten wie eine Heirat mit dem Kaiser.

Heißes Verlangen stieg in mir auf. Plötzlich stellte ich fest, dass ich nichts lieber wollte, als mit ihm zu gehen. Ich wollte beim Drachen sein. Und bei Jao.

»Aber … darf ich das? Das kann doch nicht erlaubt sein!«

»Ich bin der Hüter des Großen Drachen«, erklärte Jao. Seine Augen sahen mich intensiv und ernst an. »Ich sage, wer das darf.« Er streckte mir die Hand hin und forderte mich auf, sie zu ergreifen. Mein Puls begann zu galoppieren.

Ja, sagte die kleine Kai. *Sag Ja.*

»Nun, ich … ich kann nicht so einfach gehen … Ich habe Pflichten. Ich muss bald zurück sein …«

Sag Ja. Bitte sag Ja …

»Bitte sag Ja!«, bat Jao leise.

Ich begann zu lächeln.

»Es wird auch nicht lange dauern«, versprach Jao. »Und der Drachenhort ist nicht weit. Bitte. Ich habe das Gefühl, dass du ihn besonders gut verstehen wirst.«

»Warum?«

Jaos Blick war durchdringend und sanft zugleich, fast kühn und standhaft wie die Sonne. Ein leises Lächeln umspielte seine Lippen. »Ich glaube, ihr beide seid aus der gleichen Magie geschaffen.«

Verdammt soll er sein, dachte ich, während mich ein elektrisierendes Kribbeln überkam. *Verdammt seien er und seine süßen, poetischen Worte.*

»Ja«, sagte ich schließlich atemlos. »Ja, ich würde den Shadow Dragon gerne kennenlernen.«

»Gut«, sagte er und griff nach meiner Hand. Ich blinzelte sie einen Augenblick an – wie sich seine Finger um meine legten –, und langsam kam mir eine erstaunliche Erkenntnis.

Er hält Kais Hand, dachte ich. *Nicht Norikos.* Und die Erkenntnis dieser Kleinigkeit verlieh mir Flügel. Ich lachte, während mich eine heitere Leichtigkeit erfüllte. Ich hüpfte fast mit ihm aus dem Hof.

Jao führte mich an der Innenseite der Stadtmauer entlang. Die äußeren Gebäude waren kleiner als die, die sich an den Palast drängten. Hier sah ich hauptsächlich Wohnhäuser – die Heime der wichtigen Palastdiener – und Läden, die dem kaiserlichen Hof dienten. Es war noch so früh, dass die Händler gerade erst ihre Türen öffneten, und unsere Stiefel hallten laut in den leeren Straßen.

»Ich weiß nicht, wo der Shadow Dragon untergebracht ist. Ist es weit?«, wollte ich wissen.

»Sein Stall ist auf der Westseite der Stadt – kaum eine Meile.« Er verzog die Lippen. »Um ehrlich zu sein, mache ich einen Umweg. Ich möchte dich noch ein wenig länger halten.«

Ich antwortete nicht, weil ich wusste, dass er das Lächeln in meiner Stimme hören würde.

Endlich bogen wir um die letzte Ecke. Vor uns lag ein Gebäude, fast so groß wie der Palast selbst, mit einer hohen, goldgetäfelten Kuppel. Die Tore waren fast genauso hoch und aus einem Holz, das die Farbe getrockneten Blutes hatte. Der Geruch, der aus dem Gebäude drang, war würzig, scharf und süßlich. Ich musste nach Luft schnappen.

Jao sah mich an und bemerkte meinen ehrfürchtigen Gesichtsausdruck.

»Bist du aufgeregt? Bist du nervös? Du musst nicht nervös sein«, sagte er.

Ich war sehr nervös. Und er klang auch nervös – wie ein Künstler, der gleich sein Werk enthüllte, oder wie ein kleiner Junge, der im Begriff war, ein wichtiges Geheimnis mit jemandem zu teilen. Er hielt meine Hand immer noch fest, und seine Handfläche fühlte sich so warm an, als würde er am ganzen Körper rot werden.

»Du verneigst dich wie vor einem Mitglied der königlichen Familie«, sagte Jao. »Sei höflich. Rede nicht. Das wirst du nicht müssen.«

Er holte tief Luft, schaffte es, noch breiter zu grinsen, und stieß die Tür auf.

Ich hatte einen Pferdestall erwartet. Ich hatte Heu und Tierdung erwartet.

Stattdessen erblickte ich einen riesigen Raum, der das ganze Gebäude einnahm. Die Einrichtung erinnerte an einen Wald in der Dämmerung: ein weicher, grüner Teppich, Holzpaneele und eine hohe, blaue Decke mit aufgemalten Sternen. Alles roch nach süßen Gewürzen und Kohle.

Das Atmen fiel mir plötzlich schwer. Meine Lungen sogen gierig nach Luft, doch der Sauerstoffgehalt war niedrig und die Luft schwer und brennend. Wenn ich blinzelte, tauchten vor meinen Augenlidern bunte Sternchen auf.

Der Shadow Dragon stand mitten im Raum, als hätte er uns erwartet. Jao hätte mich nicht warnen müssen, nicht zu sprechen. Ich konnte nicht sprechen, selbst wenn ich es gewollt hätte. Der Shadow Dragon füllte den ganzen Raum, seine Flügel entfalteten sich und scharrten an der Wand des Stalls entlang. Die Hörner auf seinem schmalen, spitz zulaufenden Kopf stießen fast an den falschen Himmel. Sein peitschenartiger Schwanz schlang sich um seine Vorderbeine wie bei einer Katze. Er faltete die riesigen Flügel, die zweimal so lang waren wie sein Körper, und legte sie in die Vertiefungen auf seinem Rücken. Im Licht funkelten seine Schuppen in allen Regenbogenfarben. Er war ruhig und reglos, doch schien es, als zöge eine endlose Kaskade von Funken über seine Haut. Sein Atem und sein Herzschlag dröhnten in der Halle wie ferner Donner.

An dieses Geräusch erinnerte ich mich. In meiner Erinnerung erklang es so laut, dass es mir wie ein Schlag ins Gesicht vorkam. Das war in meinem Traum gewesen – im ersten Teil, bevor Enlai aufgetaucht war. Es war die lebende Uhr gewesen, das Tick, Tick, Tick, das zu einem Bumm, Bumm, Bumm wurde, je näher ich kam.

Jao verbeugte sich vor dem Drachen. Stolpernd und atemlos folgte ich seinem Beispiel.

Der Kopf des Drachen senkte sich schlangengleich immer tiefer von ganz oben herab, bis sein Auge, so groß wie eine Laterne, sich auf gleicher Höhe mit meinem befand. In der Iris des Biestes zeigten sich alle wechselnden Farben des Himmels: erst Blau, dann Grau, dann Orange, dann Nachtschwarz.

Etwas wie Erkennen blitzte in mir auf, und trotz Jaos Warnung verspürte ich ein Zucken in meiner Kehle und meiner Brust und den Wunsch zu sprechen. Jao sah mich von der Seite an und drückte fragend meine Hand. Als Antwort drückte ich seine ebenfalls. *Ja. Schon gut. Ich komme klar.*

Doch das war eine Lüge. Mir ging es gar nicht gut. Ich hatte das Gefühl, als könne ich nicht atmen, als ob der Raum zu groß und gleichzeitig zu klein wäre. Ich hatte das Gefühl, als wartete der Drachen und als wartete auch ich, als wartete die ganze Welt …

»Hallo«, flüsterte ich. Jaos Kopf fuhr nach oben, und er sah mich erschrocken an.

Der Große Drache blinzelte langsam. Orangefarbene Augen, dann Marineblau, dann Grau, dann Taubenblau. Der Wechsel der Farben machte mich schwindelig.

»Hallo«, wiederholte ich. »Weißt du, wer ich bin?«

Ein leises, tiefes Grollen durchlief den Drachen. Ich spürte die Vibrationen wie ein kleines Erdbeben von seiner Brust bis in seine Krallenspitzen ausstrahlen und sich über den Fußboden bis in meine Fußsohlen ausbreiten.
Meine Hand riss sich aus Jaos, ich wurde zurückgeschleudert und prallte gegen die Tür des Gebäudes. Es war, als hätte sich die Wolke aus Magie im Raum zu einer Form zusammengeballt, zu einem gigantischen, brodelnden Bewusstsein, das mit meinem kollidierte. Es grub sich tief in meine Gedanken und füllte meinen Kopf mit einem so intensiven Druck, dass ich die Augen schließen musste. Aber ich fühlte, wie mich der Drache immer noch anstarrte, und konnte dem nicht entkommen: Ich öffnete die Augen wieder. Der Shadow Dragon sah mich an, und das Gewicht seiner Gedanken hielt mich an der Wand fest, das kalte, forschende Bewusstsein grub sich tiefer und tiefer in mein Gehirn.
Jao kam langsam auf mich zu, er bewegte sich so, als ob er durch tiefes, schlammiges Wasser waten musste. Ich sah, wie sich sein Mund bewegte, wie sich seine Lippen in einer entsetzten Grimasse verzogen. Er streckte die Hand aus, und wieder spürte ich seine Frage mehr, als dass ich sie hörte: *Kannst du mich erreichen?*
Wieder war die Antwort eine Lüge. *Nein, ich kann dich nicht erreichen.* Aber wenn ich es versucht hätte, hätte ich seine Hand nehmen können. Nur wollte ich mich gar nicht bewegen.
Der Große Drache zog leicht den Kopf zurück, nur ganz wenig, sodass ich ihm richtig ins Gesicht sehen konnte – in dieses starke, fremdartige Gesicht.
»Was willst du von mir?«, fragte ich. Es war kaum mehr als ein Flüstern, aber ich wusste, dass mich der Drache gehört hatte. Mehr noch, er hatte mich verstanden.
Dann sprach der Drache. Er antwortete nicht auf meine Frage, er stellte mir selbst eine, mit einer wilden, rauen Stimme, einer

Stimme, wie man sie von einem Blitz erwarten würde – und die Frage brannte sich direkt in mein Gehirn.
»Wer hat die Macht, kleine Kai?«, flüsterte der Shadow Dragon in meinem Kopf. **»Der, der auf dem Thron sitzt, oder der, der das Schwert hält?«**
Ich stieß einen heiseren Schrei aus und schloss die Augen. Und ganz plötzlich verschwand die Spannung, die mich gegen die Wand gepresst hielt. Ich stürzte zu Boden.
Ich war so durcheinander, als hätte mich jemand durchgeschüttelt. Tränen liefen mir über das Gesicht, doch ich wusste nicht, warum. Ich war nicht traurig – ich hatte Angst, furchtbare Angst, doch hinter all der Angst spürte ich auch eine große Freude aufwallen. Ich hatte den Großen Drachen sprechen gehört, und das hatte mich wahrscheinlich verrückt gemacht, aber ich war die glücklichste Irre der Welt, denn diese Stimme gab mir das Gefühl, nach Hause gekommen zu sein.
»Kleine Göttin …« Jao schlang die Arme um mich und drückte meinen zitternden Körper an sich. Er duftete nach Heu und Jasmin – es war ein beruhigend irdischer Kontrast zum Geruch des Drachen. »Warum hast du … Bei allen Göttern! Es tut mir so leid. Ich dachte, du würdest … Aber ich habe dir doch gesagt, du sollst nicht reden! Ich dachte, du wüsstest, dass sich Drachen telepathisch verständigen. Es ist ein Stallgesetz, dass wir immer schweigen müssen. Aber es ist mein Fehler. Es tut mir leid, es tut mir so leid …«
Eine Weile sprach er beruhigend auf mich ein, irgendwelchen Unsinn, bis mein Zittern aufhörte. Als meine Gefühle nicht länger zwischen Furcht und Ekstase hin- und herschwankten, versuchte ich, meinen Atem mit seinem in Einklang zu bringen, und drückte die Wange an den straff gespannten Stoff seines Hemdes, damit ich das langsame, rhythmische Schlagen seines Herzens hören konnte. Schließlich öffnete ich die Augen. Der Shadow Dragon hatte sich

wieder zurückgezogen, seinen Körper eng zusammengerollt und den Kopf von uns abgewandt. Er schien zu schlafen, nur in meinem Kopf hörte ich ein fernes, grollendes Lachen.
»Jao?«, fragte ich leise. »Hat der Shadow Dragon je ... mit dir gesprochen?«
Er blinzelte und sah mich unsicher an. Er lachte, aber es klang ein bisschen gezwungen. »Nicht wirklich. Unsere Magie lässt uns mit ihm kommunizieren, zumindest etwas, aber das sind hauptsächlich Gefühle und Bilder in unseren Köpfen. Aber ... es gibt Geschichten darüber, dass er mit denen spricht, die würdig sind ...« Er brach ab, sah mich verunsichert an und begann, heftig zu atmen. »Warum ... warum fragst du das?«
Ich zwang mich zu lachen und schüttelte den Kopf.
»Ich glaube, ich ... ich war nicht darauf vorbereitet. Er ist größer ... und stärker, als ich erwartet hatte ...«
Jao schien nicht überzeugt. Seine Augen blickten mich forschend an, und er runzelte die Stirn.
»Es geht mir gut«, beharrte ich. »Ich war nur unvorbereitet.« Ich versuchte aufzustehen, doch meine Beine fühlten sich wie Gummi an.
Jao hielt mich fest und hob mich wie eine Puppe hoch. Sanft wartete er, bis meine wackeligen Knie mein Gewicht wieder tragen konnten.
»Danke«, murmelte ich und schüttelte die Füße, um das Kribbeln zu vertreiben. Doch Jaos Arme lagen noch immer um meinen Körper, und seine Lippen berührten beinahe meine Stirn. Sein leichter, flatternder Atem blies sachte in meine Haarsträhnen.
Ich räusperte mich und murmelte: »Ich muss gehen.«
»Ich will nur sicher sein, dass es dir gut geht«, murmelte er zurück. Sein Mund war meinem Gesicht so nahe, dass seine Stimme mich kitzelte.

Ich schloss wieder die Augen und zählte bis zehn, um diesen Augenblick noch ein wenig zu genießen. Dann trat ich zurück und löste mich aus seiner Umarmung.

»Es geht mir gut«, erklärte ich lächelnd. »Lass uns gehen.«

Als wir den Drachenhort verließen, sah ich über die Schulter hinweg zurück.

Der Shadow Dragon lag immer noch im hinteren Teil der Halle, doch er hatte den Kopf herumgeschwungen, sodass er wie bei einer Katze auf den Vorderpfoten lag. Seine beiden Augen starrten mich an, ohne zu zwinkern, als wolle er sich mein Gesicht einprägen … als erwartete er, mich wiederzusehen.

Kapitel 4

»Ihr seht heute Morgen reizend aus«, stellte die Näherin fest, die mir, den Mund voller Nadeln, den Saum des extra gestärkten und bislang kunstvollsten Gewandes feststeckte.

»Sie sieht aus, als hätte sie etwas Verdorbenes gegessen«, widersprach Chizuko. »Kopf hoch, Kind. Das ist ein bedeutender Tag für dich und dein Königreich.«

Ich grunzte nur nichtssagend. Mit den Gedanken war ich weit weg, im Haus des Großen Drachen, und spielte die Szene vom Morgen immer wieder durch.

Hatte ich den Drachen sprechen gehört? Und was noch wichtiger war, warum hätte ich den Drachen sprechen hören sollen? Jao hatte recht, der Legende nach teilte der Große Drache am Tag der Krönung des neuen Kaisers diesem Worte der Weisheit mit. Andere Geschichten besagten, dass Philosophen und Weise den Drachen um Rat baten, bevor sie eine große Aufgabe angingen.

Ich war weder der zukünftige Kaiser noch ein Philosoph, aber ich war auch nicht verrückt. Das in meinem Kopf war die Stimme des Drachen gewesen. *Wer hat die Macht … der Thron … oder das Schwert …?*

»Bitte hebt die Arme, Hoheit«, verlangte die Näherin. Ich tat es, und sie begann, Nadeln in die Säume unter den Armen und an der Brust zu stecken, um dort den Stoff straff zu ziehen.

Der Drache hatte Fragen gestellt, die denen ähnelten, die mir bereits durch den Kopf schwirrten. *Wo liegt die Macht der Kaiserstadt?* Es machte nicht den Eindruck, als hätten Noriko und die anderen Adligen, die zur Krönung gekommen waren, oder selbst der künftige Kaiser viel davon – obwohl sie auf dem Thron saßen. *Schön, dekorativ, zeremoniell – unsichtbar.*
Aber das Schwert … Ich war mir nicht sicher, ob das Schwert tatsächlich stärker war. Ich dachte an meine Schwestern, die zusammen mit Soldaten in die Baracken gesperrt waren, die sie nicht verstanden und aufgrund ihres Geschlechts nicht achteten. Außerdem verlangten wir nicht nach Macht – wir wurden dafür ausgebildet, unser Königreich und die Erbin von Mizu zu verteidigen. Tatsache war, dass ich weder als Prinzessin noch als Kriegerin über irgendwelche Macht verfügte.
Also warum sprach der Drache mit mir über Macht?
»Also!«, sagte Minister Hisakawa im Dialekt des River Kingdom, während er vor mir auf und ab ging und in Norikos Aufzeichnungen blätterte. »Dies ist der letzte Anlass, bei dem du vor der Krönung anwesend sein musst. Es ist ganz einfach und verlangt nur wenig von dir – daher gehe ich davon aus, dass es keine weiteren peinlichen Zwischenfälle geben wird.«
Er zog die Brauen hoch, als wolle er mich warnen, ihm zu widersprechen.
»Keine Peinlichkeiten«, stimmte ich zu, fragte mich aber, ob die Rettung von Prinz Iseul als »peinlicher Zwischenfall« meinerseits angesehen wurde.
»Die öffentliche Audienz«, fuhr Hisakawa fort. »Sag mir, was dort heute von Prinzessin Noriko erwartet wird.«
Dank seiner und Chizukos unaufhörlicher Lektionen kannte ich die Antwort.
»Am Tag vor der Krönung hält der künftige Kaiser öffentlich Hof

und gestattet es den Bürgern der Kaiserstadt und der vier Königreiche, den königlichen Familien ihre Beschwerden oder Forderungen zu überbringen. Als Prinzessin des River Kingdom soll ich höflich zuhören und sagen: »Ich werde Eure Bitten an meinen Vater weiterleiten.«

»Stimmt«, nickte Minister Hisakawa.

Ich hatte die Anweisungen Wort für Wort auswendig gelernt, genau so, wie sie aufgeschrieben worden waren. Aber heute, wo mir noch die Stimme des Drachen im Kopf hallte, kam mir die Übung merkwürdig und sinnlos vor. Konnte die Prinzessin überhaupt etwas tun? Was brachten sie ihr im Palast bei?

Schön, dekorativ, zeremoniell – unsichtbar.

Mich überkam eine tiefe Niedergeschlagenheit, als mir ein Gedanke kam: *Norikos Thron hat überhaupt keine Macht.*

»Nun, Näherin, wie weit sind wir?«, fragte Minister Hisakawa in der gemeinsamen Sprache.

»Fertig, mein Herr«, antwortete die Frau mit den Nadeln im Mund.

»Ausgezeichnet. Dann sehen wir mal.« Er bedeutete mir, mich vor den großen Spiegel zu stellen. Ich hoppelte hinüber und betrachtete mein Spiegelbild. Der gerade, grüne Rock fiel mir bis auf die Füße und war so eng, dass ich wie ein Kleinkind lief – vorsichtig und fast ungeschickt. Der dünne, silberne und fast durchsichtige Überrock war am Saum mit vielen winzigen Wirbeln und Kringeln bestickt. Jade und Opale blinkten am engen Korsett, und weite Ärmel fielen mir bis über die Hände. Unter meinen Ohrläppchen öffnete sich der hohe Kragen wie die Blätter einer Blüte, und das Einzige nicht Übertriebene an dieser Verkleidung war das Make-up – es bestand nur aus hellem Puder und schwarzem Khol um die Augen.

»Gut«, fand Chizuko. »Wenigstens siehst du wie eine Prinzessin aus.«

Das sagte sie jedes Mal, wenn ich angezogen wurde, als ob es sie überraschte. Ich selbst fand, ich sah aus wie ein Papagei.
»Dann gehen wir«, erklärte Minister Hisakawa, nahm meinen Arm und brachte mich zusammen mit Madame Chizuko aus dem Zimmer. Aiko, Chou, Hanan und die anderen Onna-Bugeisha standen vor der Tür und flankierten mich schweigend, als wir zum Mittelsaal schritten. Ich hätte so gerne mit ihnen über den Vorfall im Theater gesprochen – am Abend zuvor und am Morgen war dazu keine Zeit gewesen, aber ich wusste, dass sie sich Sorgen machten.
Der Saal, in dem öffentlich Hof gehalten wurde, war der größte, den ich bislang gesehen hatte. Die Throne der Königreiche waren im Halbkreis an der Westwand aufgestellt.
Die Bürgerlichen im Saal machten mir Platz, als ich auf den Thron mit dem Zeichen des River Kingdom zuging. Im Vorbeigehen hörte ich Geflüster, hörte Norikos Namen, Iseuls Namen und »gebrochenes Geländer« und »fast hinuntergestürzt, habe ich gesehen« …
Ich konnte sie nicht ansehen, denn in ihren Stimmen lag Bewunderung, die sich auch in ihren Gesichtern widerspiegeln würde, wenn sie sich ihrer Prinzessin mit gefalteten Händen und bittenden Lippen näherten. Sie erwarteten eine große, dramatische Geste von mir, einer Prinzessin würdig, die einem anderen Königssohn das Leben gerettet hatte. Und heute spürte ich die Scham dieses politischen Betrugsspiels mehr denn je. Heute kam es mir nicht vor wie die Pflicht gegenüber meinem Königshaus, sondern wie ein Betrug an den Menschen des River Kingdom, die glaubten, dass ich ihnen helfen konnte.
Ich nahm meinen Platz neben Cadeo und Minh aus dem Desert Kingdom ein. Sie waren viel zu sehr damit beschäftigt, miteinander zu tuscheln, um mich finster ansehen zu können, doch Minh straffte die Schultern und wandte den Kopf so, dass ich nur den Vorhang ihres Haares sehen konnte, während sie ihrem Bruder etwas ins Ohr

flüsterte. Ich spürte die kalte Schulter wie einen Schlag ins Gesicht. Aber ich konzentrierte mich auf die bevorstehende Zeremonie und weigerte mich, ihr Gift zu schlucken. Was sie von mir hielten, war so unwichtig wie eine Pferdefliege.

Sobald alle Angehörigen der Königshäuser saßen, begannen die Petitionen. Die Menschen aus den Regionen – die sich mit einer eisernen Münze mit dem eingeprägten Wappen ihres Königreiches identifizierten, reihten sich im Saal auf. Zwei Wachen hielten Ordnung, indem sie die Bittsteller einzeln nach vorne winkten, die Münze prüften und sie dann vor ihren jeweiligen Repräsentanten führten. Wer eine Frage an den künftigen Kaiser richten wollte, stellte sich genau vor dessen Thron. Jeder Einzelne nannte seinen Namen, seinen Beruf und seinen Wunsch. Es war eine einfache, schlichte Prozedur.

Viele der Bitten schienen mehr traditioneller als praktischer Art zu sein – sie baten den künftigen Kaiser um seinen Segen für ihre Familien, ihre Höfe oder Läden. Sie baten ihn, ihren Dörfern Regen zu schicken oder etwas gegen die Würmerplage zu unternehmen, die die Ernte bedrohte. Sie alle lächelte der künftige Kaiser an, hob die Hand und sagte, er würde tun, was in seiner Macht stünde – was mir entsetzlich vage vorkam, doch die Bittsteller schien es zu befriedigen.

Aber einige der Fragen waren nicht vage. Ein Mann, ein junger Schmied mit wettergegerbtem Gesicht und knotigen Händen, trat mit einer Frage nach den Kosten von Silber und Eisen vor den künftigen Kaiser.

»Ich bin Phya aus dem Forest Kingdom«, sagte er und zeigte auf seine Wappenmünze. »Und ich habe Familie in den anderen Königreichen, die ebenfalls Hufschmiede sind. Sie sagen das Gleiche. Die Steuern auf normales Metall wurden im letzten Jahr fast verdreifacht. Kann man daran nichts ändern, Eure Hoheit?«

Sein Gesicht war ruhig und konzentriert, doch seine Hände, die seinen Hut zu einer unförmigen Stoffrolle verdreht hatten, verrieten seine Nervosität.
Ich sah, wie der künftige Kaiser sich zu Großmeister Xuwicha neigte und ihm zuhörte, als er ihm etwas zuflüsterte.
»Ich kann Eure Bedenken verstehen«, sagte er dann. »Ich werde mich der Sache annehmen.«
Ich war tief enttäuscht. Irgendwie hätte ich von ihm mehr erwartet. Er war zwar kaum mehr als ein Junge, aber bald würde er den Geist des Kaisers Phx in sich aufnehmen. Sollte er da nicht über ein gewisses Maß an Weisheit und Gerechtigkeit verfügen? Sollte er sich für die Wünsche seines Volkes nicht ernsthaft interessieren?
Der Schmied schien ebenso enttäuscht wie ich.
Ich erkannte nur ein paar Dutzend Angehörige des River Kingdom in der Menge, was mich nicht sehr überraschte. Wir waren das kleinste Königreich und lagen am weitesten von der Kaiserstadt entfernt. Für mich war es eine winzig kleine Erleichterung, dass ich höchstens mit ein paar Dutzend Leuten sprechen musste, während auf die anderen weit mehr als hundert Untertanen warteten.
Ich neigte mich zu meinem obersten Minister und flüsterte: »Minister Hisakawa?«
Mit einem Grunzen deutete er an, dass er mir zuhörte.
»Die Männer und Frauen, die mir heute hier ihre Bitten vortragen, wie leite ich ihre Wünsche dem König weiter? Werdet Ihr sie für mich aufschreiben oder …?«
»Du wirst gar nichts weiterleiten«, murmelte er.
Verwirrt runzelte ich die Stirn. »Aber habt Ihr nicht gesagt …«
Er stieß mich mit seinem spitzen Ellbogen an und nickte zur Menge.
Meine erste Bittstellerin stand vor mir und hielt die Münze mit dem Wappen von Mizu in der Hand. Sie verneigte sich tief vor mir, und ich kam mir albern vor.

»Guten Tag«, sagte ich. Das war allerdings nicht die richtige Begrüßung. Die richtige Formel lautete: »Tragt Eure Bitte der Prinzessin vor, auf dass sie unparteiisch entscheidet, was Recht ist, stellvertretend für die königliche Familie von Mizu.« Aber die arme Frau zitterte am ganzen Körper, und solche Formalitäten würden das nur noch verschlimmern. Außerdem würde ich mich besser fühlen, wenn ich wie ein Mensch und nicht wie eine Marionette sprach.
Minister Hisakawa warf mir von der Seite einen vernichtenden Blick zu, sagte aber nichts.
»Hoheit«, begann die Frau, doch Hisakawa unterbrach sie.
»Name und Beruf!«, verlangte er streng. Die Frau erschrak und entschuldigte sich.
»Kira. Fischerin und Frau des Fischers Haru«, brachte sie stammelnd hervor. »Mein Haru ist ein guter, ehrlicher, schwer arbeitender Mann.«
»Daran zweifle ich nicht«, sagte ich sanft. »Was kann ich für Euch tun, Kira?«
Sie leckte sich ein, zwei, drei Mal über die Lippen.
»Hoheit«, sagte sie dann. »Zunächst sollt Ihr wissen, dass wir die glücklichsten Bewohner des River Kingdom sind. Wir lieben das Land, und wir lieben unsere großen Herrscher, Eure königlichen Eltern.« Sie senkte den Kopf. »Aber, Hoheit – meine Familie und mein Dorf schicken mich, um Euch zu bitten, den König zu ersuchen, die Steuern auf Fisch zu erleichtern.«
Das kam mir bekannt vor. Davon hatte ich in Norikos Aufzeichnungen gelesen.
»Oh ja«, sagte ich. »Die Fischsteuern. Soweit ich weiß, verlangt die Krone zurzeit ein Drittel eines Tagesfangs pro Monat für die Waisenhäuser, die Onna-Bugeisha und die Priester und Priesterinnen der Tempel.« Ich freute mich, dass ich mich daran erinnerte. »Das erscheint mir als keine zu große Bürde, Kira.«

Doch die Fischerin schüttelte den Kopf.
»Ich bitte Eure Hoheit um Vergebung, aber die Steuereintreiber in unserem Dorf begnügen sich nicht mit einer monatlichen Steuer. Vielleicht widersetzen sie sich den Wünschen des Königs, aber sie verlangen ein Drittel des täglichen Fanges. Sie sagen, die Adligen der anderen Königreiche würden extra gut für den Fisch von Mizu bezahlen. Sie sagen, dass die Steuer jetzt besagt, dass der beste Fisch exportiert werden muss, um dem River Kingdom zu mehr Wohlstand und Ruhm zu verhelfen.« In ihren Augen blinkten Tränen. »Bitte, Eure Hoheit – ich weiß, dass Ihr Euch nicht mit den Nichtigkeiten meines kleinen Lebens befassen könnt, aber glaubt mir – wir können nicht von dem leben, was wir mit nur zwei Dritteln unseres Fanges verdienen. Und jetzt … Unser Dorf, die Menschen, an die wir verkaufen – sie verhungern. Wir haben nicht genug Fisch für sie, wir haben kaum genug für uns selbst. Prinzessin, ich schwöre Euch, wir arbeiten hart, so hart – und wir wollen gerne den Ruhm unseres Reiches vermehren, aber wir können es nicht … wir können es einfach nicht …« Sie schlug die Hand vor den Mund, um ein Schluchzen zu unterdrücken, schloss die Augen und senkte den Kopf.
Ich war wie gelähmt. Die korrekte, richtige Antwort gefror mir auf der Zunge. Ich wollte sie nicht geben – es war einfach nicht genug. Ich wollte von diesem verfluchten Thron heruntersteigen und sie umarmen, ihr sagen, dass auch ich eine Waise war und dass meine Schwestern Waisen waren und dass sich manche von uns noch an das nagende Hungergefühl erinnerten und *Bitte, weine nicht, bitte vertrau unseren Monarchen, sie werden für uns sorgen, es ist wahrscheinlich nur ein Missverständnis, diese grausamen, ignoranten Steuereintreiber …*
Minister Hisakawa stieß mich mit dem Ellbogen an, und monoton stieß ich die Worte hervor: »Ich werde Eure Wünsche dem König vortragen, Kira.«

Sie sah unglaublich dankbar aus, als ob dieses Versprechen tatsächlich etwas zählte. Ich fühlte mich ganz leer, als sie den Saal verließ.

Zum Glück waren die nächsten Bitten einfacher – Bitten um Regen, Dankbarkeit für höhere Löhne, die nichts mit mir zu tun hatten, Fragen zum Bau des Westtempels.

Es war die Letzte, die mich schließlich zusammenbrechen ließ. Es war ein Mann aus dem gleichen Teil von Mizu wie Kira, mager und hungrig, der sich vor meinem Thron verbeugte.

Er verschwendete keine Zeit mit Nettigkeiten.

»Prinzessin«, sagte er brüsk, »ich gehe davon aus, dass Euch die Pläne zum Bau Eures neuen Lustschlosses am Nordostufer des Mizu bekannt sind.«

Ich blinzelte ihn an, weil ich nicht recht wusste, wie ich antworten sollte. Minister Hisakawa sah mich bedeutungsvoll an und nickte leicht.

»Ja, ich weiß davon«, sagte ich.

»Und wisst Ihr auch, dass zu diesem Palast der Bau eines Damms gehört und eines Kanals, der einen Teil des seltenen Seegrases vernichten wird, das in den flachen Flussgebieten wächst?«

»Äh …« Ich sah zu Minister Hisakawa, doch der schien verwirrt und ängstlich.

Ich schluckte schwer und sagte: »Ich weiß zwar vom Bau des Palastes, mein Herr, aber unsere Baumeister weihen mich nicht in die Details ein.«

Der Mann nickte, als hätte er das erwartet.

»Ich kann Euch versichern, Prinzessin, dass dieser Palast den Fluss auf fast zwei Meilen umleiten wird. Damit wird sehr viel von dem Seegras, von dem unsere Fische leben, vernichtet. Ohne den Fisch können wir unsere Leute nicht ernähren. Einige Dörfer von Mizu werden überflutet werden. An anderen Stellen wird der Fluss austrocknen, und die Menschen werden ihre Felder nicht bewässern können. Dadurch wird Mizu ohne Fisch, ohne Reis und ohne Hafer dastehen, und innerhalb von drei Jahren droht dem Königreich eine Hungersnot.« Er sprach sachlich, mit einer tonlosen Stimme, die mich vermuten ließ, dass er die Rede seit Tagen geübt hatte. Doch auch wenn seine Stimme ausdruckslos war, so war sein Blick doch voller Emotionen. Die geballten Hände an seiner Seite zitterten. »Eure Hoheit«, sagte er, »ich bitte Euch, den Bau des Palastes abzubrechen, bevor ganz Mizu darunter leidet.«

Minister Hisakawa war wie erstarrt, der Kiefer klappte ihm herunter, und er wurde rot. Konnte das wahr sein? Und wenn es wahr war, welcher dumme Mensch hatte das Problem so lange ignoriert?

»Ihr habt mir Euren Namen und Euren Beruf noch nicht genannt«, sagte ich.

»Ich heiße Eito«, antwortete er. »Und ich bin Architekt. Ich habe an den Entwürfen für mehr als die Hälfte der Tempel in Mizu mitgearbeitet und auch für viele der Gebäude in der Kaiserstadt. Allerdings«, fuhr er fort, »wurde ich für dieses Lustschloss nicht zurate gezogen.«

»Das überrascht mich nicht«, erklärte ich angespannt. Im Saal erklang unterdrücktes Lachen. Ich sah Hisakawa an.

»Hat er mit seinen Berechnungen recht, Hisakawa?«

Minister Hisakawa sah mich und den Architekten mit offenem Mund an.

»Es ist … Ich … ich hätte erwartet …«

Bevor er eine befriedigende Antwort finden konnte, rollte Eito eine Schriftrolle auf, die er an seinem Gürtel trug. Darauf sah ich die Zeichnungen und Pläne eines riesigen Palastes, der sich über den ganzen Fluss hinwegzog und den Lauf des Wassers blockierte.

»Ich habe recht«, sagte Eito.

Ich starrte die Zeichnungen an und merkte, wie Entsetzen in mir aufwallte.

»Ich werde dafür sorgen, dass mein Vater sich darum kümmert. Wenn es sein muss, werde ich mich selbst in den Fluss stellen, wenn die Arbeiter mit dem Bau beginnen. Wir werden unser Volk nicht verhungern lassen.«

Ich hatte die Worte ausgesprochen, ohne über die Konsequenzen nachzudenken. Erst als es im ganzen Saal totenstill wurde, dachte ich nach. Ich dachte an den wütenden Vortrag, den mir Madame Chizuko halten würde. Ich dachte an Minister Hisakawa, der mich für den Rest der Woche im Schlafzimmer der Prinzessin anketten würde. Ich dachte an den König und die Königin und was für eine Strafe sie sich wohl für das Mädchen ausdachten, das ihre Tochter wie eine rebellische Aufrührerin aussehen ließ.

Und dann, noch während ich mir jede erdenkliche Strafe für mein Fehlverhalten ausmalte, wurde es mir auf einmal egal. Die Panik in mir verhärtete sich zu wilder, hartnäckiger Entschlossenheit.

Ich sah auf, reckte das Kinn vor und biss die Kiefer zusammen, damit meine Unterlippe nicht zitterte. Ich sorgte dafür, dass meine Augen wild genug blitzten, dass es niemand wagen würde, mich anzusprechen. Der künftige Kaiser und die anderen Adligen sahen mich entsetzt und unsicher an. Aber die Menschen, die sich in dem großen Saal versammelt hatten, betrachteten mich mit erleichterten, strahlenden Gesichtern.

Dann trat der nächste Bittsteller mit einer Frage für das Forest Kingdom vor und lenkte die Aufmerksamkeit von mir ab. Dennoch blieb im Saal eine Spannung zurück, von der ich Gänsehaut bekam.

Plötzlich packte mich Hisakawa mit seiner rauen Hand im Genick und zog meinen Kopf zu sich, sodass mein Ohr fast an seinem Mund lag.

»Was glaubst du eigentlich, was du da machst?«, knurrte er.

Ich war mittlerweile viel zu aufgeregt – ich drehte mich um und zwickte ihn mit zwei polierten Fingernägeln in den weichen Teil seines Handgelenks, sodass er mich mit einem schmerzlichen Zischen losließ.

»Im Augenblick bin ich Prinzessin Noriko«, antwortete ich leise, »und das ist mein Volk. Ich werde mir ihre Beschwerden anhören, und ich – ich persönlich – werde dem König und der Königin diese Beschwerden vortragen. Davon könnt Ihr mich nicht abbringen, Hisakawa. Es ist meine Pflicht, und ich werde …«

»Du dummes Mädchen«, knurrte Hisakawa leise. »Niemand überbringt dem König und der Königin *irgendetwas*!«

Vor Schreck wäre ich beinahe wieder zu Kai geworden. Fast wäre ich mitten in der Versammlung aufgesprungen, hätte Hisakawa auf den Rücken geworfen und Antworten von ihm verlangt. Doch die Menschen aus Mizu waren hier in der Menge und betrachteten mich wie ein glänzendes, perfektes Objekt.

»Was – soll – das – heißen?«, flüsterte ich heiser.

Hisakawa legte die gefalteten Hände an die Lippen und starrte in die Menge. So leise, dass ich ihn kaum verstehen konnte, sagte er durch seine Finger hindurch: »Das hier ist eine *Zeremonie*, Mädchen. Es ist ein *Symbol*, ein Ausdruck des guten Willens seitens der königlichen Erben für das Volk, das sie einst regieren sollen. Hier können die Bürger glauben, dass sie gehört werden. Aber du wirst – du kannst – die königliche Familie nicht mit diesen lächerlichen Beschwerden belästigen. Meine Güte, Kind, glaubst du im Ernst, dass der König und die Königin Zeit für diesen Unsinn haben?«

Ich spürte, wie sich ein Kribbeln von den Zehen her bis zu meiner Brust ausbreitete und mir schließlich heiße Tränen in die Augen steigen ließ. Ich befürchtete erneut, dass ich ihn schlagen und auf die Konsequenzen pfeifen würde. *Diesen Unsinn*, dachte ich, *diesen UNSINN …*

Der nächste Bittsteller – ein großer, rundgesichtiger Mann mit aschfarbenem Haar – schob sich an den Wachen vorbei. Durch meine Wut war ich zu sehr abgelenkt, um zu erkennen, dass irgendetwas an seinen Bewegungen falsch war. Er näherte sich dem Thron nicht demütig, er verneigte sich nicht oder kniete sich hin. Er lief, er holte aus, er …
Unter seiner Tunika hatte er ein Messer versteckt.
Ich sah den Umriss der Waffe, die sich unter dem Stoff abzeichnete, sprang auf und griff unwillkürlich nach einem Schwert, das nicht da war. Das enge, schwere Kleid behinderte mich wie ein Leichentuch, daher konnte ich nur auf unsicheren Beinen schwanken und rufen: »Dieser Mann hat eine Waffe!«
Er sprang vor und hatte im nächsten Augenblick das Messer aus der Hülle gezogen. Blitzschnell sprang er auf das Podest, wo der Prinz und die Prinzessin von Samac wie erstarrt saßen.
Wieder reagierte ich instinktiv und stolperte auf Minh und Cadeo zu, verhedderte mich aber in meinem Rock und fiel auf die Knie. Fast entfuhr mir ein entsetzter Schrei, als ich erkannte, dass ich durch dieses verflixte Gewand dem Feind den Rücken zugedreht hatte.
Ich rollte mich auf die Seite, als der Attentäter über mich hinwegsprang, den Dolch hob und ihn Minh ins Herz stoßen wollte. Sie war ebenso erstarrt wie ich und behindert von Gold und Stoff und Juwelen.
Sie bedeckte das Gesicht mit den Händen und brabbelte etwas in der Sprache des Desert Kingdom – etwas, was wie ein Gebet klang.
»Nimm meine Seele, beschütze meinen Bruder …«
Wäre ich Kai gewesen und nicht Noriko, wäre ich aufgesprungen und hätte den Mann entwaffnet, bevor er auch nur blinzeln konnte, doch stattdessen lag ich hilflos hier, gefangen in meinen Kleidern, und konnte sie nicht retten.

Aber plötzlich war Prinz Enlai da, warf sich mit seinem ganzen Gewicht auf den Angreifer und rang mit ihm um das Messer. Der Attentäter verdrehte ihm so den Arm, dass ich es knacken hörte. Mit einem Aufschrei stürzte Enlai auf das Podest.
Ich konnte nicht aufstehen. Meine Beine hatten sich im Kleid verheddert, und der Überrock hing an Prinzessin Minhs Thron fest. Meine Brust schmerzte vor Angst. Prinz Enlai streckte seine unverletzte Hand nach mir aus und kroch auf dem Bauch auf mich zu. Er rief etwas, was ich durch die rasende Angst und das Gefühl der Hilflosigkeit nicht verstehen konnte.
Dann warf sich Aiko – die kleine, gesegnete Aiko – auf den Angreifer und schlang ihre schmalen, dunklen Arme so fest um seinen Hals, dass er innerhalb einer halben Sekunde bewusstlos wurde. Meine Schwestern umschwärmten den Mann, der gleich darauf entwaffnet und bewegungsunfähig auf dem Bauch lag.
Ein paar der Palastwachen hatten Minh und Enlai vom Podest gezerrt, aus der Gefahrenzone, während die anderen Soldaten sich schützend vor den künftigen Kaiser stellten. Ein weiterer Soldat packte mich unter den Achseln, hob mich hoch und zerrte mich vom Podest und hinter die Throne.
Erleichtert dachte ich: *Jetzt werden wir ihn befragen und hoffentlich herausfinden, was er sich von der Ermordung von Prinzessin Minh versprochen hat …*
Doch als die Onna-Bugeisha den Attentäter auf die Füße zogen, nahm eine der Wachen von Prinz Enlai den Dolch, der auf dem Boden lag, und schnitt ihm die Kehle durch. Einen langen Augenblick lang zeichnete der Schnitt sich nur als feine, rote Linie auf seiner Haut ab, dann kam das Blut – Blut, das über seinen Hals und Nacken lief und seine Tunika tränkte. Über das Gesicht des Soldaten zuckte ein Ausdruck, den ich nicht deuten konnte, und er beobachtete, wie der Mann gurgelnd zusammenbrach und starb.

Eine hohle Stille des Entsetzens folgte auf diesen Mord. Erst nach fünf Sekunden begann jemand zu schreien. Dann folgte ein weiterer Schrei und noch einer, bis im großen Saal das Geheul und das Stampfen der Füße Hunderter Bürger erklang, die versuchten, wegzulaufen.

Über den Lärm der verängstigten Menge erklang Großmeister Xuwichas ruhige Stimme, der in einer beschwichtigenden Geste die Hände über den Kopf hob.

»Bitte begebt euch geordnet durch die Nord- und Westtore aus dem Saal. Es besteht kein Grund zur Sorge. Dieser verrückte Bauer war nur einer von diesen Rebellen, die unsere Königreiche seit dem letzten Jahr terrorisieren. Wir sollten den tapferen Soldaten dafür danken, dass sie ihm zuvorgekommen sind, bevor jemand ernsthaft verletzt wurde.«

Aiko sah mich besorgt an. Es war nicht Aufgabe einer Wache, einen Kriminellen zu töten, bevor er befragt werden konnte oder bevor er verurteilt wurde. Eine Schwester, die so etwas tat, würde man aus dem Dienst entlassen und im Tempel als Lehrerin behalten oder – was noch wahrscheinlicher war – als Hausmeisterin auf dem Gelände. Sie würde ein Schweigegelübde ablegen und den Rest ihres Lebens über die Unehrenhaftigkeit und Grausamkeit ihres Handelns meditieren.

Und doch breitete sich das Blut des Attentäters als rote Pfütze am Boden aus. Enlais Wache war verschwunden, und niemanden schien das auch nur im Geringsten zu kümmern.

Hisakawa und Chizuko nahmen mich an den Armen, und mit den Onna-Bugeisha hinter mir wurde ich halb aus dem Saal gezerrt.

***

»Meine armen Nerven! Ich kann nicht fassen, dass niemand diesen Verrückten gesehen hat! Was für Wachen beschäftigen sie eigentlich in dieser Stadt? Wären unsere Onna-Bugeisha nicht gewesen, hätte ich tot sein können! Tot!«

Im Quartier von Prinzessin Noriko regte sich Chizuko über die Nachlässigkeit der Soldaten in der Kaiserstadt auf, über die mangelnde Sicherheit und die schrecklichen Dinge, die hätten passieren können. Ich versuchte, ihr mit etwas Mitleid zuzuhören – immerhin hatte sie sich auf Armeslänge neben einem Mörder befunden –, doch Madame Chizukos Sorgen schienen sich einzig auf ihre eigenen »armen Nerven« zu beschränken. Sie machte sich keine Sorgen um Prinzessin Minh oder Prinz Enlai, die man beide zur Untersuchung zu einem Heiler gebracht hatte, und sie hatte auch mich nicht gefragt, wie es mir ging. Ich saß auf dem Bett und hatte das Kinn in die Hände gestützt, während sie wie ein Rachegeist auf und ab schritt.

»Und du!«, wirbelte Chizuko plötzlich herum und deutete mit einem knochigen Finger direkt auf meine Nase. »Du! Das war vollkommen inakzeptabel! Was gibt dir das Recht, einfach zu sagen, was du willst? Weißt du, was ich mit dir machen würde, wenn du Noriko wärst? Ich würde dir eins auf die Ohren geben und dich ohne Essen ins Bett schicken! Und weißt du, was ich gerne mit dir machen würde, da du nicht meine geliebte Prinzessin bist?«

Sie bleckte die Zähne wie ein Leopard, sodass ich erschrocken zurückwich.

»Das spielt jetzt keine Rolle mehr«, sagte ich. »Ein Mann ist tot …«

Chizuko fauchte mich an, und ich klappte den Mund zu.

»Es spielt keine Rolle, meinst du? Weil die Stadt sich in einer Krisensituation befindet, glaubst du, deine Rolle hier ist nicht mehr wichtig? Oh, mein liebes Kind!« Sie lachte ein krähenartiges, unfreundliches Lachen. »Du bist noch viel dümmer, als du aussiehst. Alles, was du tust, spielt eine Rolle! Alles, was du tust, kann sich auf unser Königreich auswirken. Gerade jetzt. Du verstehst nicht, was

hier passiert! Glaubst du, es war leicht, die vier Königreiche unter einem Kaiser zu vereinigen?«, stieß sie hervor. »Glaubst du, das Kaiserreich bleibt vereint, weil sich alle so lieb haben?«
Ich begann zu zittern und murmelte: »Ich … Es tut mir leid.«
Chizuko schnaufte und drehte mir den Rücken zu, die Arme vor der Brust verschränkt.
»Hisakawa mag dich«, erklärte sie säuerlich, als sei das eine Charakterschwäche seinerseits. »Er ist wütend, aber er glaubt, dass du es nicht böse gemeint hast. Er sagt, es sei verständlich, dass du gelegentlich aus der Rolle fällst.« Sie fuhr herum, um mich mit einem weiteren wütenden Blick zu bedenken. »Sei froh, dass du Freunde in hohen Positionen hast, Mädchen. Ohne deine Schwestern und den guten Minister Hisakawa könntest du dafür ins Gefängnis gehen!«
Sie begann wieder, auf und ab zu gehen und vor sich hin zu murmeln. Mich vergaß sie ganz. Ich sank auf dem Bett zusammen und versuchte, meine brennenden Tränen wegzublinzeln.
Aiko setzte sich neben mich und schlang mir tröstend den Arm um den Hals. Ihre Stimme war so sanft, dass ich ihr Kribbeln spürte, noch bevor ihre Worte mein Ohr erreichten.
»Xuwicha hat gesagt, der Attentäter war ein Bauernrebell«, flüsterte sie. »Davon gibt es zurzeit wohl eine Menge in unserem Kaiserreich. Was meinst du?«
Ganz langsam schüttelte ich den Kopf.
»Ich weiß nicht. Aber mein Bauchgefühl sagt Nein. Er hat sich bewegt wie jemand, der dazu ausgebildet ist. Ein Glücksritter? Ein Soldat?«
Aiko nickte. »Ich denke dasselbe. Und das Theater? Der Absturz des Balkons? Verdächtigst du das Desert Kingdom?«
Ich hätte sie küssen können.
»Ja. Wie hast du …«

»Wir bewachen Eure Zimmertür nicht nur, Hoheit«, murmelte Aiko augenzwinkernd. »Normalerweise lauschen wir auch daran. Also – lass die Prinzessin im Bett liegen, aber Kai sollte sich um Mitternacht vor dem Zimmer mit mir treffen. Ich möchte mir die Leiche des Attentäters mal ansehen.«

***

Es kam mir wie eine Flucht in die Freiheit vor, als ich in dieser Nacht aus dem Zimmer schlüpfte und meine harten, engen Prinzessinnenschühchen und ihre kunstvollen Kleider gegen die praktischen Stiefel und die Tunika der Onna-Bugeisha eintauschte. Mein Katana hing beruhigend an meiner Hüfte, als ich mit Aiko zusammen durch die stillen Hallen zum Zimmer des Heilers schlich. Nur noch wenige Diener waren unterwegs und brachten verwöhnten Adligen, die nach Annehmlichkeiten verlangten, ein spätes Nachtmahl oder Schalen mit warmem Wasser, ansonsten war es still im Palast.

Aiko ging voraus. Sie war nach dem Angriff eine Zeit lang bei den Wachen von Prinz Enlai gewesen, daher wusste sie, wo die provisorische Leichenhalle war – ein ungenutzter Lagerraum neben dem Quartier des Heilers. Er befand sich am Südende des Palastes, eine gefühlte Meile von den Räumen der Prinzessin entfernt, aber wir liefen hin und kamen zügig an unser Ziel.

An der Tür zum Lagerraum hing kein Schloss, nur ein paar schnell hingekritzelte Symbole und alte Buchstaben, die böse Geister abschrecken sollten. Ich fuhr mit den Fingern über die Linien. Dieser Teil des Palastes war alt, unglaublich alt. Die Zeichen waren in einer frühen Version der gemeinsamen Sprache geschrieben. Die meisten Priester hatten, lange bevor die Sprache unsere heutige Form angenommen hatte, damit aufgehört, Schutzzauber zu schreiben.

Furchtlos betraten Aiko und ich das Zimmer. Nicht viele Geister wagten sich an die Onna-Bugeisha der Göttin heran, und außerdem waren wir ja nicht hier, um einen Leichnam zu schänden, sondern um ihn zu untersuchen.

Es war kalt in dem kleinen Raum mit den angeschlagenen und schimmligen Ziegeln. Der Attentäter war achtlos und unzeremoniell auf dem Boden der provisorischen Leichenhalle abgelegt worden. Seinen Körper hatte man lose in ein Leintuch gewickelt, seine getrübten Augen starrten an die Decke.

Ich hatte zwar keine Angst vor Geistern, aber dennoch erschauderte ich. Ein Mann war tot. Ein Mann, dessen Namen wir nicht kannten, dessen Ziele uns unbekannt waren und dessen Leben mit plötzlicher Beiläufigkeit beendet worden war. Es gefiel mir nicht. Mir gefiel das alles nicht. Andererseits war es auch seltsam faszinierend auf eine beunruhigende Art und Weise. Ich hatte noch nie einen Toten gesehen. Ich hatte nicht gewusst, wie es aussah, wenn die Seele den Körper verlassen hatte und nur noch die leere Hülle aus Haut und Knochen zurückblieb.

Vorsichtig zupfte Aiko das Tuch von der Leiche des Mannes. Er war ganz grau. Ich hatte ein blasses, geisterhaftes Gesicht erwartet, aber … er hatte die Farbe von ausgeblichenem, verfaultem Holz. Sein eigenes Blut hatte seine Kleidung durchtränkt – eine einfache Tunika aus grobem, braunem Stoff, die aus jedem Dorf in jedem Königreich stammen konnte. Aber seine Stiefel waren aus weichem, anschmiegsamem Leder mit geriffelten Sohlen. Stiefel wie unsere, Stiefel wie die aller Soldaten im Dienst der königlichen Familien.

»Aiko …«, begann ich.

»Ja«, sagte sie angespannt und atemlos. »Ich sehe es.«

Vorsichtig nahm sie das Kinn des Mannes in die Hand und drehte sein Gesicht erst zur einen, dann zur anderen Seite. Auf der linken Halsseite, gleich unter dem Kiefer, sahen wir eine kleine, grüne Tä-

towierung – den Speerspitzenschwanz eines Wüstendrachen, der sich spiralförmig um sich selbst wand. In der Mitte befand sich ein Auge.
»Das ist eine Tätowierung aus Samac«, flüsterte Aiko. »Ist dir das nicht aufgefallen? Die meisten Höflinge im Desert Kingdom haben solche Tinte.«
»Also Wüstenvolk?«, murmelte ich. »Oder zumindest war er das früher einmal. Vielleicht eine der königlichen Wachen …« Starr vor Schreck blickte ich auf den Toten. Trotz meiner Theorien über Glücksritter oder Soldaten hatte ich nicht wirklich erwartet, dass dieser Attentäter tatsächlich mehr war als nur ein rebellischer Bauer. Aber eine Wache aus dem Desert Kingdom – alles schien darauf hinzudeuten. Die Zwillinge von Samac, die nicht dabei waren, als der Balkon abstürzte. Minh, das Ziel eines versuchten Anschlags …
Aiko sah mich an, und mein Schrecken spiegelte sich auf ihrem Gesicht: »Warum sollte das Volk versuchen, seine eigene Prinzessin zu töten?«
Ich legte beide Hände an den Kopf, ging im Kreis um den Toten herum und zwang mich, die Ereignisse der letzten paar Tage zu rekapitulieren.
»Vielleicht hegte er einen Groll gegen sie? Oder gegen den König? Oder vielleicht …« Ich dachte an Enlai, der sich vor das Mädchen geworfen hatte, bereit, an ihrer Stelle den Messerstich einzustecken. Hätte ich nicht in meinem Kleid festgesteckt, hätte ich das Gleiche getan. Hätte ein Attentäter das voraussehen können? Hätte er damit rechnen können, dass sein Dolch Minhs Herz verfehlte und sich stattdessen in meines oder Enlais grub?
»Vielleicht«, sagte ich, »vielleicht wollte er es auch nur so aussehen lassen, als sei Minh das Ziel …«
»Was macht ihr hier?«

Mit den Händen am Schwertgriff wirbelten wir beide herum. In der Tür des Lagerraums stand eine große Gestalt mit einer Fackel in der Hand, deren Licht über ihr Gesicht flackerte und dessen Züge so verzerrte, dass ich sie zuerst nicht erkannte.

»Was habt ihr in diesem Teil des Palastes zu suchen? Was soll …«

Ihre Stimme brach ab, als sie einen Schritt näher kam und im Licht der Fackel blinzelte. In diesem Moment erkannte ich ihn – er war barfuß in einem halb zugeknöpften Hemd und Hosen, das Haar offen und verstrubbelt.

»Prinz Enlai«, murmelte ich mit klopfendem Herzen. Ich betete darum, dass er mich im Dunkeln nicht gut sehen konnte und dass er mich ohne das Make-up, den Khol und den Kopfschmuck nicht erkennen würde.

Doch meine Gebete wurden nicht erhört.

»Prinzessin Noriko?«, fragte Enlai heiser vor Überraschung.

Ich zuckte zusammen. *Das war es*, dachte ich. *Meine ganze Zukunft ist zerstört.* Chizuko würde mich umbringen, und das wäre noch eine Gnade. Ansonsten müsste ich mich dem König und der Königin und meiner Kommandantin stellen. Dort müsste ich erklären, dass mein Ungehorsam dazu geführt hatte, dass ein anderes Königreich unseren Betrug aufgedeckt hatte. Man würde mich aus dem Tempel werfen und wahrscheinlich ins Gefängnis stecken, und Noriko auch, weil es ihre Idee gewesen war. Aber nein, das konnte ich nicht zulassen. Es war meine Schuld, und ich würde die volle Verantwortung dafür übernehmen – aber, bei der Göttin, ich hoffte, dass Chizuko mich einfach umbringen würde.

Ich biss die Zähne zusammen und zwang mich, die Panik zu unterdrücken.

Nein. Ich kann uns hier noch rausholen. Es ist noch nicht vorbei.

Ich verneigte mich vor dem Prinzen, hauptsächlich, um das Entsetzen in meinem Blick zu verbergen.

»Guten Abend, Eure Hoheit.«

Misstrauisch sah er von mir zu Aiko.

»Warum seid Ihr nicht im Bett, Prinzessin?«, fragte er argwöhnisch.

Mir gefiel es nicht, von ihm verdächtigt zu werden, da ich doch so an sein Lächeln gewöhnt war. Es fühlte sich an wie ein Dolch in meinem Herzen, und ich erlaubte es mir, mir anmerken zu lassen, wie verletzt ich war. Es konnte nicht schaden, etwas Mitleid zu erregen.

»Wir hatten einige … Fragen … zur Identität des Attentäters von heute«, erklärte ich. Ich zwang mich, selbstsicher und königlich zu klingen, auch wenn mir die Knie zitterten.

Enlai blieb, wo er war. Seine Mundwinkel zogen sich ein wenig missbilligend nach unten.

»Aber … Prinzessin …«

Ich überlegte rasch und unterbrach ihn: »Eure Hoheit müssen wissen, dass bei uns alle Damen des Adels im Alter von sechs bis zwölf in der Kriegskunst unterrichtet werden, auch wenn sie keine Onna-Bugeisha werden.«

Aiko nickte eifrig zu meiner improvisierten Lüge und sah mich von der Seite an.

»Meine Leibwächterin Aiko ist seit unserem Unterricht im Tempel meine Freundin und Vertraute«, fuhr ich fort. »Sie hat mich auf das merkwürdige Aussehen des Mannes und seine offensichtliche militärische Ausbildung aufmerksam gemacht und mich gebeten, sie zu begleiten, um ihn zu untersuchen. Da sie meine loyalste Wächterin ist, habe ich zugestimmt – damit niemand auf die Idee kommt, dass sie ohne königliche Erlaubnis handelt.«

Enlai dachte einen Moment über die Erklärung nach und runzelte die Stirn. Langsam wurden seine Gesichtszüge weicher, und ich stieß den Atem aus, den ich angehalten hatte.

»Nun«, meinte Enlai, »auch mir ist aufgefallen, dass dieser Attentäter mehr als nur ein … Bauernrebell zu sein schien.«
Ich schnappte nach Luft und flüsterte: »Tatsächlich?« Die Erleichterung fühlte sich wie ein Sonnenaufgang an.
»Ja.« Enlai runzelte erneut die Stirn. »Ich konnte nicht schlafen – der verflixte Arm tut weh, wenn ich darauf liege – also wollte ich etwas herumlaufen und über das nachdenken, was heute passiert ist. Und je länger ich nachdachte, desto verdächtiger kam es mir vor. Dieser Mann war kein einfacher Bauernrebell. Dafür war er viel zu schnell mit dem Messer.«
»Hoheit«, meldete sich Aiko zu Wort und senkte den Kopf zu einer raschen Verbeugung, »seht, was wir gefunden haben.« Sie zeigte auf die Tätowierung aus Samac an seinem Hals. »Was glaubt Ihr, was das bedeutet?«
Enlai biss sich auf die Lippe und schien nachzudenken.
»Vielleicht war dieser Mann nur ein Soldat, den man aus der Armee entlassen hat? Vielleicht war er wütend auf das Königreich, das ihm seine Arbeit genommen hat?«
»Vielleicht wollte er aber auch nur den Anschein erwecken, als wolle er Minh angreifen, aber in Wahrheit hatte er es auf jemand anderen abgesehen?«, warf ich ein.
Enlai blinzelte mich an. Das flackernde Licht tanzte über sein Gesicht und ließ seine Augen mal hell und mal dunkel erscheinen. Ich konnte nicht erkennen, was er dachte.
»Was wollt Ihr damit sagen, Prinzessin?«
Ich deutete mit dem Kopf auf seinen verwundeten Arm, der in einem Verband an seinem Körper lag. »Ihr wurdet verletzt, Hoheit.«
Gereizt sah er seinen Arm an und meinte: »Der ist nur verrenkt. Tut höllisch weh, aber es ist kein größerer Schaden entstanden.«
»Aber kommt es Euch nicht seltsam vor, dass Ihr bei dem Angriff

verwundet wurdet, während Prinzessin Minh ihn ohne einen Kratzer überstanden hat?«

Aiko gab einen leisen, erstickten Laut von sich.

»Ka…, ich meine, Prinzessin Noriko, Ihr könnt doch nicht glauben …«

»Ich traue den Samac-Zwillingen nicht«, erklärte ich offen. »Und sie scheinen auch niemandem zu trauen.«

Sowohl Aiko als auch Enlai schauderten leicht und erschraken bei meiner Erwähnung des Z-Wortes, aber ich war zu erregt, um darauf zu achten. Vor Aufregung wurde meine Stimme lauter. »Es wäre doch gut für das Desert Kingdom, wenn der älteste Prinz des Mountain Kingdom von der Hand eines Bauernrebellen sterben würde, oder?«

Prinz Enlai sah mich einen langen Moment schweigend an – einen so langen Moment, dass ich schon befürchtete, mein Gefühlsausbruch hätte ihn verschreckt. Plötzlich bekam ich Angst und hielt den Atem an. Nichts davon sah Noriko ähnlich oder einem der anderen Königskinder, die von Geburt an zur Diskretion erzogen worden waren. Hatte ich uns gerade verraten?

Schließlich sagte Enlai: »Ja … ja, es wäre gut für das Desert Kingdom, wenn ich sterben sollte. Es würde bedeuten, dass es im Kampf um die Nachfolge für den neuen Kaiser einen Mitbewerber weniger geben würde.«

Ich nickte: »Und Prinz Iseul … dieser Unfall …«

Enlai nickte mir zu. »Ja. Ja. Ich verstehe, was Ihr meint.« Jetzt begann auch er, auf und ab zu laufen, und kaute weiter auf der Unterlippe. »Es hat den Anschein, als hätte es jemand auf die Angehörigen der Königshäuser abgesehen. Kein Bauernrebell, wie sie behaupten, sondern jemand aus dem Adel. Vielleicht sogar ein anderes Königshaus …« Plötzlich blieb er stehen und ergriff meine Hand. Mir stockte der Atem, und ich spürte, wie mir die Hitze ins

Gesicht stieg. Die Wärme seiner Hand breitete sich über den Arm bis in meine Brust aus.
»Prinzessin«, bat er, »wir sollten mit niemandem darüber sprechen. Noch nicht. Aber der Kaiser … Er sollte bald von unseren Vermutungen erfahren, nicht wahr?«
Ich stimmte ihm zu.
»Dann sollten wir warten«, sagte er. »Bis nach der Krönung, wenn dieses ganze zeremonielle Chaos vorbei ist … Ich habe nicht den Eindruck, als würde Großmeister Xuwicha diese Theorie sonderlich schätzen, aber der künftige Kaiser … Sobald er an der Macht ist, wird er unseren Verdacht sicher anhören. Werdet Ihr und Eure Leibwächterin dann mit mir kommen, um ihm das alles zu erklären?«
Ich sah Aiko an, die nickte, und antwortete: »Ja. Natürlich kommen wir mit.«
Prinz Enlai stieß laut den Atem aus und ließ meine Hand los.
»Was für ein Wahnsinn«, murmelte er, strich sich über die Stirn und runzelte die Brauen.
»Wir werden dafür sorgen, dass Euch nichts geschieht, Hoheit«, verkündete ich. Aus Versehen sprach ich wie Kai und nicht wie Noriko, wie eine Leibwächterin und nicht wie eine Prinzessin. Aiko sah mich scharf und warnend an, doch Enlai lächelte nur. Er ließ seinen Blick über meine schwarze Tunika gleiten, bevor er mir wieder ins Gesicht sah. Mir wurde am ganzen Körper heiß.
»Ihr seid weit mehr, als es scheint, Prinzessin Noriko«, sagte er, nahm meine Hand und führte sie an seine Lippen. Ich hörte auf zu atmen, und ein Schwindelgefühl überkam mich. Doch er küsste meine Hand nicht, wie ich geglaubt hatte – wie Jao es einen Tag zuvor getan hatte, sondern ließ seine Lippen nur darüber schweben, sodass ich seinen Atem auf meiner Haut spürte. Ich konnte fast spüren, wie er darüber nachdachte, ob sein Verhalten ange-

messen war – eine dunkle Kammer, nachts, allein mit einer Prinzessin …
Er bestand, wie Jao gesagt hätte »nur aus Manieren«. Enlai räusperte sich, ließ meine Hand los und sah mich verlegen und errötend an. Dann verneigte er sich und ging hinaus.
Laut stieß ich die Luft aus, während Aiko stöhnte.
»Na, nur gut, dass er dich mag«, stellte sie fest, »denn ich glaube, du – eine angebliche Prinzessin – hast es gerade geschafft, dich mitten in der Nacht in eine Leichenkammer zu schleichen.«
»Genau«, stimmte ich ihr zu, immer noch wackelig und leicht schwankend. »Das ist gut.«
Seufzend verdrehte Aiko die Augen.
»Nun, du albernes, verliebtes Mädchen«, sagte sie, »so unkriegerisch bist du in deinem ganzen Leben noch nicht gewesen.«
Aber sie lächelte dabei, nahm meinen Arm und bugsierte mich aus der Kammer.

Kapitel 5

Schon lange vor Morgengrauen wurde ich vom Lärmen und Ächzen des Palastes geweckt. Ich hüllte mich in meine Decke wie in einen Mantel und lief zum Fenster, um in das Gewirr von schmalen Gassen und Straßen zu sehen, die sich durch die enge Kaiserstadt wanden. Jeder Meter davon war mit Pferden, Sänften, Dienern und Höflingen verstopft, die vorsichtig um die Matschpfützen herumgingen. Köche mit dampfenden Töpfen, Musiker mit Harfen, Flöten und kleinen Trommeln, Kinder, die Hunde jagten oder mit Stöcken fochten … Es war der lebhafteste Morgen, den ich in der Kaiserstadt erlebt hatte.

»Der Krönungstag!«, zwitscherte Chizuko, als sie die Zimmertür aufriss. Ich zuckte zusammen und hielt meinen Betttuchmantel fest, um meine Unterkleider zu verstecken. Als ich in der Nacht zuvor wieder in Norikos Zimmer gekommen war, hatte ich nur die Tunika ausgezogen und war aufs Bett gefallen – ich hatte ganz vergessen, Norikos Nachtgewänder anzulegen. Ich fragte mich, ob Chizuko bemerken würde, dass ich wie eine halb nackte Soldatin angezogen war und nicht wie eine Prinzessin. Doch sie war so fröhlich und sorglos wie ein Vogel. Falls es ihr aufgefallen war, erwähnte sie es nicht.

»Was für ein Freudentag!«, rief Chizuko hingerissen. »Der Tag, an dem wir unseren jungen künftigen Kaiser endlich auf seinem Thron sehen! Der Tag, an dem wir den Geist unseres großen Drachenvorfahren feiern, wenn er einen neuen Wirt sucht! Und der Tag, an dem wir diese grauenvolle Scharade endlich beenden können, bevor du sie noch vollkommen ruinierst.«

Missbilligend sah sie mich von der Seite her an.

»Ja, bei der Göttin«, murmelte ich, da ich wenigstens dieses Mal ganz ihrer Meinung war.

»Also«, meinte Chizuko, »warum in aller Welt bist du schon wach? Du hättest noch mindestens eine Stunde schlafen sollen. Es wird ein langer Tag werden.«

Dankbar schlurfte ich zum Bett, doch sie klatschte laut in die Hände. »Stopp! Stopp! Jetzt ist es zu spät, du bist wach, und wir haben zu tun!«

Gähnend und murrend griff ich nach Prinzessin Norikos Korsett und Unterrock, die auf einem Stuhl in der Ecke lagen.

»Nein! Halt!« Chizuko entriss mir das Kleidungsstück. »Nicht das! Heute ist Krönungstag, Kind. Bist du dumm? Für diese Gelegenheit brauchst du selbstverständlich ein neues Kleid!« Sie stieß mich auf den Stuhl und wedelte mit dem Finger vor meiner Nase herum. »Nicht bewegen! Ich bin gleich zurück!«

Ich setzte mich und versuchte, mich nicht zu rühren. Ehrlich gesagt, war ich dankbar für die Stille. Auf meiner Haut zeichneten sich Schrammen und blaue Flecke ab – Andenken an die Begegnung mit zwei Attentätern. Ich betrachtete die blauschwarze Schwellung an meinem Handgelenk und schämte mich für meine Schwäche. Vor diesem blöden Prinzessinnenspiel hätte ich diese blauen Flecken kaum gefühlt. Onna-Bugeisha schlugen sich mit den flachen Schwertern zum Spaß gegenseitig, aber jetzt beschwerte sich mein gesalbter und gepuderter Körper beim leisesten Anzeichen von Schmerz.

Als Chizuko zurückkam, brachte sie ein Kleid mit, das meiner Meinung nach genauso aussah wie das alte.

»Hier«, sagte sie und warf es mir zu. »Anziehen. Sofort.«

Ich gehorchte und zog mir das dünne Seidenkleid über den Kopf.
In diesem Moment kam Minister Hisakawa herein, dicht gefolgt von Lady Mayumi, die einen halben Kopf kleiner war als er und fast im Trab lief, um mit ihm Schritt halten zu können.
»Kai!«, rief sie mit rotem Kopf. »Lass dich ansehen! Geht es dir gut?« Mit dem kritischen Blick einer Heilerin musterte sie mich aufmerksam von Kopf bis Fuß. »Diese Narren haben mich von dir ferngehalten, aus Angst, ich könnte dich verraten.«
Wütend sah sie Hisakawa an, der sie demonstrativ ignorierte und sich an einen kleinen Schreibtisch neben dem Bett setzte.
Ich stürzte mich auf Lady Mayumi. Das war zwar gegen die Regeln, und ich erwartete einen Rüffel, doch sie fing mich auf und drückte mich an ihren drahtigen Körper.
»Ich habe mir Sorgen um dich gemacht, Kriegerin«, sagte sie rau. »Die Göttin weiß, wie froh ich sein werde, wenn das hier endlich alles vorbei ist.«
»Ich auch«, murmelte ich an ihrer Schulter.
Sie stupste mich unter das Kinn. »Nun, du hast deine Sache gut gemacht.«
Minister Hisakawa schnaufte, ohne uns anzusehen, woraufhin Lady Mayumi sich mit dem Knurren eines Tigers an ihn wandte: »Ich habe dich in den Rosengarten pinkeln sehen, als du sieben warst, Hisa! Also werde ja nicht frech!«
Der Nacken des Ministers rötete sich, und ich musste unwillkürlich lachen, woraufhin er sich böse zu mir umdrehte.
»Nun«, knurrte er, »es stimmt, dass du dich nicht völlig zum Narren gemacht hast. Und der künftige Kaiser hat noch keinen Nachfolger ernannt … Prinzessin Noriko und das River Kingdom haben also vielleicht noch eine Chance.« Er tunkte die Feder ins Tintenfass und widmete sich wieder seinem Brief. »Ich schätze, das ist schon mal etwas wert.«

Ich persönlich fand das ja schon mehr als nur »etwas«, aber wenn es von Hisakawa kam, war das schon ein großes Kompliment.
»Du, Mädchen!«, befahl Hisakawa. »Komm her. Ich brauche einen Bericht über den Angriff auf Prinzessin Minh gestern, bevor ich diesen Brief abschicke.«
Ich gehorchte und berichtete, so gut ich mich daran erinnerte, von dem Mordversuch. Als ich fertig war, faltete Hisakawa den Brief zwei Mal und rief nach einer Taube. Ein paar Minuten später kam Aiko mit dem Vogel – einem süßen, grauen Ding mit ruhigen, rosa geränderten Augen. Hisakawa versiegelte den Brief und drückte das Siegel von Mizu darauf, dann band er ihn der Taube an den Fuß und warf sie aus dem Fenster. Draußen breitete sie die Flügel aus und flog davon, zurück nach Mizu.
»Also«, meinte der Minister, »beten wir darum, dass das der letzte Bericht ist, den ich an Ihre Majestäten schicken muss.« Er strich sich über die Stirn und wirkte mit einem Mal viel müder und menschlicher, als ich ihn je gesehen hatte. »Ich vermisse meine Frau. Ich vermisse meine Kinder. Ich würde gerne wieder nach Hause.«
Mit plötzlich aufwallendem Mitgefühl lächelte ich den Minister an. Bis zu diesem Augenblick war er mir noch nie sonderlich menschlich vorgekommen.
Möchte ich auch nach Hause?, fragte ich mich und dachte an die Reise zurück nach Mizu, daran, diese lächerlichen Kleider loszuwerden und wieder mein Schwert anzulegen, in meinem eigenen Bett zu schlafen anstatt in diesem überladenen Zimmer …
Aber das war auch schon alles, stellte ich erschrocken fest. Sonst rief mich nichts zurück. Meine Schwestern waren bereits hier, und obwohl ich gelegentlich das Glitzern der Sonne auf dem Fluss vermisste, gab es hier ähnlich schöne Dinge in der alten Architektur und den Pflasterstraßen der Kaiserstadt. *Und Enlai*, flüsterte mein Herz. Ich hatte mehr von der Kultur und den Bräuchen des Kaiser-

reiches kennengelernt, als ich mir zu Hause je hätte erhoffen können. Ich hatte Dinge gelernt – irritierende, schreckliche Dinge –, aber ich hatte Dinge gelernt, die mich in Mizu niemand hätte lehren können.

Und Jao, murmelte es in einem anderen Teil meines Herzens.

Und vielleicht hatte ich – oder Noriko – hier keine Macht, aber in mir hatte sich etwas verändert. In meinem Herzen wallte ein hartnäckiger Zorn auf, eine Entschlossenheit, wie sie ein Hund mit einem Knochen zeigte. Ich konnte den Weg zur Macht erkennen, verschwommen zwar, so, wie man die Welt durch trübes Glas sieht. Aber ich sah ihn, und ich wollte ihn gehen.

Und Jao. Und Enlai. Die will ich auch.

Wieder platzte Madame Chizuko herein, den Arm voller bunter, flatternder Kleider. Ihre Anwesenheit riss mich aus meinen gefährlichen Überlegungen. Ich schauderte, weil mir plötzlich bewusst wurde, auf welch wilde, unsichere Abwege meine Gedanken gekommen waren, und aus irgendeinem Grund hallte die Stimme des Großen Drachen in meinem Kopf wider: *Wer hat die Macht? Das Schwert oder der Thron …?*

Wie aus dem Nichts tauchte plötzlich Aiko neben mir auf.

»Es gibt Gerüchte von den Leuten aus Samac«, flüsterte sie. »Es heißt, die königliche Familie kenne den Mann, der versucht hat, die Prinzessin zu ermorden. Er war persönlicher Leibwächter des Prinzen und der Prinzessin, als sie noch Kinder waren.«

»Was?« Ich musste mich bemühen, die Fassung zu bewahren, weil Chizuko und die Dienerinnen um mich herumschwirrten.

Aiko nickte.

»In den Gemächern des Desert Kingdom herrscht Chaos. Er wurde vor fünf Jahren entlassen und hat seitdem nicht viel gearbeitet. Man sagt, er habe dringend Geld gebraucht.«

Ich starrte sie an und versuchte, es zu verstehen. Uns beide beschäftigte dieselbe Frage. In was für einer Welt würde eine unserer Schwestern ihr Königreich betrügen? In welchem Leben würde eine von uns auch nur davon träumen, die Prinzessin zu ermorden?

Verzweiflung, die so groß war, dass ein Soldat zum Attentäter wurde – das konnte ich nicht verstehen. So etwas hatte ich noch nie zuvor gesehen.

Aber nein, das stimmte nicht. Ich hatte es schon einmal gesehen. Ein Aufblitzen von solcher Verzweiflung – im Gesicht eines anderen Mannes, der versucht hatte, eine Prinzessin zu töten.

Verzweiflung. Die gab es überall in diesem verdammten Imperium.

Ich schauderte bei dem Gedanken.

»Ich kann es nicht fassen«, flüsterte ich Aiko zu, »ein persönlicher Leibwächter, jemand, der die Prinzessin und den Prinzen von klein auf kannte und liebte … Es muss mehr als Geld gewesen sein, was ihn dazu gebracht hat. Das stützt doch meine Theorie, oder? Der Mörder und Minh haben zusammengearbeitet. Sie hat ihn bezahlt, damit es so aussieht, als ob er versuche, sie umzubringen.« Ich bemühte mich, leise zu sprechen. »Ein früherer Wachmann aus Samac – vielleicht wollte er gar nicht Minh angreifen. Vielleicht war er da, um für Minh jemand anderen zu töten.«

Aiko schien das zu bezweifeln, aber ich hielt hartnäckig an meiner Theorie fest. »Es ist doch möglich, oder?«

»Ja«, gab Aiko zu. »Sicher. Aber es ist genauso gut möglich, dass Minh eine gemeine kleine Tigerin ist und du sie einfach nur nicht leiden kannst.«

Ich sah sie böse an.

»Sehe ich wirklich aus wie jemand, der jemanden beschuldigt, ein Attentat zu arrangieren, nur weil ich ihn nicht leiden kann?«

Aiko presste die Lippen zusammen und sah mich schräg an, als müsse sie da stark überlegen.

»Aiko!«

»Na gut!«, gab sie widerwillig zu. »Es ist möglich, dass Samac hinter den Anschlägen steckt.«

Ich nickte und fühlte mich schon besser. Ich war froh, dass ich an Norikos Stelle hier war. Unsere sanfte Prinzessin hätte so viel Furcht und Chaos nicht ertragen.

»Und das bedeutet«, fuhr ich leise fort, »dass wir heute besonders gut aufpassen müssen, weil es jemand ganz besonders auf Angehörige der Königshäuser abgesehen hat …« Ich dachte an Enlai und machte mir auf einmal Sorgen. »Und wenn es so ist … dann werden sie es erneut versuchen.«

***

Heute war ich ganz in Silber gekleidet, und mein steifes Kleid und der Mantel waren mit Kringeln aus blauem Faden bestickt. Auf dem Kopfschmuck klimperten Drachenschuppen, Perlen und rosa Quarz. Die Magie der Schuppen war leiser als an einem lebendigen Drachen, löste bei mir aber trotzdem ein leichtes Schwindelgefühl aus. Heute bestanden die bunten Punkte auf meinen Wangen und der Unterlippe aus echten Smaragden, die mit einer Art weißer Paste angeklebt waren, durch die sich meine Haut hart und gespannt anfühlte. Es war heiß, sodass ich unter den vielen Stofflagen schwitzte, aber ich versuchte, das zu ignorieren, und sah mich in der Menge nach Anzeichen für Ärger um.

Ich war die Dritte in der Prozession. Wir ritten in der richtigen Reihenfolge und erzählten mit unserer Parade die Geschichte des Imperiums. Der künftige Kaiser, Prinz Haneul aus dem Forest Kingdom, würde dem Kaiser aus dem Desert Kingdom folgen, der dem River Kingdom gefolgt war, das wiederum dem Mountain Kingdom gefolgt war. Unser Anblick in den königlichen Roben und mit dem angemessenen Krönungstagslächeln ließ die ganze Menge ju-

beln, und je mehr wir lächelten und winkten, desto mehr jubelten sie.
Ich erblickte ein paar Pilger aus Mizu in der Menge – die ersten, die ich seit der öffentlichen Anhörung gesehen hatte –, die die Szene ehrfürchtig betrachteten und dem königlichen Banner zuwinkten. Plötzlich ergriff mich eine wilde Freude, und ich erhob mich halb in meinem Sitz, lachte und winkte ihnen mit beiden Händen zu. Als sie mich sahen, deuteten sie auf mich und strahlten mich breit an.
Mein Volk, dachte ich mit Tränen in den Augen. *Oh, mein Volk …*
Ich verstand nichts von den augenblicklichen Sorgen in Mizu, aber an einem würde ich mit aller Macht festhalten: Unser Volk war stark, und unser Volk war schön. Vielleicht war ich nicht sehr stolz auf die Minister und Beamten von Mizu, aber auf unser Volk war ich überaus stolz.
Hunderte von Zuschauern trugen Behälter mit süßem Weihrauch, so viel, dass es mir in den Augen brannte und mich husten ließ. Neben der Kaiserstraße hatten Händler ihre Karren aufgestellt und schrien, um über den Klang der Flöten und Harfen, die die königliche Prozession begleiteten, gehört zu werden.
»Braten! Pasteten! Frische Datteln aus dem Desert Kingdom! Alles zu Sonderpreisen zu Ehren der Krönung!«
»Tauben, Ringeltauben, Botenvögel! Schickt euren Familien und Freunden eine Nachricht, dass ihr bei der Krönung des neuen Kaisers dabei gewesen seid!«
»Perlen, Juwelen und Goldanhänger! Schmückt euch zu Ehren der heiligen Thronbesteigung von Prinz Haneul!«
Die Verkäufer waren überall und verkauften alles, was man sich vorstellen konnte. Unglaublich überteuerte Feuerwerkskörper verkauften sich schneller, als die Händler sie in ihre Kisten legen konnten. Dutzende gehäuteter und gebratener Tiere – von Ratten über Eidechsen bis zu Vögeln, so groß wie Hunde – hingen an einem

Gestell am Lenker eines dreirädrigen Fahrzeugs. Ich sah kleine Lehmfiguren in der Form der Drachen, des künftigen Kaisers und – ich hielt die Faust vor den Mund, um nicht laut aufzulachen – eine Figur von Prinzessin Noriko, grün und silbern und blau bemalt.
Endlich, als ich schon glaubte, in einer Pfütze von Schweiß und Weihrauch zu zerfließen, kamen wir auf dem Festplatz an. Ich nahm Minister Hisakawas Hand und stieg von der Sänfte. Der große öffentliche Platz war erhoben wie ein riesiges Podest, und in der Mitte stand ein Springbrunnen. Um diesen Springbrunnen herum standen fünf Throne.

Ich wusste, dass die Menge früher bis dicht an diese Throne herankommen durfte – ja sogar sollte. Schließlich fand diese Krönungszeremonie ihnen zuliebe statt – damit das Volk seinen neuen Herrscher sehen und kennenlernen konnte. Ein Kaiser, der die Kinder nicht aufforderte, zu seinen Füßen zu sitzen, war wahrscheinlich ein schlechter Kaiser.

Doch heute stand eine Reihe strenger Wachen um den Platz herum und schirmte den Thron und das königliche Gefolge hinter einer Mauer aus Sicherheitsleuten ab. Sie hielten Speere in den Händen, trugen Schwerter an den Hüften, und als ein kleines Mädchen versuchte, zwischen ihren Schultern hindurchzusehen, lächelten sie nicht. Über dem Platz hing eine angespannte Stimmung, Nervosität ließ alle mit lauten, schrillen Stimmen sprechen.

Es ist fast vorbei, dachte ich. Ich würde mich auf einen dieser Throne setzen, wenn ich dem neuen Kaiser mein Geschenk überreicht und meine Gefolgschaft geschworen hatte. Und dann wäre alles vorbei.

Plötzlich durchzuckte mich ein bittersüßer Schmerz. War ich tatsächlich bereit dafür, dass alles vorbei war?

Nein, stellte ich erschrocken fest. Ich konnte noch nicht gehen. Ich musste mit Enlai zum Kaiser gehen, um ihn vor den samacischen

Zwillingen zu warnen. Das war meine Pflicht. Eine Art Unbehagen strömte durch die Kaiserstadt. Ich wollte seine Quelle finden und sie versiegen lassen, bevor das Reich bleibenden Schaden davontrug.

Die königlichen Erben standen mit ihrem Gefolge mitten auf dem Platz und warteten, bis Großmeister Xuwicha die Menge zum Schweigen gebracht hatte. Doch die ließ sich nicht so leicht beruhigen. Das Gelächter und die Rufe der Händler gingen weiter, und auch die Hunde bellten immer noch. Hinten in der Menge schoss jemand einen Feuerwerkskörper ab, der in die Luft flog, knallte und einen zischenden, roten Funkenregen niedergehen ließ, woraufhin alle nur noch mehr lachten und jubelten.

Prinz Enlai schob sich durch das Gefolge des Mountain Kingdom, bis er neben mir stand. Mir wurde plötzlich heiß, und ich musste mich anstrengen, um ihn nicht anzusehen, um meinen Blick nicht auf sein Gesicht und die Wölbung seiner Schultern unter seinem Gewand zu richten.

Enlai sah konzentriert auf einen Punkt über der Menge, über den Palasttürmen, aber ich spürte, dass er seine Aufmerksamkeit auf mich richtete.

»Habt Ihr das über Prinzessin Minhs Angreifer gehört?«, flüsterte ich aus dem Mundwinkel heraus.

Enlai nickte kaum merklich, zuckte nur leicht mit dem Kopf.

»Mhm. Persönliche Leibwache. Vor Jahren entlassen«, murmelte er.

»Was haltet Ihr davon?«

Prinz Enlai sah mich einen Moment lang an.

»Wie ich schon sagte: Es wäre durchaus von Vorteil für einen Prinz oder eine Prinzessin, die Konkurrenz eines anderen Königshauses auszuschalten.«

»Aber ein Prinz oder eine Prinzessin würden nicht wie Mörder aus-

sehen wollen«, fügte ich hinzu. »Sie würden wie … Überlebende aussehen wollen.«
Ich verstand gar nicht, warum Aiko so skeptisch war – mir kam es vollkommen logisch vor. Prinzessin Minh hätte ihren früheren Leibwächter anheuern können, um den Unfall im Theater zu arrangieren, damit sie die vernichten konnte, die in der Loge saßen. Und als das nicht funktioniert hatte, hatte sie den Anschlag bei der öffentlichen Anhörung inszeniert.
Enlai und ich sahen beide zu Prinzessin Minh hinüber. Ihre dunklen Augen wirkten heute noch dunkler, weil selbst unter ihrem Make-up noch tiefdunkle Ringe zu erkennen waren. Ich sah, wie ihr Bruder ihr die Hand auf die Schulter legte, sie kurz drückte und sie schnell beruhigend anlächelte. Auf einmal verkrampfte sich mein Magen, und mein Verdacht kam mir schäbig vor. In ihrer Welt gab es schon genug gemeines Geflüster. »Unglückszwillinge«, »verfluchte Wüstenkinder«, »Brut der schwarzen Göttin«. Ich wollte eigentlich nicht noch zu den um sie herumsummenden Gerüchten beitragen.
Aber es war meine *Aufgabe*, sie zu verdächtigen. Und wenn sie schuldig waren, war es meine Aufgabe, sie aufzuhalten.
Jetzt stießen sich die Leute gegenseitig an, deuteten auf Großmeister Xuwicha und versuchten, diejenigen unter ihnen zu beruhigen, deren Stimmen lauter waren als die Feuerwerkskörper. Eine alte Frau mit strähnigen Haaren und einer Hakennase wollte ein Kind an der Hand nehmen, das auf die Throne zulaufen wollte, doch eine Wache trat vor und versperrte ihnen mit grimmigem Gesicht und vorgehaltenem Speer den Weg. Das Kind begann zu weinen.
»Passt auf Euch auf, Prinzessin Noriko«, sagte Enlai plötzlich. »Das River Kingdom braucht seine Herrscher. Und die Shi-Berge brauchen Verbündete wie euch.«
Ich spürte ein Kribbeln im Bauch und war ihm dankbar für seine

Worte – und noch dankbarer, dass ich es war und nicht Noriko, die hier auf dem Platz stand. Ich könnte für mein Königreich sterben. Das würde ich nicht, dachte ich entschlossen. Ich würde einen Attentäter aufhalten, bevor er jemanden verletzen konnte. Es bestand zwar die Möglichkeit, dass *ich* starb, doch das River Kingdom würde weiterbestehen. Die echte Prinzessin war in Sicherheit.
Ein Fanfarenstoß hallte über den Platz und brachte die Menge zum Schweigen, wie es Xuwicha mit seinem Rufen und Winken nicht vermocht hatte. Die Stille, die herrschte, nachdem die Töne verklungen waren, beruhigte selbst unseren Herzschlag, und erwartungsvolles Schweigen breitete sich aus.
Prinz Haneul, der künftige Kaiser, trat aus der Menge hervor. Wieder war er schlicht gekleidet – ein langes, braunes Gewand, grobe Sandalen und offenes Haar. Wäre er nicht von zwei Soldaten in kaiserlicher Livree flankiert gewesen, hätte man ihn für einen Bauern halten können. Doch alle sahen ihn, und alle erkannten ihn. Die Menge teilte sich vor ihm. Alle senkten die Köpfe, Hände berührten seine Schultern, Lippen murmelten leise Segenssprüche.
Der junge Mann, der bald Kaiser sein würde, wirkte nervös. Ich sah, wie er tief durchatmete und wie sein Kinn bebte, als er auf seinen Thron in der Mitte zuging. Als er sich setzte, hielt er sich so an den Armlehnen seines kunstvoll verzierten Throns fest, dass sich die Fingerknöchel weiß abzeichneten, und blickte starr über die Menschenmenge hinweg. Er sah so jung aus, so sehr wie sein kleiner Bruder, dass ich ihn am liebsten umarmt hätte. Ich versuchte mir vorzustellen, selbst auf diesem Thron zu sitzen – mich darauf vorzubereiten, die Macht über ein ganzes Imperium zu übernehmen –, aber ich schaffte es nicht. Ein wenig Macht war atemberaubend und verführerisch, aber zu viel Macht war furchterregend. Und Kaiser über die vier Königreiche zu sein – das war viel zu viel Macht.

Prinz Haneuls Wachen nahmen ihre Plätze hinter ihm bei den anderen Soldaten ein.

Augenblicklich traten Prinzessin Minh und Prinz Cadeo von beiden Seiten des Throns vor und legten ihm eine rote Seidenrobe um die Schultern. Er neigte den Kopf vor den Zwillingen aus Samac und nahm das Symbol königlicher Verantwortung an, mit dem er von einem gewöhnlichen Mann zum kaiserlichen Vater der vier Königreiche wurde.

Und auf einmal war er nicht mehr der nervöse Prinz Haneul, sondern der Kaiser. Ich spürte, wie mir ein Schauer über den Rücken lief, und ich beschloss, mich nie wieder über Zeremonien lustig zu machen, denn dieses kleine Symbol, eine rote Robe, beinhaltete irgendwie die Autorität ganzer Nationen. Die Zuschauer und der Respekt, den sie dem jungen Prinzen aus dem Forest Kingdom entgegenbrachten, verhalfen diesem kleinen Objekt zu Macht. Und ganz plötzlich verspürte auch ich eine merkwürdige Ehrfurcht vor diesem Moment, dem ich beiwohnen durfte.

Prinzessin Minh und Prinz Cadeo warfen sich dem Kaiser zu Füßen.

Dann war plötzlich ich an der Reihe. Minister Hisakawa stieß mich an und legte mir die schwarze Opalkugel in die Hand, als ich zum Thron stolperte. Der Opal war so groß wie eine Männerfaust, und in seinem Herzen funkelten die Farben wie kleine Feuer. Er erinnerte mich an die Schuppen des Shadow Dragon. Der Stein repräsentierte alle Länder, Seen, Flüsse und Ressourcen des Chitwitlok-Imperiums. Meine Aufgabe war es, ihm diesen zu überreichen und damit diesem kindergesichtigen Jungen die Sorge und den Erhalt unserer Welt anzuvertrauen. Es war nur ein kleines Ding – aber es stellte eine ungeheuer große Sache dar. Meine Handflächen waren feucht und klebten an der polierten Oberfläche des Opals. Ich hatte Angst, ihn fallen zu lassen, während ich mit

langsamen, gemessenen Schritten auf den Thron des Kaisers zuging.
Ich kniete zu seinen Füßen nieder und hielt den Opal mit gesenktem Kopf empor. Der künftige Kaiser nahm ihn lächelnd und akzeptierte damit seine Verantwortung gegenüber Chitwitlok. Ich legte mich vor dem Thron flach auf den Boden, die Wange an die heißen Pflastersteine des Platzes gedrückt, und spürte, wie die Last der letzten Wochen von meinen Schultern abfiel. Das war es. Dies war meine letzte Pflicht als falsche Prinzessin.
Doch plötzlich verkrampfte sich mein Magen, als ich Jao sah, der neben dem erhöhten Podest stand. Ich hatte erwartet, dass er hier war – der Shadow Dragon war ein wichtiger Bestandteil der Krönung –, aber ich hatte nicht erwartet, ihn zu sehen. Er beobachtete die Zeremonie mit vor der Brust verschränkten Armen und ließ seinen Blick immer wieder über die Menge schweifen. Ich fragte mich, ob er mich sehen würde, ob er versuchen würde, mit mir zu sprechen, bevor mir einfiel, dass er mich, selbst wenn ich seinen Blick auffangen sollte, nicht erkennen würde. *Das*, dachte ich, *das ist das letzte Mal, dass er mich sehen wird.* Hier, am Boden liegend, das war mein Abschied. Es tat weh. Es tat tausendmal mehr weh, als ich erwartet hätte.
Wie wäre es wohl, als Kai und nicht als Noriko in der Kaiserstadt zu sein? Wie wäre es wohl gewesen, diese Zeremonie an Jaos Seite zu erleben, über Drachen und Schwertübungen und tägliche Pflichten zu reden, über Dinge, die nichts mit Politik zu tun hatten?
Dumm, dachte ich wütend und verscheuchte den Tagtraum. Ich war hier und hatte keine Zeit, darüber nachzudenken, was hätte sein können.
Dann wandte ich meine Aufmerksamkeit Prinz Enlai zu, der nun auf den Thron des Kaisers zuging. Er reichte dem künftigen Kaiser ein goldenes Zepter, das die Macht zur Regierung der vier Königrei-

che symbolisierte. Dann legte er sich neben uns. Zum Schluss kam Prinz Iseul mit gewollt langsamen Schritten und brachte das letzte Geschenk, einen Zweig des Eukalyptusbaums, der in die Mitte des kaiserlichen Thronsaales gepflanzt worden war und der die Weisheit für die Regierung der vier Königreiche darstellte. Iseul konnte sich das Grinsen nicht verkneifen, als er seinem Bruder den Zweig übergab und sich Haneul zu Füßen legte.

Nach einem feierlichen Moment standen wir alle auf und setzten uns auf die Throne neben dem Kaiser. In der Menge sah ich Aiko und die Onna-Bugeisha beim Gefolge aus dem River Kingdom. Aiko hatte den Blick auf mich gerichtet, und ich wusste, dass wir denselben Gedanken hatten: Es ist noch Zeit für einen weiteren Anschlag. Ich wusste, dass Aiko trotz ihrer früheren Bedenken im Stillen so wachsam war wie ein Habicht.

Aus der Menge erklang ein aufgeregter Aufschrei, als die Drachenhüter aus allen vier Königreichen die Drachen brachten. Der kleinste der vier, der aus dem Forest Kingdom, kam zuerst, gefolgt von dem Bergdrachen, dem Flussdrachen, dem Wüstendrachen …

Und ich prallte auf meinem Thron zurück, als dieser riesige, fremdartige Geist erneut den meinen berührte und sein leises, dunkles Lachen durch meinen Kopf hallte wie das Schnurren eines Löwen. Der Schatten des Großen Drachen ragte über mir auf und kühlte den Schweiß auf meiner Haut.

Ich hatte geglaubt, ich hätte mich geistig auf seine Anwesenheit vorbereitet, doch jetzt, wo er da war, konnte ich mich nicht rühren, konnte nicht atmen. Ich konnte nur an die Stimme in meinem Kopf denken, an die Worte, die der Drache in meinem Geist geflüstert hatte, an das schwindelerregende Gefühl von Angst und Freude …

Wer hat die Macht – der, der auf dem Thron sitzt, oder der, der das Schwert hält?

Ich blickte zum schuppigen Kinn der großen Kreatur auf, und mein

Herz flatterte wie ein wilder Vogel. Sein großer Körper erstreckte sich über alle fünf Throne, und seine ausgestreckten Flügel legten den ganzen Platz in Schatten. Neben dem Drachen stand Jao, eine Hand auf dem Schenkel des Tieres, die andere an seiner eigenen Stirn. Sein konzentrierter Gesichtsausdruck ließ mich fragen, was er wohl in seinem eigenen Kopf hörte. Vielleicht waren es keine Worte, aber vielleicht spürte auch er die große Intelligenz und die überwältigende Macht.

Schwindel ließ mich schwanken.

Der Schlangenhals des Großen Drachen streckte und senkte sich, bis sein Kopf sich auf gleicher Höhe befand wie der von Haneul. Die beiden sahen sich in die Augen. Das einzige Geräusch auf dem ganzen Platz war der langsame, dumpfe Herzschlag des Shadow Dragon – wie eine riesige Uhr, die lange Sekunden zählte, während sich der Prinz und der Drache ansahen und ansahen und ansahen.

Plötzlich fragte ich mich, was wohl geschehen würde, wenn der Drache den neuen Kaiser nicht akzeptierte.

Was geschieht dann? Wer übernimmt dann den Thron? Wer entscheidet?

Doch mit einem Atemstoß wie einem Hurrikan presste der Shadow Dragon seinen Körper auf das Pflaster, streckte den Hals zwischen den Thronen aus – und legte seinen Kopf zu Haneuls Füßen.

Auch die Menge atmete auf und ließ ein plötzliches Lachen hören, auf das Jubel folgte.

Wie seltsam, dachte ich benommen. *So ist es immer.* Ob es Kaiser Phx der Erste war oder der heutige Shadow Dragon, das Schicksal unserer Königreiche kommt immer auf das Gleiche hinaus: die Wahl des heiligen Drachen und wie die Leute darauf reagieren.

Doch noch war die Zeremonie nicht vorbei. Der Hohepriester der Kaiserstadt ging auf den Thron zu, gefolgt von Großmeister Xuwicha. Dieser trug das letzte Geschenk – einen goldenen Kelch voll dunklen Weines. Sobald der Kaiser daraus getrunken hatte, wurde er der Legende nach vom Geist des Kaisers Phx erfüllt, dem ersten Shadow Dragon. Das war natürlich Unsinn. Solchem Aberglauben vertraute mittlerweile niemand mehr. Aber die alten Menschen, die ich kannte, die schon einmal eine Krönung miterlebt hatten, schworen, dass sie die gewaltigen Flügelschläge der vergangenen Kaiser vernommen hatten, wenn der neue Herrscher den ersten Schluck nahm.

Xuwicha verneigte sich und reichte dem jungen Mann den Kelch. Der künftige Kaiser erhob sich und hielt das Gefäß hoch. Der Hohepriester hob die Hände und sprach den Segen über den ältesten Prinzen des Forest Kingdom.

»Möge Eure Herrschaft Frieden und Wohlstand bringen, möge Eure Macht die Königreiche vor ihren Feinden schützen, und möget Ihr Eure Nachfolger segnen durch die Gnade Eurer Herrschaft.«

Die Menge murmelte ihre Zustimmung. Der künftige Kaiser senkte den Kopf und leerte den Kelch.

Der ausbrechende Jubel ließ die ganze Stadt erbeben. Der neue Kaiser grinste fast so breit wie sein kleiner Bruder, doch es ließ ihn irgendwie noch königlicher erscheinen als zuvor. Ich spürte, wie meine Brust anschwoll. *Dieser Mann wird ein guter Kaiser werden*, dachte ich. Ich war froh, hier an seiner Seite zu sein. Zu Hause, in der Tempelhalle, würde ich jahrelang eine gute Geschichte erzählen können.

Doch dann keuchte der Kaiser plötzlich auf, riss den Mund auf, und sein Gesicht verlor alle Farbe.

Mir blieb fast das Herz stehen.

Er griff sich mit der Hand an die Kehle, dann an die Brust und streckte die Hand aus, um sich am Thron festzuhalten. Ich sah, wie er seine Augen verdrehte, bis man nur noch das Weiße sah, bevor er zusammenbrach.

Als Erster bewegte sich Iseul. Er sprang auf, beugte sich über seinen Bruder und rüttelte ihn heftig an den Schultern. Die Wachen scharrten unsicher mit den Füßen und starrten finster in die Menge, als trüge irgendwie das Publikum Schuld daran.
»Han! Han!«, schrie Iseul seinem Bruder ins Ohr. »Han, was ist los?«
Der Hohepriester sprang hinzu und legte Kaiser Haneul zwei Finger ins Genick. Seine Hand bebte, als er Großmeister Xuwicha ansah. Und obwohl er nur sehr leise flüsterte, war ich sicher, dass ihn jeder auf dem Platz hören konnte.
»Er ist tot!«

Kapitel 6

Die Stille schien ewig zu währen. Niemand rührte sich. Irgendeine schwarze Magie schien die Zeit und jeden Herzschlag der Menschen angehalten zu haben.
Bis der Shadow Dragon zu schreien begann. Es gab kein anderes Wort für den Laut, der sich der Kehle des riesigen Tieres entrang, als er den Kopf zurückwarf und die Schnauze in den Himmel richtete. Er schrie und schrie und schrie, bis ich glaubte, dass die Sterne vom Himmel fallen würden. Der Laut drang mir in den Kopf, hallte in meinem Schädel wider, und sein Echo breitete sich bis in meinen Oberkörper aus.
Dann begann ein Kind zu weinen, und der Bann war gebrochen. Das Heulen der entsetzten Menge ließ den Platz erbeben. Die Menschen stießen und schubsten einander, um möglichst schnell von dem Platz wegzukommen, als wäre der Tod des Kaisers ansteckend, als könnte er sie einholen. Nur Großmeister Xuwicha stand wie erstarrt immer noch außerhalb der Zeit und blickte über die panische Menge hinweg.
Ich suchte zwischen den stoßenden Händen und Schultern nach meinen Schwestern. Doch noch bevor ich auf die Onna-Bugeisha zugehen konnte, löste sich Großmeister Xuwicha von dem Bann, der ihn gefangen hielt. Er deutete zu den Wachen hinüber, und blitzschnell hatten die Soldaten mich und die anderen Königskin-

der in ihre Mitte genommen. Zwischen ihren Körpern hindurch sah ich, wie Enlai sich bei Iseul hielt und versuchte, ihn zu trösten, während Cadeo und Minh die Wachen anschrien …

Die Soldaten schirmten uns von der Menge ab und brachten uns zum Palast zurück. Ich fuhr auf, als mich jemand besonders grob anpackte, doch der Soldat sah nur starr geradeaus und behauptete: »Das ist nur zu Eurem eigenen Schutz, Prinzessin.«

Sie brachten mich in die Quartiere des River Kingdom, wo sie mich ohne große Förmlichkeiten in den an mein Schlafzimmer angrenzenden Raum stießen.

»Was passiert jetzt?«, fragte ich. Doch sie ignorierten mich – schließlich war ich nur eine Prinzessin, kein Soldat – und schlossen die Tür. Hilflos schlug ich mit der Faust gegen das massive Mahagoni.

In der Ecke flüsterten ein paar Dienerinnen miteinander, mit blassen Gesichtern und geschürzten Lippen, und sahen alle paar Sekunden aus dem Fenster. Ich blickte sie finster an, obwohl sie das gar nicht verdient hatten, und schickte sie dann ins Schlafzimmer, damit sie meine Kissen aufschütteln konnten oder so.

Ich lehnte mich an die Wand, richtete mich aber gleich wieder auf, als die Tür aufgerissen wurde und Hisakawa und Chizuko hereinplatzten. Vor dem Zimmer sah ich vier weitere kaiserliche Wachen in voller Rüstung mit dem Speer in der Hand aufgebaut. Offensichtlich waren sie gerade erst angekommen.

»Wo sind die Onna-Bugeisha?«, wollte ich wissen. »Wo sind meine Wachen?«

»Das weiß ich nicht«, antwortete Chizuko fast heulend und händeringend. »Ich weiß es nicht! Anscheinend sind wir diesen Scheusalen ausgeliefert!« Sie deutete auf die kaiserlichen Wachen – die, um fair zu bleiben, keineswegs Scheusale waren. Aber sie waren teilnahmslos, ernst und schlossen nun wortlos ein weiteres Mal die Tür.

Minister Hisakawa lief im Kreis herum, murmelte vor sich hin und sah uns gar nicht an.

»Könnte eine Krankheit gewesen sein«, sagte er. »Der Junge kam mir nie ganz gesund vor. Es ist möglich, möglich … doch … bei all den Rebellenangriffen … vielleicht haben die Bauern Schuld. Ja. Das wäre die logische Erklärung.«

»Warum wollen unbedingt alle den Bauern die Schuld geben?«, warf ich ein. »Wie sollten denn gewöhnliche Dörfler an diesen Kelch kommen? Wie vielen Bauernrebellen würde man überhaupt Zugang zur Kaiserstadt gewähren? Die Wachen haben doch am Tor alle überprüft!«

Hisakawa blieb abrupt stehen und starrte mich an, als hätte er mich völlig vergessen.

»Was hast du gesagt?«

»Sind wir wirklich so sicher, dass ein Haufen Bauernrebellen versucht, alle königlichen Familien zu töten?«, fragte ich. »Es macht doch mehr Sinn, dass einer der anderen Höfe dafür verantwortlich ist. Ich würde mein Geld auf das Desert Kingdom setzen …«

»Psssst!«, zischte mich Madame Chizuko an, schlug mir tatsächlich die Hand auf den Mund und sah sich panisch um. »Du dummes Mädchen! Du solltest lieber nicht über solche Dinge spekulieren!«

»Warum denn nicht?« Ich hatte Angst, und das machte mich wütend. »Der Kaiser hat doch noch keinen Nachfolger gewählt, oder? Was passiert, wenn der Kaiser ohne Nachfolger stirbt? Vielleicht hat es eines der anderen Königreiche auf die Krone abgesehen. Wenn wir herausfinden wollen, wer dahintersteckt, müssen wir alle Möglichkeiten bedenken.« Trotzig sah ich meinen Berater und meine Anstandsdame an. »Oder etwa nicht?«

Ganz leise antwortete Hisakawa in unserer Sprache: »Nur, wenn Ihr einen offenen Krieg provozieren wollt, *Prinzessin.*«

Er betonte das Wort Prinzessin so ausdrücklich, dass mir die Tragweite der Ereignisse des Tages wieder richtig bewusst wurde. Mein Blick fiel auf die Dienerin, die mit einem Krug Wasser in der Hand erstarrt war und mich mit großen Augen und zusammengepressten Lippen ansah.

Die Dienerinnen hatte ich vergessen. Ich hatte vergessen, dass es keine bessere Art gab, zivile Unruhen heraufzubeschwören, als vor einem Palast voller Diener unbedachte Bemerkungen zu machen.

»Na, egal«, murmelte ich.

Wir schwiegen. Vor Mizus Türen war es still im Palast. Vor den Palastmauern war es still in der Stadt – abgesehen von einem weit entfernten Brüllen, einem anhaltenden, klagenden Laut, der vom Shadow Dragon stammte. In seiner Stimme lag das Heulen von hundert Trauernden. Selbst auf diese Entfernung verschlugen mir die Trauer und die Wut darin den Atem.

Ich begann, auf und ab zu laufen. Mein Körper verlangte nach Bewegung, also gab ich ihm, was er wollte. Der Minister murmelte weiter vor sich hin, und Madame Chizuko sah mir zu, wie ich ein, zwei, drei Dutzend Mal den Raum umkreiste. Und der Shadow Dragon brüllte immer weiter.

Die schrägen Sonnenstrahlen färbten sich erst golden, dann orange und schließlich rot. Die Schatten wurden dunkler und ließen den Raum auf die von den Laternen erhellten Bereiche schrumpfen.

Drei neue Dienerinnen brachten Tabletts mit Essen, einfache Gerichte, wie sie Soldaten in Kriegszeiten erhielten – Haferbrei mit fettigen Fleischstücken und Rüben. Schweigend aßen wir.

Und immer noch brüllte und brüllte und brüllte der Große Drache.

Ich spürte die Wut in seinen Schreien in meinem Bauch. Galle stieg mir in die Kehle, und es juckte mich in den Fingern, den Mann oder die Frau in die Hände zu bekommen, die für den Tod des Kaisers verantwortlich waren, für das Chaos, in das ein ganzer Kontinent stürzte, für die Verschwendung und die Schande und all das Böse …

Ich knirschte mit den Zähnen, ballte die Hände und knurrte tief im Inneren.

»Was passiert jetzt?«, stieß ich schließlich hervor, sodass alle erschraken. Nach den langen Stunden des Schweigens waren die plötzlichen Worte wie ein Schlag ins Gesicht.

»Stehen wir offiziell unter Arrest?«, fragte ich. »Werden wir festgehalten, um befragt zu werden? Sind wir Gefangene? *Was. Passiert. Jetzt?*«

»Wir sind keine Gefangenen«, erklärte Chizuko, doch ihre angespannte Stimme verriet, dass sie eher sich selbst als mich davon zu überzeugen versuchte.

»Niemand weiß etwas«, fügte Hisakawa hinzu, der mit einem Mal todmüde schien. »Wenn, dann hätte es uns eine unserer Wachen bestimmt schon mitgeteilt. Aber man hat sie lediglich angewiesen, uns zu beschützen und weitere Befehle abzuwarten.«

Ich deutete auf die Tür.

»Das ist noch so etwas. Warum bewachen *sie* uns? Wo sind meine Onna-Bugeisha?«

Ich klang herrisch und hart. Wie eine Prinzessin. Unter anderen Umständen wäre Hisakawa vielleicht stolz auf mich gewesen.

»Das weiß ich nicht, Prinzessin«, antwortete er. »Ich schätze, sie werden anderweitig gebraucht.«

»Ich brauche sie hier«, behauptete ich ein wenig weinerlich, aber beim Gedanken an meine Schwestern krampfte sich mein Magen zusammen. Natürlich war ihnen nichts geschehen – ihnen *konnte* nichts geschehen –, aber wenn sie nicht da waren, fehlte mir etwas.

»Ich weiß, Prinzessin«, antwortete Hisakawa mit einem seltenen Anflug von Mitgefühl. »Habt Geduld.«

Ich schauderte und unterdrückte den Drang, zu schreien oder zu schluchzen oder beides, und legte den Kopf auf die Arme.
Die Hitze und das lastende Schweigen erdrückten mich fast und ließen mich schließlich in tiefem Schlaf versinken.
Aus meinem benebelten Unterbewusstsein tauchte ein Traum auf, in dem sich langsam die großen, roten Augen des Shadow Dragon in den Vordergrund schoben. Sein Brüllen drang mir bis in die Knochen, als hätte ich meinen Körper an den seinen gepresst, und einen Augenblick lang war ich gar nicht sicher, ob ich es war oder das große Tier, das schrie.
Der Drache zog den Kopf zurück, bis er fast die Decke berührte, dann stieß er schnell wie eine Schlange zu. Seine Zähne erfassten den Körper eines Mannes in der Lederkleidung eines Hüters, und einen grauenvollen Moment lang glaubte ich, es sei Jao. Doch dieser Mann war älter, das Haar an den Schläfen und am Kiefer war grau. Der Große Drache warf ihn in die Luft wie ein neugeborenes Kätzchen. Der Hüter war tot, noch bevor er landete, und das Geräusch, mit dem sein Körper auf dem Boden aufschlug, klang wie der von totem Fleisch, das ein *Metzger* auf die Theke knallte.
Der Drache betrachtete den Schaden, den er angerichtet hatte, und seine Augen verblassten von Rot zu Rosa und schließlich wieder zu Gold. Dann blinzelte er den toten Hüter an, legte erneut den Kopf in den Nacken und stieß ein langes, leises Stöhnen aus. Es klang menschlicher als seine früheren Wutschreie, menschlicher als die Schreie, die den ganzen Palast erfüllt hatten. Tränen traten mir in die Augen. In meinem Traum schrie ich auf, und auch in Wirklichkeit schrie ich, sodass mich der Klang meines eigenen Schreis aufweckte …
Neben mir hockten Hisakawa, Chizuko und eine der Dienerinnen. Madame Chizuko schlug mir nicht gerade sanft auf die Wangen, während mir die Dienerin ein feuchtes Tuch an die Stirn hielt.

»Das ist die Aufregung«, meinte der Minister zu Madame Chizuko. »Es muss die Aufregung sein. Prinzessin! *Prinzessin!*«

»Was?«, fuhr ich auf. »Ich bin doch nur eingeschlafen. Habe ich etwa die Etikette verletzt, weil ich eingeschlafen bin, während ich bewacht wurde, Minister?«

Auf meinen Wangen klebten salzige Tränen, die ich mit dem Handrücken wegwischte und dabei mein Make-up verschmierte.

Madame Chizuko leckte sich über die Lippen und sah den Minister an.

»Prinzessin«, sagte sie, »Ihr habt Euch herumgeworfen, Ihr hattet Anfälle, Ihr habt im Schlaf gesprochen …«

»Gebrüllt«, korrigierte die Dienerin leise. »Sie hat gebrüllt …«

»Ja, gebrüllt«, gab Chizuko unsicher zu.

»Und Eure Haut glüht«, fügte die Dienerin hinzu.

Ich griff nach dem Tuch auf meiner Stirn. Es war so heiß, als hätte es jemand in einen Kessel mit kochendem Wasser getunkt.

Ich stand so schnell auf, dass mir schwindelig wurde.

»Entschuldigt mich bitte«, stieß ich heiser hervor und wischte mir erneut die feuchten Spuren aus dem Gesicht. »Ich glaube … ich sollte mich in mein Schlafgemach zurückziehen.«

»Prinzessin …«, begann Minister Hisakawa.

»Vielen Dank«, unterbrach ich ihn. »Aber ich meine es wirklich ernst, Minister. Ich muss ins Bett.«

Wäre ich in diesem Moment Kai gewesen, hätte er mich wegen meiner Unverschämtheit gerügt. Aber irgendwie war ich gerade Noriko, und zwar so vollständig, dass ich in mein Schlafzimmer stolzierte, ohne auch nur einen Blick auf meinen Minister und meine Hofdame zu werfen, die mich schweigend gehen ließen.

Ich schloss die Tür, setzte mich aufs Bett – und erst dann dachte ich daran, wieder zu atmen. In tiefen Zügen saugte ich die Luft in die Lungen und legte den Kopf in die Hände, während meine Schultern

von heftigem Schluchzen geschüttelt wurden. Alle Muskeln meines Körpers zitterten, als hätte ich stundenlang in der Kälte trainiert. Weit weg hörte der Shadow Dragon auf, zu heulen.
Ich setzte mich auf und lauschte, doch endlich, zum ersten Mal seit Stunden, war es in der ganzen Kaiserstadt still.
Das Verstummen der Stimme des Großen Drachen ließ meine Ohren klingeln und meinen Magen verkrampfen. Was war geschehen? Hatte einer der Hüter das große Tier betäubt? Hatte es sich heiser gebrüllt? War das trauernde Wesen eingeschlafen?
Ich sprang wieder auf. Plötzlich war ich beunruhigt, über die Qual des Shadow Dragon noch mehr als über die Not meiner Onna-Bugeisha-Schwestern. Hatte der Drache jemanden getötet, wie in meinem Traum? Würde er überhaupt jemanden töten – und sei es auch nur unbeabsichtigt? Wussten Jao und seine Familie, wie sie mit der Trauer dieses Riesen umgehen sollten?
Ich überlegte gar nicht lange, sondern rannte zum Kleiderschrank, zerrte mir Norikos schweres Gewand herunter, schrubbte mir das Make-up aus dem Gesicht und zog meine schwarze Tunika und die Stiefel an. Seit wir in der Kaiserstadt angekommen waren, hatte ich die Hülle mit den Waffen hinten im Schrank kaum angerührt, aber jetzt nahm ich zwei Dolche aus dem gefalteten Leder sowie zwei Stahlkappen, die perfekt auf meine Stiefel passten.
Chizuko und Hisakawa stritten sich im Wohnzimmer vor meinem Schlafgemach, aber ich wusste, dass sie vor dem Morgen nicht nach mir sehen würden. Also stieg ich, mit meinen Dolchen bewaffnet, aus dem Fenster und kletterte die Palastmauer hinunter.
Es ging nur langsam voran. Als ich die Straße erreichte, tat mir alles weh. Doch die Aufregung verlieh mir auch neue Energie, sodass ich fast durch die engen Gassen hüpfte.
Ich lief zum Drachenhort, denn die irren, roten Augen wollten mir nicht aus dem Kopf gehen. Doch dann ließ mich der Instinkt zu

den Baracken abschwenken, wo meines Wissens in der letzten Woche die Onna-Bugeisha geschlafen hatten, wenn sie keinen Dienst hatten. Die Wachen standen in zwei Reihen um die Baracken, was mich gleichzeitig beruhigte und beunruhigte. Warum hielten mich so viele Sicherheitsmaßnahmen von meinen Schwestern fern? Wurden sie nur geschützt, oder waren sie Gefangene? Verdächtigte man sie, den Kaiser getötet zu haben? Ich bekam eine Gänsehaut.

Wenn ich die Samac-Zwillinge verdächtige, dachte ich, *dann kann jemand anderes auch mich verdächtigen.*

Ich biss die Zähne zusammen und vertrieb den Gedanken. Immer eines nach dem anderen. Ein disziplinierter Krieger widmete sich immer der nächstliegenden Aufgabe. Jetzt musste ich erst den Drachen sehen. Vielleicht wurden meine Schwestern gefangen gehalten, vielleicht aber auch nicht – aber im Augenblick waren sie auf jeden Fall in Sicherheit, und das konnte ich von Jao und den anderen, die im Hort über den Drachen wachten, nicht sagen.

Also schlich ich mich von den schläfrigen Wachen fort und ging weiter.

Der Drachenhort war unbewacht. Doch von drinnen hörte ich Männer rufen, Holzbalken ächzen und Ketten klirren. Ich hörte den Shadow Dragon – er brüllte nicht länger, aber er weinte mit einem langen, tiefen Stöhnen, das den Boden unter meinen Füßen erzittern ließ. Es ließ mir das Herz in die Kehle steigen und drängte mich zur Tür, denn ich verspürte den dringenden Wunsch, dem großen Tier über die Schuppen zu streichen und ein Wiegenlied zu singen. Da die schwere Tür unverschlossen war, machte ich sie auf.

Sobald ich drinnen war, bemerkte ich den Gestank nach Pisse, schweißgetränktem Leder, getrocknetem Blut und faulendem Fleisch. Die Silhouette des Drachen erfüllte den Hort. Seine ausgestreckten Flügel bebten wie die eines Kolibris, und seine Füße stampften einen gleichmäßigen Rhythmus. Die schwarzen Schuppen waren von dem getrockneten Blut, das ich gerochen hatte, dunkler gefärbt. Schnauze und Vorderbeine waren in Ketten gewickelt, und um ihn herum schwirrten die Hüter wie Ameisen. Sie hielten ihm alle möglichen Gaben entgegen – Fleisch und Gold und Edelsteine und ein Dutzend anderer Dinge, die mir nichts sagten. Doch der Drache ignorierte sie alle und fuhr nur weiter fort, sich zu wiegen, zu stöhnen und mit den Ketten zu rasseln.

Bis er mich erblickte. Da hörte das Wiegen und Stampfen plötzlich auf, und er richtete seinen Blick auf mich. Auch alle Hüter hielten inne, und ihre erschrockenen Blicke wurden noch erschrockener, als sie mich in der Tür stehen sahen.

»Du! Du darfst hier nicht sein!«, rief einer von ihnen und rannte los, als wolle er mich angreifen. In seinen Augen lag Angst – Angst um mich. Doch ich war im Blick des Shadow Dragon gefangen, gefangen in einem Meer aus Wut, Angst, Trauer und Verwirrung. Die Stimme in meinem Kopf hatte dieses Mal keine Worte, aber ich wusste, dass der große Geist vor mir mit einer Trauer fertigwerden musste, die größer war als alles, was ich je kennenlernen würde. Sein Schmerz überfiel mich, überwältigte mich beinahe, sodass ich spürte, wie mein Herz brach und mir die Tränen in die Augen stiegen.

»Was machst du denn hier?«, fragte eine Stimme hinter mir.

Wieder musste ich mich daran erinnern, zu atmen.

Die Stimme war leiser und ruhiger als die der anderen Hüter, und sie kam mir bekannt vor. Ich riss den Blick von den Augen des Drachen los und sah Jao ins Gesicht.

»Kleine Göttin«, sagte Jao sehr leise. »Du darfst nicht hier sein. Das musst du doch wissen – du darfst einfach nicht hier sein.«

Er sieht so müde aus, dachte ich beiläufig. *Ist er den ganzen Tag hier gewesen? Seit dem Tod des Kaisers?*

»Was ist denn passiert?«, murmelte ich, und selbst meine eigene Stimme klang wie aus der Entfernung. »Das Blut … auf der Haut des Drachen. Was ist denn passiert?«

Einen Moment lang wurde Jaos Blick weiter, dann schloss er vor Erschöpfung die Augen.

»Das ist nicht sein Blut. Es ist das eines anderen Drachen.«

Mir fuhr ein Stich durchs Herz, als ich an unsere beiden Drachen denken musste, die an die königlichen Barken gekettet waren, poliert und glänzend und vor Magie triefend.

»Ein Flussdrache?«, fragte ich.

Bitte lass es keinen Flussdrachen gewesen sein …

Er rieb sich über die Stirn.

»Nein, es war ein Bergdrache, glaube ich.« Er ließ die Hand sinken. »Pech. Ich hoffe, dass Prinz Enlai und seine Wachen heute Nacht sehr wachsam sind.«

Ich bekam Angst. Der Tod eines Bergdrachen – sollte es wirklich ein böses Omen sein und einen Angriff auf Enlai ankündigen? Sollte ein Krieger auf solchen Aberglauben hören?

»Was ist passiert?«, wollte ich wissen. »Warum sollte der Shadow Dragon einen Bergdrachen töten …«

Doch Jao schüttelte den Kopf.

»Ich weiß es nicht. Ich weiß es nicht.« Seine Augen glänzten so, dass ich kurz glaubte, er würde zu weinen anfangen. »Er ist … einfach durchgedreht. Ich glaube, er ist verrückt geworden, als Haneul starb.«

»Kaiser Haneul«, korrigierte ich automatisch.

Jao stieß ein heiseres Lachen aus.

»Na, jetzt ist er kein Kaiser, nicht wahr? Nur Haneul aus dem Forest Kingdom – ein toter Junge in prachtvollen Kleidern.« Kopfschüttelnd verzog er das Gesicht. »Der Große Drache war mit ihm verbunden – ganz frisch verbunden. Er hat Haneul seinen Kopf zu Füßen gelegt.« Sein Blick glitt zu dem großen Tier. In seinen Augen erkannte ich schmerzliche Sorge und die Tränen, die er noch nicht geweint hatte. »Vielleicht wird er nie wieder so wie früher.«

Ich musste an den toten Kaiser denken und an unsere vier Königreiche, die im Chaos versanken, an die vielen Attentatsversuche … viele, viele Dinge würden nie wieder so wie früher werden. In mir stieg eine wilde, hilflose Trauer auf, die sich mit der des Shadow Dragon vereinte.

»Trotzdem solltest du ihn Kaiser nennen«, knurrte ich. Es ging mir ums Prinzip. Es war nur eine kleine Sache, die ich richtigstellen konnte, an einem Tag, an dem sonst alles falsch lief.

Jao versuchte, mich anzulächeln. Es sah aus wie eine Grimasse.

»Nun gut, dann Kaiser Haneul. Nur für dich, kleine Göttin, werde ich dem Mann Ehre erweisen. Er wäre bestimmt ein guter Kaiser geworden – und seine Familie tut mir leid.«

Jao sah den Großen Drachen an.

Der war in eine Art unruhige Stille verfallen. Immer noch zitterte er, doch er hatte die Flügel auf dem Rücken gefaltet, und sein Schwanz schlang sich um die Vorderbeine.

Jao machte einen Schritt auf mich zu und seufzte, sodass ich seinen Atem auf meiner Wange spürte.

»Geh zurück in die Baracken, kleine Göttin. Du kannst heute Nacht nichts für den Großen Drachen tun.«

»Ich weiß«, stieß ich hervor. Das hatte ich schon gewusst, als ich hergekommen war. Also warum war ich gekommen?

Mein Blick fiel auf den Shadow Dragon, dann sah ich weg. Das leise Grollen seines Stöhnens ließ mich bis ins Mark erzittern. Ich hatte Mitleid mit ihm, aber ich hatte auch Angst vor ihm. In meinem Inneren tobten widerstrebende Gefühle, und in meinem Kopf verwirrten sich die Gedanken.

Doch was Jao auch gesagt hatte – ich würde heute nicht in die Ba-

racken zurückkehren. Stattdessen würde ich meine lange, langsame Klettertour in Norikos Gemächer antreten, sorgfältig Norikos Nachtgewand anlegen – und morgen den Tag damit verbringen, Prinzessin zu spielen und zu versuchen, mit dem Wahnsinn fertigzuwerden und viele Dinge zu tun, die ich nicht beherrschte.
Ich war noch nicht bereit. Am liebsten hätte ich mich zu dem Drachen in den Hort gekauert, mich hin und her gewiegt und meine eigene Furcht und meine Wut hinausgeschrien.
»Was passiert jetzt?«, flüsterte ich. Ich erwartete nicht, dass Jao eine Antwort hatte, in dieser verfluchten Stadt hatte niemand eine Antwort darauf.
Er gab mir auch keine. Stattdessen strich er mir eine Haarsträhne hinters Ohr. Er stand so dicht vor mir, dass ich seinen Atem auf meinen Wimpern spürte. Meine Haut prickelte bis hinunter in die Fußsohlen.
»Wie heißt du eigentlich, kleine Göttin? Das hast du mir nie verraten.«
Ich musste schwer schlucken. *Noriko … Kai … Noriko … Kai …* Was war mein Name? Was war mein Name, jetzt, wo die Welt auseinanderfiel? Spielte es überhaupt noch eine Rolle?
»Ich bin eine Onna-Bugeisha«, murmelte ich. »Ich bin eine Tochter der Kosuke …«
Er kicherte – ein müdes, rasselndes Lachen.
»Das ist nicht dein Name.«
Ich schloss die Augen. *Noriko … Kai … Noriko … Kai?*
»Ich bin eine Onna-Bugeisha«, sagte ich. »Ich bin eine Tochter der Kosuke.«
Er nahm meine Hand in seine.
»Bitte, kleine Göttin. Erweise mir die Ehre, mir deinen Namen zu sagen.«
»Onna-Bugeisha …« Doch die Worte erstickten in meinen Tränen.

Weinte ich? Warum weinte ich? Wie dumm. Kriegerinnen weinten nicht …
»Ist es ein Geheimnis?«, flüsterte Jao.
Ein Geheimnis? *Noriko … Kai … Noriko … Kai …*
Ja, natürlich war es ein Geheimnis. In diesen Tagen war alles ein Geheimnis. Ich durfte nicht einmal meinen Namen sagen, durfte nicht meine Kleider tragen, nicht lieben, lachen, spielen oder sprechen …
Da, wo mein Herz sein sollte, bildete sich ein kalter, harter Eisklumpen.
Nein.
Zur Hölle mit diesen Geheimnissen.
»Kai«, sagte ich. Meine Stimme klang laut in meinen Ohren. »Mein Name ist Kai.«
»Kai«, wiederholte Jao und lächelte mich dieses Mal wirklich an. »Du hast da etwas auf deiner Wange, Kai.«
Ich fuhr mir mit der Hand ins Gesicht und spürte einen Klecks silberner Farbe – ein Rest von Norikos Zeremonien-Make-up.
»Ach«, meinte ich und musste plötzlich den Drang, zu lachen, unterdrücken. »Das ist gar nichts. Mach dir keine Gedanken deswegen.«
Ich sah ihm in die Augen, die mich weich und irgendwie flehend ansahen. Seine Lippen waren halb geöffnet.
»Du siehst so müde aus«, murmelte ich. Ganz sachte tippte ich seine Unterlippe an. »Du bist bestimmt die ganze Nacht hier beim Drachen … Du musst versuchen, etwas zu schlafen.«
Mit dem Mund an meinem Finger antwortete er: »Im Moment ist mir Schlafen ganz egal.«
Ich hörte auf, an den Kriegerkodex zu denken. Ich hörte auf, an Noriko und das Spiel der falschen Prinzessin zu denken. Ich hörte sogar auf, an Enlai zu denken, denn das würde immer nur Phan-

tasie bleiben. Meine Gedanken galten einzig Jao und diesem verrückten Tag und dem plötzlichen, wilden Verlangen, mich in ihm zu verlieren.
Also neigte ich mich zu ihm und hob die Hand an seine Wange, wo ich zarte Stoppeln fühlte. Mit dem Daumen rieb ich darüber. Sanft, als ob mein Körper jemand anderem gehörte, strich ich mit meinen Lippen über die seinen.
Seine Arme schlangen sich um meine Taille und zogen mich an sich. Sein Mund presste sich auf meinen, und sein Atem strich über meine Lippen. Und dann war ich definitiv wieder in meinem eigenen Körper. Mit einem Seufzer stieß ich den Atem aus und legte die Hände um seinen Nacken. Sein Mund war fest und warm und wild, wie meiner. Wir küssten uns, als sei das Ende der Welt gekommen. Vielleicht war es das auch, und ich musste seine Haut spüren, um sicher zu sein, dass ich noch da war.
Als wir uns schließlich voneinander lösten, keuchten wir beide, und unsere Augen leuchteten, als hätten wir gerade ins Jenseits geblickt.
Jao machte den Mund auf und zu wie ein Fisch auf dem Trockenen, während er nach Worten rang. Ich legte ihm einen Finger an die Lippen, weil er wahrscheinlich etwas Dummes gesagt hätte, was den Augenblick ruinieren würde. Und diesen Augenblick würde ich nie wieder zurückbekommen. Es würde nie wieder einen Augenblick wie diesen geben, nicht für mich, und wenn ich hundert Jahre alt wurde. Ich wollte diese Zeit und diesen Ort und dieses Gefühl bewahren. Ich wollte es in Stille hüllen, damit ich es für immer in meinem Herzen tragen konnte.
»Pass auf den Shadow Dragon auf«, flüsterte ich. »Und pass auf dich selbst auf.«
Damit rannte ich an ihm vorbei hinaus in die Nacht.

Kapitel 7

»Los, Mädchen! Aufstehen! Sofort!«
Die Angst und Unsicherheit des vergangenen Abends waren von Chizuko abgefallen. Sie hatte wieder das Kommando und stupste mich heftig mit dem Zeigefinger an. »Meine Güte, Kind, warum bist du denn noch im Bett? Großmeister Xuwicha hat alle Höfe in die Große Halle gerufen. Wir müssen uns dort in einer halben Stunde einfinden. Los, los! Hoch jetzt!«
Sie riss die Vorhänge auf, sodass mich die späte Morgensonne blendete.
»Wie spät ist es?«, gähnte ich. »Wann gibt es Frühstück?«
»Das Frühstück hast du verpasst«, grollte Madame Chizuko. »Du hast so lange geschlafen, dass sich die *echte* Prinzessin Noriko schämen würde! Hast du mich gehört, Mädchen? *Aufstehen*, habe ich gesagt!«
Ich wälzte mich aus dem Bett, obwohl mir jeder einzelne Muskel wehtat. In meinem Kopf pochte mein Herzschlag dumpf. In meinem Traum hatte ich Schreie gehört und einen stechenden Herzschmerz gespürt. Der Geschmack von getrocknetem Blut lag mir auf der Zunge, und meine Finger schmerzten, als hätte ich mich die ganze Nacht an die Steine gekrallt.
Die Erinnerung an den Kuss behielt ich wie ein süßes Geheimnis. Sie verlieh mir die Energie, die schlechten Träume für eine Weile zu

verscheuchen. Ich hatte geglaubt, dass ich mich am Morgen schuldig fühlen würde, doch das tat ich nicht. Im Gegenteil, ich fühlte mich so lebendig, als hätte ich gerade etwas Verrücktes, Mutiges und Schwieriges zustande gebracht.

Ich fuhr mit dem Finger über meine Unterlippe.

Diese Erinnerung, dachte ich, *wird mir helfen, dass ich heute nicht verrückt werde.*

Langsam zog ich mich an, doch bei jedem Knopf zitterten meine Finger. Alle paar Minuten musste ich gegen ein Gefühl der Übelkeit ankämpfen. Und jedes Mal, wenn Chizuko in lautem Stakkato »Schnell! Schnell!« rief, zuckte ich zusammen.

Mit meiner Hofdame zusammen schlurfte ich in den Salon, wo Minister Hisakawa am Schreibtisch in der Ecke saß und einen weiteren Bericht an König Denji schrieb.

»Du hast verschlafen«, bemerkte der Minister, ohne mich anzusehen.

»Ja, habe ich gehört«, entgegnete ich.

Hisakawa faltete den Brief zusammen, versiegelte ihn und starrte ihn eine ganze Minute lang reglos an. Sein Gesicht war vollkommen ausdruckslos, nur auf seiner Stirn stand eine steile Falte.

Als die Stille zu lang wurde, versuchte ich es vorsichtig mit: »Minister Hisakawa?«

Er zuckte zusammen. »Ja. Bist du so weit? Sehr gut. Ich will nur den Bericht senden …« Er ging zu dem kleinen Käfig, in dem die drei letzten Brieftauben des River Kingdom saßen und in einem Strahl der Morgensonne flatterten und gurrten. Bevor er den Käfig aufmachte, hielt er inne und sagte, immer noch ohne mich anzusehen: »Ich bitte den König, Prinzessin Noriko in die Kaiserstadt zu schicken.« Erst jetzt richtete er seinen Blick auf mich, angestrengt und flehend. »Die *echte* Prinzessin Noriko.«

Plötzlich durchfluteten mich so intensive und widerstreitende Gefühle, dass mir die Knie nachgaben und ich mich auf den Boden setzen musste.

»Das … das tut Ihr?«

»Das musst du verstehen, Kai«, sagte Minister Hisakawa, »unter den gegebenen Umständen … Dies ist eine Zeit großer Unsicherheit für die vier Königreiche. Während der letzten Wochen hast du deine Sache wirklich gut gemacht. Aber wir haben diese Scharade jetzt so weit durchgehalten, wie es nur irgend ging, fürchte ich. Die echte Prinzessin von Mizu muss wissen, was vor sich geht – und vielleicht ist es an der Zeit, dass Mizu seine Sorgen mit dem Rest des Imperiums teilt. Denn es scheint mir, als hätten die anderen Königreiche ähnliche Probleme.« Er räusperte sich. »Es wird bestimmt … unangenehm, Großmeister Xuwicha diese kunstvolle Betrügerei zu erklären, aber ich glaube, dass es das Richtige ist. Die Aussicht, dich weiter dazu zu zwingen, an ihrer Stelle zu handeln, beunruhigt mich, sie beunruhigt mich zutiefst – besonders, wenn die politische Lage so …« Er brach ab und suchte nach Worten. »… so *verworren* ist.«

Ich starrte auf den Boden und versuchte, den Knoten in meinen Gefühlen zu entwirren. *Keine Prinzessinnenspiele mehr*, dachte ich. Das hätte mich eigentlich erleichtern sollen. Für solche Spiele hatte ich kein Talent. *Aber die Aufgabe – darin könnte ich gut sein. Ich könnte für das Volk von Mizu sorgen und für sie sprechen und dafür sorgen, dass ihnen die Minister zuhörten, auch wenn sie es eigentlich nicht wollten …*

Doch das war nie meine Aufgabe gewesen und würde es auch nie sein. Genau wie Enlai nie mein sein würde. Genau wie Jao …

Salzige Tränen stiegen in mir hoch.

Nein, schalt ich mich heftig. *Ich wusste von Anfang an, dass nichts daraus werden würde. Ich hatte meinen Augenblick. Einen langen, perfekten Augenblick. Aber jetzt ist es Zeit, heimzugehen.*

Ich holte tief, tief Luft und sagte: »Ja, Minister Hisakawa. Ich verstehe.«

»Du hast deine Sache gut gemacht«, wiederholte er. Es schien ihm wichtig zu sein, dass ich ihn hörte und ihm glaubte. »Ziemlich gut sogar.«

Ich nickte, und da er offenbar eine Antwort von mir erwartete, sagte ich: »Danke.«

Anscheinend gab er sich damit zufrieden. Er griff in den Käfig und holte eine Brieftaube heraus, um ihr die Nachricht ans Bein zu binden. Dann ging er zum Fenster und warf den Vogel in die Luft.

Zu dritt sahen Hisakawa, Chizuko und ich der Taube nach, als sie höher stieg und nach Westen Richtung Mizu flog.

Doch noch bevor die Taube außer Sichtweite war, schoss eine große Gestalt vom Nordturm herunter und griff den kleinen Vogel aus der Luft. Noch im Flug zerriss der Falke der Taube das Herz, und ein Haufen Federn schwebte auf die Straße unter ihnen herunter.

»Seht!«, rief Madame Chizuko und deutete auf den Turm, auf dessen Spitze ein Schwarm von zehn Falken saß. Aus einem Fenster im Südflügel schoss ein leuchtender Botenvogel aus dem Forest Kingdom und versuchte tapfer, die Grenzen der Kaiserstadt zu überwinden, doch einen Augenblick später fing ihn ein zweiter Falke ab.

Der Himmel war Kriegsgebiet. Benommen und erschrocken starrten wir hinaus, während ein Vogel nach dem anderen zu einem Blutfleck auf dem Boden des Palasthofes wurde.

»Mir scheint«, erklärte Minister Hisakawa grimmig, »dass Großmeister Xuwicha den Tod des Kaisers fürs Erste unter Verschluss halten will.« Mit einer entschuldigenden Geste legte er mir die Hand auf die Schulter, während es mir das Herz abschnürte.

In diesem Moment ging die Tür auf, und meine Laune besserte sich, als Aiko mit einer Verneigung eintrat.

»Eure Eskorte ist bereit, Prinzessin«, sagte sie tonlos.

Ich war erleichtert, sie zu sehen, und froh darüber, dass der Palast die Sicherheit der Baracken gelockert hatte – zumindest so weit, dass meine Schwestern wieder den Platz der stoischen kaiserlichen Wachen einnehmen konnten, die vor meiner Tür standen.

Allerdings hätte ich mir gewünscht, dass sie ihre Rolle nicht so gut spielen würde. Ich hätte mir gewünscht, dass wir uns hätten umarmen können, dass ich ihr von Jao hätte erzählen können und ihr meine Ängste und Verwirrung mit lautem Heulen hätte anvertrauen können, das dem des Shadow Dragon nahegekommen wäre. Aber ich konnte nur verkrampft lächeln und sagen: »Nun dann, Minister. Sehen wir, was diese ach so wichtigen Edelleute mit unserem Imperium vorhaben.«

Minister Hisakawa machte sich nicht einmal die Mühe, mich für meinen Sarkasmus zu schelten. Er bedeutete mir, Aiko zu folgen und mich in die Große Halle zu begeben. Hätte sich meine Seele nicht angefühlt wie ein Friedhof, hätte ich Mitleid mit dem Minister gehabt. Die Erschöpfung hatte tiefe Furchen in seine Stirn und Schläfen gegraben, und er war im Laufe der Nacht um zehn Jahre gealtert.

Ohne darüber nachzudenken, griff ich nach seiner Hand, drückte sie und ließ sie dann wieder los. Er sah mich nicht an, doch ich bemerkte, wie sich seine Hand an seiner Seite zur Faust ballte und wieder löste und ein müdes Lächeln über seine Lippen huschte.

Die anderen Höfe waren bereits versammelt, als wir die Große Halle erreichten. Dieses Mal standen keine Sänger in den Galerien, und aus den angrenzenden Küchen drang kein Essensgeruch. Nur die Höfe der Königreiche waren anwesend und saßen schweigend an vier langen Tischen. Großmeister Xuwicha saß auf dem Podest neben dem Thron, auf dem ein lebendiger Kaiser hätte sitzen sollen, auf dem Boden und las in einer Schriftrolle, die über seine Knie herunterhing.

Minister Hisakawa murmelte etwas von »mit Xuwicha reden« und ging auf den Reichskanzler zu.
Niemand achtete auf mich, als ich durch die Große Halle ging und einen Platz suchte. Es erinnerte mich an eine Messehalle voller hungriger Soldaten, wo es vor lauter Händen, die ständig Teller hin und her reichten und sich weitere Portionen holten, kaum Platz zum Essen gab.
Doch hier aß niemand, und anstatt fröhlichen Geschwätzes hörte ich nur angespanntes Flüstern und bemerkte verstohlene, niedergeschlagene Blicke. Am niedergeschlagensten im ganzen Raum schien Prinz Iseul zu sein. Er saß allein am Ende der Großen Halle in der Nähe von Großmeister Xuwicha. Die Hände hatte er im Schoß gefaltet, die Augen fest geschlossen, den Kopf gesenkt. Auf seinen Wangen hatten getrocknete Tränen ihre Spuren hinterlassen.
Ich ließ mich auf dem Stuhl neben ihm nieder.
»Prinz Iseul«, sagte ich leise, »mein Beileid zum Verlust Eures kaiserlichen Bruders.«
Er hob den Kopf und sah mich mit dunklen, tief liegenden Augen an.
»Was? Oh ja. Danke, Prinzessin.«
Ich suchte nach weiteren Nettigkeiten, die ich einem trauernden Jungen sagen konnte.
»Manchmal«, begann ich langsam, »manchmal kann man einfach nichts machen … die schwarze Göttin bestimmt den Tag unseres Todes in ihrer großen Weisheit und …«
Prinz Iseul begann zu lachen, ein hohes, irres Lachen, das durch die Halle dröhnte und die Königskinder und Höflinge nervös in unsere Richtung blicken ließ. Ich starrte ihn an, erschrocken über die Veränderung, die in ihm vorgegangen war. Sein junges Gesicht wirkte hart und verzweifelt. »Das glaubt Ihr doch nicht wirklich, oder? Glaubt Ihr, die schwarze Göttin habe meinen zwanzig Jahre

alten Bruder zu sich gerufen – den neuen Herrscher der vier Königreiche –, glaubt Ihr, sie hätte ihn in die Unterwelt heimgerufen – einfach so?«

Ich musste schwer schlucken.

»Ich hoffe es«, antwortete ich. »Ich hoffe, seine Seele hatte beschlossen, es sei Zeit, weiterzugehen, und dass er friedlich gegangen ist.«

Iseul fauchte mich an: »Dann seid Ihr die größte Närrin, die ich je …«

»Das ist es, was ich hoffe«, unterbrach ich ihn scharf, aber leise, »nicht das, was ich glaube.«

Iseul klappte den Mund zu.

»Warum erzählt Ihr mir nicht von Euren Vermutungen, Prinz Iseul«, forderte ich ihn auf, »und ich erzähle Euch von meinen?«

Iseul kaute auf seiner Unterlippe und neigte sich dann zu mir.

»In Namu gibt es ein Gift«, sagte er, »es ist nicht häufig und nur gefährlich, wenn man viel davon zu sich nimmt. Unsere Heiler geben schwangeren Frauen gelegentlich ein paar Tropfen davon, es beruhigt den Magen und macht das Baby stark. Aber wenn man mehr als ein paar Tropfen nimmt, bleibt das Herz stehen.«

Ich nickte. »Glaubt Ihr, dass dieses Gift den Kaiser getötet hat?«

Er holte tief Luft. »Wie gesagt, es ist selten, aber es hat einen Geruch, den ich überall erkennen würde. Wie saure Minze, Minze, die in der Sonne verdorben ist … Jedenfalls habe ich es gerochen …«

Er brach ab, schauderte und schluchzte plötzlich auf. Dann presste er die Fäuste an die Augen und sagte durch zusammengebissene Zähne: »Ich habe es in Haneuls Atem gerochen, als er gestorben ist.«

Mitleid durchzuckte mich schmerzhaft.

»Eure Hoheit«, sagte ich, »es tut mir so …«

»Ich weiß, dass es Euch leidtut«, fuhr Iseul auf und zog schnell die

Hände von den Augen. »Allen tut es leid. Aber Leidtun hilft nicht. Ich sage Euch, mein Bruder wurde ermordet!« Er ließ sich auf seinem Stuhl zurückfallen. »Und er war ein guter Bruder. Er wäre ein guter Kaiser gewesen. *Aber er wurde ermordet!*« Er unterstrich jedes Wort mit einem Faustschlag auf den Tisch.

Ich sah mich in der großen Halle um.

»Habt Ihr jemandem von diesem Verdacht erzählt?«

»Nur Großmeister Xuwicha«, schnaubte Iseul. »Ich bin doch nicht blöd!«

Aber meine Paranoia war geweckt worden, und ich sah mir jedes Gesicht in der vollen Halle an und versuchte herauszufinden, ob uns jemand belauschte. Alle Höfe unterhielten sich mit ihren eigenen Angehörigen – mit einer Ausnahme: Prinz Enlai sprach mit Prinzessin Minh. Sein Gesicht zeigte höfliches Interesse, und ich fragte mich, ob das wohl eine Unterhaltung oder eher eine Befragung war.

Enlai merkte, dass ich sie beobachtete, lächelte mir kurz zu und blinzelte, dann sprach er weiter mit der Prinzessin.

Ich wandte meine Aufmerksamkeit wieder Iseul zu und ignorierte die Wärme, die mir über den Hals kroch. Doch Iseul hatte den Blickwechsel zwischen mir und Enlai bemerkt – und runzelte die Stirn.

»Ich glaube Euch, Prinz Iseul.«

»Ach ja?« Doch er sah weiterhin finster drein.

»Ja, wirklich.« Ich räusperte mich und lehnte mich näher zu ihm. »Was haltet Ihr von dem Gerede über die Bauernrebellen?«

Iseul schnaufte. »Das Namu-Gift, von dem ich erzählt habe, ist sehr teuer. Mehr als nur teuer. Ein paar Tropfen davon würden einen ›Bauernrebellen‹ den Verdienst von fast zwei Monaten kosten. Mein Bruder wurde nicht von einem Fischer oder Händler getötet. Es *muss* jemand bei Hofe gewesen sein.«

Das war eine gefährliche Anschuldigung, aber ich war dennoch erleichtert, sie zu hören. Ich war froh, dass ich nicht die Einzige war, die glaubte, dass eine Armee von Aufständischen eine viel zu einfache Erklärung war.

»Habt Ihr das Großmeister Xuwicha auch gesagt?«, wollte ich wissen.

Prinz Iseul sank auf seinem Stuhl zusammen.

»Ja«, gab er zu. »Und er sagte genau das, was ich erwartet hatte – dass seine Leute Haneuls Tod untersuchen würden, aber dass wir uns vorerst darauf konzentrieren müssten, einen Nachfolger zu finden.« Wieder stieß er ein trauriges, kurzes Lachen aus. »Man kann ja schließlich nicht die ganze Welt anhalten nur wegen eines toten Mannes, nicht wahr? Das Imperium muss weitergehen, koste es, was es wolle.«

Dann sah er mich ausdruckslos an.

»Ich wünschte, wir wären nie hergekommen. Ich will nach Hause, Prinzessin. Aber zu Hause ist nicht mehr dasselbe, jetzt, wo mein Bruder tot ist.«

»Ich verstehe Euch, Prinz Iseul«, sagte ich. Und das war wahr, ich verstand ihn besser als sonst jemand hier. »Hört zu – ich bin ganz Eurer Meinung über das, was den Mörder angeht, und dass er ein Höfling sein muss oder ein Adliger … vielleicht sogar ein anderer königlicher Erbe.« Ich sah wieder zu Enlai und Minh hinüber. »Prinz Enlai und ich – wir haben eine Theorie. Euer Unfall im Theater, der Angriff auf Prinzessin Minh und der Tod Eures Bruders … Wir glauben, das hängt alles zusammen. Wir glauben, dass eine Person versucht hat, sich zum Nachfolger Eures Bruders zu machen, sich aber schließlich dazu entschloss, den Kaiser zu töten. Jetzt ist der Thron leer. Wir müssen vorsichtig sein. Wir müssen beobachten und herausfinden, wer versucht, die Macht zu ergreifen …« Ich redete schnell und verhaspelte mich fast vor Aufregung,

fing mich aber wieder, als sich auf Iseuls Gesicht wieder das Stirnrunzeln ausbreitete.
»Ihr und Prinz Enlai?«, murmelte er.
»Nun … ja«, gab ich zu. »Er hatte die gleiche Theorie wie ich. Und wir. Wir scheinen alle zu glauben …«
Doch Iseul wandte mir den Rücken zu und sah Großmeister Xuwicha an, der endlich die Schriftrolle in seinem Schoß zusammenrollte.
»Es freut mich, zu sehen, dass das River Kingdom seine Allianzen so bedachtsam wählt«, erklärte Prinz Iseul plötzlich kühl und seltsam erwachsen. »Eine Partnerschaft zwischen Mizu und Shi wäre für beide von Vorteil. Ich hoffe, dass es für Euch gut ausgeht, Prinzessin Noriko.«
Verwundert sah ich ihn an.
»Iseul, was wollt Ihr …«
Doch jetzt war Großmeister Xuwicha aufgestanden, hob die Hände und heischte um die Aufmerksamkeit des ganzen Saales. Die Höflinge standen auf und verstummten.
»Wir sind heute hier zusammengekommen, um unserem großen Kaiser Haneul die letzte Ehre zu erweisen und ihn zu betrauern«, sagte er tonlos und mechanisch. Diese Rede hatte er auswendig gelernt. »Die schwarze Göttin nimmt unsere Lieben nie zu einem Zeitpunkt zu sich, den wir für angemessen halten. Aber sie nimmt sie, und wir müssen darauf vertrauen, dass sie unseren jungen Kaiser auf seiner Reise ins Jenseits begleitet.«
Neben mir ballte Iseul langsam die Hände und sah gequält drein.
Der Hohepriester kam zu Xuwicha auf das Podest und stellte sich vor den Thron. Er hob die Hände, als wollte er den Geist des Kaisers direkt ansprechen, und sagte zu Haneuls leerem Platz: »Großer und heiliger Kaiser, wir bitten Euch, vor dem Altar der schwarzen Göttin an Euer Volk zu denken, wenn Ihr Euren Platz unter den fried-

lichen Bewohnern der Unterwelt einnehmt. Wir vertrauen darauf, dass Ihr Tag und Nacht für uns eintretet, bis wir endlich wieder mit Euch vereint werden, Kaiser Haneul, der Ihr uns Vater und Bruder, Herrscher und Freund wart.«

»Das wünschen wir alle«, murmelten alle im Chor und setzten sich dann wieder.

Großmeister Xuwicha räusperte sich mehrmals.

»Nun«, begann er, hielt inne und räusperte sich noch zwei Mal.

Er ist nervös, stellte ich fest. *Er hat sogar Angst.* Angst, diese Versammlung abzuhalten, Angst vor dem, was dabei herauskommt, Angst, weiterzumachen, und Angst, zurückzusehen. Das hätte ich nicht erwartet. Ich kannte Xuwicha nur gefasst und beherrscht, ein Reichskanzler mit jahrzehntelanger Erfahrung. Aber jetzt hatte er offensichtlich wirklich Angst, die sich auch auf mich übertrug.

»Wie Ihr wisst«, sagte er schließlich, »ist der Kaiser von uns gegangen, ohne dass er einen neuen Nachfolger ernannt hat. Doch der Thron des Chitwitlok-Reiches darf nicht unbesetzt bleiben.«

Es war, als verkünde er das Ende der Welt. Plötzlich sprangen die Höflinge auf und schrien durcheinander, um gehört zu werden.

»Nein, nein, nein, das ist nicht richtig, so etwas wurde noch nie gemacht …«

»… glauben, dass die Prinzessin von Samac sich als große Anführerin erwiesen hat, als sie …«

»Seid Ihr verrückt? Das geht nicht, ohne …«

Großmeister Xuwicha wedelte mit der Hand.

»Ruhe! Ruhe, bitte! Ich muss euch sagen …«

»Reichskanzler!«, unterbrach ihn ein Mann, der sich aus der Mitte des Hofes von Namu erhoben hatte – nur ein paar Plätze rechts von Iseul. Er war groß und hager und grau, und ich erkannte in ihm einen der Berater von Prinz Iseul. »Ich muss im Namen meines jungen Schützlings, Prinz Iseul, sprechen. Es erscheint mir logisch,

dass seine königliche Hoheit als Bruder des verblichenen Kaisers dessen Nachfolge auf dem Thron antritt.«
Auf Iseuls Gesicht breitete sich Entsetzen aus. Er packte den Rand des Tisches, als müsse er sich daran festhalten, um sitzen zu bleiben.
»Nein!«, schrie er.
Die gesamte Versammlung starrte ihn an.
Iseul zitterte.
»Ich meine«, stammelte er, »ich meine …« Er holte ganz tief Luft. »Meine Damen und Herren, ich habe sehr stark das Gefühl, als könnten wir nicht über einen neuen Kaiser reden, bevor wir nicht wissen, warum der vorherige gestorben ist. Ich glaube …«
Doch bevor Iseul beginnen konnte, seine Theorien vorzutragen, unterbrach ihn sein Berater: »Hoheit, seid bitte still. Meine Damen und Herren«, fuhr er dann fort, »Prinzen und Prinzessinnen, ich glaube, Ihr stimmt mir alle zu, dass es unseren Kaiser ehren würde, wenn sein königlicher Bruder an seiner Stelle die Krone annehmen würde. Das wäre doch nur recht, oder etwa nicht?«
Großmeister Xuwicha machte schon den Mund auf, um zu antworten, als sich plötzlich einer von Prinz Enlais Beratern zu Wort meldete.
»Ich bin anderer Meinung!«, rief er und sprang auf. »Lord Bora scheint zu vergessen, dass dem Brauch nach jeder Kaiser aus einem anderen Reich gewählt wird als der letzte, damit jedes Land abwechselnd am kaiserlichen Hof gehört wird. Da Kaiser Haneul aus dem Forest Kingdom stammte und Kaiser Lien aus dem Desert Kingdom – erscheint es mir nur recht, dass die nächsten Anführer entweder aus den Shi-Bergen oder aus Mizu kommen sollten.«
»Auf keinen Fall«, hörte ich Prinz Cadeo knurren. Seine Berater stimmten ihm augenblicklich zu.

»Samac sollte für den Thron ebenso zur Wahl stehen wie jedes andere Königreich!«
»Ich habe einen Vorschlag«, sagte Enlais Berater. »Es hat den Anschein, als wären sich Prinzessin Noriko und Prinz Enlai recht nahe gekommen. Vielleicht könnten von einer Heirat sowohl Mizu als auch die Shi-Berge profitieren. Eine Allianz zwischen den beiden Königreichen würde das Imperium wesentlich stärker und einiger machen. Prinz Enlai hat bereits in seinem eigenen Land gute Anlagen zum Herrscher gezeigt, er wäre ein ausgezeichneter Kaiser.« Er sah mich an und meinte mit einer wegwerfenden Handbewegung: »Und Prinzessin Noriko wäre eine gute Frau.«
Das Mädchen, das zu lange schon eine Rolle gespielt hatte, bäumte sich in mir auf und schrie die Versammlung an: *Ich bin mehr als nur eine Ehefrau! Ich bin die Prinzessin von Mizu! Ich habe jedes Recht auf dieses Imperium! Meine Herrschaft würde dem Reich Wohlstand und Ehre bringen, wie es noch nie jemand gesehen hat …*
Doch plötzlich hielt ich inne, als mir auf einmal die volle Bedeutung der Worte des Beraters klar wurde. Enlai starrte mich an und lief rosa an. Vor Verlegenheit stieg mir eine heiße Welle ins Gesicht. *Eine Ehe?* Einfach so wollten sie, dass ich – Noriko – ihn *heiratete?*
»Wir könnten die Zeremonie einfach heute Abend hier abhalten, da wir ja sowieso schon alle versammelt sind«, erklärte Enlais Berater leichthin.
Oh gnädige Göttin!, dachte ich, und mir wurde schwindelig. Was passierte, wenn eine Onna-Bugeisha einen Prinzen heiratete? Würden die Götter vom Himmel herabstürzen? Würde sich der Kriegerkodex in Staub auflösen?
Aus den Reihen des Desert und des Forest Kingdom erhob sich ein Chor zorniger Stimmen, doch Minister Hisakawas Stimme übertönte sie alle.
»Nein, nein. Auf keinen Fall! Eine Heirat ist völlig ausgeschlossen.

Nein. Einfach … nein.« Sein schmales Lächeln geriet ins Wanken, und er sah sich mit großen Augen panisch um.

Ich riss meinen Blick von Enlai los, auf dessen Gesicht sich ungeheure Erleichterung breitmachte. Auch ich war erleichtert, aber irgendwie war sein Gesichtsausdruck ein wenig verletzend. Wäre es denn wirklich so schlimm, mich zu heiraten? War ich denn so abstoßend, oder war es nur der Gedanke an diese schreckliche politische Verbindung, den er hasste?

Nun, gab ich zu, *ja, doch, das wäre wirklich schlimm.* Aber es gab ein paar … Aspekte an einer Heirat, die durchaus interessant waren …

Plötzlich, ganz unerwartet, musste ich daran denken, wirklich daran denken – allerdings hatte in meinem Kopf Jao die Stelle von Enlai eingenommen. Jao in Weiß gekleidet, der den Eid flüsterte … Jao, der in einem kleinen Flusshaus mit mir zusammenlebte …

Ich sog scharf den Atem ein und vertrieb die Gedanken aus meinem Kopf.

»Genug!«, dröhnte plötzlich Großmeister Xuwicha mit rotem Kopf und wedelte mit der Hand in der Luft. »Bei allen Göttern! Wie ich bereits zu sagen versuchte, haben wir eine Lösung für die Thronfolge gefunden.« Während der Chor der Stimmen erstarb, winkte er einen Mann herein, der in der Ecke der großen Halle gestanden hatte und die Schriftrolle in der Hand hielt, die Xuwicha zuvor gelesen hatte.

»Unsere Gelehrten haben die ganze Nacht in der Bibliothek geforscht und nach einem Präzedenzfall für unsere augenblickliche Lage gesucht. Ich freue mich, euch verkünden zu können, dass wir eine Lösung gefunden haben.«

Der Gelehrte mit der Brille schlurfte in die Mitte des Podests und rollte die Schriftrolle auf, sodass sie fast bis auf den Boden hinabhing. Dann räusperte er sich und begann zu lesen.

»Im siebten Jahr des blauen Kranichs bestieg Kaiserin Quyen unter großem Jubel den Thron. Doch ihre Herrschaft sollte nicht von Dauer sein, denn nur zwei Tage nach ihrer Krönung zogen die Kaiserin und ihr Hof zu einer großen Jagd aus. Die Kaiserin war eine unerfahrene Reiterin, und als ihr Pferd wegen eines Steins im Hufeisen strauchelte, wurde sie abgeworfen und schlug sich den Kopf an einem Baum an. Am nächsten Abend verstarb die Kaiserin, ohne das Bewusstsein noch einmal wiedererlangt zu haben. Das ganze Reich betrauerte nicht nur den Verlust einer schönen und weisen jungen Monarchin, sondern auch den einer Frau, die noch nicht das Königreich benannt hatte, aus dem ihr Nachfolger kommen sollte. Ohne Nachfolger trauerte das Volk einen Tag und eine Nacht, um …«

Irgendjemand hüstelte laut, und ein anderer knurrte: »Komm endlich zur Sache!«

Der Gelehrte sah über seinen Brillenrand hinweg, dann seufzte er und sah weiter unten auf die Schriftrolle.

»So wurde entschieden, dass, wenn der Kaiser stirbt, bevor der Nachfolger benannt wurde, der nächste Herrscher über das Chitwitlok-Imperium gewählt werden wird … und zwar vom Shadow Dragon.«

Kapitel 8

»Das kann nicht dein Ernst sein.«
Lady Mayumi schäumte und glich mehr denn je einem Tiger, während sie im Raum auf und ab lief. Wir anderen saßen auf den Polsterstühlen in Norikos Zimmer. Mir war kalt bis in die Fingerspitzen. Alles außer meinem Gesicht schien gefühllos und leer nach der Ankündigung des Gelehrten. *»Der nächste Herrscher wird gewählt … vom Shadow Dragon.«*
»Uns bleibt ja wohl nichts anderes übrig, oder?«, fuhr Chizuko auf. »Ihr habt die Gelehrten gehört.«
»Nein, habe ich nicht«, fauchte Mayumi zurück. »Ich habe überhaupt nichts von dem mitbekommen, was Kai passiert ist, weil ein paar feige Dummköpfe fanden, dass das *keine gute Idee* sei. Man wollte wohl nicht, dass sich meine schlechten Manieren auf die falsche Prinzessin übertragen.« Sie sah die Hofdame und Minister Hisakawa böse an. Beide duckten sich ein wenig furchtsam, was mich lächeln ließ, denn mich hatte Lady Mayumi schon finsterer angesehen, wenn ich meine Stiefel schmutzig gemacht hatte.
»Kommandantin«, warf ich ein, »sie hat doch recht.«
Lady Mayumi wirbelte zu mir herum und stieß mir ihren knochigen Finger entgegen.
»Davon will ich nichts hören!«, schrie sie.

Instinktiv zischten wir ihr alle zu, dass sie leise sein sollte, und warfen furchtsame Blicke zur geschlossenen Tür.

Lady Mayumi beherrschte sich und holte tief Luft.

»Das muss ein Ende haben«, knurrte sie. »Blast die ganze Sache ab. Bringt die richtige Noriko her.«

»Es ist zu spät«, antwortete Hisakawa. Er sah furchtbar müde aus. Seit wir in die Suite der Prinzessin zurückgekehrt waren, hatte er kaum einmal den Blick von mir gewandt, und ich hatte unwillkürlich das Gefühl, als wollte er am liebsten, dass ich einfach verschwinde. Ich versuchte, es zu ignorieren und so zu tun, als würde sich unter seinem Blick nicht mein Magen zusammenkrampfen.

»Morgen wird der Shadow Dragon den neuen Herrscher wählen«, sagte Hisakawa ganz leise. »Es ist zu spät, um Kai durch Noriko zu ersetzen. Und Mizu kann dieser Zeremonie ebenso wenig fernbleiben wie den anderen.«

»Dann müssen wir es jemandem sagen«, meinte Lady Mayumi. »Sagt es Xuwicha.«

Hisakawa sah sie mit einem Ausdruck an, als wisse er nicht, ob er weinen oder lachen sollte.

»Gerade ist der Kaiser ermordet worden«, sagte er, »und Ihr glaubt, das sei der geeignete Zeitpunkt, dem Reichskanzler zu sagen, dass es einen Hochstapler im Palast gibt? Ihn darauf aufmerksam zu machen, dass Kai eine Fremde und eine Lügnerin ist?« Schaudernd schloss er die Augen. »Dann wären wir eine halbe Minute später tot.«

Ich konnte sehen, wie Lady Mayumi mit geschürzten Lippen mit den Zähnen knirschte.

»Das ist Blasphemie«, zischte sie. »Sie so vor den Großen Drachen zu stellen … Die Götter werden vom Himmel fallen!«

»Ich muss davon ausgehen, dass die Götter sich weniger um Blasphemie kümmern als wir«, seufzte Hisakawa.

Lady Mayumi schien aufzugeben. Ich hatte nicht die Energie, Angst zu haben, jedenfalls nicht, bevor ich meiner Kommandantin ins Gesicht sah. Da überfiel mich die Angst wie hundert Wellen. In all meinen Jahren als Novizin, Schülerin und schließlich als Kriegerin hatte ich nie etwas anderes als wilde Entschlossenheit in ihrem Gesicht gesehen.

»Kai«, wandte sie sich schließlich an mich. Mein Herz machte einen Sprung. Die Hilflosigkeit ließ sie viel jünger und weicher aussehen. »Egal, was diese Narren sagen, es ist immer noch deine Entscheidung.«

Chizuko sah aus, als wolle sie protestieren, aber Mayumi sah sie finster an, woraufhin sie den Mund zuklappte. Ich war meiner Kommandantin in diesem Moment sehr dankbar, auch wenn sie log. Nichts hier war meine Entscheidung. Aber ich liebte sie dafür, dass sie es mich glauben machen wollte.

Ich schloss die Augen und versuchte, einen ruhigen Ort in mir selbst zu finden. Ich bemühte mich sehr, keine Angst zu haben, doch mein Herz war in Aufruhr. Langsam und Schicht für Schicht trug ich die wilden Gefühle ab und verwarf sie. Das dauerte mehrere Minuten, in denen ich nur mit geschlossenen Augen dasaß und mir von diesen verfluchten Gefühlen das Herz blutete. Doch endlich war ich ruhig genug, um die Göttin anzurufen.

Was soll ich tun, heilige Kosuke?

Ich erwartete nicht, dass sie auf die gleiche Art mit mir sprach wie der Shadow Dragon. Aber ich musste auch nicht ihre Stimme hören, um zu erkennen, was sie wollte. Die Sonnengöttin würde mich nicht dafür bestrafen, dass ich dem Königreich einen Dienst erwies. Wie konnte sie das? Ob es nun Blasphemie war oder nicht, es war meine Pflicht. Nicht nur gegenüber Mizu, sondern in gewisser Weise auch gegenüber Noriko. Es war das Rennen, das sie selbst nicht mitmachen konnte – ich musste es für sie beenden. Wenn ich diese Aufgabe aus Pietätsgründen nicht erfüllte – wenn ich mich weigerte, mich dem Shadow Dragon zu stellen –, dann würde ich wahrscheinlich sterben. Meine Schwestern würden sterben. Alle Angehörigen der Gesandtschaft aus dem River Kingdom würden sterben, und bestimmt würde jemand den Betrug als Vorwand nehmen, um Mizu den Krieg zu erklären. Vor ein paar Wochen noch hätte ich das nicht verstanden, aber jetzt war mir das alles nur zu klar.

»Madame Chizuko hat recht«, sagte ich schließlich mit geschlossenen Augen. »Es gibt keinen anderen Weg.«

Kommandantin Mayumi holte tief und stoßweise Luft.

»Schön. Also gut.« Dann schauderte sie. »Aber es ist ein Drache! Mir ist egal, ob in dem Viech die Seele von Phx dem Ersten wohnt. Es ist immer noch ein gottverfluchter Drache!«

Unwillkürlich musste ich an Lady Mayumis Vorwurf beim Flusspalast denken, vor einer Ewigkeit: *»Zu viel Magie, zu viele Zähne.«*

»Ich glaube nicht, dass mir der Shadow Dragon etwas tun wird«, beruhigte ich sie.

Sie zog die Stirn kraus und fragte: »Woher willst du das wissen, Kai?«

Weil er es bis jetzt noch nicht getan hat, dachte ich. *Er hat mir ins Gesicht gesehen und alles über mich gewusst. Er hat mich mit der Kraft seines Herzschlags umgeworfen. Er hat mich gefragt, ob ich wüsste, woher die Macht kommt ... Aber er hat mir nichts getan.*

»Ich glaube einfach nicht, dass er es tut«, erwiderte ich und zwang mich, zu lächeln – ein scherzhaftes, wissendes Lächeln, das dennoch zitterte. »Kommandantin, seht es doch einmal von der positiven Seite. Glaubt Ihr wirklich, dass es noch schlimmer kommen kann?«

Lady Mayumi sah mich alles andere als beruhigt an.

***

Das weiße Seidenkleid, das ich für die Shadow-Dragon-Zeremonie trug, war das Schlichteste, was ich getragen hatte, seit ich Noriko geworden war. Es hatte schräge Ärmel bis zu meinen Ellbogen, einen schrägen Saum, der die Knöchel frei ließ, und eine lange Schleppe, die hinter mir herwallte wie der Fluss. Der Ausschnitt zog sich gerade über mein Schlüsselbein und war von so feinen Silberstickereien gesäumt, dass sie von einem Püppchen gestickt worden sein mussten. An meinen Füßen saßen Lederriemen, die man kaum als Schuhe bezeichnen konnte. Dazu war ich angemalt wie ein Geist mit weißem Gesicht, silbernen Lippen und silbernen Augenlidern.

Schweigend kleideten meine Dienerinnen mich an. Schweigend verließ ich mit Lady Mayumi, Hisakawa, Chizuko und meinen Schwestern die Gemächer der Prinzessin. Schweigend gingen wir durch das Labyrinth des Palastes bis zu einem riesigen Hof in der Mitte – ähnlich dem, in dem wir zuerst vom Kaiser empfangen worden waren, nur viel größer.

Der Rest unseres Hofes und auch die Gesandtschaften der anderen Königreiche waren dort bereits versammelt. Auch sie waren wie die Geister: niedergeschlagen, schweigend und weiß gekleidet. Selbst die Drachen waren mit Silberketten geschmückt und gezäumt mit schimmernden Seilen, die so hell waren, dass sie wie vereist aussahen.

Mitten im Hof stand ein riesiger Käfig, der sich hoch über unsere Köpfe erstreckte. Die Streben sahen aus, als bestünden sie aus massivem Gold. Ich kannte mich nicht aus mit Metallarbeiten, aber selbst ich erkannte, dass es eine beeindruckende Konstruktion war. Jeder Gitterstab war flach gehämmert worden wie ein Band, und sie waren so miteinander verwoben, dass es aussah, als hätte der Wind den Käfig in die Luft gewirbelt. In der Mitte des Käfigs stand Xuwicha, den Kopf gesenkt und die Hände vor dem Körper verschränkt. Hinter ihm waren fünf schlichte Holzstühle im Halbkreis am Käfigrand aufgestellt. Irgendwie machte mich das Fehlen unserer normalen, verzierten Throne nervös. Es bedeutete, dass diese Zeremonie unter Ausschluss der Öffentlichkeit stattfand. Heute würde es keine Fanfaren geben. Es war eine Angelegenheit zwischen uns und dem Shadow Dragon.

Sobald sich unsere Gesandtschaft neben der des Desert Kingdom aufgestellt hatte, sah Xuwicha auf.

»Zwei Tage«, begann er sanfter, als ich ihn je zuvor gehört hatte. »Es ist jetzt zwei Tage her, seit unser geliebter Kaiser Haneul von uns gegangen ist. Es ist ein unangemessen kurzer Zeitraum, um den vorzeitigen Tod eines Menschen zu ehren, der so freundlich, so tapfer, so edel war … Trotzdem. Wir müssen weitermachen.«

Unwillkürlich zuckte ich zusammen und sah zu Iseul hinüber. Sein Gesicht war ebenso versteinert wie das der Wüstenzwillinge, aber ich bemerkte, wie sein Kiefer zuckte. Es war klar, dass er noch nicht bereit war, »weiterzumachen«. In seinem Herzen war es pechschwarz und eiskalt. Das Mitleid krampfte mir die Eingeweide zusammen.

Großmeister Xuwicha holte tief, tief Luft und hob die Augen zum Himmel. Ich folgte seinem Blick und sah, wie der Sonnenuntergang sich langsam auf den westlichen Horizont zusenkte. Es war eine blutige Sonne, mehr rot als golden, die den ganzen Hof in blasses Scharlachrot tauchte.

Kosuke trauert, dachte ich und fühlte mich seltsam beruhigt. Im warmen, schwindenden Licht spürte ich die Anwesenheit der Göttin. Selbst jetzt, selbst hier war sie bei mir.

Und auch der Flussgott war bei mir, bei den Männern und Frauen aus Mizu, die in der Stadt lebten und arbeiteten, und bei den Flussdrachen, die friedlich, aber wachsam in ihren großen Wassertanks trieben.

Und irgendwo in der Nähe war der Shadow Dragon – der Geist von Kaiser Phx selbst. Das war zwar eigentlich kein Trost, aber es war auch nicht so furchterregend. Der Drache hatte mich schon gesehen, mich erkannt und zu mir gesprochen – und ich lebte noch. Er hatte mich nicht vernichtet, weil ich mich als Noriko ausgab. Ich musste daran glauben, dass es gut gehen würde. Dieser Große, alte Geist würde erneut den meinen berühren – ein kurzer, flüchtiger Blick in diese glühenden Augen, dann würde der große Drache an mir vorbeigehen. Er würde einen neuen Kaiser wählen, und dann wäre es endlich wirklich vorbei. *Alles wird gut.*

Großmeister Xuwicha sah eine Weile in den Sonnenuntergang, bis das rote Licht zur fast vollkommenen Dunkelheit erloschen war. In den Bäumen auf dem Hof blinkten ein paar Laternen auf. Dann wandte der Kanzler seine Aufmerksamkeit wieder der schweigenden Versammlung zu.

»Der Prinz des Shi-Reiches möge bitte seinen Platz einnehmen«, forderte er Enlai auf und verneigte sich vor ihm.

Es schien, als hätte er damit einen Bann gebrochen. Leises Wispern erklang, und vorsichtige Blicke wurden auf den Prinzen von Shi geworfen. Enlai hatte die Hände an der Seite zu Fäusten geballt, und sein Gesicht war so weiß wie seine Fingerknöchel. Doch er hielt das Kinn hoch erhoben und marschierte mit eisernem Blick und einem kleinen Lächeln ohne zu zittern auf seinen Platz zu. Ich war unwillkürlich stolz.

»Das Shi-Reich kann Verbündete wie euch brauchen«, hatte er gesagt. Hätte ich jemanden aus den anwesenden Königshäusern zum neuen Kaiser wählen können, wäre es Enlai gewesen. Er schien der Einzige zu sein, der das Zeug zum Kaiser hatte – und Mizu konnte einen Herrscher brauchen, der uns als Verbündete betrachtete.

Sieh mal einer an, dachte ich ironisch, *jetzt denke ich schon wie eine Prinzessin, und es fällt mir nicht mal schwer.*

Enlai setzte sich auf den Platz ganz links. Er sah aus, als sei ihm ein wenig übel.
»Der Prinz des Namu-Reiches möge bitte seinen Platz einnehmen«, sagte Großmeister Xuwicha.
Prinz Iseul ging langsam zu seinem Stuhl und blieb ein halbes Dutzend Mal stehen, um sich nervös umzusehen. Einen Moment lang fragte ich mich, ob er davonlaufen wollte. Ich fragte mich, ob er tatsächlich davonlaufen *würde* und was der Reichskanzler in so einem Fall wohl tun würde. Doch schließlich erreichte Iseul seinen Platz und setzte sich erleichtert, als wäre auch er überrascht, dass er nicht geflohen war.
»Der Prinz und die Prinzessin von Samac mögen bitte ihre Plätze einnehmen.«
Minh und Cadeo marschierten mit gleichermaßen entschlossenen Gesichtern auf ihre Stühle zu und setzten sich. Dann sahen sie die versammelten Höfe an, als ob sie sie warnen wollten, ihnen den kaiserlichen Thron zu verwehren. Alles an ihnen strahlte Zuversicht aus. Ich spürte, wie kaum verhohlene Wut in mir hochkochte. Wie konnte man sie nur als Unschuldige betrachten? In ihren Gesichtern lagen Bosheit und unverkennbarer Ehrgeiz, und ich wusste – ich *wusste* –, dass die ganze Tragödie die Schuld von Samac war. Vielleicht musste ich schweigen, um den Frieden zu erhalten – zumindest vorläufig –, aber ich würde nie aufhören, sie zu beobachten und darauf zu warten, dass sie ihr wahres Gesicht zeigten.
Der Shadow Dragon wird euren Verrat sehen, sagte ich im Stillen. *Der Shadow Dragon sieht euch.*
»Die Prinzessin von Mizu möge bitte ihren Platz einnehmen«, forderte mich der Reichskanzler auf.
Ich zuckte zusammen, und trotz meiner vorherigen Zuversicht fiel mir plötzlich das Atmen schwer. Hisakawa stieß mich an der Schulter an, und mit langsamen, nervösen Schritten stolperte ich auf den

Stuhl zu. Norikos winzige Schühchen zwickten mich in die Zehen und machten meine sowieso schon vorsichtigen Bewegungen auch noch ungeschickt. Ich verfluchte die lächerliche Kleidung und die unnötigen Schmerzen, die sie mir verursachte – als sei dieser Augenblick nicht auch so schon schwer genug.
In mir baute sich Adrenalin auf und verlangte, dass ich mir eine Strategie zur Flucht überlegte. Was war, wenn ich mich im Großen Drachen täuschte? Was war, wenn er beschloss, dass er einen Hochstapler aus Mizu nicht länger ertragen konnte? Wie konnte ich fliehen? Mein Blick suchte den Hof ab. Ich setzte mich und packte die Stuhllehnen so fest, dass sich meine Nägel ins Holz gruben. *Ich habe keine Angst. Ich habe keine Angst. Ich habe keine Angst …*
Doch als ich wieder aufsah, machte mein Herz erneut einen Satz.
Von mir unbemerkt, war Jao auf dem Hof erschienen. Er stand hinter der Versammlung und betrachtete jeden Anwesenden forschend. Wieder trug er eine hochgeschlossene Ledertunika, aber dieses Mal war sie weiß. Die helle, weiche Kleidung schmiegte sich an seinen Körper und hob jeden Muskel und Knochen hervor. Sie ließ seine Haut dunkler erscheinen und seine Augen strahlender. Ich spürte, wie ich unter dem Geister-Make-up rot wurde. Ich versuchte zwar, nicht auf seinen Mund zu starren, aber in meiner Erinnerung brannte sein Kuss, ob ich hinstarrte oder nicht. Ohne zu überlegen, fasste ich mir an die Unterlippe, die plötzlich pulsierte und warm wurde, als ob ich daraufgebissen hätte.
Jaos Blick suchte weiterhin die Menge ab und fiel dabei immer wieder auf das Gefolge des River Kingdom. Verblüfft stellte ich plötzlich fest, dass er die Reihen der Onna-Bugeisha absuchte – er suchte nach mir. Auf die Überraschung folgte schnell Freude. Ich beobachtete ihn, während sich auf seinem Gesicht langsam Enttäuschung breitmachte. In mir kämpften widersprüchliche Gefühle – Erleichterung, dass er mich nicht erkannt hatte, und Trauer, weil

das Mädchen, das er suchte, nicht über den Hof laufen und sich in seine Arme stürzen durfte.

Fest schloss ich die Augen. Jede Begegnung wäre nur ein weiterer Abschied. Ich sollte mich mittlerweile daran gewöhnt haben – an das Gefühl des Verlustes … Das nie enden wollende Aufgeben dessen, was hätte sein können …

Plötzlich wurde ich gegen das Holz des Stuhls geschleudert, als hätte sich eine riesige Hand auf meine Brust gepresst. Ich keuchte und schnappte nach Luft wie ein Fisch, als der Shadow Dragon auf den Hof kam. Zuerst kam sein Hals hinter der Ecke des Palastes hervor, und mit bebenden Nüstern schnüffelte er in der Luft. Dann kamen die großen Krallenfüße und der schwingende Schwanz zum Vorschein. Er bewegte sich wie ein großer Panther, lang und schlank und kohlschwarz, mit Muskeln, die unter den Schuppen bebten wie Wasser. Er war nicht angekettet. Mein Herz machte einen Salto. Ich wusste, dass es blasphemisch war, den Großen Drachen zu fesseln, aber es schien mir eine äußerst dumme Idee, ihn von der Leine zu lassen. Neben ihm kamen zwei Hüter, und dass sie zitternd mit einer Hand an ihre Amulette griffen, beruhigte mich keineswegs.

Großmeister Xuwicha räusperte sich. Irgendwie schaffte ich es, meinen Blick vom Shadow Dragon zu lösen und meine Aufmerksamkeit auf den Kanzler zu lenken. Doch während seiner ganzen Rede musste ich immer wieder zu dem Wesen sehen, das über dem Hof aufragte.

»Königliche Erben«, sagte Großmeister Xuwicha. »Ihr alle kennt die Geschichte und die Traditionen unseres großen Imperiums. Seit Ihr kleine Kinder wart, habt Ihr die Geschichten vom großen Kaiser Phx gehört und wie er in den Stand der Drachen aufgestiegen ist.«

Vielleicht bildete ich es mir nur ein, aber es kam mir vor, als sei der Reichskanzler ein wenig atemlos und unsicher. Er sah uns an, doch sein Blick flog immer wieder zum Großen Drachen hinter ihm.

»Bevor unser erster Kaiser Kaiser wurde, war er ein Gelehrter, ein Prophet und ein friedliebender Mensch. Beunruhigt von den Streitigkeiten unter den Königreichen von Chitwitlok, begann er, sich mit der Magie und den Mysterien des Landes zu befassen, und suchte nach einem Weg, die Völker zu vereinigen. Er reiste in alle Königreiche und befragte jeden, den er traf – vom Reichsten bis zum Ärmsten, vom mächtigsten König bis zum gelehrtesten Zauberer, von den niedrigsten Bauernmädchen bis zum stärksten Krieger.«

Großmeister Xuwichas Geschichte lenkte meine Aufmerksamkeit vom Shadow Dragon ab. Ich hatte sie noch nie so gehört. Die Worte des Kanzlers waren wie ein Wiegenlied – etwas, was man in den Königshäusern wahrscheinlich von Geburt an hörte. Ich kannte zwar die Fakten – dass Kaiser Phx nach Jahren des Reisens und Lernens göttliche Weisheit erlangt hatte und dass er die Königreiche vereint hatte – aber die Poesie dieser Geschichte war mir neu.

»Nach einer Reise von zwei Jahren erfuhr Phx schließlich von einem magischen Stein, der im Herzen der Welt geformt worden war. Es war ein Stein, der, wenn er von einem würdigen Mann beansprucht wurde, diesen mit einem unsterblichen Geist und einem mächtigen neuen Körper versehen würde. Phx entschied, dass dieser Stein der Schlüssel für die Vereinigung des Kontinents war. Er begann, diesen Stein zu suchen. Dabei halfen ihm ein Mönch aus Shi und ein Kind, denn die Mönche wissen, wie man den Geist reinigt, und Kinder verstehen die Unschuld der Seele. Daher wusste Phx, dass er mit dem Rat dieser beiden Begleiter würdig werden würde, den Stein zu besitzen.

So kam es, dass Phx nach einer dreijährigen Suche den Stein schließlich fand. Sobald er ihn berührte, verwandelte er sich in den Shadow Dragon. Zusammen mit seinen Begleitern flog er wieder zur großen Zentralebene, wo er mit dem Bau der Kaiserstadt begann. Das Volk von Chitwitlok versammelte sich, um das wunder-

same Tier zu bestaunen, und vor ihren Augen verwandelte es sich zurück in seine menschliche Form.
Die Leute erkannten in ihm den freundlichen Reisenden, der sie mit solchem Respekt und solcher Sanftheit behandelt hatte. Sie knieten vor ihm nieder, denn sie hielten ihn für einen großen Zauberer oder einen Gott. Aber Phx redete mit ihnen und erklärte, dass er überall nach der Macht gesucht hatte, Chitwitlok zu vereinigen, und dass der Stein ihm die Kraft verliehen hatte, die kämpfenden Parteien unter einem Banner zu vereinen – im Namen des Friedens.
Und so begann Phx seine Arbeit. Mit seinen neuen Schwingen trug er Baumaterial aus dem Forest Kingdom ins karge Wüstenland. Er brachte Wasser aus Mizu in die kalten, steinigen Berge. Mithilfe seines Verstandes, seiner Macht und seiner Magie handelte er neue Bündnisse zwischen den verfeindeten Stämmen aus, bis die vier Königreiche in Frieden lebten.
Als der Kaiser auf dem Sterbebett lag und kurz davorstand, seinen letzten Atemzug zu tun, so heißt es, verwandelte sich sein Körper in dem Moment, als sein Herz stehen blieb, noch ein letztes Mal und nahm die Gestalt des lebenden, atmenden Drachen an. Der Shadow Dragon verließ den Palast, aber nicht für immer. Er kam zurück mit einem Kind auf seinem Rücken, ging direkt in den Thronsaal und setzte den Jungen dort auf den Thron. So wurde der Kaiser zum Shadow Dragon, und der Shadow Dragon krönte den neuen Kaiser. Denn nur der erste Herrscher kann die Macht an den nächsten übergeben.«
Ich hatte eine Gänsehaut. Mein Blick glitt zum Shadow Dragon, der wie ein Hund auf den Hinterbeinen saß und den Kopf schief legte.
Seid Ihr das?, dachte ich. *Seid das wirklich Ihr da drin, Kaiser Phx?*
Der Große Drache drehte sich um und sah mir ins Gesicht, als hätte er mich gehört. Ich schluckte heftig.

Auch Xuwicha sah den Shadow Dragon an, und ein Anflug von Panik zog über sein Gesicht. Offenbar bekämpfte er seine Angst, aber es schien ihm schwerzufallen, dem großen Tier so nahe zu sein, ohne ohnmächtig zu werden.

»Heute ehren wir den ersten Kaiser von Chitwitlok, aber wir wissen, dass sein Geist bei uns ist, durch die Magie des Drachen, die Verkörperung von Phx selbst. Daher verlassen wir uns auf die Führung des Shadow Dragon, damit er die Macht an den neuen Herrscher weitergibt und – in dieser Zeit der Trauer und Verwirrung – den neuen Herrscher *wählt.*«

Mein Herz machte einen Sprung, und ich bekam erneut eine Gänsehaut. *Wählen? Jetzt schon?* Ich war noch nicht bereit. *Ich kann das nicht …*

Großmeister Xuwicha wandte sich an den Shadow Dragon und verbeugte sich tief vor ihm. Doch den Ausdruck der Angst auf seinem Gesicht konnte er damit nicht verbergen.

»Großer Kaiser, erster Herrscher dieses Landes: Wähle in deiner Weisheit und Macht unter uns denjenigen, der am würdigsten ist, deinen Geist zu tragen und das glorreiche Zeitalter des Friedens fortzuführen, das du in Chitwitlok begonnen hast.«

Der Shadow Dragon senkte ebenfalls den Kopf zu einer Verbeugung und kam mit seinen beiden Hütern zu unserem großen, goldenen Käfig. Seine Füße gingen geräuschlos, als wäre er tatsächlich aus Schatten und Rauch gemacht. Aber ich spürte, wie unter seinem Gewicht die Pflastersteine bebten. Sein großer Kopf schob sich durch die offene Tür des Käfigs, während der Rest seines Körpers wie ein Berg vor den Gitterstäben hocken blieb. Langsam öffneten und schlossen sich die Flügel des Drachen wie bei einem Schmetterling und fächelten uns heftige Luftströme zu.

Mein Puls hämmerte wie der Flügelschlag eines Kolibris. Plötzlich war mir schwindelig von der Fremdartigkeit dieser Szene und der

Verdrehtheit der Situation: Normalerweise waren es die Drachen, die im Käfig saßen. Wir hielten sie hinter Gittern, um uns vor ihren Zähnen, Klauen und ihrer Magie zu schützen. Aber heute Abend, als wir uns dem größten dieser Schlangenwesen, dem heiligsten aller Tiere, stellten, heute waren wir diejenigen, die gefangen waren, eingeschlossen, und sahen furchtsam zum Großen Drachen auf, der über unser Schicksal und das des Imperiums entscheiden sollte.

Trotz meiner Übelkeit und der Nervosität konnte ich beten: *Bitte, Göttin. Bitte lass es schnell vorüber sein. Lass ihn an mir vorbeigehen. Lass ihn mich völlig ignorieren …*

Plötzlich ließen die beiden Hüter den Shadow Dragon los und zogen sich unter die anderen Zuschauer zurück. Iseul gab unwillkürlich einen leisen Laut von sich – irgendwo zwischen Stöhnen und Quieken. Mein eigenes Herz schlug schneller, und mein Atem schien zu stocken. Es war seltsam, dass die Anwesenheit der beiden Hüter so einen Unterschied ausmachen konnte. Solange sie neben dem Großen Drachen gestanden hatten, hätte man fast annehmen können, dass er zahm sei. Doch sobald sie fort waren, blieben wir ohne ihren Schutz, auch wenn wir ihn uns nur eingebildet hatten, und waren nicht mehr königlich. Wir waren nicht mehr mächtig oder adlig oder irgendwie wichtig. Wir waren nur junge Leute, die vor einer Kreatur zitterten, die Macht und Adel verkörperte.

Ich stellte fest, dass ich mir etwas vorgemacht hatte. Ich hatte unglaubliche Angst. Vielleicht waren wir vor dem Shadow Dragon alle bedeutungslos, aber ich war der einzige Hochstapler. Und das reichte, dass sich meine Eingeweide vor Angst krümmten.

Vielleicht hatte Mayumi recht … vielleicht war es Blasphemie. Vielleicht würde meine Anwesenheit hier den Zorn der Götter auslösen – und den des Drachen. Ich biss mir auf die Lippe und zwang mein Herz, ruhiger zu schlagen, im Rhythmus der Wellen auf dem Fluss.

Der Kopf des Drachen schob sich vor und zurück und sah uns alle der Reihe nach an. Jedes Mal, wenn er seine blitzenden Augen auf mich richtete, spürte ich einen Stromschlag in meiner Brust. Er schob die Schultern und den Rest seines Körpers durch die Tür und streckte seine Flügel hoch nach oben.

Alle wichen zurück. Er schnaubte uns seinen heißen Atem ins Gesicht, sodass mir die Haare nach hinten wehten und mein Kleid an meinen Körper gepresst wurde. Wie ein Hund hockte er vor uns, aber er kam uns doppelt so groß vor, als er in Wirklichkeit war. Obwohl der Käfig mindestens so groß war wie mein Schlafgemach, schienen Kopf und Flügel des Drachen ihn vollständig auszufüllen. Er streckte die Flügel aus und hüllte uns halb in eine schwarze Umarmung ein, sodass er das letzte Licht der untergehenden Sonne abschirmte. Im düsteren Zwielicht konnte ich elektrische Blitze über seine Schuppen zucken sehen und spürte die Hitze des Feuers in seinem Körper.

Dann senkte der Shadow Dragon den Kopf und sah Enlai direkt ins Gesicht, die Schnauze nur Zentimeter von der Nase des Prinzen entfernt. Enlai blieb vollkommen still sitzen, aber seine Augen waren weit aufgerissen, und er war kreideweiß. Er sah den Großen Drachen ernst und flehend an, als wolle er ihn auffordern, die Tugenden in seinem Herzen zu erkennen. Doch ich sah, dass er die Füße so gestellt hatte, als wolle er jederzeit aus dem Käfig rennen. So saßen übrigens alle: mit den Händen auf den Armlehnen und die Füße bereit, loszurennen.

Der Drache schnaubte, zog ruckartig den Kopf hoch und schwenkte von Enlai ab. Der Prinz sackte zusammen, als wäre ein unsichtbarer Draht an seinem Rücken durchgeschnitten worden. Ich stieß langsam den Atem aus, genauso enttäuscht und nervös wie er. Ich

konnte mir nicht vorstellen, dass jemand anderes als Enlai den Thron einnahm. Wen würde der Shadow Dragon wählen? Wer war würdig, wenn nicht Enlai?
Der Shadow Dragon ging zu Iseul weiter. Ehrfürchtig sah ich, wie er wieder den großen Kopf senkte, um Iseul in die Augen zu sehen. Es überraschte mich immer wieder, wie geschmeidig er sich bewegte. Bei seiner Größe hätte ich erwartet, dass er sich ungeschickt und schwerfällig bewegte. Doch stattdessen schien er fast zu schweben, wenn er ging. Wie eine Schlange. Wie ein Fluss.
Iseul presste den Rücken an die Stuhllehne und schauderte vor dem Blick des Großen Drachen zurück. Einen Augenblick lang sah er ihn ohne zu blinzeln an, nur ein leises Zittern durchlief ihn. Der Shadow Dragon atmete aus und ließ dem Prinzen seinen warmen Atem wie einen Wirbelwind durch die Haare fegen. Iseul presste die Augenlider zusammen und schüttelte unwillkürlich den Kopf zu einem verzweifelten *Nein*.
Der Shadow Dragon grollte, und für mich klang es wie ein leises Lachen. Dann ging er weiter.
Cadeo bemühte sich, seinen entschlossenen Gesichtsausdruck beizubehalten, doch sobald ihm der Shadow Dragon ins Gesicht sah, verlor er ihn. Ganz plötzlich war der hochmütige Wüstenprinz nichts weiter als ein kleiner Junge, der noch mehr zitterte als Iseul. Ich konnte sogar seinen rasselnden Atem hören.
Der Große Drache schüttelte den Kopf wie ein Pferd, das eine Fliege verscheucht, und wandte sich von dem Wüstenprinzen ab.
Vor Prinzessin Minh machte er halt. Obwohl der Blick des Shadow Dragon sich brennend in ihre Augen bohrte, starrte Minh zurück, ohne zu blinzeln. Ihr Gesicht zuckte nicht, ihr Körper zitterte nicht.
Mein Herz schien einen Schlag auszusetzen – mich erfüllte grenzenlose Furcht, obwohl ich geglaubt hätte, größer könne meine Angst nicht werden.

Es ist Minh. Er wird Minh wählen.

Ich war bereit, aufzuspringen und dem ganzen Hofstaat zu verkünden, dass dieses Mädchen und ihr Bruder die Attentäter waren, dass man ihnen nicht erlauben dürfe, zu herrschen, egal, was der Drache sagte. Ich würde nicht zusehen, wie andere bei verdächtigen Unfällen ums Leben kamen. Ich würde nicht zusehen, dass die Königreiche unter die Herrschaft eines Monsters fielen …

Doch der Shadow Dragon schüttelte seufzend den Kopf und bewegte sich weiter.

Dann war ich an der Reihe, und ein paar Sekunden später befand sich der Kopf des Großen Drachen vor mir. Ich hob den Kopf, um ihm in die Augen zu sehen. Er blickte mich mit einem fast neugierigen Ausdruck an. Mein ganzer Körper verkrampfte sich vor Angst und wilder Ablehnung. *Geh weiter*, wünschte ich. *Geh weiter, geh weiter, geh weiter …*

Doch der Große Drache ging nicht weiter. Er ließ seinen Blick aus den feurigen Augen auf mir ruhen, und sein Kiefer war gerade so weit geöffnet, dass ich die Spitzen seiner Zähne erkennen konnte. Er legte den Kopf schief, wieder hörte ich das leise Lachen durch seinen Körper grollen.

»Kleine Kai …«

Ich wand mich. Das Flüstern hallte in meinem Kopf wider, tausendmal sanfter als an dem Tag im Drachenhort, aber auch so ließ es jeden meiner Knochen erbeben und hallte in meinem Blut nach. Ich biss die Zähne zusammen, damit die Kraft seiner stummen Stimme sie nicht klappern ließ, und das Blut rauschte in meinem Schädel.

Ich wollte mich entschuldigen. *Ja, ich bin es, ich bin Kai, ich bin nicht Noriko, ich weiß, ich sollte gar nicht hier sein …* Aber aus meinem Mund kam kein Laut, und ich stellte fest, dass ich nicht sprechen konnte, nicht einmal flüstern.

Der Große Drache betrachtete mich weiter.

Ich schluckte schwer.

Ich bin hier, um mein Königreich zu schützen, sagte ich im Stillen zu ihm. *Ich weiß, dass es Blasphemie ist. Bitte verzeiht mir. Ich bin nur hier, um mein Königreich zu beschützen.*

Der Shadow Dragon grollte. Wieder spürte ich etwas Menschliches in dem Geräusch, das klang wie ein nachdenkliches **Hmmm.**

»**Kleine Kai**«, knurrte der Große Drache. »**Einst habe ich ein verlorenes Kind gefunden und es auf den Thron gesetzt.**«

Eine Flut von leuchtenden, bunten Bildern tauchte so plötzlich und überraschend in meinem Kopf auf, dass ich laut keuchte. Ich sah den alten Kaiser Phx, wie er sich in den Shadow Dragon verwandelte. Dann sah ich, wie der verwandelte Kaiser sich in die Lüfte erhob und über wunderschöne Landschaften flog. Ich sah, wie er in einem Feld landete, neben einem Jungen, der Weizen drosch. Und ich sah, wie der Große Drache den Jungen in die Kaiserstadt zurückbrachte.

»**Was glaubst du, Kleine? Was würde passieren, wenn ich das wieder täte? Was würde passieren, wenn ich den Thron diesem verlorenen Kind vor mir gebe?**«

Dachte er tatsächlich darüber nach? Wirklich? *Oh Göttin, nein, daran kann er doch nicht wirklich denken …* Ich wollte die Augen schließen und meinen Blick von seinem lösen, aber ich schaffte es nicht.

»Ich wüsste nicht, was ich machen soll«, stieß ich hervor. »Ich bin kein … kein Herrscher. Ihn bin Kriegerin.«

Wieder ging ein leises, grollendes Lachen durch den Körper des Drachen. Es dauerte so lange, dass es mir vorkam wie ein kleines Erdbeben, das den Boden unter uns erzittern ließ.

»**Du würdest also eher das Schwert wählen als den Thron?**«

Ich starrte ihn an und musste über die Frage nachdenken. Ich dachte daran, wie es war, Prinzessin Noriko zu sein. Ich dachte an den Architekten und die Fischerin, die mir ihre Petitionen vorgetragen hatten, und an meinen dringenden Wunsch, ihnen mit mehr als nur guten Worten und einem Gebet zu helfen. Ich dachte daran, wie wütend ich gewesen war, als ich erfuhr, dass Frauen in der Kaiserstadt weder anerkannt noch ausgebildet wurden. Ich dachte an Enlai und an die möglichen Allianzen, von denen die Berge und das Flussland profitieren konnten.

Und ich dachte an die Onna-Bugeisha – meine Schwestern. Ich dachte an die Befriedigung, die ein langes, hartes Rennen am Fluss entlang mit sich brachte. Ich dachte an die Klarheit einer Stunde der Meditation. Ich dachte an die Morgengebete mit den Tempelmüttern und an die Lesestunden für die Dörfler.

Und schließlich dachte ich an das letzte Mal, als man mich gebeten hatte, zu wählen. An den Tag, an dem ich vor Lehrerin Chiasa gestanden hatte, mit sechs Jahren und einem stumpfen Holzschwert in der Hand. An den Tag, als sie mir sagte, ich könnte nicht alles haben, was ich wollte. *»Du musst eine Onna-Bugeisha sein, oder du wirst wieder die Waise Kai, Kai aus der Gosse.«*

In dem sechsjährigen Mädchen in mir brannte ein dringendes Verlangen. Die sechsjährige Kai antwortete auf die Frage, bevor die Kriegerin Kai etwas Vernünftiges sagen konnte.

»Beides«, flüsterte ich verzweifelt. »Ich will das Schwert *und* den Thron …«

Der Shadow Dragon seufzte tief auf. Seine Augen waren aus Wind und Geist und Feuer, und ich spürte ihre Macht bis in meine Knochen. Ich stellte fest, dass ich im Einklang mit dem Rauschen seiner Lungen atmete.

Der Große Drache legte den Kopf vor mir auf den Boden.

Sein Kopf war so groß wie mein ganzer Körper. Sein Atem war heißer als der Ostwind im Sommer. Doch irgendwie wirkte seine

Berührung beruhigend auf mich, und als diese beruhigende Welle abebbte, hatte ich das Gefühl, als hätte mich jemand mit Stahl und Licht erfüllt. Ich war stärker als Waffen und heller als die Sonne. Ich war jemand anderes und doch mehr ich selbst, als ich je gewesen war. Ich lebte. Ich war noch nie so lebendig gewesen wie in diesem Moment.

Kapitel 9

Die Stille war so erdrückend, dass ich einen Augenblick lang das Gefühl hatte, dass die gesamte Versammlung tot umgefallen wäre. Als ich aufsah, stellte ich fest, dass alle mich und den Großen Drachen anstarrten – den schuppigen Kopf in meinem Schoß und meine Hand an seiner rauen Wange. Die gepanzerten Schuppen hatten scharfe Ränder, so scharf, dass sie mich geschnitten hätten, wenn er sich zu schnell bewegte.

Mir fiel plötzlich auf, wie seltsam die Szene aus ihrer Perspektive aussehen musste. Ich sah aus wie ein Mädchen, das seinen Hund streichelt. Nur dass dieser Hund so groß war wie ein Haus, voller wilder, brennender Magie und so heilig wie sonst nichts.

Mein Blick glitt über die Menge hinweg und fand Aiko. Sie hatte die Hand vor den Mund gelegt. Ihre Augen waren so rund wie Münzen und leuchteten voller Tränen oder einfach nur vor Entsetzen.

Dann rannte Xuwicha herbei und warf sich vor meinem Platz auf den Boden wie eine zertretene Küchenschabe, und ich hörte seine Stimme gedämpft durch den Staub: »Der Große Drache hat entschieden! Seht die zukünftige Kaiserin, Prinzessin Noriko!«

Vor Schreck verschlug es mir fast den Atem. Kaiserin? Noriko? Nein …

Doch jetzt kniete auch der Rest der Menge und drückte die Gesichter in den Staub. Mein Herz dröhnte mir in den Ohren, ich wollte protestieren und ihnen sagen, dass sie alle wieder aufstehen sollten …

Dann glitt Iseul mit ausdruckslosem, abwesendem Gesicht von seinem Stuhl und kniete nieder.

Enlai starrte mich mit offenem Mund und fast stählernem Blick an – und kniete nieder.

Cadeo und Minh zischten sich im Wüstendialekt etwas zu, geflüsterte Wortfetzen, die wie ein Streit klangen. Einen Augenblick lang fürchtete ich, sie würden sich nicht verbeugen. Aber der Große Drache hob seinen Kopf aus meinem Schoß und sah sie mit bebenden Nüstern an, woraufhin alle Farbe aus ihren Gesichtern wich und Prinz und Prinzessin von Samac vor mir niederknieten.

Und der gesamte Hof wiederholte Xuwichas Worte: »Die künftige Kaiserin! Die künftige Kaiserin! Heil dir, Prinzessin Noriko!«

Mein Herz schwoll an, als ich den Titel hörte. *Das bin ich. Künftige Kaiserin. Das bin ich …*

Nur dass nicht mein Name mit diesem Titel verbunden war. Er gehörte nicht mir.

Die letzten Spuren von Freude verschwanden, und plötzlich durchzuckte mich Furcht. Am liebsten wäre ich weggelaufen. Das Täuschungsspiel war gerade hundert Mal schwieriger geworden.

Der Shadow Dragon hob seinen Kopf aus meinem Schoß und blinzelte ernst.

»Was soll das?«, zischte ich ihn an. »Warum ich? Was willst du von mir?«

Doch der Shadow Dragon sah mich nur an, ohne zu antworten.

***

Wir rannten förmlich in Norikos Gemächer zurück – Minister Hisakawa hielt meinen linken Arm, Madame Chizuko heftete sich an den rechten. Hinter mir trabten die Onna-Bugeisha her, um Schritt

zu halten. Lady Mayumi lief als Letzte und trieb uns vor sich her wie ein Schäferhund.
Als wir die Suite erreichten, knallte Hisakawa die Tür hinter uns zu. Aiko, Miki und Chou stellten sich an den Wänden auf und blieben wachsam, während Lady Mayumi auf Hisakawa zuging, die Zähne fletschte und mit dem Finger auf ihn deutete.
»Was bei allen guten Göttern …«
»Nein!«, unterbrach sie Hisakawa, was ziemlich mutig war, denn ich hatte noch nie den Mut gehabt, Mayumi zu unterbrechen, schon gar nicht, wenn sie so die Zähne fletschte.
»Nein was?«, wollte sie wissen.
»Ihr braucht mich gar nicht anzuschreien«, fuhr Hisakawa sie an. »Ich will, dass alle hinausgehen! Alle außer Kai und Madame Chizuko.«
»Künftige Kaiserin«, sagte Aiko leise.
»Was?«
»Sie ist die künftige Kaiserin. Ihr müsst sie mit ›Hoheit‹ oder ›künftige Kaiserin‹ ansprechen, nicht Kai.«
Ich wartete darauf, dass ihr Mund zuckte und mir zeigte, dass hinter ihrem stoischen Gesichtsausdruck das Lachen steckte, doch sie lachte nicht, lächelte nicht einmal. Fest und ohne zu blinzeln sah sie Hisakawa an. Doch Lady Mayumi lächelte – nur ein winzig kleines bisschen verzog sie die Lippen, was mir sagte, dass sie trotz ihrer Wut lachen musste. Chou und Miki sahen ernst geradeaus, aber ihre Gesichter glühten vor Freude. Trotz ihres Schweigens fühlte ich eine unglaublich starke Verbundenheit mit meinen Schwestern.
Erst glaubte ich, Hisakawa würde Aiko schlagen. Er war aufgeblasen wie ein Ochsenfrosch und wirkte pompöser und empörter als je zuvor. Doch dann sackte er plötzlich zusammen, und die Erschöpfung breitete sich auf seinem faltigen Gesicht aus. Er ließ sich auf den nächsten Stuhl sinken und legte den Kopf in die Hände.

»Bitte«, murmelte er. »Bitte, Kai. Sag deinen Onna-Bugeisha, dass sie hinausgehen sollen. Wir müssen reden.«
Aiko sah mich an und zog fragend die Augenbrauen hoch.
»Schon gut«, sagte ich.
Sie nickte und führte meine Leibwächterinnen aus dem Zimmer.
Ich ließ mich auf den Stuhl neben Hisakawa fallen und ließ mich von der Bedeutung der letzten Stunde überwältigen. Mein Herz hämmerte immer noch so laut in meinen Ohren, dass ich Hisakawas Stimme nur gedämpft vernahm.
»Die Götter machen keine Fehler«, erklärte er, als versuche er, sich selbst zu überzeugen. »Die Götter machen keine Fehler …«
»Was soll das heißen?«, zischte Madame Chizuko. Die Ungläubigkeit schien ihrer Stimme alle Kraft geraubt zu haben. »Natürlich ist das ein Fehler! Sie ist nicht Noriko! Sie ist nicht mal annähernd Noriko! Sie hat keinen Tropfen königliches Blut in sich. Und sie kann die Prüfungen auf keinen Fall bestehen …«
»Prüfungen?«, unterbrach ich. Meine Stimme klang dünn und wie von ganz weit weg. Instinktiv suchte mein Blick Aiko. Sie hätte gewusst, wovon Hisakawa redete. Warum hatte ich sie nur fortschicken lassen? Was auch immer sie mir sagen wollten, konnten sie doch auch meinen Schwestern sagen.
»Die Prüfungen, Mädchen, die Prüfungen!«, wiederholte Chizuko heiser. »Großer Gott, du weißt aber auch gar nichts. Wie konnten wir das nur zulassen?«
»Wenn ein Kaiser stirbt, muss der Nachfolger einige Prüfungen bestehen«, erklärte Hisakawa. »Es sind vier, jede davon wird von einem der vier Königreiche gestellt. Normalerweise ist es eine eher private Angelegenheit – Kaiser Haneul legte die Prüfungen zu Hause in Namu ab, unter den Augen seines Hofes und dreier Botschafter aus den anderen Königreichen. Die Tests sind recht einfach – zeremoniell, wie bei der Krönung, die du vor ein paar Tagen

gesehen hast. Aber unter den gegebenen Umständen …« Hisakawa hob den Kopf, seufzte und sah mich mit geschwollenen, blutunterlaufenen Augen an. Ich erkannte plötzlich, dass er wahrscheinlich seit Tagen nicht mehr geschlafen hatte. »Unter den gegebenen Umständen könnte ich mir vorstellen, dass die Prüfungen ein wenig … rigoroser sind.«

»Warum?«, wollte ich wissen.

»Warum?«, wiederholte Chizuko. »*Warum?*«

Ich schloss die Augen und holte tief Luft.

»Ja, ich habe gefragt, warum Minister Hisakawa glaubt, dass die Prüfungen rigoroser sein werden.«

»Weil«, antwortete Hisakawa, »alle wollen, dass du sie nicht bestehst!«

In meiner Kehle formte sich ein bitterer Klumpen.

»Aber warum denn?«

Chizuko gab ein rasselndes Geräusch von sich, das wohl ein Lachen darstellen sollte.

»Meine Güte, dieses Kind ist unglaublich dumm!«

Ich war geistesgegenwärtig genug, sie böse anzusehen.

Monoton fuhr Hisakawa fort: »Du wurdest nicht von Kaiser Haneul erwählt. In den Augen der meisten Kinder der anderen Königshäuser bist du kein Nachfolger. Du bist ein Zufall. Der Shadow Dragon ist zwar heilig, aber er ist heilig als ein Symbol. Jetzt hat er einen Herrscher gewählt. Jetzt hat er sich in reale Angelegenheiten eingemischt. Nicht symbolisch, sondern auf eine Weise, die weitreichende Konsequenzen haben wird. Das ist nicht für alle hier ein glücklicher Tag, Kai.«

Ich dachte an den großen, goldenen Käfig. Die Gesichter derer, die sich vor mir verbeugt hatten, waren erschrocken gewesen, amüsiert, besorgt und … ja, wenn ich daran zurückdachte, es war auch Zorn dabei gewesen. In diesem Moment war ich selbst zu durcheinander gewesen, sodass ich mich nicht auf die Gesichter konzentriert hatte und die Einzelheiten der Szene nicht so abgespeichert hatte, wie ich es hätte tun sollen. Doch jetzt war mir alles klar: die Panik von Minh und Cadeo, der Schock von Iseul, die schiere Kälte von Enlai … Das waren alles Anzeichen von Zorn. Hisakawa hatte recht. Chizuko hatte recht. Vielleicht wollten sie nicht, dass ich bei den Prüfungen versagte, aber sie wollten auch nicht, dass ich sie bestand.

»Aber«, bemerkte Hisakawa, »die Götter machen keine Fehler.« Er zog eine leichte Grimasse. »Das tun sie nicht.«

»Rede dir das nur weiter ein«, knurrte Chizuko.

»Vielleicht«, fuhr Hisakawa fort, »vielleicht hat der Shadow Dragon ja Noriko gewählt – und du sollst sie vertreten, bis sie ankommt.«

»Ankommt?«, fragte Chizuko. »Glaubst du, dass es leicht wird, die beiden auszutauschen, jetzt, wo sie die erwählte Nachfolgerin des Kaisers ist?«

»Leichter wahrscheinlich«, meinte Hisakawa grimmig. »Als Kaiserin würde sie weniger Zugang zur Öffentlichkeit haben, und somit bestünde weniger Gefahr, dass jetzt jemand entdeckt, dass Kai Noriko ist. Und natürlich sehen sie sich wirklich ähnlich. Ich glaube, es ist gut möglich, dass wir den Tausch ohne große Schwierigkeiten vollziehen können.«

Chizuko und ich sahen ihn wenig überzeugt an.

»Wenn Kai die Prüfungen abgelegt hat«, meinte Hisakawa, und sein Ton klang jetzt recht defensiv, »und vor der offiziellen Krönung. Ja, mit dem zeremoniellen Make-up und der korrekten Kleidung … Ich glaube, wir könnten den Tausch noch vor der Krönung durchführen.«

»Und was passiert dann mit mir?«, fragte ich leise.

Hisakawa sah mich mit einem strahlenden, falschen Lächeln an. »Nun, du kehrst natürlich zu den Onna-Bugeisha zurück.« Doch mitten im Satz schlug er die Augen nieder. Ich blinzelte ihn an, und plötzlich verstand ich.

Ich konnte nicht als Leibwächterin hinter Noriko stehen. Die gesamte Kaiserstadt hatte mich bereits gesehen, wie ich Prinzessin Noriko spielte. Make-up oder nicht, irgendjemandem würde die Ähnlichkeit auffallen. Irgendeine neugierige Dienstmagd würde eine Bemerkung machen, und eine Wache würde es beiläufig seinem Kommandanten gegenüber erwähnen, der würde etwas zu Großmeister Xuwicha sagen – und dann waren wir alle tot.

»Dann werde ich also in den Tempel zurückkehren.« Das wäre gut. Wenn ich keine Onna-Bugeisha mehr wäre, würde ich vielleicht Lehrerin oder Tempelmutter werden. Ich stellte mir vor, wie ich ins River Kingdom zurückkehrte, müde von der Reise, aber heldenhaft, und wie ein Dutzend kleiner Schülerinnen zu meinen Füßen sitzen würden, begierig, meine Geschichten zu hören. In einer Welt, die so klein war wie der Tempel der Kosuke, würde ich wahrscheinlich für Jahrhunderte zur Legende werden.

Doch als ich mich wieder Hisakawa zuwandte und mich fragte, was er wohl dachte, stellte ich fest, dass er eindringlich die Vergoldungen und Gemälde an der Decke studierte. Seine gestrafften Schultern ließen mich vermuten, dass er meinem Blick absichtlich geflissentlich auswich.

Nein, stellte ich plötzlich fest. Nein … ich würde nicht in den Tempel zurückkehren. Ich würde zur Kaiserin gekrönt werden, und wenn sich alle an mir sattgesehen hatten, würden sie mich gegen die echte Noriko austauschen.

Und dann …

Mein Magen verkrampfte sich.

Natürlich. Das wäre die leichteste, praktischste Lösung für dieses ständig wachsende Problem. Ich sah nicht nur Prinzessin Noriko viel zu ähnlich, ich wusste auch zu viel über sie. Ich wusste alles, was

hinter den Kulissen eines Imperiums vorging … und das machte mich zu einem Problem.
Wäre ich ein praktisch denkender Herrscher des River Kingdom, würde ich meine Probleme ausmerzen.
Mit einem Eisklumpen im Magen sah ich erst Hisakawa und dann Chizuko an. Meine Hofdame zog die Teppiche gerade und wischte unsichtbare Staubkörnchen von den Möbeln.
Ich versuchte, meine aufsteigende Panik zu beruhigen. Ich war zwar ein Problem, aber ich war auch eine Notwendigkeit. Ohne mich hätten sie dieses ganze Täuschungsmanöver nicht durchführen können. Für den König und die Königin hatte ich doch bestimmt einen gewissen Wert? Sie würden meine Loyalität doch sicher nicht bestrafen, sondern belohnen?
Wem konnte ich trauen? Wem konnte ich wirklich trauen? Alle hatten mehr Macht als ich. Hisakawa und Chizuko, die mich wie eine Marionette geformt hatten. Xuwicha, der inmitten des Chaos den Anschein von Kontrolle aufrechterhalten hatte …
Und der König und die Königin. Mein König und meine Königin. Sie hatten mich in diese Sache gestoßen, ohne einen Gedanken an meine Sicherheit und mein Leben zu verschwenden … Und dazu hatten sie natürlich auch das Recht. Ich hatte ihnen mein Leben gewidmet, als ich sechs Jahre alt gewesen war. Aber für dieses Opfer erwartete ich eigentlich eine Art von Dankbarkeit. Ich hätte nicht erwartet, mich wie Müll zu fühlen, der einfach so weggeworfen wurde. Letztendlich war ich ihnen egal. Ich war allen egal. Sie gehörten zu Noriko. Sie arbeiteten für Noriko. So wie ich.
Das war Verrat. Ich beging Verrat, indem ich so hässlich über meine Prinzessin und ihre Eltern dachte. *Ich muss dafür büßen … Ich muss Kosuke und den Flussgott und meine Schwestern um Vergebung bitten.* Mein Atem ging so scharf in meinen Lungen ein und aus, als wolle er sie zersägen. Mein Bauch tat weh.

Dafür habe ich mich gemeldet, dachte ich benebelt. *Das bin ich. Ich bin eine Onna-Bugeisha. Wenn ich mein Leben für mein Königreich geben muss, werde ich es tun.* Doch mein Körper war anderer Meinung. Mein Körper wollte, dass ich davonlief.

Nein … Nein. Ich zwang mich, langsamer zu atmen, mich zu konzentrieren und klar zu denken. Ich hatte keinen Beweis dafür, dass sie mich töten wollten. Soweit ich wusste, würden sie mich tatsächlich zurück nach Hause schicken, damit ich Lehrerin im Tempel wurde. Was mich anging, flossen König und Königin über vor Dankbarkeit. Meine Herrscher waren keine Monster. Ich würde es wissen, wenn es so wäre, ich hatte ihnen schließlich mein Leben lang gedient. Mizu bestand aus guten, freundlichen, hart arbeitenden Menschen – und wir waren die Ebenbilder unseres Königs und unserer Königin.

Was würde mit Noriko geschehen, wenn ich jetzt ging? Was für ein Chaos würde ich ihr hinterlassen? Das hier war nicht Norikos Schuld. Was auch immer mit mir geschah, wem auch immer ich die Schuld geben musste – es lag nicht an ihr. Sie war angegriffen und verletzt worden, und man hatte sie im Zimmer eines Heilers eingeschlossen, ohne ihr etwas von diesem Täuschungsmanöver zu sagen. Eigentlich hätte sie vor dem Shadow Dragon stehen sollen, Noriko, mit ihrem guten Benehmen und der perfekten Erziehung. Aber ich hatte ihr das Leben gerettet, daher stand ich jetzt an ihrer Stelle. Es war meine Pflicht, für sie zu tun, wozu sie selbst nicht imstande war.

In diesem Gedanken fand ich meine Kraft. So konnte ich meinen Magen beruhigen und mich wieder konzentrieren. Noriko und ich lebten diese Lüge gemeinsam – eine Lüge, die sich all diese mächtigen Menschen für uns ausgedacht hatten. Auch wenn Noriko hilflos war, ich war es keineswegs. War Noriko nur eine Schachfigur in der Hand von hundert Spielern, war ich selbst ein Spieler. Ich würde sie weiter beschützen. Ich würde es für sie tun, denn letztendlich war sie diejenige, vor der ich mich verantworten musste. Sie war meine höchste Priorität.

Ja. Für Noriko würde ich weitermachen. Für uns beide … das musste ich.

Kapitel 10

Dieses Zimmer war mehr Käfig als das große, goldene Gebilde, wo wir uns dem Shadow Dragon gestellt hatten.

Immer wieder schickten sie mich in diese blöden Gemächer zurück. Letzte Woche war ich nur zwei Mal an der frischen Luft gewesen, und das auch nur, weil ich mich hinausgeschlichen hatte. Ich hatte es satt, wie ein gefangenes Tier zu leben.

Ich dachte daran, wie ich die Stadt zum ersten Mal gesehen hatte. Sie war mir vorgekommen wie ein einziger Palast und der Palast wie der heiligste Tempel, den ich je betreten hatte. Jetzt kam es mir wie ein Segen vor, wenn ich außerhalb dieser Mauern sterben durfte.

Für Noriko, dachte ich zähneknirschend, während ich versuchte, mich nicht wie eine Maus in der Falle zu fühlen. *Für Kosuke, für Noriko und für mich selbst …*

Aber wem machte ich eigentlich etwas vor? Würde ich an mich selbst denken, wäre ich schon auf halbem Weg zurück nach Mizu. Ich würde mich in den Tempel schleichen und mich für ein Jahr und einen Tag dem inneren Heiligtum der Kosuke widmen. Wenn ich wieder herauskam, wäre ich weise wie die Sonne, und dann würde ich Lehrerin werden, und vielleicht würde man vergessen, wer ich gewesen war, bevor ich in die Kaiserstadt reiste …

Die Tür ging auf. Ich sprang auf, doch die beiden Kammerdienerinnen verneigten sich nur und stellten ein Tablett gleich hinter der

Tür ab, als fürchteten sie sich, näher zu kommen. Aber das taten sie wirklich. Sie weigerten sich, der künftigen Kaiserin ins Gesicht zu sehen, aus Angst, respektlos zu erscheinen.
Ich ließ mich wieder zu Boden sinken und vergrub das Gesicht in den Händen.
»Ich habe keinen Hunger.«
»Das spielt keine Rolle«, erwiderte Chizuko. Ihre Stimme hatte noch immer nicht ihr volles Volumen wiedererlangt. »Du musst essen. Du wirst deine Kraft brauchen für den ersten Test.«
»Nein«, knurrte ich. »Ich will wirklich nichts essen.«
Und wenn ich nicht nach Mizu zurückkehrte? *Wenn ich …* Ich ließ meine Gedanken einen Moment lang frei und wild und dumm und gefährlich abschweifen. *Wenn ich einfach in die Quartiere der Drachenhüter lief? Wenn ich Jao suchte, wir uns auf den Rücken eines Bergdrachen schwangen und bis zum Morgengrauen flogen?* Wir könnten irgendwo in einem kleinen Dorf wohnen. Ich könnte sein, was ich will und bei wem ich will …
»Kai«, warnte Chizuko, »iss, oder ich stopfe es dir in den Hals!«
Ich machte ein Geräusch, das fast wie ein Lachen klang.
»Versucht es doch«, gab ich zurück. »Und es heißt ›künftige Kaiserin‹, Chizuko.«
Meine Stimme war höhnisch, doch aus irgendeinem Grund nahm sie mich ernst und zuckte vor Empörung wütend zusammen.
»Ich werde dich nichts dergleichen nennen. Du bist ein *Fehler*. Und ich schwöre dir, dass wir die echte Noriko herbringen werden. Wir werden diesen Fehler korrigieren. Wir werden diese Angelegenheit so schnell wie möglich bereinigen, damit ich endlich vergessen kann, dass du mein Problem gewesen bist. Ich kann es gar nicht abwarten, dass …«
Ich stand auf. Ich stand so schnell auf, dass es mich überraschte, plötzlich zu stehen. Mein Gesicht war eine zu einem bösen Lächeln

erstarrte Maske. So etwas hatte ich noch nie gespürt, aber im Moment geschah es ebenso reflexartig wie Schwertübungen, war aber nur halb so schwer.

»Chizuko«, sagte ich leise, »Ihr könnt jetzt gehen.«

Auf ihrem Gesicht flackerte ein Ausdruck auf, der Angst hätte sein können, aber schnell von Widerspruch überlagert wurde.

»Du kannst nicht …«

»Ihr werdet jetzt gehen!«, wiederholte ich.

»Kai«, warf Hisakawa warnend ein, doch auch ihn sah ich finster lächelnd an.

»Ihr könnt auch gehen«, erklärte ich. »Sofort.«

Hisakawa sah mich ungläubig an. Seine Augen waren immer noch geschwollen und blutunterlaufen. Er starrte mich an, und ich erwiderte seinen Blick. Es war ein Messen unserer Willensstärke, das ich normalerweise nicht gewonnen hätte. Aber heute Abend war es anders. Heute würden sie auf mich hören. Sie mussten. Ohne mich würden sie die Prüfungen nicht überstehen. Und wenn ich die Prüfungen nicht bestand, konnten sie ihre *echte* Prinzessin nie in die Kaiserstadt bringen. Heute Abend gehörten sie *mir*.

Hisakawa stand auf. Chizuko sah ihn ungläubig an, doch er bedeutete ihr, ihm zu folgen.

»Komm, Chizuko, solange wir noch jung sind.«

Als sie an der Tür waren, bat ich noch: »Und schickt bitte Aiko herein.«

»Wer ist Aiko?«, wollte Chizuko wissen, doch Hisakawa neigte nur leicht den Kopf und sagte: »Gewiss. Gute Nacht, Kai. Wir sehen dich bei der Prüfung.«

Dann schlossen sie die Tür hinter sich.

Seufzend ließ ich mich wieder auf den Boden sinken. Schwach leuchtete noch der Traum von einem einfachen Leben mit Jao in mir, aber nach dem Streit mit Chizuko war er getrübt. Jao war an diese Stadt, an seine Familie und den Shadow Dragon gebunden, so wie ich an Noriko. Wir waren beide auf immer an das Leben anderer gebunden. Ein eigenes Leben zu führen, war uns nicht erlaubt. Ich würde nirgendwo hingehen. Und ich war noch nie so enttäuscht und einsam gewesen.

Plötzlich musste ich ein paar brennende Tränen wegblinzeln und hasste mich für meine Schwäche. *Hör auf, du Verräterin. Du würdest dein Leben für Mizu geben. Du hast immer geschworen, du würdest dein Leben für Mizu geben. Und hier geht es nicht nur um das River Kingdom – es geht um Noriko.*

Aber das ist etwas anderes, schrie die Verräterin in mir. *Hier geht es nicht darum, in einer Schlacht zu sterben. Das ist Manipulation. Das ist falsch …*

Es ist für Noriko, erwiderte die loyale Onna-Bugeisha. *Ich zähle nicht – nicht wirklich. Alles ist für Noriko. Für Noriko. Für Noriko …*

Die Tür ging auf, und Aiko schlüpfte herein und blieb an der Tür stehen. Sie verneigte sich so tief, als wäre ich eine echte königliche Hoheit.

»Ihr habt nach mir gerufen, künftige Kaiserin?«

Ich biss die Zähne zusammen und ballte die Hände, bis sich meine Nägel in die Handflächen gruben.

»Lass das bitte, Aiko«, sagte ich. »Ich brauche Hilfe.«

»Das«, gab sie zurück, »ist eine gewaltige Untertreibung.«

Ich warf ihr einen Blick zu, der wehmütig und komisch sein sollte, aber anscheinend nur verzweifelt aussah. Aiko trat stirnrunzelnd näher und setzte sich Schulter an Schulter neben mich. Ihre Berührung gab mir Kraft und Trost. Ich legte den Kopf an ihre Schulter, seufzte tief und schloss die Augen. Ich genoss meinen Moment der Schwäche. Aiko nahm meine Hand, wie sie es schon getan hatte, als wir noch sechsjährige Novizinnen gewesen waren.

»Fünf Onna-Bugeisha, die keinen Dienst haben, beobachten den Hof des Desert Kingdom«, berichtete sie. »Zwei weitere beobachten die Gemächer der Samac-Zwillinge. Wenn sie irgendetwas planen … wenn sie versuchen …« Sie hielt stirnrunzelnd inne, weil sie nicht wusste, wie sie es sagen sollte.

Doch ich beendete ihren Satz, ohne zu zögern: »Wenn ich die Nächste bin, die sie zu töten versuchen.«

»Genau. Das ist es«, bestätigte Aiko.

»Vielen Dank dafür«, murmelte ich. Ich war ihr wirklich dankbar. Aikos rasches Denken bedeutete, dass ich mir keine Sorgen machen musste. Und das durfte ich auch nicht. Ich musste an andere Dinge denken. In meinem Kopf hörte ich die Worte des Shadow Dragon: **»Was würde passieren, wenn ich das wieder täte? Was würde passieren, wenn ich den Thron diesem verlorenen Kind vor mir gebe?«**

»Willst du es wirklich tun?«, fragte Aiko.

»Natürlich«, antwortete ich. Meine Stimme klang dumpf und leblos. Ich fragte mich, ob mein Gesichtsausdruck dazu passte.

Ich spürte, wie Aiko leicht erstarrte und sich im Raum umsah.

»Kai … du könntest ihnen sagen, dass es Blasphemie ist. Du könntest dich weigern, an den Prüfungen teilzunehmen. Du könntest sie absichtlich *nicht* bestehen …«

»Aiko«, unterbrach ich sie müde.

»Was?«, fragte sie defensiv. »Das könntest du tun. Das ist nicht deine Sache – sollte es jedenfalls nicht sein. Es ist Norikos.«

»Genau«, fuhr ich auf, und meine Lippen verzogen sich unwillkürlich zu einem höhnischen Lächeln. »Es geht immer nur um Noriko. *Unser ganzes Leben* dreht sich um sie. Weder ich noch du haben hier eine Wahl. Ich *muss* das tun!«

Ich schämte mich für meine Worte, sobald ich sie ausgesprochen hatte. Aiko zuckte zusammen und schloss dann die Augen.

Wie verräterisch von dir, zischte ich mich selbst an. *Verräterin! Undankbare kleine Verräterin …*

Aber es wäre doch gut, nicht wahr?, fuhr die Verräterin Kai fort. *Noriko nutzt ihre Macht doch offensichtlich nicht. Aber ich könnte etwas bewirken. Ich könnte zur Abwechslung mal tatsächlich etwas entscheiden. Den Bau des Sommerpalastes verhindern und den Fluss retten. Der Fischerin und ihrer Familie helfen …*

»Nein«, unterbrach ich meine eigenen Gedanken. »So habe ich das nicht gemeint. Ich meine nur … sie braucht mich, Aiko. Du weißt nicht, wie ihr Leben aussieht. Sie ist wie eine Puppe, die von Zimmer zu Zimmer geschickt, herausgeputzt und vorgezeigt wird … Es wäre für sie so viel schlimmer gewesen, wenn sie selbst sich durch dieses Chaos hätte kämpfen müssen. Aber ich kann es. Ich kann es für sie tun.«

Ich sprach laut und mit fester Stimme, damit ich es selbst glauben konnte.

»Wahrscheinlich hast du recht«, gab Aiko zu. Sie sah mich merkwürdig an, mit Augen, die viel zu weit und viel zu viel sahen.

Nein, zischte die Verräterin in mir. *Es geht überhaupt nicht um Noriko. Es geht um mich. Der Shadow Dragon hat mich gewählt – nicht die Prinzessin. Ihn konnten wir nicht hereinlegen …*

»Die Prüfungen«, wechselte ich das Thema. »Was weißt du darüber? Hisakawa hat gesagt, es seien vier.«

Aiko nickte: »Jedes Königreich stellt eine Aufgabe, und der Nachfolger des Kaisers muss alle vier bestehen, um offiziell den Thron besteigen zu können. Es ist eine Formalität, da der Nachfolger normalerweise lange vor dem Tod des Kaisers ernannt wird. Aber in diesem Fall …«

»Hisakawa sagt, dass alle wollen, dass ich versage«, erklärte ich tonlos.

Aiko sah mich an und presste die Lippen zu einem schmalen

Strich zusammen, sodass sie auf einmal Lady Mayumi sehr ähnlich sah.
»In der gesamten Geschichte des Imperiums hat der Shadow Dragon erst ein Mal einen Kaiser gewählt«, sagte Aiko. »Und ich habe dem Palasttratsch gelauscht. Die Geschichte ist nicht freundlich mit dem vom Drachen gewählten Kaiser gewesen. Hast du von Kaiser Nghia gehört?«
Ich zuckte zusammen.
»Ja, natürlich.«
Selbst als schlechte Schülerin wusste ich Bescheid über Nghia, den großen Gotteslästerer, den irren Herrscher, der schwor, dass er ein zeitloser Unsterblicher sei, verwandt mit dem großen Schöpfer, und dass er die Vernichtung von Chitwitlok bewirken würde. Er hatte es fröhlich verkündet, als ob das Volk, über das er herrschte, sich freuen würde, von der bevorstehenden Apokalypse zu hören. Es hatte kaum jemanden gewundert, dass er nur drei Monate nach seinem Regierungsantritt bei einem Abendessen starb. Man betrachtete es nicht als Attentat, da sich niemand mit den Nachforschungen befassen wollte.
»Wurde Kaiser Nghia vom Shadow Dragon gewählt?«, fragte ich.
»Ja«, antwortete Aiko grimmig. »Ich glaube, niemand hat erwartet, dass der Shadow Dragon noch einmal einen Herrscher wählen würde. Es klingt, als ob ein paar Königreiche den kaiserlichen Hof davon überzeugen wollten, dass der Shadow Dragon bedeutungslos ist und nicht heiliger oder besser als irgendein anderes Tier. Und wenn du bei den Prüfungen versagst … nun ja. Das würde ihre Behauptung definitiv beweisen.«
Ungläubig starrte ich sie an.
»Das kann doch nicht dein Ernst sein. Der Shadow Dragon … Er ist Chitwitlok. Chitwitlok ist der Shadow Dragon. Wir existieren nicht ohne ihn. Wie können sie nur denken, dass er nur ein Tier ist?«

Ich bemühte mich, die Stimme des Drachen aus meinem Kopf zu verbannen.

Was würde passieren, wenn ich das wieder täte? Was würde passieren, wenn ich den Thron diesem verlorenen Kind vor mir gebe?

»Welche Königreiche?«, wollte ich wissen.

»Was?«

»Welche Königreiche?«, fuhr ich Aiko an. »Welche der Höfe haben so gesprochen? Wer würde es wagen, zu behaupten, der Große Drache sei nur ein Tier und dass ich des Throns nicht würdig bin?«

Aikos Hals zuckte, weil sie schwer schlucken musste, und plötzlich waren ihre Augen rund und glänzend. Ich verstand, warum. Meine Stimme klang plötzlich tiefer, zorniger und herrischer als sonst.

»Die … die Leibwachen von Shi«, erwiderte Aiko leise. »Sie haben geredet. Sie haben gesagt, sie hoffen, du wirst kein zweiter Nghia. Sie haben sich gefragt, wann das Imperium mit solch ›barbarischen Bräuchen‹ aufräumt und beginnt, in einem modernen Zeitalter zu leben.«

»Und wer noch?«, forschte ich.

Aiko wich zurück. Ich hasste es, ich hasste es wirklich, dass das, was mit mir geschah, meine Schwester ängstigte, doch ich konnte es nicht verhindern.

»Der Hof von Namu scheint … nicht begeistert«, erzählte Aiko. »Doch das war wohl zu erwarten. Ihr Kaiser wurde gerade ermordet, und der Shadow Dragon hat ihren einzigen verbleibenden Erben übergangen, obwohl sie erwarteten, dass Iseul gewählt werden würde. Da wäre ich auch ein wenig unglücklich, glaubst du nicht auch?«

Ich presste die Lippen zusammen, schloss die Augen und nickte. In mir rührte sich immer noch die Verräterin. Wo war sie eigentlich hergekommen? Warum brachte ich sie nicht zum Schweigen?

»Kai«, fragte Aiko so leise, dass ich sie kaum hörte. »Was ist passiert? Als der Shadow Dragon vor dir stand – was hat er getan?«
Meine Kehle war so trocken und harsch wie die Wüste. Ein Schauer lief mir über den Rücken, und blitzartig durchzuckte mich die Erinnerung.
Du würdest also eher das Schwert wählen als den Thron?
»Du hast es doch gesehen«, antwortete ich, aber meine Stimme war nur ein Krächzen. »Du hast alles gesehen. Er ... er hat mich einfach angesehen. Er hat seinen Kopf in meinen Schoß gelegt. Und dann hat Xuwicha ...«
»Du hast es nicht gewusst?«, staunte Aiko. »Du hast nicht ... ich weiß auch nicht ... eine Vision gehabt oder so etwas?«
»Nein«, antwortete ich ein wenig zu schnell. »Nein, ich ... Wofür hältst du mich, Aiko? Ich bin doch keine Priesterin. Ich bin eine Onna-Bugeisha. Ich bin ...«
Was würde geschehen, wenn ich dir den Thron gebe ...?
»Kai«, sagte Aiko sanft. »Schwester. Ich mache mir Sorgen um dich.«
»Das musst du nicht«, antwortete ich scharf. »Mach dir Sorgen um die Samac-Zwillinge. Mach dir Sorgen um deine Schwertübungen. Mach dir Sorgen, dass Chou nicht mit einem hübschen Fremden davonläuft.«
»Ich mache mir Sorgen, wie ich dich am Leben erhalte«, fuhr Aiko auf. »Ich mache mir Sorgen wegen der Prüfungen. Hast du nicht verstanden, was ich gesagt habe? Sie wollen nicht, dass du den Thron besteigst. Die Vorstellung, dass der Shadow Dragon den nächsten Herrscher wählt – es gibt Leute, die das lächerlich finden und die auch dich lächerlich finden. Sie werden nicht einfach klein beigeben und Noriko den Thron besteigen lassen. Sie werden es dir schwer machen. Dieses Mal werden die Prüfungen nicht rein zeremoniell sein. Sie werden dich auf jede erdenkliche Weise prüfen – körper-

lich und geistig.« Sie zog eine Braue hoch und versuchte, gelassen und unbekümmert zu wirken. »Im Ernst, du solltest davon ausgehen, dass jede Prüfung darauf angelegt ist, dich zu töten.«
Ich biss die Zähne zusammen, bis es schmerzte, und knirschte unwillkürlich damit. Mein Körper war verkrampft und schmerzte vor lauter Anspannung bei diesem Wahnsinn.
»Das ist nicht hilfreich, Aiko!«
»Ich will nur, dass du vorbereitet bist.«
»Ich bin aber nicht vorbereitet!«, fauchte ich. »Niemand hat mich auf das hier vorbereitet. Ich bin eine Onna-Bugeisha, ich bin nicht dazu geboren, Versammlungen beizuwohnen, Menschen zu manipulieren und mir Hunderte von Regeln zum höfischen Benehmen einzuprägen. Ich bin eine Onna-Bugeisha!«
Aiko sah mich stirnrunzelnd an. »Doch, du *bist* dafür geboren.«
Ich fuhr zurück, als hätte sie mich geschlagen.
»Was?«
»Das hier. All das hier. Du hast das alles besser bewältigt, als je jemand vermutet hätte. Du verstehst diese Welt, dieses Leben. Es ist fast, als wärst du zum Herrschen geboren.« Sie zuckte mit den Achseln und versuchte, gelassen zu klingen, als gingen ihre Worte sie gar nichts an. Aber ihre Augen verrieten sie. Sie starrte mich immer noch an, als könne sie bis in meine Seele blicken.
»Das ist doch lächerlich«, flüsterte ich. »Ich bin eine Onna-Bugeisha.«
Du würdest also eher das Schwert wählen als den Thron?
»Ich bin eine Onna-Bugeisha!« Plötzlich sprang ich auf und baute mich mit geballten Händen vor Aiko auf, als wäre ich bereit, mit ihr zu kämpfen. »Genau das bin ich. Dazu habe ich mich vor zehn Jahren entschlossen!«
Aiko sah mich immer noch so streng an wie der Fluss im Winter.
»Ich war dabei. Ich weiß es.«

Wieder fühlte ich die heißen Tränen der Verräterin und unterdrückte sie mit aller Disziplin meiner kriegerischen Ausbildung. Meine Unterlippe zitterte unerlaubterweise.
Mit frustrierender Standhaftigkeit sah mich Aiko an.
»Kein Mensch und kein Drache werden mich je davon überzeugen können, dass du nicht meine Schwester bist«, erklärte sie.
Irgendwie öffneten diese Worte bei mir alle Schleusen. Leise Tränen rannen mir über die Wangen, während ich mich bemühte, tief und gleichmäßig zu atmen.
»Danke«, sagte ich mit einer Stimme, die hoffentlich stark und mutig klang, auch wenn sie zitterte. »Danke, Aiko.«
Sie nickte langsam, und ein leises Lächeln umspielte ihre Mundwinkel.
»Gern geschehen … künftige Kaiserin.«
Ich drehte ihr den Rücken zu und presste meine Fäuste auf die heißen Tränen, die mir über das Gesicht liefen. Ich zwang mich, gleichmäßig zu atmen, meinen Geist leer zu machen und um tiefe, innere Ruhe zu beten.
Schließlich wandte ich mich wieder zu Aiko um und verkündete: »Ich gehe raus.«
Ich musste sehr entschlossen und starrköpfig gewirkt haben, denn Aiko sprang auf und rief: »Was?« Das nachdenkliche Stirnrunzeln wich einem missbilligenden. »Da raus? Kai – wie stellst du dir das vor?«
Überstürzt und panisch stieß ich hervor: »Sie haben mich hier eingesperrt, und das ist nicht richtig. Ich bin eine Onna-Bugeisha …«
»Natürlich bist du das!«, gab Aiko zu. »Aber Kai, du musst vorsichtig sein. Im Moment musst du eine Prinzessin sein. Du musst das Spiel mitspielen.«
Mein Herz hämmerte an meine Rippen wie ein verzweifelter Vogel. Mir war schwindelig, daher begann ich im Kreis zu laufen.

»Deine Pflicht ist jetzt die Täuschung, Kai«, mahnte Aiko sanft, wie eine Mutter mit einem verängstigten Kind sprechen würde. »Du wirst eine Onna-Bugeisha sein, bis du stirbst. Aber im Augenblick musst du um des Königreiches willen – und des Imperiums willen – Prinzessin Noriko sein. Du musst dein Bestes tun, um den Anschein zu wahren, sonst geht alles in die Brüche. Du darfst dich nicht mehr hinausschleichen. Das Risiko ist zu groß.« Sie stand auf und legte mir die Hände auf die Schultern. »Das verstehst du doch, oder?«

Ja, ich verstand. Sie war diejenige, die nicht verstand. Mein ganzes Leben war ein Käfig. Selbst Norikos Kleider hielten mich gefangen. Das Make-up löschte meine Identität aus. Die Schuhe machten meine Füße kleiner und verhinderten, dass ich rannte, kämpfte oder kletterte. Diese Stadt war mein Gefängnis.

Aber ein Teil von dir liebt es, flüsterte die Verräterin. *Ein Teil von dir will es …*

Ich verzog den Mund zu einem Lächeln und betete, dass sie die Härte in meinem Blick nicht sah.

»Ja, richtig. Es tut mir leid, Aiko. Es ist nur … Es war so ein langer Tag.«

Sie schnaubte und meinte auf die für sie typische Weise: »Offensichtlich. Du musst dich ausruhen. Versprichst du mir, dass du dich ausruhen wirst?« Plötzlich wirkte sie besorgt, und ich bemühte mich erneut, zu lächeln.

»Natürlich. Ja. Ich werde etwas schlafen.«

Aiko blinzelte mich an, und ihr Stirnrunzeln sagte mir, dass sie mir nicht ganz glaubte. Aber sie war auch meine Schwester. Sie würde gehen, und sie würde vorgeben, nicht zu wissen, dass ich fort war, wenn ich mich hinausschlich.

***

Ich konnte das klebrige, zähe Make-up nicht loswerden. Irgendwie war es von meinem Gesicht auf meine Brust gelangt, auf meine Hände und Arme. Ich fand es verschmiert hinter meinen Ohren und unter meinem Kinn. Es war überall. Aber ich musste dafür sorgen, dass alles davon weg war, sonst würde Jao es wieder bemerken.

Was war, wenn ich Jao nicht wiedersah?

Ich versuchte, nicht darüber nachzudenken, sondern konzentrierte mich darauf, aus dem Fenster und an der Palastmauer hinunterzuklettern und zu meinem Hof zu gehen.

Er war leer. Glücklicherweise war er immer leer. Ich brauchte Platz zum Atmen, denn ich fürchtete, sonst aus der Haut zu platzen. Ich atmete den Geruch der Grünpflanzen und des kühlen Springbrunnens ein. Es erinnerte mich an Mizu. Wenn ich die Augen schloss, konnte ich mir fast vorstellen, wieder am Flussufer zu liegen, mit den Handflächen über die Wellen zu streichen und die Drachen in der Tiefe zu beobachten.

Ohne die Augen zu öffnen, zog ich mein Schwert. *Schlag links. Schlag rechts*. Ich hieb Stücke aus der Luft und spürte, wie ein Teil der Anspannung von mir abfiel, aber wie lange ich auch trainierte, mein Kiefer entspannte sich nicht. Ich konnte nicht aufhören, mit den Zähnen zu knirschen.

Die vertrauten Bewegungen beruhigten meinen Geist und brachten mich in einen meditativen Zustand. Irgendwo im Unterbewusstsein merkte ich, wie die Zeit verging. Irgendwo weit entfernt zählte ich die Sekunden und Minuten und fragte mich, ob ich mich täuschte. Vielleicht kam er nicht. Vielleicht sollte es mir egal sein. Aber ich konnte mir nichts vormachen, ich sehnte mich danach, ihn wiederzusehen. Ich sehnte mich danach, wenigstens eine kleine Weile ich selbst zu sein.

»Hallo, Kai.«

Ich riss die Augen auf. Dort stand er, in einer Ecke des Hofes, halb im Dunkeln verborgen. Das Mondlicht beleuchtete nur seinen Mund mit dem schiefen Lächeln.

Ich ließ das Schwert sinken und schleifte die Spitze über die Pflastersteine, als ich auf ihn zuging.

»Du hast dir meinen Namen gemerkt.«

Das Lächeln wurde breiter. »Natürlich. Hast du geglaubt, ich würde ihn vergessen?«

»Nein, eigentlich nicht«, flüsterte ich. Er würde nie verstehen, was mir das bedeutete – er war der einzige Bewohner der Stadt, der mich nicht mit dem falschen Namen ansprach. Es war riskant und dumm, aber es gefiel mir.

Jao machte ein paar Schritte auf mich zu.

»Was ist los, kleine Göttin?«

»Nichts«, antwortete ich nach einem weiteren Schritt. »Es war nur ein sehr … merkwürdiger Tag.«

»Merkwürdig ist gar kein Ausdruck.« Jao machte drei Schritte und blieb dann stehen. Seine Hände schienen ein Eigenleben zu führen. Sie fuhren durch seine Haare und zupften unsichtbare Fussel von seiner Jacke. War er … nervös? Ich musste ein Lächeln unterdrücken. Er war wirklich nervös. Himmlisch.

»Deine Prinzessin wird unsere nächste Kaiserin werden«, stellte er fest. »Ich kann mir vorstellen, dass dieser Tag für dich sogar noch merkwürdiger war.«

Das Lächeln auf meinen Lippen erstarb. Verdammt. Ich hatte gehofft, das eine Weile vergessen zu können.

»Ja«, antwortete ich, denn viel anderes konnte ich darauf nicht erwidern.

»So etwas habe ich noch nie gesehen«, gab Jao zu. »Wie der Shadow Dragon genau vor ihr haltgemacht hat … wie er sie *erkannt* hat …«

Ich erstarrte, und meine Gedanken schlugen Purzelbäume.

»Was soll das heißen?«
Er hatte behauptet, dass er den Drachen noch nie hatte sprechen hören. Aber konnte ich da sicher sein? Was, wenn er das Gespräch des Shadow Dragon mit mir … mitgehört hatte?
Doch Jao zuckte nur mit den Schultern und machte einen weiteren Schritt auf mich zu.
»Ich weiß auch nicht. Ihre Verbindung … sie war stark. Es war wie ein Schlag ins Gesicht.« Noch ein Schritt. Jetzt war er nah genug, dass ich ihm mit ausgestrecktem Arm die Spitze meines Katana auf die Brust hätte setzen können. Mein Herz schlug jetzt aus einem anderen Grund schneller.
»Du musst es doch gespürt haben«, sagte er leise.
Ich schluckte heftig. *Du würdest also lieber das Schwert wählen als den Thron? Kleine Kai … was würde geschehen, wenn ich es wieder täte?*
»Ja, ich habe es gespürt«, murmelte ich.
»So etwas habe ich noch nie gesehen«, wiederholte er verwundert. »Ich habe den Großen Drachen noch nie so friedlich gesehen. Es war, als wäre Prinzessin Noriko geboren, um Kaiserin zu sein.«
Mir wurde abwechselnd heiß und kalt wie im Fieber. Das klang gespenstisch ähnlich wie das, was Aiko gesagt hatte. *Du bist dafür geboren.*
Nun, warum auch nicht?, flüsterte die Verräterin in mir. Der Shadow Dragon hat mich ausgesucht. Alle haben es gesehen. Alle waren dabei.
Aber es sollte Noriko sein!, kam es von meinem loyalen, disziplinierten Ich. *Ich bin für sie hier. Noriko. Es ist alles für Noriko …*
»Kai?«, sagte Jao sanft. Während meines inneren Zwiegesprächs war er ganz bis zu mir gekommen und stand jetzt so dicht vor mir, dass ich die Wärme seines Atems und seiner Haut spürte. »Kai, was ist los?«

Ich merkte, dass ich heftig den Kopf geschüttelt hatte, und ballte die Hände zu Fäusten. Wieder presste ich die Kiefer zusammen. Schaudernd zwang ich mich, stillzustehen und meine wirren Gedanken zu beruhigen.

»Ich … Es tut mir leid«, brachte ich hervor, mit einer Stimme, so zittrig wie die einer alten Frau. »Es waren ein paar harte Tage.«

Ich will es dir sagen, schrie mein Herz. *Ich wünschte, ich könnte dich verstehen lassen.* Ich suchte nach einer Erklärung, die der Wahrheit entsprechen würde, die Lüge aber dennoch aufrechterhielt.

»Ich bin an Prinzessin Noriko gebunden«, murmelte ich. Dabei sah ich seinen Mund an, denn in seinen Augen blitzten tausend Emotionen, die mir das Herz abschnürten. »Die meisten königlichen Wachen sind an den Palast gebunden oder an die Herrscher ihres Landes – aber die Onna-Bugeisha nicht. Wir folgen der Prinzessin. Und wenn sie Kaiserin wird, dann …« Ich schluckte schwer. »Dann sind wir jetzt die kaiserlichen Wachen. Wir wohnen in der Kaiserstadt. Vielleicht … vielleicht sehen wir unsere Heimat nie wieder.« Bei den letzten Worten versagte mir die Stimme. Es war wahr. Es war die schmerzlichste Wahrheit, die ich ihm sagen konnte, und ich war überrascht, wie viele Gefühle sie in mir auslöste. Die Erkenntnis der Tragweite meiner Rolle bei diesem Betrug trat mich in den Bauch und raubte mir den Atem. Meine Augen brannten. Ein paar Tränen stahlen sich über meine Wangen, bevor ich es verhindern konnte.

»Oh, kleine Göttin«, flüsterte Jao. Er berührte eine der Tränen mit seinem Daumen. »Das wusste ich nicht …«

Ich schüttelte den Kopf und schloss die Augen.

»Ich mache mich lächerlich«, murmelte ich. Aber mein Herz war anderer Meinung, es schmerzte plötzlich. Warum hatte ich nicht früher daran gedacht? Ob ich oder Noriko auf dem Thron saß, spielte keine Rolle, der Preis, den ich zahlen musste, blieb derselbe.

Ich würde Mizu und den Tempel vielleicht nie wiedersehen. Ich würde nie wieder nach Hause kommen.
Die Unsicherheit, die plötzlich mein Leben beherrschte, verwirrte meine Gedanken. Tränen quollen unter meinen Lidern hervor und liefen mir übers Gesicht wie heiße Flüsse. *Der Fluss … Werde ich je den Fluss wiedersehen?*
»Ich bin ein Mistkerl«, erklärte Jao plötzlich bitter.
Ich riss die Augen auf. Er lächelte, aber es war ein seltsames, selbstironisches Lächeln.
»Wie meinst du das?«
»Ich weiß, dass du traurig bist, aber ich kann nur daran denken, dass ich nicht in ein paar Tagen zusehen muss, wie du fortgehst.« Er lehnte seine Stirn an meine und senkte seine Stimme zu einem rauen Flüstern. »Ich werde dich behalten.«
Ich wollte widersprechen. Verstand er denn nicht? Niemand konnte mich behalten. Mein Leben gehörte mit Leib und Seele der Prinzessin, auf immer und ewig … Aber als ich den Glanz in seinen Augen sah, der die Gefühle in meinem Herzen widerspiegelte, erstarben mir die Worte auf den Lippen.
Jaos Finger strich mir über das Gesicht und zog eine Linie von der Schläfe bis zum Kinn. Bevor ich etwas sagen konnte, legte er seine Lippen auf meine. Sein Mund blieb weich, doch seine Hände waren schnell und fest, sie gruben sich in mein Haar, strichen mir über Hals und Schlüsselbein und fuhren die Linien meines Kiefers nach. Jede Stelle, die er berührte, ging in Flammen auf und verfiel zu Asche.
Es war zehn Mal besser als in dem vagen Traum von Enlai, zehn Mal besser, als ich es mir je hätte vorstellen können. Jaos Wärme und seine Hände waren meine ganze Welt. Ich verlor mich in ihnen. Ich ließ mich ein paar perfekte Augenblicke lang denken, dass das alles war – dass ich nicht irgendwo anders sein musste, dass ich nicht

jemand anderes sein sollte. Es gab nur mich und Jao und diesen Hof und diesen Kuss.

Jao hielt inne, doch seine Stirn presste sich an meine, und seine Finger blieben in meinem Haar. Mein Herz hämmerte so heftig, dass ich fürchtete, es würde aus meiner Brust springen und in Jaos fliegen.

»Du bist ein Wunder, kleine Göttin«, murmelte Jao. Leicht wie ein Schmetterlingsflügel strich seine Hand über meinen Kopf. »Bitte bekomme kein Heimweh. Wenn du deinen Fluss vermisst, grabe ich einen Graben auf der Kaiserstraße und fülle ihn mit Wasser. Ich werde dir Kokosmilch und bestickte Seide und hundert Delikatessen aus Mizu beschaffen, und ich werde dir mit meinen eigenen Händen ein neues Heim bauen.«

Wieder wollten mir die Tränen kommen.

»Ein Heim«, wiederholte ich leise.

»Ja«, flüsterte er, und ich sah das Versprechen in seinem Blick. Ein Heim – und mehr als das. Ein Heim mit ihm. Und ich wollte es. Plötzlich wollte ich es so sehr, dass es schmerzte, bis ganz tief drinnen.

Ich vergrub das Gesicht an seiner Schulter, damit er den Glanz in meinen Augen nicht sah.

Jedes Mal, dachte ich. *Jedes Mal ist es ein neuer Abschied. Egal, wie oft wir uns in diesem Hof sehen, egal, wie oft wir uns küssen – es ist immer eine Art von Abschied.*

Denn selbst wenn ich nicht Noriko war, war ich immer noch eine Onna-Bugeisha. Selbst wenn diese Scharade vorbei war und ich neben der echten Prinzessin – der gekrönten Kaiserin – stehen würde, selbst dann war ich noch an meinen Eid gebunden. Ich hatte mich Noriko, der Göttin und dem Tempel verschrieben. Ich konnte mich zwar jeden Tag hinausschleichen, um mich in diesem Innenhof mit Jao zu treffen, aber bei Sonnenuntergang würde ich zu meinen

Schwestern zurück in die Baracken gehen und hoffen, dass mich Kosuke nicht dafür strafte, dass ich meinem Verlangen nachgab.

Der Schmerz war zu groß, um ihn im Augenblick zu ertragen: Also legte ich nur den Kopf in den Nacken, um zu ihm aufzusehen, und bat wortlos um einen weiteren Kuss. Er antwortete mir, indem er mich näher an sich zog, als ich es für machbar gehalten hätte. Und dieses Mal war sein Mund so fest wie seine Hände. Ich begegnete seiner hektischen Energie mit meinen brennenden, schmerzenden Abschieden.

***

Meine Muskeln schmerzten, und mein Kopf dröhnte. Ich fühlte mich, als hätte mich Lady Mayumi um den Übungshof gescheucht. Niemand hatte mir gesagt, dass man sich wie tot fühlen würde, wenn man tagelang seine Tränen unterdrücken musste. Doch mein Herz war wieder gefühllos geworden, und der Schmerz in meinen Muskeln erreichte meine Gefühle nicht.

Langsam kletterte ich wieder in mein Zimmer zurück, doch als ich gerade wieder in Norikos Zimmer taumelte, fand ich mich vor Minister Hisakawa wieder.

»Oh«, sagte ich dumpf. »Guten Abend, Meister …«

Patsch! Ich hörte den Schlag, noch bevor ich ihn fühlte – eine harte, schwere Hand traf mein Gesicht. Es tat weh, aber es war nicht der Schmerz, der mich überraschte, es war die Tatsache, dass er seit wann auch immer allein auf mich gewartet hatte, nur um mich zu schlagen.

»… Minister Hisakawa«, beendete ich. Meine Wange brannte. Wieder kamen mir die Tränen, Tränen der Überraschung bei einem unerwarteten Schmerz.

»Wie kannst du es wagen!«, zischte Hisakawa. »Du verlogenes, verfluchtes …«

»Ja, Minister Hisakawa?«, entgegnete ich kühl. »Wollt Ihr diese Liste wirklich fortführen?«
Das machte ihn nur noch wütender.
»Wie kannst du es wagen?«, wiederholte er. »Wie oft hast du dich an den Onna-Bugeisha vorbeigeschlichen? Wie oft hast du uns alle in so eine Gefahr gebracht?«
Ich blinzelte ihn an. Es war erstaunlich, wie egal mir dieser Mann nach der vergangenen Stunde mit Jao war. Aber ich war dankbar, dass er es war, der wütend auf mich war, und nicht Aiko und die anderen. Mit dem Zorn dieses Mannes konnte ich umgehen – er war mir egal –, aber ich würde lieber sterben, als meine Schwestern in Schwierigkeiten zu bringen.
»Insgesamt?«, meinte ich. »Drei Mal. Ich habe diese Räume drei Mal verlassen.«
Hisakawa sog die Luft ein. *Seine Augenbrauen sehen aus wie wütende Raupen*, stellte ich fest.
Ich drehte mich um und ging in Norikos Schlafzimmer.
»Es muss fast Mitternacht sein«, sagte ich. »Ich gehe ins Bett. Ich muss mich vor den Prüfungen morgen ausruhen.«
»Lass mich nicht einfach stehen, Kai!«
Irgendetwas an seinem Tonfall ließ mich stehen bleiben und mich ihm wieder zuwenden. Ich erkannte, dass die wirren Raupenbrauen über großen, angsterfüllten Augen hingen. In mir lösten hundert unbekannte Faktoren Ängste und Unbehagen aus, aber Hisakawas Last war noch schlimmer. Vielleicht trug er Dinge mit sich herum, von denen ich nichts wusste, vielleicht war ich aber auch stärker als er. Auf jeden Fall brauchte er diesen Moment. Er musste mir sagen, dass ich ihn enttäuscht hatte, damit er sich selbst besser fühlen konnte.
»Dieser … dieser Betrug«, sagte Hisakawa leise und vorsichtig, als fürchte er, dass wir belauscht würden, »er hängt von deiner

Diskretion ab. Von deiner Fähigkeit, Noriko zu sein. Und jetzt, wo du nicht mehr länger nur Prinzessin Noriko bist, sondern die künftige Kaiserin Noriko, musst du genau tun, was wir dir sagen! Du kannst nichts dazu beitragen, wie es ist, ein Herrscher zu sein, weil *wir* dafür die Experten sind. Du musst uns vertrauen. Du bist nicht Kai. Du bist jetzt keine Onna-Bugeisha. Du bist …«

Auf dem Tisch mitten im Zimmer stand eine Glasvase. Ich nahm sie und warf sie an die Tür. Mit dem Knall eines Feuerwerkskörpers flogen die Scherben in alle Richtungen. Das Klirren des Glases hatte eine befriedigende Wirkung auf irgendetwas Hässliches, Wildes in mir. Ich spürte ein hartes Lächeln auf meinen Lippen, als Hisakawa quiekte und zitterte.

»Was soll das? Warum machst du so was? Was ist los mit dir …?« Er hockte sich hin und sammelte die Scherben auf.

»Seht mich an, Hisakawa!«, verlangte ich.

Wütend richtete er sich auf. Einer seiner Finger blutete, weil er sich geschnitten hatte.

»Was ist?«

»Ich bin Kai!«, fuhr ich ihn an. »Und ich bin eine Onna-Bugeisha. Das werde ich immer sein. Und ja, Hisakawa, ihr seid die Experten, und ja, diese Täuschung hängt davon ab, dass ich das tun kann, was ihr für das Beste haltet. Aber jetzt braucht ihr mich mehr als ich euch.«

Hisakawa öffnete den Mund zu einer Antwort, mit blitzenden Zähnen und Augen. Doch noch bevor er etwas sagen konnte, fuhr ich fort: »Es stimmt. Denkt darüber nach. Diese Prüfungen – was glaubt Ihr, wie viel Ihr darüber wirklich wisst? Das ist in der gesamten Geschichte des Imperiums erst ein Mal vorgekommen. Dabei ist *niemand* ein Experte. Aber eine Onna-Bugeisha zu sein, heißt, ständig geprüft, gefordert und trainiert zu werden. Ich kann rennen, kämpfen, jagen, klettern und schwimmen. Ich spreche sechs-

undzwanzig Dialekte und habe in meinem kleinen Finger mehr Kontrolle, Konzentration und Disziplin als ihr in Eurem ganzen Körper.«
Hisakawa machte ein würgendes Geräusch, aber er sagte nichts, sondern starrte mich nur an, als hätte er mich noch nie zuvor gesehen.
Ich machte ein paar Schritte auf ihn zu, bis ich ganz dicht vor ihm stand.
»Jetzt bin ich dran, Hisakawa. Ich werde tun, was *ich* für das Beste halte. Und Ihr habt keine Wahl, als mir zu vertrauen!«

***

Chou lag bäuchlings auf dem Bett, das Gesicht in die Seide gepresst, und streichelte mit beiden Händen den weichen Stoff.
»Du wirst es schaffen«, sagte sie gelangweilt. »Ich weiß gar nicht, warum sich diese Leute solche Sorgen machen.«
»Wir wissen nicht, worüber wir uns Sorgen machen müssen«, bemerkte Aiko, »das ist das Problem.«
»Na ja«, gab Chou zu. »Aber sie entwerfen diese Prüfungen doch für den Adel, oder? Es ist so, wie Kai es Froschgesicht gesagt hat. Sie kann alles. *Wir* können alles. Kai kann mit allem fertigwerden, was sie ihr vorsetzen.«
Aiko schien zwar ruhig, aber sie kaute wie besessen an ihrem Daumennagel. Ich sah ihr von einem Polsterstuhl in der Ecke aus zu, die Knie an die Brust gezogen.
»Diese Bettwäsche kommt aus Mizu«, erkannte Chou. Trotz des in den Kissen vergrabenen Gesichts hörte ich die Wehmut in ihrer Stimme. »Sie riecht nach Flussgras.«
»Sag das nicht Chizuko«, sagte ich trocken. »Sie wird annehmen, dass die Zimmermädchen die Räume nicht sauber genug gemacht haben, und wird sie wahrscheinlich umbringen.«

»Ich liebe es«, erklärte Chou. »Es ist das Einzige, was ich hier bislang vorgefunden habe, was macht, dass ich mich wie zu Hause fühle.« Sie rollte sich auf den Rücken und faltete die Hände auf der Brust. »Kann eine von euch vielleicht sticken?«
Aiko lachte kurz auf. »Was? Natürlich nicht. Du hattest die gleiche Ausbildung wie ich. Wann haben wir da denn Sticken gelernt?«
Chou schloss die Augen und seufzte: »Ich träume ja nur …«
»Vom Sticken?«, fragte ich.
Ein kleines Lächeln umspielte Chous Lippen.
»Ich glaube, ich wäre gut darin. Es scheint mir eine so friedliche Aufgabe. Was würde dir liegen? Ich meine, wenn wir die Gelegenheit hätten, es zu versuchen?«, fragte sie Aiko.
»Ich weiß, worin ich gut bin«, erklärte Aiko angespannt. »Ich bin eine ausgezeichnete Bogenschützin. Ich bin eine gute Nahkämpferin. Und was den Schwertkampf angeht …«
»Mach dir nichts vor«, warf ich ein, »der Schwertkampf ist nicht deine Stärke.«
Aiko sah mich wehmütig an und ließ den Blick auf ihre Hände in ihrem Schoß sinken, die mit den Handflächen nach oben lagen, als wolle sie sie flehend erheben.
»Ich glaube, ich wäre eine gute Botschafterin«, sagte sie dann schließlich. Und plötzlich sah ich es auch. Aiko, die ruhige, gefasste, intelligente Aiko, natürlich würde sie in einer Welt der Verhandlungen und Vermittlungen gedeihen, in einer Position der Stärke hinter den Kulissen. Wäre unser Leben anders verlaufen, hätte sie die Ehre des River Kingdom mit einer Grazie vertreten können, die selbst Chizuko sprachlos gemacht hätte. Und diese Vision erschien vor meinem Auge so perfekt, schien so exakt zu ihr zu passen, dass mir Aikos Leben als Kriegerin im Vergleich dazu falsch vorkam.
»Ich glaube, ich wäre eine gute Mutter gewesen«, fuhr Chou fort. Ihre Stimme klang gelassen, aber ich hatte jahrelang mit Chou ge-

lebt und trainiert, und das hieß, dass ich das tiefe, verborgene Verlangen hinter den Worten erkannte.
»Oh, Chou«, sagte ich leise. Am liebsten hätte ich sie umarmt. Ich wollte ihr sagen, dass ich sie verstand, jetzt mehr denn je. Die ganze Nacht hatte ich an Jao und mich gedacht, an einen Garten, ein Haus und Küsse, die frei waren und nicht gestohlen. Unmögliche, quälende Gedanken. Ich spürte den Schmerz von Chous Verlangen, als sei es mein eigenes – weil es das seltsamerweise plötzlich war.
»Wir hatten Hunderte von Müttern«, fuhr Chou fort. »Ich kenne den Unterschied zwischen einer guten und einer schlechten. Und ich glaube, ich wäre eine gute geworden.«
»Es gibt einen Unterschied zwischen den Tempelmüttern und … richtigen Müttern«, wandte ich ein.
Chou sah einen Moment lang gequält drein.
»Da bin ich sicher. Aber ich hatte nur wenig Erfahrung mit der Frau, die mich geboren hat, daher musste ich mir eine eigene Stellenbeschreibung zusammenreimen.« Sie lächelte ein tapferes, strahlendes Lächeln, das ihre Augen nicht erreichte. »Wenn ich keine Kriegerin wäre, würde ich einen netten Jungen heiraten, einen Haufen süßer Kinder haben und ihnen beibringen, zu tanzen und Gedichte zu schreiben und wie kleine Teufel zu kämpfen.«
Ich lächelte zurück, und wieder spürte ich einen Kloß im Hals.
»Wenn wir keine Kriegerinnen wären«, stellte Aiko fest, »wenn wir nicht von Kosuke ausgewählt worden wären, hätten wir es wahrscheinlich nicht überlebt, dass unsere ›richtigen Mütter‹ uns am Fluss zum Sterben ausgesetzt haben.« Ihre Stimme klang wie Eisen – kalt und hart und unzerbrechlich. »Wenn wir keine Kriegerinnen wären, wären wir jetzt wahrscheinlich tot, da das Imperium offenbar von Attentätern überrannt wird. Und da wir gerade davon sprechen, haben wir irgendwelche Hinweise darauf, wer den Kaiser

ermordet hat? Und wer wahrscheinlich auch versuchen wird, Kai zu ermorden?«

Chou setzte sich auf und sah Aiko böse an. »Gut gemacht, Schwester. Du hast meine Phantasie gründlich vernichtet.«

Aiko unterdrückte das Zucken ihrer Lippen, das ihren Mund in ein breites Grinsen zu verwandeln drohte. Doch ich lachte und lachte, denn trotz des permanenten Ziehens in meinem Bauch waren das meine Schwestern. Aiko hatte recht – wir hatten hundert Mütter, dank des Tempels der Kosuke. Und dennoch sehnten wir uns alle nach der Frau, die uns geboren hatte. Wir redeten nicht darüber, dachten nicht darüber nach, aber wir sehnten uns danach ebenso wie danach, zu heiraten, Kinder zu bekommen und Berufe zu haben, zu denen es nicht gehörte, unser Leben an eine Prinzessin zu binden.

Wie seltsam, dachte ich, zu erkennen, dass wir alle diese Wünsche geheim hielten und dass diese Geheimnisse sich doch alle so glichen. Es verwandelte mein Herz in heiße Kohlen und ließ neue Tränen in meine Augen treten.

Diese Schwestern – ich konnte mir nicht vorstellen, dass Blut oder Geburt mir bessere Geschwister hätten verschaffen können als diese.

Kapitel 11

Ganz langsam und konzentriert aß ich meinen Haferbrei und rührte den Rest des auf dem Tisch in Norikos Zimmer ausgebreiteten Festmahls nicht an. Mir schwirrte der Kopf vor Angst, aber ich beruhigte mich, indem ich mich auf die Konsistenz der Körner in meinem Mund, die Wärme von Milch und Honig auf meiner Zunge und die Muskeln, die ich zum Kauen und Schlucken brauchte, konzentrierte. Ich konzentrierte mich auf das Geräusch meines eigenen Atems und den Geruch der kühlen Morgenluft, die durch das offene Fenster kam. Die Angst würde mich heute nicht überwältigen.

Madame Chizuko schienen die mysteriösen Prüfungen, die mich an diesem Morgen erwarteten, nicht zu belasten. Gleichermaßen achtlos ging sie über den schwachen roten Fleck auf meiner Wange hinweg, was bedeutete, dass Hisakawa ihr wohl nichts von unserer kleinen Auseinandersetzung gestern erzählt hatte. Sie graste den Tisch ab wie eine fröhliche Kuh, nahm ein bisschen hiervon und einen Bissen davon. So fröhlich hatte ich sie seit unserer Ankunft in der Kaiserstadt noch nicht gesehen. Ich fragte mich, warum ausgerechnet sie angesichts des ungewissen Ausgangs des Tages so guter Laune war. Doch dann fiel mir ein, dass wir seit dem ersten Mahl in Prinzessin Norikos Gemächern kein solches Festessen mehr bekommen hatten. Vielleicht war ja das ständige Hungergefühl der Grund für Chizukos Abneigung mir gegenüber.

Hisakawa hingegen saß mit seiner Haferbreischüssel auf einer Bank in der Ecke des Zimmers. Wenn er sprach, dann leise, und er vermied es nach Möglichkeit, mich anzusehen. Als mein Blick den seinen traf, sah ich so etwas wie widerwilligen Respekt in seinen Augen aufblitzen, zusammen mit der hartnäckigen Weigerung, diesem Gefühl Ausdruck zu verleihen.

Ich senkte den Kopf, damit er mein leises Lächeln nicht sah, und aß den letzten Rest meines Frühstücks. Dann stand ich auf.

»Nun«, meinte ich, »ich schätze, es ist Zeit, anzufangen. Chizuko, was für ein schreckliches Kostüm habt Ihr heute für mich?«

Chizuko blinzelte mich an, als wäre sie überrascht, mich nicht dazu drängen zu müssen, dass ich mich anzog.

»Oh, natürlich … Ich glaube, es hängt im Kleiderschrank. Lass mich mal nachsehen.«

Immer noch ungläubig, lief sie ins Schlafzimmer.

Ich schloss die Augen, rollte mit Kopf und Schultern und konzentrierte mich auf die Geräusche, die Knochen und Sehnen unter meiner Haut von sich gaben. Ich konzentrierte mich auf meine Lungen, die sich ausdehnten und zusammenzogen. *Konzentration …*

Die Angst wird mich heute nicht überwältigen.

»Da ist es«, erklärte Chizuko befriedigt. Sie schwankte unter dem Haufen schweren Stoffes in ihren Armen, als sie ins Zimmer zurückkam, und scheuchte mich hinter den Seidenschirm in der Ecke. Ich ließ mich scheuchen und schlüpfte aus meinem Morgenrock, während sie ein Kleidungsteil nach dem anderen über den Paravent hängte.

»An jedem der nächsten vier Tage wirst du eine Prüfung ablegen«, erklärte Hisakawa, der zum ersten Mal seit einer gefühlten Ewigkeit das Wort ergriff. Seine Stimme war leise und so gespannt wie eine Bogensehne. »Die vier Königreiche stellen ihre Aufgaben in der Reihenfolge der Heimatländer der vorhergehenden Kaiser: Also wird das Reich des letzten Kaisers seine Aufgabe zuerst stellen und so weiter.« Er hielt inne, und obwohl ich sein Gesicht nicht sehen konnte, spürte ich, dass er nach Worten suchte.

»Die Prüfung des River Kingdom«, fuhr er fort, »wird natürlich relativ leicht sein. Etwas Einfaches, was Mizu symbolisiert, und relativ schmerzlos. Die anderen Königreiche aber …«

»Ich weiß«, antwortete ich mit einer Stimme, so trocken wie Feuerholz. »Sie versuchen, mich umzubringen.«

»Sei nicht so dramatisch, Mädchen«, meinte Chizuko hinter dem Wandschirm. »So schlimm wird es schon nicht werden.«

Ich konnte durch den halb durchsichtigen Wandschirm erkennen, wie sie wie ein Vogel auf und ab hüpfte und fröhlich jedes Kleidungsstück kommentierte, das sie für die heutige Prüfung ausgesucht hatte.

»Hier ist ein Überkleid, aus gestickter Seide natürlich, schließlich musst du heute in jeder Hinsicht Mizu repräsentieren. Das Unterkleid ist aus Leinen, schön atmungsaktiv, du kannst dich also nicht darüber beschweren …«

Mir wurde schwindelig, als ich versuchte, die ganzen Kleidungsstücke mitzuzählen: ein enges Korsett, darüber lange Ärmel, ein Mantel mit einer langen Schleppe, Schuhe, die bis zu meinen Waden geschnürt wurden, Handschuhe, die für kleinere Hände als die meinen gemacht waren …

»Das ist alles falsch.«

Ich war von meiner eigenen Stimme überrascht. In letzter Zeit schienen die Worte, die ich sprach, immer von jemand anderem zu kommen, von jemandem, der kühner, sicherer und zorniger war als ich.

Chizuko sah um den Wandschirm herum, und ihre Augenbrauen verzogen sich zu einem scharfen V.

»Entschuldigung?«

»Wir haben doch schon festgestellt, dass jedes Königreich außer Mizu es darauf anlegt, mich zu töten. Also warum wollt Ihr es ihnen auch noch leichter machen?« Ich riss das Überkleid vom Wandschirm und warf es ihr wieder zu. Die Wucht der Geste überraschte mich selbst. Ich verstand meine Wut selbst nicht. »Seht Ihr das? Diesen schweren Brokat? Ich kann mich darin nicht bewegen. Das war vielleicht in Ordnung, als man mich wie eine Zierpuppe auf einer Sänfte getragen hat – aber hier geht es um Prüfungen. Wisst Ihr, was das bedeutet, Chizuko?«
Sie blinzelte mich an. Ihre Lippen kräuselten sich nach oben, und sie kämpfte merklich gegen eine Flut von Flüchen und Sarkasmus an. Doch etwas in meinem Gesicht und meinen gestrafften Schultern ließ sie antworten: »Nein, Kai. Was bedeutet es?«
»Es bedeutet, dass niemand weiß, was das heißt«, erwiderte ich. »Es heißt, dass wir auf alles vorbereitet sein müssen.«
Blitzartig hatte ich das Messer in meiner Hand, das ich an meiner Wade verborgen hatte. Mit den Zähnen hielt ich ein Stück Stoff fest und ein anderes mit der rechten Hand und drückte den Dolch an das straff gespannte Kleidungsstück.
Chizuko kreischte auf wie ein rachedurstiger Dämon.
»Was machst du denn da, du dummes Mädchen?«, quiekte sie. »Weißt du, wie viel das wert ist?«
Nicht so viel wie mein Leben, dachte ich und schnitt einen langen Streifen aus dem Kleid. Damit wurde der Rock mindestens dreißig Zentimeter kürzer. Ich hielt es vor meinen Körper, überlegte kurz und schnitt noch einmal so viel ab.
Madame Chizuko war einer Ohnmacht nahe. »Hisakawa! Tu doch etwas!«
Doch Minister Hisakawa sah mich nur kühl und distanziert an und sah dann weg. Mir kam es so vor, als sei das vielleicht seine Art, mir ein gewisses Maß an Respekt zu erweisen.

Aber mir war es egal, ob Hisakawa oder Chizuko in der Stimmung waren, mir Respekt zu erweisen – alles, was zählte, war, dass ich diese Prüfungen überstand. Ich nahm die Unterkleider vom Wandschirm und trennte den überflüssigen Stoff und die Stickereien ab, die sie unnötig beschwerten. Auch von der Schleppe des Mantels schnitt ich einige Längen ab. Die Schuhe waren fast perfekt, daher ließ ich sie, wie sie waren, bis auf ein paar flache Schnitte in die Sohlen, damit sie besseren Halt hatten.

»So«, sagte ich, als ich das Kostüm schließlich völlig zerschnitten hatte. »Das ist wenigstens ein wenig besser. Und jetzt Haare und Make-up. So wie immer. Dann habe ich vielleicht wenigstens eine Chance.«

Madame Chizuko zitterte, als hätte ich vor ihren Augen einen Verwandten ermordet.

»Wie konntest du nur?«, flüsterte sie. »Die gehören einer Prinzessin!«

»Prinzessin Noriko wird es verstehen«, sagte ich. »Ich werde alles in meiner Macht Stehende tun, um diese Prüfungen zu bestehen, damit sie den Titel der Kaiserin bekommt. Ich stehle das Imperium für Mizu, Madame Chizuko. Bitte steht mir dabei nicht im Weg!«

***

Die Angst wird mich heute nicht überwältigen.

Doch ich spürte, wie sie wie Galle in mir aufstieg und drohte, mich zu lähmen. Ich konzentrierte mich auf das Geräusch meines Atems, auf das Rascheln des Stoffes an meinen Beinen – viel weniger Stoff als üblich, Stoff, der sich mit meinem Körper bewegte, anstatt ihn zu fesseln. Ich konzentrierte mich auf meine Muskeln und durchforschte jeden Winkel meines Körpers, um sicher zu sein, dass er wach und für alles bereit war.

»Die Furcht wird mich heute nicht überwältigen«, knurrte ich leise.
Aiko, die an meiner rechten Seite ging, sah mich schräg an. Ihre Augen waren weit aufgerissen, ihre Nasenflügel bebten, und auf ihrem Gesicht spiegelte sich die Sorge wider. Ich lächelte sie nervös an. Es sollte sie beruhigen, aber die Linien auf ihrer Stirn verschwanden nicht.
Der Gang war menschenleer. Eine fast gespenstische Stille umgab uns, als wir uns zu dem Ort begaben, an dem die erste Prüfung stattfinden sollte. Großmeister Xuwicha hatte Minister Hisakawa Anweisungen gegeben und erwähnt, dass es ein langer Weg sei, daher sollten wir früh aufbrechen. Trotzdem war ich überrascht, als uns Hisakawa in einen Gang führte, den ich bisher noch nie bemerkt hatte – ein langer, schmaler Korridor, der nur von kleinen, flackernden Fackeln erhellt wurde. Es war stickig und heiß und roch nach Schimmel. Je länger wir gingen, desto schlimmer wurden Hitze und Geruch.
Aiko stieß mich mit dem Ellbogen an.
»Unterirdisch«, murmelte sie und nickte zu den Wänden und der Decke des Ganges.
Erschrocken stellte ich fest, dass sie recht hatte. Wir bewegten uns unter dem Palast, nicht durch ihn hindurch. Irgendwie ließ das wieder die Furcht in mir aufsteigen. Wohin gingen wir? Warum mussten sie uns unter der Erde entlangführen, als sei unser Weg irgendwie geheim? Wollten sie, dass ich vor der Prüfung die Orientierung verlor, oder war es nur einfach der direkteste Weg?
Die Angst wird mich heute nicht überwältigen. Die Angst wird mich heute nicht überwältigen …
Ich holte tief Luft und hielt eine Minute lang den Atem an.
Also gut, Kai. Denk nach. Was konnte ich von dieser Prüfung erwarten? Chou schien der Meinung zu sein, dass die ganze Angelegen-

heit eine Art Scherz war, entwickelt für verweichlichte, verwöhnte Adlige, aber ich war mir da nicht so sicher. Der letzte Kaiser war schließlich aus dem Desert Kingdom gekommen, und sie waren nicht dafür bekannt, ihre Bürger zu verweichlichen und zu verwöhnen. Ich dachte an Minh und Cadeo, ihre ständigen bösen Blicke und ihre schlecht verhohlene Verachtung, und glaubte nicht eine Sekunde, dass sie es mir leicht machen würden. Mein Magen schlug Purzelbäume, sodass ich vor Übelkeit das Gesicht verziehen musste.

»Alles in Ordnung, künftige Kaiserin?«, fragte Miki, deren Position links von mir war.

»Hör auf, mich so zu nennen«, knurrte ich. »Natürlich ist alles in Ordnung.«

Sie schien nicht überzeugt. Alle meine Schwestern schienen nicht überzeugt – eher besorgt.

»Künftige Kaiserin«, sagte Minister Hisakawa, »wir sind da.«

Ich sah auf. Hisakawa stand vor einer Tür, die älter aussah als er selbst und auf der ich dieselben alten Schriftzeichen sah wie auf der Tür der provisorischen Leichenkammer, die ich mit Aiko erforscht hatte. War das wirklich erst ein paar Tage her? Ich war im Laufe der letzten Woche hundert Jahre gealtert – oder drehte sich nur die Welt viel zu schnell?

»Seid Ihr bereit?«, fragte Hisakawa.

Ich fragte mich, ob da kurz Sorge in seinem Gesicht aufleuchtete, ein Augenblick des Mitgefühls und der Zärtlichkeit. Das wäre schön gewesen, aber wahrscheinlich hatte ich es mir nur eingebildet. Nach der Demonstration meiner Dickköpfigkeit neulich konnte ich weder von Hisakawa noch von Chizuko allzu viel Herzlichkeit erwarten.

»Ja«, antwortete ich. »Ich bin bereit.«

Er stieß die Tür auf.

Ich betrat einen Raum mit grünlichem Licht, Vogelstimmen und dem süßen Duft von Bäumen in voller Blüte. Ich blinzelte und riss vor Erstaunen den Mund auf.
Es war der größte Hof, den ich je gesehen hatte – fast so groß wie der Platz, auf dem die Krönung stattgefunden hatte –, und irgendjemand hatte dort einen Wald angepflanzt. Mir schwirrte der Kopf, als ich versuchte, das zu verstehen. Als wir in der Kaiserstadt angekommen waren, hatte ich keinen Wald gesehen – und ich hätte ihn sehen müssen, denn die Wipfel dieser Bäume ragten leicht bis zu den höchsten Türmen des Palastes auf. Das bedeutete, dass man diese Bäume über Nacht hatte wachsen lassen. Ich berührte den Baumstamm neben mir. Er kribbelte unter meiner Hand, und die Rinde fühlte sich wie Haut an, voller Wärme, Blut und Bewegung. Ich hatte das dumpfe Gefühl, dass die Bäume auf mich gewartet hatten, dass sie für mich gewachsen waren. Der ganze Ort stank geradezu nach Magie, stärker als die unserer Flussdrachen oder Jaos Schutzzauber. Dies war hohe Magie, die Magie der kaiserlichen Priester, so heilig und selten wie der Shadow Dragon selbst.
Mein Blick glitt am Baumstamm nach oben bis zu den höchsten Zweigen. Silbernes Licht schimmerte durch die Venen der Blätter, und obwohl kein Wind wehte, zitterte das Laub. Wenn ich lange und intensiv genug hinsah, konnte ich sehen, wie sich die Zweige in den Himmel erstreckten, sich mit denen anderer Bäume verwoben und sie wie mit Brücken miteinander verbanden. Schlingpflanzen hingen vom Blätterdach herunter, und bunte Vögel flatterten durchs Laub.
Dann sah ich wieder nach oben, immer weiter. Direkt über uns, über der Tür, durch die wir hereingekommen waren, befand sich ein Balkon. Er war klein, und nur eine Handvoll Leute standen dort. Ich sah Iseul mit zweien seiner Berater. Neben ihm saß Enlai. Minh

und Cadeo hatten ihre Plätze hinter den beiden Prinzen und hatten ihre eigenen Berater neben sich. Bei ihrem Anblick verkrampfte sich mein Herz ein wenig. Gestern hatte ich es geschafft, zu vergessen, wie entsetzt sie gewesen waren, als der Shadow Dragon mich auserwählt hatte. Was dachten sie jetzt wohl? Hassten Iseul und Enlai mich ebenso wie Minh und Cadeo, die mich von ihren Plätzen hinter den Prinzen aus finster ansahen?
Doch plötzlich lächelte mir Enlai schnell zu, und meine Furcht legte sich ein wenig.
Nur ein paar andere Leute saßen auf dem Balkon zusammen mit Großmeister Xuwicha und zwei Männern in silbernen Gewändern. Hohepriester – Anhänger des Schöpfers, die deshalb die Schöpfungsmagie anwenden konnten. Das erklärte den dichten Zauber an diesem Ort. Nach der schweren Arbeit in der letzten Nacht wirkten ihre Gesichter blass und hohlwangig. An ihren Handflächen erkannte ich das gleiche Licht, das zwischen den Bäumen flackerte.
Unwillkürlich wanderte mein Blick zu Prinz Iseul. Sein Gesicht war immer noch von seiner Trauer gezeichnet, aber er zeigte ein leichtes, selbstzufriedenes Lächeln. Plötzlich erkannte ich die Bedeutung dieses wunderschönen, falschen Waldes. Der letzte Kaiser war nicht aus dem Desert Kingdom gekommen. Der letzte Kaiser war Haneul gewesen, auch wenn er nur ein paar Minuten an der Macht gewesen war. Die Furcht, die ich den ganzen Tag lang bekämpft hatte, löste sich auf einmal auf. Ich lächelte Iseul an. Er nickte ins Blätterdach – die verschlungenen Lianen und Zweige – und zog eine Braue hoch. Ich verstand sofort. Iseul hatte bei dem Entwurf dieser Prüfung mitgearbeitet, und er hatte sie aus einem bestimmten Grund so gestaltet. Die Spannung in meiner Brust ließ ein wenig nach, und zum ersten Mal verspürte ich Erleichterung.
Wieder sah ich zum Blätterdach hinauf, dieses Mal mit dem Blick einer Kriegerin. Ich sah knorrige Äste, die kräftig und glatt, aber

nicht rutschig waren. Ich sah alle möglichen Arten, wie eine Onna-Bugeisha diesen Test bestehen konnte – sogar sehr gut bestehen konnte –, auch wenn es einer einfachen Prinzessin sicher nicht möglich gewesen wäre.

Iseul wusste das. Er wusste noch, wie es im Theater gewesen war, als der Balkon abbrach. Er wusste, zu was ich fähig war.

»Prinzessin Noriko«, sagte Iseul. »Das Forest Kingdom stellt Euch Eure erste Aufgabe.« Seine Stimme war sanft und ruhig, aber in der Stille dieses Ortes voller grüner, wachsender Dinge klang sie wie ein Feuerwerk. »Irgendwo in diesen Bäumen haben wir ein Symbol verborgen, das das Herz und die Seele unseres Königreiches darstellt. Als Flusskind kennt Ihr dieses Symbol nicht, aber als Kaiserin müsst Ihr unser Volk ebenso gut verstehen wie Euer eigenes. Daher vertrauen wir darauf, dass die Götter Euch das Symbol zeigen werden, wenn Ihr unsere rechtmäßige Herrscherin seid. Dann werden wir Euch mit Freuden unsere Gefolgschaft schwören.« Immer noch lächelnd, neigte er den Kopf trotz seiner zwölf Jahre sehr ernst und elegant.

Diese Prüfung schien wirklich wie für mich gemacht, aber plötzlich wurde ich misstrauisch. Was hatte Iseul davon? Wollte er, dass ich – Prinzessin Noriko – das Imperium regierte? Warum? Würde das Forest Kingdom erwarten, dass ich einen Nachfolger aus Namu wählte? Erwarteten sie eine Heirat …?

Ich kam mir schlecht vor. Vor einer Woche noch wären mir solche Gedanken fremd gewesen, und auch jetzt noch war ich geneigt, zu glauben, dass Prinz Iseul mich einfach mochte und froh war, dass ich ihm das Leben gerettet hatte. Aber hinter den Kulissen dieses Imperiums lauerten zu viele Puppenspieler, und ich fragte mich in jeder Situation, wer tatsächlich die Fäden zog.

Ich schüttelte den Gedanken ab. *Nicht jetzt. Dafür habe ich keine Zeit.* Ich musste mich auf meine Aufgabe konzentrieren. Wie bei

Schwertübungen oder bei der Meditation – ich musste ganz im Hier und Jetzt sein und nirgendwo anders.
Ich schüttelte den Mantel ab und reichte ihn Chizuko. Sie sah mich so entsetzt an, als hätte ich mich vor einem Fremden ausgezogen. Aber mir war es egal. Dann sah ich noch einmal zu Prinz Iseul.
»Bitte sagt mir, wann ich beginnen soll.«
Iseul sah zu Großmeister Xuwicha, der nickte und sagte: »Beginnt!«
Ich holte tief Luft, schloss die Augen und stellte mir alles vor, was ich brauchte, um diese Prüfung zu besehen – Klarheit, Weisheit, Schnelligkeit, Anmut …
Ich machte die Augen auf und betrachtete den Baum direkt vor mir. Es war der größte im Hof, mit pulsierenden, silbernen Adern und schön geschwungenen Ästen, die sich am Stamm entlangwanden.
Genau der.
Mit fliegenden Armen lief ich darauf zu. Von meinen Füßen war nur ein leises Tappen auf den glatten Steinfliesen zu hören. Trotz der gespannten Stille der Zuschauer bereitete mir die physische Anstrengung reinen Genuss. Die Anstrengung und das Dehnen und Spannen von Muskeln, die so in der ganzen Woche noch nicht eingesetzt worden waren, machten mich plötzlich glücklich. Vergessen waren die Puppenspieler in diesem Palast, vergessen die möglichen Attentäter, vergessen, was von mir erwartet wurde. Ich war einfach nur glücklich, genau das zu machen, wofür mein Körper geschaffen war.
Ich sprang und bekam den untersten Ast des großen Baumes zu fassen. Unterbewusst hörte ich die Zuschauer erstaunt rufen. Meine Füße stemmten sich gegen den Stamm, und ich zog mich in die Zweige hinauf. Durch die dünnen Sohlen der Prinzessinnenschuhe konnte ich die Struktur der Rinde fühlen – glatter und auch wärmer, als Rinde normalerweise war. Ich sah auf und blickte durch das

dicke, grüne Blätterdach, um nach einem Hinweis auf das Waldsymbol zu suchen. Da ich nichts erkennen konnte, kletterte ich weiter, bis ich die verflochtenen Äste erreichte, die meinen Baum mit seinem Nachbarn verbanden.

Von Nahem sah diese Brücke weniger wie eine komplizierte magische Struktur aus, sondern eher wie ein paar mickrige zusammengedrehte Zweige. Ich blinzelte sie an und tippte mit dem Fuß darauf. Sie wackelten, aber nicht so sehr, wie ich erwartet hätte. Es knackte und knisterte nicht verräterisch. Vorsichtig schob ich den linken Fuß vor und verlagerte mein Gewicht. Die Brücke hielt. Ganz, ganz langsam setzte ich einen Fuß vor den anderen, bis ich den nächsten Baum erreicht hatte. Ich stieß den Atem aus, den ich unwillkürlich angehalten hatte, und sah nach unten. Der Boden war meilenweit unter mir. Wenn ich abrutschte, würde ich lange fallen, bis ich vor den Augen der Zuschauer auf dem Balkon auf den Steinen aufschlug.

Ich hatte ganz vergessen, dass ich Höhen hasste.

In Mizu gab es keine Höhen. Bei uns gab es nur flaches Sumpfland und Gras, das bis an unsere Schultern reichte, und gelegentlich ein paar niedrige Bäume am Flussufer. Das einzige Mal, dass ich so weit oben gewesen war, war vor zehn Jahren gewesen, als Hanan mich herausgefordert hatte, auf das Tempeldach zu klettern. Ich hatte es getan, und dann war ich erstarrt, hatte mich an der Turmspitze festgehalten, als wären meine Hände daran festgeschweißt, und kam erst wieder herunter, als mich eine der Lehrerinnen holen kam.

Meine Hände begannen zu zittern. Ich schlang die Arme um den Baumstamm, presste meine Wange an die lebendige Rinde und flüsterte: »Konzentration. Konzentration … Denk an den Fluss.«

Nebel auf dem Wasser … sanfte Kehrwasser, die über die Steine gurgeln … blitzende Libellen, die über das Ried flitzen …

»Ich bin der Fluss«, murmelte ich. »Ich habe keine Angst. Ich bin der Fluss …«

Langsam machte ich die Augen auf. Der Boden war immer noch weit entfernt, aber jetzt drehte er sich auch noch. Warum drehte er sich?

»Aufhören!«, verlangte ich keuchend. »Sofort aufhören!« Ich musste weiter. Ich musste das Symbol finden, das Symbol des Forest Kingdom …

Nur dass ich keine Ahnung vom Forest Kingdom und seinen Symbolen hatte. Ich wusste nicht, wie ich finden sollte, was sie wollten. Und dann würden alle wissen, dass ich eine Hochstaplerin war, und wir würden alle sterben.

Nein, nein, nein. Wieder meldete sich die Verräterin in mir. *Du hast vielleicht als Hochstaplerin angefangen, aber der Shadow Dragon hat dich ausgewählt. Er hat dich ausgewählt! Du bist die rechtmäßige künftige Kaiserin. Diese Prüfung ist einfach nur lästig … ein Steinchen in deinem Schuh …*

Seufzend schob ich die Stimme der Verräterin beiseite. *Genug. Genug davon. Ich habe eine Aufgabe zu erledigen … für Noriko. Für meine Schwestern.*

Vorsichtig schob ich mich um den Baumstamm herum, tastete nach einem Halt für meine Füße und suchte die Rinde nach einem Hinweis auf Namus mysteriöses Symbol ab. Ein Symbol. Was für eine Erklärung war das? Ein bisschen mehr Information hätten sie mir schon geben können. Welche Farbe? Welche Größe? Nach was sollte ich suchen?

Gefühlte Stunden tastete ich mich um den Baum herum, bis ich entschied, dass das Symbol, was immer es auch war, in einem anderen Baum sein musste. Also betrat ich die nächste Brücke.

Knack!

Das Geräusch war nur leise und wurde von dem dichten Laub gedämpft, aber ich hatte es gehört. Ich hatte es gehört, weil ich es erwartet hatte, und die Furcht verkrampfte meinen Magen. Ich blieb etwa in der Mitte der Brücke stehen – zu entschlossen, um umzukehren, und zu zittrig, um weiterzugehen.

»Große Göttin, hilf mir!«, murmelte ich. Unsicher schob ich mich weiter die Brücke entlang.

Knack, knack, knack. Die Zweige unter mir gaben nach.

Ich begann zu rennen.

Knack, knack, knack – KNACK!

Und plötzlich war alles weg. Mein Magen sprang mir in die Kehle, und meine wedelnden Arme griffen ins Leere. Ein Laut entrang sich meiner Kehle, aber wegen der Luft, die an meinem Ohr vorbeirauschte, konnte ich ihn nicht hören.

Etwas streifte meine Wange, und ohne zu überlegen, griff ich danach. Die Liane riss mir die Haut von den Handflächen, wickelte sich um meine Beine und quetschte meine Glieder, sodass sie den Blutfluss in meine Finger und Zehen behinderte.

Aber ich fiel nicht mehr.

Ich atmete tief durch und versuchte, meinen Puls zu beruhigen, denn ich hatte das Gefühl, als wolle mir das Herz aus der Brust springen.

»Große Göttin!«, stieß ich hervor. »Wie zur Hölle soll ich das machen?«

Ohne nach unten zu sehen, schwang ich mich hin und her, bis die Liane mich zum nächsten Baum brachte. Ich umklammerte ihn wie das Leben selbst und unterdrückte den aufsteigenden Brechreiz.

Na gut, Kai. Denk nach.

Wonach suchte ich? Auf was sollte ich achten?

Ich setzte mich rittlings auf einen Ast, presste den Rücken gegen den Baum, legte den Kopf in den Nacken und machte meinen Kopf leer, um die Angst in eine Ecke zu drängen. Mein Blick wurde vage und unscharf. Ich starrte, ohne hinzusehen, und die Farben und Formen des Blätterdachs über mir wurden umso klarer, je länger ich mich bemühte, *nicht* hinzusehen.

Und plötzlich sah ich es. Es war ein paar Äste über mir in die Rinde geschnitzt – ein Symbol. Eigentlich sogar mehrere Symbole, jedes in einen anderen Ast geritzt. Ich stand auf und untersuchte vorsichtig balancierend die Schnitzereien. Eine Sonne mit einem ernsten Gesicht, die tausend Arme anstatt der Sonnenstrahlen hatte, ein Prinz mit einem Stern auf der Brust seiner Tunika und Sternen an den Spitzen seiner Krone, ein Mond mit lächelnden Augen und lachendem Mund, eine Frau mit langem Haar, langen Kleidern und einem großen Juwel in der Hand.

Minutenlang starrte ich die Symbole an und versuchte zu verstehen, warum sie mir so bekannt vorkamen. Dann erkannte ich: Es war Iseuls Geschichte. Das Spiel, das wir im Theater sehen wollten, bevor das Balkongeländer brach. Er hatte uns fast die ganze Geschichte erzählt, bevor Enlai ihn unterbrochen und gebeten hatte, nicht alles zu verraten.

Das Theaterstück hatten wir nicht gesehen, daher wusste ich nicht, wie die Geschichte endete.

Ich fuhr die Sonne mit der Fingerspitze nach. Wie war das noch gewesen? Der Stern wurde vom Himmel verbannt und war dazu verdammt, als Junge, der seine wahre Identität nicht kannte, unter den Menschen zu leben. Irgendwie war der Junge ein Prinz geworden – wie, das hatte ich vergessen –, bis ein böser Zauberer gekommen war. Oder die Tochter des bösen Zauberers. Bosheit und Zauberei spielten eine Rolle … Ich verfluchte mich selbst und wünschte, dass Aiko bei mir wäre. Sie kannte die Geschichte wahrscheinlich auswendig.

Aber eines war sicher: Der Mond hatte sie gerettet. Der Mond war gekommen, hatte den kleinen Cousin gerettet und ihn wieder in den Himmel gehoben. Das war das glückliche Ende, und jedes Märchen endete glücklich. Ich musste nicht das Stück sehen, um zu wissen, wie eine gute Geschichte ausging.

Ich nahm den Mond in eine und den Prinzen in die andere Hand und zog sie zusammen, um die beiden Zweige miteinander zu verflechten. Plötzlich begannen die Äste, sich selbst umeinanderzuschlingen und -zuwinden wie Liebende. Das glitzernde Silber des Baums leuchtete so hell, dass es mich blendete, und als ich meine Hand hob, um meine Augen zu schützen, hörte ich ein leises Klicken.

Ich starrte ins Herz des Baumes. Plötzlich war im Stamm eine Tür aufgetaucht. Aus dem Raum dahinter schien ein blasses Leuchten. Ich beugte mich vor und sah hinein. Einen Augenblick lang glaubte ich wirklich, dass es ein Herz war, dass irgendetwas dort pulsierte und summte wie hundert Libellenflügel. Dann erkannte ich, dass sich im Inneren des Baumes eine Maschine befand – eine schöne, fremdartige und komplizierte Maschine, wie Zauberei. Und in dem Hohlraum lag zwischen dem merkwürdigen Uhrwerk die geschnitzte Holzfigur einer Frau mit Wurzeln anstelle von Füßen und Blättern statt Haaren.

Die Schutzgöttin von Namu. Das musste sie sein. Ihren Namen kannte ich nicht, aber sie musste es sein.

Mein Herz schlug schneller und so hell wie das Silber in den Bäumen. Langsam kletterte ich wieder nach unten, die Göttin in meiner Hand. Sobald ich wieder auf sicherem Boden stand, suchte ich Iseuls Blick. Er lächelte so breit wie seit dem Tod seines Bruders nicht mehr.

»Du hast sie gefunden!«, sagte er leise. Ich glaubte, Tränen in seinen Augen zu sehen, und mir wurde warm ums Herz. Oh, Iseul … Wie hatte ich nur an ihm zweifeln können? Er hätte mir nie eine Aufgabe gestellt, an der ich scheitern würde.

»Ja«, sagte ich. Ich winkte ihm mit der Figur zu und kam mir plötzlich albern vor. »Ich habe sie gefunden.«
Die Delegation des Forest Kingdom fiel wie auf Kommando auf die Knie.
Iseul grinste breit, voller Erleichterung und Stolz.
»Ihr seid die wahre künftige Kaiserin«, erklärte er. »Im Namen des Forest Kingdom von Namu schwöre ich Euch Gefolgschaft.«

Kapitel 12

Ich war eine Insel, weit weg von dem höflichen Geschwätz und dem Treiben der anderen Höfe und ihres Gefolges. Mein kunstvoller Thron und der reich gedeckte Tisch standen auf einem erhöhten Podest in einer Ecke des großen Saales, daher aß ich allein mit Großmeister Xuwicha. Er saß rechts neben mir an einem eigenen, kleineren Tisch und stocherte in einem gebratenen Fasan, während er den Raum überwachte. Alle paar Sekunden sah ich zu ihm hinüber. So nah hatte ich ihn noch nie gesehen. Er schien jünger zu sein, als ich zuerst angenommen hatte. Auf seinen Wangen und um die Lippen hatten sich Linien gebildet, die sicher davon kamen, dass er jahrelang in Bücher gestarrt hatte. Von seinem Ohr bis zum Kinn zog sich eine blasse, silberne Narbe, die ihm ein fast verwegenes Aussehen verlieh. Ich musste an Jao denken und fragte mich, ob er wohl Narben hatte. Vielleicht würde er in dreißig Jahren auch so aussehen.

»Wenn Ihr fragen wollt, dann fragt«, sagte Großmeister Xuwicha plötzlich, steckte einen Bissen Fasan in den Mund und kaute sorgfältig, ohne mich anzusehen.

»Wie … wie bitte?«

»Die Narbe.« Großmeister Xuwicha sah mich mit blitzenden Augen an. »Ihr dürft gerne fragen, woher ich sie habe. Ich bin nicht beleidigt, Eure Majestät.«

»Oh«, machte ich und wurde rot, da ich mehr an Jaos Gesicht gedacht hatte als an Xuwichas. »Nun, woher habt Ihr Eure Narbe?«
»Ein Duell, als ich neunzehn war.« Er streckte die Brust vor, und ein schelmisches Lächeln umspielte seinen Mund. Ich versuchte, nicht zu lachen, denn er hatte offensichtlich nur darauf gewartet, die Geschichte zu erzählen.
»Ich hätte nicht gedacht, dass sich heutzutage noch jemand duelliert.«
»Oh ja, aber wie gesagt war ich neunzehn. Das war etwas völlig anderes als ›heutzutage‹.« Er lächelte mich vorsichtig und verhalten an. Solch einen Blick warf man einem Fremden zu, der eigentlich kein Fremder sein sollte. Mir fiel auf, dass ich zum ersten Mal mit Großmeister Xuwicha sprach. Bislang war unsere Konversation immer sehr einseitig gewesen, weil ich irgendwelche zeremoniellen Phrasen vorbrachte, auf die ich keine Antwort bekam.
Ich hatte geglaubt, dass Xuwicha untrennbar mit Kaiser Haneul verbunden gewesen war, aber wenn ich genauer darüber nachdachte, wurde mir klar, dass der Großkanzler dem Thron verbunden war und nicht der Person, die ihn innehatte. Wie seltsam … Jetzt, wo ich die künftige Kaiserin war, war Großmeister Xuwicha *mein* Berater …
Norikos Berater, korrigierte ich mich. *Wenn sie kommt.*
»Mit wem habt Ihr Euch denn duelliert?«, fragte ich.
»Oh, mit einem alten Rivalen«, erwiderte er wegwerfend. »Er hat eine unangemessene Bemerkung über die Frau gemacht, um die ich warb.«
Ich lächelte ihn an und nahm einen winzigen Schluck aus meinem Becher. Bevor ich mich gesetzt hatte, hatte ich gesehen, wie nicht weniger als drei Diener mein Essen und die Getränke probiert und auf Gift geprüft hatten. Ich war zwar selbst schon Vorkoster gewesen, hatte aber noch nie einen gehabt.

War so jetzt mein Leben? Isoliert und ignoriert, während andere mein Essen und meinen Wein probierten, mir aber nie in die Augen sahen?

Nein, dachte ich. *Das ist Norikos Leben.*

Und was ist mit meinem Leben?, fragte ich mich. Was würde mit mir geschehen, wenn das hier vorbei war? Wäre ich dann immer noch Norikos Leibwache und gelegentliche Vorkosterin? Würden sie mich nach Hause schicken, damit ich ein ruhiges Leben im Tempel verbrachte? Oder würden sie sich einfach … des Problems entledigen?

Ich zwang mich, einen weiteren Bissen zu nehmen, aber mein Magen schien aus massivem Stein zu sein, sodass es fast unmöglich war, etwas herunterzubringen.

»Ach ja«, seufzte Xuwicha. Ich stellte fest, dass er seine Duellgeschichte weitererzählt hatte, ohne dass ich zugehört hatte. »Ich schätze, es war eine blutige Tradition. Aber ich vermisse gute Duelle. Diese Narben liefern immer den besten Gesprächsstoff.«

»Oh ja, natürlich«, antwortete ich und schob den Teller von mir. Ein ganz klein wenig schuldig fühlte ich mich schon, dass ich ihn so ignorierte, denn er fühlte die Isolation sicher ebenso wie ich.

Allem Anschein nach waren auch die anderen in dem großen Saal mit dem Essen fertig. Die Diener sammelten leere Teller ein und reichten den Erben der Königshäuser heiße Handtücher für Gesicht und Hände.

»Und was passiert jetzt?«, fragte ich Xuwicha leise.

»Nur Formalitäten«, antwortete er. »Ich werde die einzelnen Höfe entlassen, sie werden Gute Nacht sagen und ihren Glauben an Euch beteuern, und wenn die Höflichkeiten vorbei sind, können auch wir ins Bett gehen.«

Man sah ihm zwar kein Lächeln an, aber ich konnte es spüren. Er wirkte jetzt viel weniger einschüchternd – wahrscheinlich, weil er

einer der wenigen hier Anwesenden war, der mich nicht gerne tot sehen wollte.
Großmeister Xuwicha räusperte sich und stand auf. Auch der Hof des Forest Kingdom erhob sich. Xuwicha nickte ihnen zu, und Iseul trat an meinen Tisch heran. Ich stand auf, um ihn zu begrüßen, und er verneigte sich.
»Künftige Kaiserin Noriko«, sagte er leise, »ich bin sicher, dass Ihr eine ausgezeichnete Herrscherin werdet. Ihr habt die Aufgabe von Namu sehr gut bewältigt.«
Mein Herz verkrampfte sich. Er schien so viel älter als zwölf Jahre zu sein.
»Prinz Iseul«, antwortete ich, »Euer Bruder wäre ein Herrscher gewesen, den man mit Phx selbst hätte vergleichen können. Ich könnte nie … Ich hoffe, er würde stolz sein …« Zum ersten Mal seit Tagen spürte ich, wie mir die Maske der Prinzessin entglitt. Ich suchte nach Worten, kämpfte mit den Tränen und versuchte zu verhindern, dass mir das Herz brach. Daher flüsterte ich: »Es tut mir so leid, Iseul. Er hätte es sein sollen.«
Iseuls Unterlippe zitterte. Einen Augenblick lang glaubte ich, dass wir beide vor dem gesamten Imperium zusammenbrechen würden. Doch dann richtete er sich auf, atmete tief durch und verneigte sich erneut.
»Ich danke Euch, künftige Kaiserin. Eure freundlichen Worte – sie bedeuten mir viel.« Verstohlen sah er nach rechts und links und kam dann einen winzigen Schritt näher.
»Unsere Philosophen haben ein Sprichwort«, sagte er dann. »Die Mächtigen müssen auf sich selbst vertrauen. In hohen Positionen hat man keine Freunde.«
Das hatte ich schon gehört, es war einer der ersten Sätze gewesen, die ich in der Sprache des Forest Kingdom gelernt hatte. Lächelnd nickte ich und nahm die Gabe der Weisheit aus seinem Königreich

an, doch mein Lächeln erlosch, als ich den schmerzlichen, wilden Ausdruck in seinen Augen sah. Sein Blick richtete sich kurz auf den Tisch mit den Prinzen und der Prinzessin, ihren Beratern und Leibwächtern.

»Prinz Iseul?«, murmelte ich.

Er räusperte sich und senkte seine Stimme fast zu einem Wispern. »Ich glaube, mein Bruder hatte zu viele Freunde.«

Mir erstarrte das Blut in den Adern.

»Ja, ich verstehe. Vielen Dank.«

Er neigte den Kopf und verließ die Große Halle mit seinem Berater und zwei Wachen.

Als Nächste traten der Prinz und die Prinzessin von Samac vor. Die gegenseitige Abneigung war fast spürbar, wie ein elektrischer Stromfluss. Als sie mich ansahen, pressten sie die Lippen aufeinander, und ihr Blick versteinerte sich, während ich merkte, wie sich mein Körper anspannte, als wären alle Sehnen auf einmal zu Stahldrähten geworden. Das Blut hämmerte unter meiner Haut und pumpte Adrenalin in mein Gehirn und meine Glieder.

Habt ihr ihn getötet?, dachte ich und starrte sie an, als könnte ich ihnen allein durch meine Blicke meine wilden Vermutungen übermitteln. *Habt ihr den Bruder dieses Jungen ermordet? Habt ihr Iseuls Familie und das ganze Imperium zerstört? Denn wenn ihr das wart, dann werde ich es herausfinden, und ich schwöre euch, dass ich für Gerechtigkeit sorgen werde.* Die Stimme meiner Gedanken war zugleich die der pflichtbewussten Onna-Bugeisha wie auch des fremden, herrischen und mächtigen Mädchens, das in mir erwacht war, als ich den Shadow Dragon traf. Die beiden Hälften meines Geistes vereinten sich ganz plötzlich vollständig, als ich den mörderischen Blicken von Prinzessin Minh und Prinz Cadeo begegnete.

»Wir sehen Eurer glorreichen Herrschaft mit Freude entgegen«, erklärte Minh trocken.

»Tatsächlich«, ergänzte Cadeo. »Möge sie frei sein von dem Unglück, das unserem vorigen Herrscher widerfahren ist.«
Ich lächelte kühl. Ich konnte eine Drohung erkennen, wenn ich sie hörte. Die Feindseligkeit war zwar unterschwellig, aber sie war da. Nun gut. Das Spiel konnte ich auch spielen.
»Oh ja. Vor solchen Missgeschicken sollten wir alle bewahrt bleiben.« Ich schenkte ihnen ein hoffentlich wohlwollendes Lächeln. »Aber wie es scheint, ist Samac viel von dem Kummer erspart geblieben, unter dem andere im Imperium zu leiden haben. Ein Königreich in Frieden und Wohlstand, Euer Vater, der König, ein gesunder alter Mann ... und natürlich die kultivierte Prinzessin und der talentierte Prinz.« Ich nickte ihnen zu, damit sie sicher sein konnten, dass ich von ihnen sprach. Sie lächelten mich unsicher an.
»Wirklich erstaunlich«, fuhr ich fort, »dass der König von Samac so gesegnet ist, gleich zwei so kompetente Erben zu haben. Ihr seid beide so aristokratische Erscheinungen, so stark, so ähnlich in Eurem edlen Verhalten ... Das Jahr Eurer Geburt war ein großes Jahr für das Desert Kingdom.« Ich lächelte zuckersüß.
Cadeo sah aus, als hätte ich ihn geohrfeigt, während Minh mehrmals den Mund auf- und zuklappte wie ein Fisch. Zähflüssig zerrannen die Sekunden, in denen wir uns gegenseitig feindselig anstarrten und das Misstrauen aus unseren falschen Gesichtern sprach.
Minh brach schließlich das Schweigen, kühner, als ich es erwartet hätte.
»Verzeiht, künftige Kaiserin, aber ich muss Euch korrigieren. Mein Bruder und ich wurden nicht im selben Jahr geboren.«
Was so viel heißen sollte wie: *Wir sind keine Zwillinge.*
»Prinz Cadeo und ich wurden im Abstand von einem Jahr geboren. Er ist natürlich der Ältere.« Sie neigte den Kopf vor ihrem Bruder. »Unsere liebe Mutter ist immer noch erstaunt über die Energie, mit der er auf die Welt kam.«

Was so viel bedeutete wie: *Unsere Mutter lebt noch. Wir haben sie nicht getötet. Wir sind nicht verflucht.*
»Ah«, sagte ich. »Bitte verzeiht. Mein Fehler.«
»Tatsächlich«, gab Minh zu und sah mich giftig an, konnte aber ein Aufblitzen von Furcht nicht ganz überspielen.
Mit einem Kopfzucken entließ ich die Zwillinge aus Samac ohne ein Abschiedswort. Das hatten sie gar nicht verdient. Mir persönlich war es egal, ob sie gespaltene Seelen hatten oder ob auf der Familie aus dem Desert Kingdom irgendein Fluch lag, aber wenn sie sich des Mordes und des Verrats am Imperium schuldig gemacht hatten, würden sie sicher den Fluch von Mizus Wut kennenlernen.
Ich spürte, wie mein Lächeln zurückkehrte, hart und messerscharf. Die Prinzessin und die Kriegerin in mir schienen heute Gemeinsamkeiten zu finden. Beide waren wütend. Beide waren rachsüchtig. Und sie vereinten ihre Waffen – Verstand und Schwert –, um eine neue Art Krieg zu führen. Einen Krieg, der dieser Welt von Subtilität und Geheimnissen angemessen war.
Als der Prinz und die Prinzessin die Halle verlassen hatten, blickte ich auf und sah in Prinz Enlais Gesicht. Er grinste. Sein Lächeln und das Glitzern in seinen Augen waren gänzlich unverhüllt, er grinste mich einfach an, voller Bewunderung und Freude. Unter meiner dicken Farbschicht wurde mir warm, und auf einmal war ich dankbar für das Make-up. Unwillkürlich betrachtete ich seine Lippen, um das Lächeln besser sehen zu können. Sie waren schmaler als die von Jao und das Rosa ein wenig blasser …
Ich riss meinen Blick los und sah ihm wieder in die Augen.
»Hallo, Prinz Enlai«, sagte ich.
»Prinzessin Noriko – *künftige Kaiserin* Noriko«, verbesserte er sich schnell. »Ich gehe davon aus, dass Eure Herrschaft von den Göttern gesegnet und von den Bürgern dieses großen Imperiums mit höchster Freude erwartet wird.« Er sah Cadeo und Minh nach, die gerade

aus der Tür gingen, neigte sich ein wenig näher zu mir und flüsterte: »Bis auf die beiden vielleicht.«
Das höfliche Lächeln auf meinem Gesicht wurde zu einem ebenso breiten Grinsen wie seines.

***

Schon am zweiten Tag meiner Prüfungen stellte sich eine Art Routine ein. Chizuko weckte mich und schrie mich an, dass ich mich waschen und anziehen sollte und ein gutes Frühstück brauchte und: *Bei der Göttin, Kind, du siehst heute Morgen ja schrecklich aus – bist du sicher, dass du diesen Test überleben wirst?*
Ich tat alles, was sie verlangte, wusch mich, zog mich an und aß schweigend, während ich mich bemühte, an nichts anderes zu denken als an den Fluss, um einen möglichst klaren und kühlen Kopf zu bewahren, wie das wirbelnde Wasser, das den Tempel der Kosuke umgab.
Dann beendete Hisakawa mein Frühstück, nahm mir meine Haferbreischüssel weg und befahl Chizuko, den Mund zu halten, damit wir durch den Gang zur nächsten Prüfung gehen konnten.
Am zweiten Tag nahmen wir nicht die enge, unterirdische Passage, sondern einen Zickzackweg durch das Innere des Palastes. Er war zwar menschenleer, wirkte aber nicht so gespenstisch. Entweder lag es daran, dass es nicht so klaustrophobisch eng war, oder daran, dass ich bereits den ersten Test bestanden hatte, aber heute hatte ich nicht so einen Knoten im Magen. Ich war zwar nicht wirklich zuversichtlich, aber innerlich ruhiger – gelassener als am Tag zuvor auf jeden Fall.
Heute kam die Prüfung des Desert Kingdom. Wenn ich meine Konzentration auch nur ein paar Augenblicke aufgab und mich nicht so stark auf den Fluss in meinem Kopf konzentrierte – dann spürte ich die Panik, die am Rand meines Bewusstseins lauerte. Ich dachte an

den giftigen Blick, den Prinzessin Minh mir zugeworfen hatte, und fragte mich, ob ich mir gestern nicht vielleicht geschadet hatte. Doch ich hatte weder Zeit noch Energie für solche Gedanken. Wenn sie auftauchten, wischte ich sie beiseite.

Am Ende des Ganges erreichten wir eine kleine, runde Tür, die wie ein Dienstboteneingang aussah. Zum zweiten Mal innerhalb von zwei Tagen öffnete Hisakawa eine Tür für mich, und ich trat ein.

Es war ein kleiner Raum, kleiner als der Festsaal, in dem wir gestern gegessen hatten, aber wie in diesem stand auch hier ein langer Tisch in der Mitte. Auf diesem Tisch standen lauter Schachteln. Winzige Schachteln, die ich in meiner Hand hätte verbergen können, riesige, perlmuttverzierte Schachteln, Schachteln aus Gold und Schachteln aus Papier, Schachteln aus schwarzem Obsidian und Schachteln aus halb durchsichtigem Glas. Zwischen all den Behältern konnte ich keinen Zentimeter des Tisches entdecken.

Die größte Schachtel, eine glänzende Stahlkiste mit Löchern und mit scharfen Kanten, bebte plötzlich. Ich hätte schwören können, dass etwas darin kicherte.

Wieder saßen die königlichen Erben und ihre Berater entfernt und schweigend als Zuschauer auf einem Balkon. Fast unwillkürlich suchte ich Minh und spürte, dass sie ein Lächeln unterdrücken musste. Ihr Make-up bestand aus einem rot-goldenen Balken, der quer über Gesicht und Nase verlief. Aus der Entfernung wirkte es, als habe sie dadurch geschlitzte, drachenartige Pupillen. Ich fragte mich, ob ich mir selbst einen Dolchstoß versetzt hatte, als ich sie geärgert hatte.

Prinz Cadeo erhob sich. Auch sein Gesicht war mit einem Balken verziert, aber blasser und weniger intensiv als bei seiner Schwester.

»Prinzessin Noriko«, begann er. Mir fiel auf, dass er die Anrede »künftige Kaiserin« vermied. »Die Schachteln vor Euch stehen für die Schönheit, Vielfalt und Gefährlichkeit unseres Heimatlandes. Sie bestehen aus Materialien, die im Desert Kingdom abgebaut oder hergestellt wurden, und enthalten Tiere, die in Samac leben.« Er hielt kurz inne und schenkte mir ein Lächeln, das all seine geraden, weißen Zähne zeigte. »Alle enthalten Kreaturen aus Samac, bis auf eine. In dieser befindet sich ein heiliges Symbol des Desert Kingdom. Wenn Ihr unsere Kaiserin seid, werden die Götter Euch zur richtigen Schachtel führen und Euer Recht, zu herrschen, damit bestätigen.«

Er blieb noch ein paar Sekunden stehen, bevor er sich wieder setzte. Ich spürte, dass er ein paar wichtige Dinge ausgelassen hatte. Zum einen, dass sich in diesen Schachteln keine Kätzchen und Vögelchen befanden, und zum anderen, dass er und Minh inständig hofften, dass die Götter mich nicht zur richtigen Schachtel führten. Sie erwarteten ein blutigeres Spektakel als das.

»Bösartige Bestien«, murmelte ich leise, doch ich verneigte mich mit einem schwachen Lächeln auf den Lippen vor Prinz Cadeo. Dann trat ich zum Tisch.

Meine Lippen und meine Kehle waren trocken; meine Hände zitterten. Mein Körper wand sich unkontrolliert. Ich holte tief Luft, schluckte … und schluckte noch einmal. *Für so etwas habe ich heute keine Zeit.*

Ich schickte ein kurzes, verzweifeltes Stoßgebet zu Kosuke. Es war davon auszugehen, dass sie da war, schließlich war die Sonne überall – aber es herrschte Schweigen, in dem nur der langsame Atem der Zuschauer auf dem Balkon zu hören war.

Dann war eben das Schweigen meine Antwort. Die langen Momente des Schweigens, in denen ich innehalten, durchatmen und die Angst aus meinem Körper verdrängen konnte. Durch meine Fingerspitzen und meine Zehen entließ ich sie und atmete sie aus wie Giftgas. Dann war ich wieder ich selbst.

Probehalber legte ich einen Finger auf die nächstbeste Schachtel – eine große, viereckige aus massivem Gold und mit einem rubinverzierten Deckel. Der Behälter zitterte, und der Deckel klapperte summend. Ich nahm die Hand weg und ging zum nächsten, einem aus rauchgrauem Glas mit silbernen Intarsien. Ich legte mein Ohr an die glatte, ebene Oberfläche. Da ich nichts darin hörte, fühlte oder sonst irgendwie wahrnahm, sah ich schnell zum Balkon auf, um in den Gesichtern der Zwillinge nach einem Anzeichen zu suchen. Vielleicht waren sie ja so dumm, die Schachtel mit ihrem Symbol anzusehen?

Doch sie sahen gar nicht zu mir oder zum Tisch, sondern unterhielten sich, nahmen von einem Diener einen neuen Kelch entgegen, und Minh kicherte leise über einen Witz, den Cadeo machte.

Jeder Tropfen meines Blutes gefror wie der Fluss im Winter. Sie erwarteten, dass ich bei diesem Test versagte, weil sie erwarteten, dass ich wie ein Politiker spielte. Sie erwarteten, dass ich höflich und vorsichtig war – daher blieb mir nichts anderes übrig, als das zu tun, was sie nicht erwarteten. Ich musste unhöflich sein. Schnell. Kühn.

Ohne den Blick vom Balkon zu wenden, nahm ich die graue Glaskiste und ließ sie fallen.

Ein giftgrüner Skorpion, länger als mein Unterarm, krabbelte heraus und auf mich zu, den Stachel angriffslustig erhoben, und klapperte mit den Greifern. Mit einer Grimasse wich ich ihm aus und trat ihn quer durch den Saal, dann stieß ich die goldene Kiste um, aus der eine schwarze Schlange auf den Tisch fiel, deren Klapper am Ende rasselte wie eine wütende Hornisse. Sie stellte sich auf und klappte eine Haube aus, die die gleiche scharlachrote Farbe hatte wie Minhs Make-up, und zischte mich an.

Ich rannte los, am Tisch entlang und kippte Kiste um Kiste aus und verteilte die giftigen, mit Zähnen und Klauen bewaffneten, mons-

trösen Untiere im Saal – hatten sie in Samac eigentlich nichts, was weich und hilflos war?
Als ich einer riesigen Spinne auswich, stieß ich gegen die größte Kiste, die, in der es vorhin gekichert hatte. Ich konnte ein Fauchen hören, der Deckel sprang auf, und ein Wirbelwind mit goldenem Pelz sprang mich an und schlug mir dolchscharfe Krallen in die Schultern. Egal, wie sehr ich schrie und schlug und an seinem Körper zerrte, das Tier ließ nicht von mir ab. Ich konnte ein katzenhaftes, spitzes Gesicht erkennen, rosa Augen, Fledermausflügel und einen Körper, der von einem löwenartigen Torso in ein schwarzes, reptilienartiges Hinterteil mit einem Schwanz überging. Mir verkrampfte sich vor Schreck der Magen. Eine Chimäre. Gute Göttin, sie hetzten eine Chimäre auf mich!
Es war nur eine junge Chimäre, fast noch ein Baby, aber sie war trotzdem wild – und giftig. Ich sah den Stachel an ihrem Schwanz, an dem ein Tropfen einer blassrosa Flüssigkeit hing, von der Farbe verdünnten Blutes.
Ich konzentrierte mich so auf den tödlichen Stachel der Chimäre und auf die Krallen und Zähne, die sich immer tiefer in meine Schulter gruben, dass ich gar nicht merkte, dass die schwarze Schlange sich zwischen meinen Beinen wand – nicht, bis ich ihren kalten Körper auf meinem Fuß spürte. Erstarrt sah ich auf das Reptil hinunter. Seine Nase schwebte neben meiner Wade, das Maul war weit aufgerissen, und es zog den Kopf vor und zurück. Adrenalin schoss mir durch die Adern, und ich sah zwischen den beiden giftigen Tieren hin und her. Langsam und vorsichtig streckte ich die Hand nach der Kiste aus, in der die Chimäre gesessen hatte. Ich packte den Deckel, dessen scharfe Kante mir in die Hand schnitt. Dann holte ich tief Luft und versuchte, den peitschenden Schwanz der Chimäre zu fassen zu bekommen. Schließlich erwischte ich ihn am Ansatz des Stachels. Mit einem kräftigen Ruck riss ich die Kral-

len und Zähne von meiner Schulter los und spürte, wie sie Haut und Fleisch mitrissen. Dann warf ich die Chimäre durch den Raum und spießte mit der anderen Hand mit einer Ecke des Metalldeckels die Schlange am Hals auf. Wie eine Nudel auf einer Gabel schleuderte ich sie herum und sah, wie sie durch den Raum flog und sich im Todeskampf wand, bevor sie an der gegenüberliegenden Wand aufschlug.

Erst als ich stehen blieb, merkte ich, wie schnell mein Herz schlug und wie schwer ich atmen musste, um genug Luft zu bekommen. Trotzdem blieb mein Kopf klar und ruhig. Ruhig wie der Fluss.

Ich sah nach rechts über die Schulter. Mitten auf dem Tisch stand eine schlichte Holzkiste, die mir noch gar nicht aufgefallen war. Mir war nicht klar, warum ich sie gerade jetzt bemerkte, aber plötzlich hatte ich das unbestimmte Gefühl, als ob jemand meinen Kopf in diese Richtung drehte und mir ins Ohr flüsterte. Der ganze Raum schien mit Sonnenlicht erfüllt.

Ich begann zu lächeln, griff nach der Kiste und nahm kaum noch wahr, wie die Chimäre in der Ecke knurrte und sich wand und wie die Skorpione um meine Füße herum raschelten.

Dann machte ich die Kiste auf.

Im Inneren lag eine kleine Figur aus Glas oder Kristall: ein schöner Mensch, weder Mann noch Frau, mit schulterlangem Haar und einem Zepter in der Hand. Zu seinen Füßen lagen ein Wüstenschakal und ein Wüstendrache. Die Augen bestanden aus Rubinen, und in der Mitte der Stirn prangte ein weiterer Rubin wie ein drittes Auge.

Ich nahm die Figur und wandte mich damit zum Balkon.

Alle waren aufgesprungen und hatten die Hände vor den Mund oder die Brust geschlagen. Niemand sagte ein Wort. Niemand atmete auch nur.

Ich stieg über die kriechenden Körper von Spinnen, Schlangen und

Skorpionen hinweg und ignorierte sie, wenn sie im Vorbeigehen zischten und nach mir schnappten. Stattdessen sah ich unverwandt Minh an, denn ich wollte sie wissen lassen, was ich mit giftigen Wesen tat. Ich wollte sie wissen lassen, was mit Monstern passierte, die sich mit meiner Prinzessin und meinem Königreich anlegten.

Schließlich warf ich die Figur Minh zu, die sie mit einer Hand fing. Ihre Augen waren so groß und rund wie Monde.

»Prinzessin Noriko«, erklärte Cadeo mit einer Stimme, so leer wie die Wüste selbst, »Ihr habt Euch den Respekt und die Treue von Samac verdient.«

Und dann knieten alle nieder.

Kapitel 13

Als ich aufwachte, war ich fest der Meinung, dass jemand meinen Arm und meine Schulter durch einen Klumpen rohen Fleisches ersetzt hatte. Nur kurz konnte ich mich aufsetzen, bevor mich ein Schmerz bis auf die Knochen durchzuckte und mich wieder in die Kissen zwang. Mit einer Grimasse drehte ich meinen Arm wie einen Windmühlenflügel, um die Muskeln trotz der Schmerzen zu bewegen, musste mich aber beherrschen, nicht aufzuschreien. Tränen traten mir in die Augen. Doch nach ein paar Minuten war ich einigermaßen aufgewärmt, setzte mich erneut auf, stieg aus dem Bett und zog mir langsam die schwarze Tunika und die Stiefel an.

Glücklicherweise standen nur Chou und Aiko vor meiner Tür, als ich sie aufmachte.

»Schlafen Chizuko und Hisakawa noch?«, fragte ich.

Sie nickten.

»Gut. Dann gehe ich raus, trainieren. Ich bin wieder da, bevor sie aufwachen.«

»Nein«, erwiderten Chou und Aiko wie aus einem Mund.

»Sei nicht albern«, warnte Aiko. »Wo dich Minister Hisakawa doch schon beim letzten Mal erwischt hat.«

»Ehrlich, Kai«, meinte Chou. »Ich kann ja verstehen, dass du es genießt, die Macht in diesem Prinzessinnenspiel zu haben, aber du

darfst nicht so große Risiken eingehen. Du weißt schon, dass du nicht Prinzessin Noriko bist, oder? Dass du nicht einfach tun und lassen kannst, was du willst, ohne dass es Konsequenzen hat?«
Sie klang ungläubig, vielleicht sogar ein wenig verärgert. Ich antwortete ihr nicht laut, nur im Geiste schrie ich: *Ja, genau das glaube ich!* Hisakawa würde mich nicht aufhalten. Ich hatte gemerkt, wie er mich angesehen hatte, als ich die Vase zerschlagen hatte. Seitdem war er nur noch auf Zehenspitzen um mich herumgeschlichen. Er wusste nicht, was er mit mir machen sollte.
Und Chizuko … na ja. Chizuko bellte nur viel, biss aber nicht. Auch sie würde mir nicht im Weg stehen.
»Ja«, antwortete ich leise. »Ich weiß, dass ich nicht tun kann, was ich will.«
Aber das lag nicht daran, dass meine eigenen Höflinge und Berater es mir verboten, sondern weil irgendwo in diesem Imperium ein Mörder frei herumlief. Es hatte eine Verschwörung gegeben, den Kaiser zu ermorden – und jetzt gab es eine Verschwörung, die künftige Kaiserin zu stürzen. Noriko. Mich.
Ohne mein Risiko – ohne mich, die ich die Konsequenzen missachtete – würden wir hier nicht entkommen. Ich wusste das – und Hisakawa wusste das auch. Und wenn ich Aikos Gesichtsausdruck richtig deutete, wusste auch sie es. Aber es gefiel ihr nicht.
»Chou«, sagte ich, »ich habe nur das Gefühl, dass ich ein kleines bisschen trainieren muss.« Meine Stimme klang unnatürlich rau. In meinem Kopf hatte es dumpf zu pochen begonnen, im Takt mit meinem Herzschlag. »Die Heiler sagen, dass ich das Gift der Chimäre aus meinen Muskeln herausarbeiten muss.«
»Es tut mir leid, Kai«, entgegnete Aiko tonlos. »Aber du solltest hier in deinen Gemächern trainieren. Mach Liegestütze, Schwertübungen, was immer du willst – solange du keine Vasen mehr zerbrichst. Aber du darfst nicht rausgehen.«

Ich runzelte die Stirn. Mein Missmut wuchs. Sie verstanden mich nicht. Ich *musste* arbeiten. Ich musste mich bewegen. Ich musste dieses Gift loswerden …

Und ich musste Jao wiedersehen. Ich musste ihn von der unglaublichen Prinzessin Noriko und ihren erstaunlichen Fähigkeiten reden hören. Ich musste die Verwunderung und Bewunderung in seinem Gesicht sehen. Ich wollte, ich musste mich in diesem Licht sonnen, wenn ich die nächsten beiden Prüfungen überstehen wollte.

Doch Aiko war wild entschlossen und hatte wie Chou die Arme vor der Brust verschränkt, was mir zeigte, dass ich nirgendwo hingehen würde. Hisakawa konnte mich zwar nicht mehr einschüchtern, und er konnte mir auch bestimmt nicht mehr sagen, was ich zu tun hatte. Aber bei meinen Schwestern lag die Sache völlig anders.

»Na gut«, gab ich nach, musste mich aber bemühen, nicht zu knurren. »Dann gehe ich eben nicht.«

»Gute Entscheidung«, meinte Chou schnippisch. »Außerdem glaube ich, dass Hisakawa früher kommen wird, als du glaubst. Das River Kingdom beginnt früher mit seinem Test als die anderen.«

Erschrocken fragte ich: »Früher? Warum das denn?«

Chou schüttelte den Kopf: »Ich nehme an, weil die Schamanen von Mizu es gewohnt sind, ihren Tee um die Mittagszeit zu nehmen. Und das werden sie sicher nicht verschieben, nur weil etwas so Lächerliches wie die Prüfung einer künftigen Kaiserin ansteht.«

Ich zog die Augenbrauen hoch, weil sie so sarkastisch klang.

»Es ist das River Kingdom, Kai«, meinte Aiko sanft. »Sie werden nicht versuchen, dich zu verletzen. Dein Test heute wird rein zeremoniell und nichts Gefährliches. Keine Schlangen oder Chimären.« Sie lächelte mich an.

Ich schnaufte und nickte.

Aiko lächelte mich nervös an und verneigte sich auf eine Art, die mir mehr als nur ein wenig sarkastisch vorkam.

»Wir werden draußen warten, künftige Kaiserin, bis Ihr bereit seid für Eure nächste Prüfung.«
Damit gingen sie hinaus und schlossen die Türen hinter sich. Ich hörte ihre leisen, nervösen Stimmen, als sie ihren Wachposten vor meiner Tür bezogen.
Trotz Aikos Warnung hatte ich den unwiderstehlichen Drang, eine weitere Vase zu zerschmettern.

***

Zum dritten Mal brachte mich Minister Hisakawa von meinem Zimmer durch einen weiteren Gang, den ich noch nie gesehen hatte. Dieses Mal hatte ich nicht die Gelegenheit, etwas von meinen Kleidern abzuschneiden, denn die Kammermädchen zogen mich schnell an, bevor ich etwas an den Sachen ändern konnte. Die meterlange, schwere Seide hing wie Blei auf meinem Rücken, doch ich folgte dem Minister hocherhobenen Hauptes durch den langen Gang. Mein Make-up fühlte sich an wie Kleister und ließ mein Gesicht zu einer Maske erstarren, und die hochhackigen Schuhe zwickten mich in die Füße, aber ich konzentrierte mich auf die unbekannte Aufgabe, die vor mir lag. Mittlerweile fiel es mir leicht, mich in eine innere Ruhe zu versetzen, die Welt um mich herum auszublenden, damit ich innehalten, durchatmen und ruhig werden konnte. *Merkwürdig*, dachte ich. Sonst war es immer Aiko gewesen, die sich bei der Meditation ausgezeichnet hatte. Sie hatte mich gelehrt, wie man es macht. Aber hier, inmitten des Chaos und der Unsicherheit, fiel es mir plötzlich ganz leicht. Ich fragte mich, warum? Ich fragte mich, ob manche Menschen erst ruhig werden konnten, wenn die Welt um sie herum vollkommen instabil wurde?
Durch den Gang gelangten wir nach draußen, an das Ende des Geländes innerhalb der Palastmauern. Ich erkannte die Stelle. Wenn

wir von hier aus dem kleinen, gepflasterten Pfad nach Westen folgten, würden wir im Hort des Shadow Dragon landen. Doch stattdessen wandten wir uns nach Osten, an der Mauer entlang, bis wir zu vier kleinen Tempeln gelangten, von denen jeder ein anderes Wappen trug. Ein Fisch für Mizu, ein Adler für Shi, ein Schakal für Samac und der Hirsch für Namu.

An Aikos und Chous Reaktion erkannte ich, dass sie den Ort ebenfalls erkannten. Natürlich waren sie schon hier gewesen. Jede Onna-Bugeisha kam am Ende ihrer Schicht zum Tempel, um sich zu reinigen, bevor sie zum Schlafen in die Baracken zurückkehrte. Es wurde von den Kriegerinnen der Kosuke erwartet, dass sie täglich ihrer Göttin und den Schutzpatronen des River Kingdom huldigten, daher waren Aiko und Chou natürlich hier gewesen.

Hisakawa führte uns zum Tor des Mizu-Tempels. Der Zaun war mit Blumen, Ranken und Wasserpflanzen geschmückt, und am Fuß der schmiedeeisernen Stäbe saßen Votivfiguren. Ich sah nach unten. Genau vor mir stand ein kleiner Schrein von Kota, dem Flussgott, dargestellt als Mann mit Haaren und Bart aus fließendem Wasser, der den Fischern Glück brachte.

Mit Schuldgefühlen sah ich von dem Schrein zum Wappen von Mizu an der Tür. In der ganzen Zeit, die ich in der Kaiserstadt verbracht hatte, war ich nicht ein Mal im Tempel gewesen. Kosuke hatte mich bis hierher gebracht – wahrscheinlich hatte sie mir gestern das Leben gerettet –, und ich war nicht ein Mal gekommen, um mich zu bedanken.

»Künftige Kaiserin«, sagte Hisakawa, der das Tor aufhielt und sich tief verneigte, »nach Euch.«

Ich atmete durch, ging an ihm vorbei und versuchte, beim Betreten des Tempels das Schamgefühl zu unterdrücken. Doch sobald ich drinnen war, verschwand es vollkommen, weil mich so starke Gefühle zu überwältigen drohten, dass mir die Tränen kamen.

Ich stand vor drei großen Statuen, die die wichtigsten Gottheiten von Mizu darstellten: Kosuke, Kota und Jirou, der Sohn des Flussgottes. Vor ihnen schwebte ein blasser, milchiger Glastropfen in der Luft, der größer war als mein Kopf. Im Tempel roch es moosig und feucht, das Klima war vollkommen anders als der trockene Wind, der durch die Stadt fegte. Erst nach einem Moment erkannte ich, warum das so war. Von den Füßen der Statuen aus flossen drei Quellen über die Pflastersteine des Tempelbodens auf mich zu und streckten ihre Wassertentakel nach mir aus. Und auf dem Boden wuchsen Wassergrasbüschel, als bestünde er aus schwarzer Flusserde.

Plötzlich sprang ein großer Fisch von den Steinen hoch, sodass ich zurücksprang und beinahe aufgeschrien hätte. Er war golden und glänzend und zappelte einen Moment lang in der Luft, bevor er wieder in den Steinen verschwand. Überrascht lachte ich leise auf. Es war ein magischer Trick. Mizu-Magie.

Sie hatten den ganzen Tempel in ein kleines Stück Fluss verwandelt.

Tränen strömten mir über die Wangen. Hier wollte ich nie wieder fort. Es spielte keine Rolle mehr, was bei der Prüfung passierte, solange ich danach nicht von hier wegmusste. Ich war fast zu Hause. Dieser Tempel kam meiner Heimat so nahe, wie ich ihr – so kam es mir vor – seit Jahren nicht mehr gewesen war.

Plötzlich fiel mir ein Geräusch auf, das wie das leise Gluckern des Flusses klang. Erst einen Moment später merkte ich, dass ich das war. Ich lachte.

Hisakawa sah mich mit einem gequälten Lächeln und glänzenden Augen an. Wahrscheinlich verstand er mich in diesem Augenblick besser als zuvor.

»Das Orakelglas, künftige Kaiserin«, sagte er und deutete auf die schwebende Glasträne. »Das ist die Prüfung.«

Nachdenklich sah ich das Glas an. Abgesehen von der offensichtlichen Magie, die es über meinem Kopf schweben ließ, schien es ganz normal – aber vielleicht auch nicht. Nachdem ich es lange genug angesehen hatte, bemerkte ich, wie hinter der glatten Oberfläche Formen und Lichter aufblitzten.

»Was soll ich tun?«, fragte ich.

»Seht in das Glas und kommuniziert mit den Göttern«, verlangte Hisakawa einfach.

Ich blinzelte ihn an und versuchte, nicht zu lachen. Im Vergleich zu der Chimäre klang das so einfach – und es war so leicht, zu betrügen.

»Wie lange?«

»So lange es dauert.«

»Und woher wisst Ihr, dass ich nicht lüge, wenn ich sage, was die Götter gesagt haben?«

Hisakawa sah mich so scharf an wie ein Falke, und ich fragte mich plötzlich, ob er mir in den letzten Tagen wirklich aus dem Weg gegangen war oder ob er mich nur aus der Ferne beobachtet hatte. Bei diesem Gedanken verknotete sich mir unwillkürlich der Magen – als hätte er auch die verräterischen Gedanken bemerkt, die mir immer wieder durch den Kopf gingen.

»Ich werde es wissen«, sagte er nur.

Woher?, wollte ich schreien. *Woher wirst du es wissen? Wie kann ich sicher sein, dass du auf meiner Seite bist?*

Andererseits, welche war denn meine Seite? Wenn Hisakawa mich verriet, wäre die ganze Maskerade vorbei. Aber ich musste herausfinden, was für ein Schicksal mich dann erwartete.

Ich schluckte schwer und nickte.

Hisakawa und meine Onna-Bugeisha verneigten sich erneut und verließen den Tempel. Das war bislang der seltsamste, unzeremoniellste Beginn einer Prüfung. Dennoch war es mir fast egal, denn

ich sprudelte immer noch fast über vor Freude über das Gefühl des Zuhauseseins, das mir dieser Ort vermittelte.
Ich ging auf den Tropfen zu und hätte einerseits am liebsten ein wenig gelacht, andererseits hatte ich deswegen Schuldgefühle. Konnte ich einfach nur so tun als ob? Konnte ich einfach nur hier sitzen bleiben und den Duft des Flussgrases und des kühlen Wassers einatmen und in einer Stunde oder zweien einfach behaupten, dass die Götter mit mir gesprochen hatten? Ich hatte das Gefühl, dass es ausreichte, sich in ihrer Gegenwart zu befinden. Warum war ich nicht früher hierhergekommen? Warum hatte ich von Hisakawa und Chizuko nicht verlangt, dass ich hier meine Andacht verrichten durfte? Ich hatte es nötiger gebraucht, als mir bewusst gewesen war.
Ich starrte in das Glas direkt vor meinen Augen. Es war wirklich schön. Ich konnte keine Ränder und Nähte sehen, die vom Herstellungsprozess zeugten. Das obere Ende lief so spitz zu, dass man damit jemanden verletzen konnte. In seiner Oberfläche spiegelte sich nicht die Umgebung, sondern im Inneren blitzte ein buntes Feuer.
Ich fragte mich, was für ein Zauber den Tropfen so in der Luft schweben ließ und welcher Magier das wohl getan hatte. Die Hohepriester? Nein. Die blieben im Palast, um sich um wichtige kaiserliche Zauberei zu kümmern – sie würden sich wahrscheinlich nicht mit etwas so Trivialem für ein so kleines Königreich abgeben. Außerdem war die Magie in diesem Tempel so leicht, so eindeutig Mizu. Sie musste von den Schamanen des Tempels stammen … den Schamanen, die jetzt mit Hisakawa zusammen draußen standen und darauf warteten, dass ich mit den Göttern kommunizierte.
Seufzend schloss ich einen Moment die Augen und versuchte, die Ablenkungen auszublenden. Es war leicht, leichter als je zuvor. Die Stille, die Dunkelheit und der Geruch des Flusses durchdrangen

mich und verschluckten mich. Mein Geist und mein Herz sanken unter die Stromschnellen, tiefer und tiefer, bis ich nichts mehr wusste, bis ich nichts mehr *war* und nur noch die Luft auf meiner Haut und die leere Kälte in mir spürte.

Benommen, verträumt machte ich die Augen auf. Mein Körper schien ganz weit weg zu sein. Die Glasträne schwebte vor mir wie ein blasses, stummes Gesicht, das mich ansah.

Im Herzen des Glases stiegen wolkige Farben auf wie Magma, die sich zu Formen ballten, von denen ich den Blick nicht lösen konnte.

Ich sah den Turm des Kosuke-Tempels als Silhouette vor dem östlichen Himmel. Das schwache Morgenlicht hatte die Wolken gerade erst rosa angehaucht, während der Fluss und die Tempelinsel noch im Dunkeln lagen. Eine verschleierte und in schwere Seide gekleidete Gestalt huschte auf den Tempel zu. Im Arm hielt sie etwas von der Größe eines Brotlaibes, das fest in Decken gewickelt war. Die gesichtslose Frau bewegte sich so, als würde sie etwas verheimlichen. Ihr Körper war über das Bündel geneigt, und sie wandte den Kopf hin und her, um nach möglichen Verfolgern Ausschau zu halten. Dann überquerte sie die Brücke zu der kleinen Insel, legte das Bündel vor der Tempeltür ab und verschwand wieder in der Dunkelheit.

Unwillkürlich neigte ich mich vor, um das Bündel genauer zu untersuchen, ohne zu bedenken, dass es nur ein Bild war, und presste das Gesicht ans Glas.

Das Bündel begann zu heulen, und mir stockte der Atem. *Ein Baby.* Ein kleines Mädchen, das der Sonnengöttin übergeben worden war.

Das Baby weinte lauter, und ich sah winzige Fäustchen fliegen, sah, wie das Bündel hin und her schaukelte, als sich das Kind in den Decken wand.

Aber das macht doch keinen Sinn. Die Mutter der Waise war in die reichen Gewänder des Adels oder einer reichen Kauffrau gekleidet. Sie war keine verwitwete Bäuerin, die es sich nicht leisten konnte, noch ein Kind durchzufüttern. Unsere Tempelmütter hatten uns immer das gleiche Bild von den Frauen gezeigt, die uns auf Kosukes Schwelle ablegten. Diese Mütter waren kaum mehr als Tiere gewesen – gleichgültig, ungebildet, arm, gebrochen. Doch die Frau in dieser Vision passte nicht in dieses Bild.

Das Baby erhob sein dünnes Stimmchen zu verzweifeltem Heulen. Instinktiv war mir klar, dass es Hunger hatte, fror und seine Mutter brauchte. Es brach mir fast das Herz. Ich versuchte wegzusehen, um den Schmerz nicht zu fühlen, den der Klang der Stimme in mir wachrief, aber etwas hielt mein Gesicht mit eisigen Fingern am Glas fest und zwang mich, hinzusehen. Ich keuchte und wehrte mich gegen den merkwürdigen Druck, konnte mich aber nicht befreien.

Eine Stimme, so dunkel wie Samt, ohne dessen Wärme, erklang an meinem Ohr. Vielleicht war es auch nicht mein Ohr, vielleicht war es in meinem Kopf. Auf jeden Fall spürte ich die Worte bis in den letzten meiner Rückenwirbel.

»*Hier wurde die Wahl getroffen*«, schnurrte die Stimme.

Wieder versuchte ich, das Gesicht abzuwenden, und wieder spürte ich, wie die dunkle Macht im Glas mich zwang, meinen Blick auf das Bild zu richten.

»Was für eine Wahl?«, stieß ich hervor. »Was soll das heißen? War das … war das meine Mutter? War *ich* das?«

Doch ich bekam keine Antwort. Langsam versank das Bild in der Dunkelheit, während ich stehen blieb, gefangen von der Macht des Orakelglases. Dann, sobald es darin schwarz geworden war, ließ es mich frei. Ich taumelte zurück, stolperte über einen Flecken mit Seegras und stürzte. Das Wasser aus der Quelle durchnässte den hinteren Teil meines Kleides und meine Unterkleider, aber ich achtete gar nicht darauf, weil es mich am ganzen Körper kribbelte.

Was war das? War das ein Gott gewesen, diese Stimme in meinem Kopf? Welcher Gott klang wie die Nacht und fühlte sich an wie ein Blitzschlag in meinen Adern?

Ich stand auf und stellte fest, dass ich am ganzen Körper zitterte. Schwer schluckend sah ich noch einmal in das Orakelglas. Aber es zeigte nur das blasse Leuchten wie bei meinem Eintreten in den Tempel. Hinter der glatten Oberfläche der Träne waren keine Lichter, Formen oder Farben zu sehen.

Ich wrang so viel Wasser wie möglich aus meinen Röcken und ging zur Tür. Blinzelnd trat ich in das plötzlich zu helle Sonnenlicht. Es war Nachmittag, die Sonne stand heiß und hoch am Himmel. Ich war stundenlang im Tempel gewesen.

Hisakawa und Chizuko erwarteten mich mit meiner kleinen Gesellschaft von Onna-Bugeisha. Aus irgendeinem Grund wirkte Minister Hisakawa weitaus besorgter als nach den ersten Prüfungen.

Ich räusperte mich und sah lieber auf meine Hände als in Hisakawas Gesicht. Sie zitterten und kribbelten immer noch. Ich fürchtete mich, den Blick davon abzuwenden, aus Angst, sie könnten plötzlich in Flammen aufgehen.

»Ich habe mit den Göttern Zwiesprache gehalten«, verkündete ich. Meine Stimme klang mir seltsam in den Ohren, so dunkel und kalt wie die Stimme aus dem Tempel.

Hisakawa nickte und musterte mich von oben bis unten, als suche er mich nach etwas Gestohlenem ab. Er wirkte nervös und unsicher, und einen Augenblick lang fragte ich mich, ob er sagen würde: *Nein, ich glaube dir nicht, du hast die Prüfung nicht bestanden.* Die Möglichkeit ließ eine ungeahnte Wut in mir aufwallen. *Das würde er nicht wagen, er würde es nicht wagen, mir das zu nehmen! Ich bin dafür bestimmt, ich bin die künftige Kaiserin, ich werde herrschen, der Shadow Dragon hat mich gewählt!*

Doch noch bevor ich wusste, was ich mit dieser Wut anfangen sollte, sagte Minister Hisakawa leise: »Im Namen des Königs und der Königin von Mizu akzeptiere ich Euch als unsere Kaiserin.«

Dann knieten alle nieder – alle, sogar meine Schwestern, die sonst vor niemandem außer der königlichen Familie und den Hohepriestern knieten.

Und bevor ich es verhindern konnte, bevor ich das verrückte, verräterische Wort zurückhalten konnte, zischte ich leise: »Gut!«

***

Wieder nahm der Hof des River Kingdom sein Abendessen in den Räumen der Prinzessin ein, weit weg vom Tratsch des Festsaales. Aber ich aß in Norikos Schlafzimmer, sogar von meinen Wachen getrennt. Ich wollte nicht, dass sie sahen, wie ich wie verrückt auf und ab lief, kaum von meinem Essen kostete, kaum atmete, kaum noch *menschlich* war.

Mein Inneres stand noch immer in Flammen. In mir brodelte ein Vulkan, aber als ich alle Gedanken ausschaltete und in mich selbst hineinsah, war es dort dunkel und kalt und fremdartig wie die Stimme aus dem Orakelglas.

Als ich meine innere Stimme zu Wort kommen ließ, war sie die der Verräterin – ohne Bedauern und ohne Angst, rachsüchtig wie ein gefangenes Tier.

Ich habe drei von vier Prüfungen bestanden!, jubelte sie. *Ich bin die rechtmäßige Herrscherin! Noriko darf nicht auf den Thron, und wenn sie versucht, ihn mir wegzunehmen, werde ich ihr alle Haare ausreißen – ich werde ihr alle Glieder ausrenken – ich werde dafür sorgen, dass sie es bereut, mir meine Macht abzusprechen …*

Ich dachte daran, dass ich einmal Angst um das kleine Mädchen in mir gehabt hatte – das, das weglaufen wollte und das Angst davor hatte, eine Onna-Bugeisha zu sein, weil es nicht sein ganzes Leben aufgeben wollte. Aber die neue Stimme wollte nicht mehr weglaufen, und Angst hatte sie auch nicht. Sie wusste, was man ihr schuldete, und sie würde nicht ruhen, bevor sie es bekam.

Es war schwer, gegen diese Stimme anzukämpfen. Das Feuer in meinen Adern fühlte sich gut an.

Ich presste die Augenlider zusammen und bemühte mich, tief Luft zu holen.

Nein. Nein! Nichts schuldet man mir! Nichts als mein Bett im Tempel und das Schwert in meiner Hand und die Schwesternschaft der Mädchen, die dort neben mir schliefen. Ich war Norikos starker Schwertarm. Ich war eine Onna-Bugeisha. Ich würde erst aufhören, eine Onna-Bugeisha zu sein, wenn ich starb.

Oder, flüsterte die Verräterin, *wenn die Onna-Bugeisha Kaiserin wird.*

Die Tür ging auf, und Aiko trat herein. Sie verneigte sich und sah zu Boden.

»Darf ich sprechen, künftige Kaiserin?«

Die Verräterin in mir schnurrte zufrieden, doch Kai fuhr auf: »Natürlich, Aiko. Lass das bitte!«

Aiko sah auf und verschränkte die Hände vor der Brust.

»Geht es Euch gut, Prinzessin?«

»Lass das!«, wiederholte ich. Aber sie entspannte sich nicht, lächelte nicht und hörte nicht auf, mich anzusehen, als sei ich eine Vorgesetzte und nicht ihre Schwester. Ihr Blick schickte einen dumpfen Schmerz durch mein Herz.

»Mir geht es gut«, behauptete ich. »Ich bin nur …« Ich suchte nach Worten, um ihr meinen Zustand zu erklären, aber alles klang albern, bis auf das endlose Mantra der Verräterin: *Ich bin die rechtmäßige Herrscherin, ich bin die rechtmäßige Herrscherin, ich bin die*

rechtmäßige Herrscherin. »Der Tempel … Irgendetwas ist da heute geschehen. Ich weiß nicht genau, was, aber ich … ich fühle mich irgendwie anders.«
Aiko sah misstrauisch und verwundert aus, und sie wirkte äußerst angespannt.
»Habt Ihr mit den Göttern kommuniziert? Wie Ihr gesagt habt?«
Ich schluckte schwer und dachte an das Ereignis zurück. Die Fremde mit dem Baby am Hügel … die herzzerreißenden Schreie des Kindes, als die Mutter es auf der Schwelle zurückließ … und die Stimme in meinem Kopf. Die dunkle, fremdartige, kalte Stimme, die mich irgendwie übernommen hatte und sich in meinem Blut eingenistet hatte.
»Ich habe mit … irgendetwas kommuniziert. Vielleicht ein Gott. Vielleicht war es aber auch nur meine Einbildung. Ich weiß es nicht. Ich … ich … habe das Gefühl, als würde ich verrückt werden.«
Ganz plötzlich brach das Geständnis aus mir hervor. Meine Wangen brannten, während mich Aiko immer noch mit einer Art distanzierter Besorgnis betrachtete.
»Mir kommt Ihr nicht verrückt vor«, meinte sie und schürzte die Lippen, die Hände immer noch vor dem Körper gefaltet. »Aber … Ihr scheint irgendwie verändert.«
Mein Herz machte einen Sprung. Wenn Aiko es bemerkt hatte, dann war ich vielleicht nicht verrückt. Vielleicht konnte sie mir helfen, und gemeinsam konnten wir das Rätsel um die mysteriöse Stimme im Orakelglas und das widersprüchliche Verlangen in mir lösen.
»Ich glaube, Ihr habt zu wenig geschlafen«, erklärte Aiko brüsk. »Prinzessin, ich rate Euch, Euch sofort zurückzuziehen. Die vierte Prüfung wird sehr früh beginnen, und wenn Ihr sie gut bestehen wollt, werdet Ihr die Ruhe brauchen.«
Wieder verneigte sie sich und verließ mein Zimmer.

Ich ließ mich aufs Bett sinken und fühlte heiße Tränen in meinen Augen, während ich die Hände im Schoß ballte.
Noch nie hatte ich mich so einsam gefühlt.

***

Ich hatte gar nicht vorgehabt, einzuschlafen. Eigentlich hatte ich beabsichtigt, die ganze Nacht wach zu bleiben, auf und ab zu laufen, zu heulen, zu schreien und mit den Stimmen zu streiten. Aber als die Glocke auf dem Platz in der Stadt Mitternacht schlug, hatte ich den Kampf verloren und versank in düsteren Träumen.
Kai, die Verräterin, hatte den Thron bestiegen. Das gesamte Imperium kniete vor mir nieder, und mein Grinsen glich mehr dem von Minh als meinem eigenen. Als ich aufstand, um mein Zepter über die geneigten Häupter zu erheben, sah ich, wie vor mir mein Schatten aufstieg, sich ausbreitete wie schwarze Tinte, bis er schließlich den gesamten Thronsaal einnahm. Es war nicht der Schatten eines Mädchens, er gehörte etwas, was älter und mächtiger war, als ich es je sein konnte. Aber hier, an diesem Ort, kam ich mir selbst älter und mächtiger und übergroß vor, und irgendwie schien mir der falsche Schatten zu passen, daher hinterfragte ich die Form der Silhouette nicht.
Schweißgebadet schrak ich hoch. Zuerst glaubte ich, dass ich so schwitzte, weil mir der Traum noch so schwer auf der Brust lastete. Doch dann bemerkte ich das orangefarbene Licht, das an der Decke tanzte, und scharfer Brandgeruch stieg mir in die Nase und ließ mich husten und niesen. Ich warf die Decken von mir und sprang aus dem Bett.
Das Zimmer stand in Flammen.
Wild starrte ich in das Feuer, das sich die Wände hinauf- und in die schweren Möbel fraß. Mein Herz begann heftig zu hämmern, doch mein Kopf arbeitete klar genug, um ein paar Feststellungen zu treffen. Erstens: Das Feuer hatte bei den Vorhängen angefangen. Zwei-

tens: Die Fenster klemmten und ließen sich nicht öffnen. Drittens: Jemand musste in mein Zimmer gekommen sein und dieses Feuer gelegt haben. Ich hatte keine brennenden Kerzen stehen lassen, und es gab keinen Kamin. Viertens: In diesen Räumen schliefen noch andere Gesandte aus dem River Kingdom, die keine Ahnung hatten, in welcher Gefahr wir uns alle befanden.

Ich rannte zur Tür, verbrannte mir aber die Hand an dem eisernen Griff. Ich schrie auf, weil es mir die Handfläche versengte, riss die Tür aber dennoch auf.

Draußen saßen Aiko und Chou zusammengesunken auf dem Boden. Ihre Köpfe hingen zur Seite, und ihre Münder standen offen.

»Warum schlaft ihr?«, schrie ich, hockte mich neben sie, schüttelte sie heftig an den Schultern und schlug ihnen ins Gesicht. »Wacht auf, ihr Dummköpfe! Ihr seid nachlässig! Ihr bringt unser Leben in Gefahr! WACHT AUF!«

Es dauerte eine lange, schreckliche Minute, bis sie sich rührten. Ich versetzte Chou zur Sicherheit noch einen Schlag und eilte dann zu Hisakawas Schlafgemach. Geistesgegenwärtig wickelte ich mir das Ende des Nachtgewandes um die Hand, bevor ich die Tür aufriss.

Das Feuer hatte dieses Zimmer noch nicht erreicht, aber dichter Rauch breitete sich aus, und es war heiß wie im Mittelpunkt der Erde. Sofort musste ich husten und rang zusammengekrümmt nach Luft. Ich wedelte mit der Hand durch die grauen Schwaden, um etwas sehen zu können, und bahnte mir einen Weg durch den Qualm. Jeden Atemzug musste ich mir erkämpfen. Hitze und Rauch brannten in meiner Lunge, aber ich kämpfte mich weiter vor, bis ich Hisakawa fand.

Der Minister lag bewusstlos auf dem Bett, alle Glieder von sich gestreckt. Sein Atem ging schwach und rasselnd, sein Mund war schlaff. Ich hockte mich keuchend neben seine Matte und hievte mir seinen Körper über die gesunde Schulter. Sein totes Gewicht war schwer wie ein Sack Steine, sodass ich glaubte, mein Rücken würde unter der Last brechen. Mit ihm zusammen taumelte ich zur Tür zurück und musste gegen die Schwärze anblinzeln, die mir die Sicht zu rauben drohte.

Plötzlich wurde Hisakawa leichter. Durch den Rauch erkannte ich Aiko, die mir mit dem Minister half. Vor mir erkannte ich Chou, die Chizuko aus ihrem Zimmer zerrte. Ihre Dienerin taumelte hinter ihnen her.

Jetzt waren alle aus dem River Kingdom wach. Kaiserliche Wachen, mit schweren Decken beladen, rannten durch die Rauchschwaden. Mit rußverschmierten Gesichtern erstickten sie das Feuer mit nasser Wolle, und irgendwann roch es mehr nach verbranntem Haar als nach dem scharfen Rauch.

Endlich war das Feuer unter Kontrolle, und wir standen alle keuchend im Wohnzimmer und rangen nach Atem.

Nur Chizuko schien genug Sauerstoff zu finden, um die kaiserlichen Wachen anzuschreien und ihrer Angst so gut wie möglich Luft zu machen.

»Was ist das denn hier für eine Todesfalle? Ihr habt der Prinzessin – eurer künftigen Kaiserin sogar – eine Suite gegeben, in der die Vorhänge einfach zu brennen anfangen! *Ich will mit euren Vorgesetzten sprechen!* Wisst ihr eigentlich, wie das aussieht? Es ist, als ob jemand von euch, vielleicht auch von euren Vorgesetzten, versucht hat, noch einen Herrscher zu ermorden! Wenn ihr also nicht morgen früh gehängt werden wollt, *dann sucht uns gefälligst eine andere Suite!*«

Die Wachen sahen sie betroffen an und waren in weniger als zwei Sekunden aus dem Zimmer geflüchtet, aber nicht, ohne sich verneigt, um Verzeihung gebeten und versprochen zu haben, dass sie uns in wenigen Minuten ein anderes Zimmer geben würden. Ich fragte mich, ob die armen Kerle wussten, dass das eigentlich nicht ihre Aufgabe war. Aber das, fiel mir plötzlich auf, war der Grund, aus dem man Chizuko zur Hofdame der Prinzessin gemacht hatte. Wenn Noriko in Bedrängnis geriet, konnte Chizuko an ihrer Stelle herrisch werden. Wenn sich niemand anderes fand, der die Bauerntölpel schalt, konnte Chizuko tagelang mit Beleidigungen um sich werfen. Dazu musste sie nicht erst groß nachdenken, so etwas hatte sie stets parat. Plötzlich empfand ich einen merkwürdigen Respekt vor der Hofdame, über den ich selbst lachen musste. Jemand sollte ihr eine Krone geben und sie ein paar Tage lang über das Imperium herrschen lassen. Ich könnte mir vorstellen, dass man damit mehr Fortschritte erzielen würde als in hundert Jahren zuvor.

Dann wirbelte Chizuko zu mir herum, mit einem Gesichtsausdruck, den ich an ihr noch nie bemerkt hatte. Abrupt erkannte ich ihn: Es war Sorge.

»Geht es Euch gut, Herrin?«, fragte sie.

Herrin? Das war auch neu.

Ich nickte. Meine Kehle fühlte sich vom Rauch immer noch an wie Sandpapier.

»Ja. Ich vergesse es nur immer wieder.«

»Was?«

Ich sah Aiko an, die schweigend an meiner Seite stand. Am Zucken ihrer Unterlippe merkte ich, dass sie sich selbst schalt, weil sie geschlafen hatte. Ich versuchte, ihr durch meine Blicke zu sagen, dass ich ihr verzieh. Ich wünschte, ich könnte ihr mehr sagen, ihr erzählen, dass es kein natürlicher Schlaf gewesen sein konnte. Aiko hatte früher drei Tage lang Wache gestanden, ohne auch nur zu blinzeln, nur ein starkes Beruhigungsmittel hatte sie dazu bringen können, einzuschlafen, während sie mich bewachen sollte. Vielleicht konnte ich ihr später von diesem Verdacht berichten. Fürs Erste wusste ich, dass es schon einer göttlichen Anstrengung bedurfte, um mich noch einmal aus ihrem Blickfeld zu entfernen. In der nächsten Zeit würde sie mehr wie mein wilder Schatten als wie eine Leibwächterin sein.

»Ich vergesse immer wieder, dass es in diesem Palast immer noch einen Attentäter gibt«, sagte ich leise zu Chizuko.

Kapitel 14

»Prinzessin … Prinz Enlai ist hier«, verkündete Chou.

Ich ließ meinen Löffel in meinen Haferbrei fallen, sodass mir die Milch auf den Morgenrock schwappte. Verständnislos blinzelnd sah ich sie an. Ihr Gesicht verriet nichts, wie es sich für eine Kriegerin ziemte, aber in ihren Augen glitzerte es, als hätte sie ein Geheimnis, von dem ich nichts wusste.

»Prinz Enlai?«, fragte ich. Ein unerwartetes Kribbeln im Bauch ließ mich schaudern. »Was will er denn?«

»Das hat er nicht gesagt, künftige Kaiserin.«

Madame Chizuko gab ein gereiztes Grunzen von sich, doch es war ungewohnt halbherzig – wahrscheinlich ein Zeichen ihrer Erschöpfung.

Nach den schrecklichen, chaotischen Ereignissen der letzten Nacht waren wir alle erschöpft. Im grauen Licht kurz vor der Morgendämmerung hatten wir die rauchenden Ruinen unserer Gemächer verlassen. Ein derangierter, leichenblasser, vor sich hin murmelnder Xuwicha hatte uns zu unseren neuen Räumen im äußersten Südflügel des Palastes gebracht. Ich hatte noch nie jemanden sich so oft verbeugen sehen und noch nie so viele Entschuldigungen gehört.

»Prinzessin Noriko, ich bitte tausendmal um Entschuldigung«, sagte er, während er mit den Schlüsseln rasselte, um die Tür aufzuschließen. »Ich hätte nie geglaubt, dass so etwas passieren kann. Wir hatten Euch keine zusätzlichen Wachen zugeteilt, weil Eure Kommandantin Mayumi uns versichert hat, dass die Onna-Bugeisha genug wären, aber ich …«

»Wollt Ihr etwa einen Offizier meiner eigenen Wache für die nachlässigen Sicherheitsvorkehrungen hier verantwortlich machen?«, fragte ich barsch. Der herrische Tonfall gehörte Kai, der Verräterin, doch er wurde mir immer vertrauter – wie ein neues Paar Stiefel, das erst eingetragen werden musste, bevor es richtig passte. »Ihr gebt meinem eigenen Hof die Schuld an einem Mordanschlag auf mein Leben? Großmeister Xuwicha, wenn Ihr Eure Position behalten wollt, wenn ich den Thron bestiegen habe, würde ich vorschlagen, dass Ihr die Verantwortung für Eure eigene Dummheit übernehmt.«

Ich hätte es nicht für möglich gehalten, aber Xuwichas Gesicht wurde noch ein wenig bleicher. Seine Kiefer pressten sich aufeinander, als er versuchte, seinen Mund nicht zittern zu lassen. Er konzentrierte sich auf den Schlüssel im Schloss und stieß die Tür zu unserer neuen Suite auf.

»Ihr habt vollkommen recht«, flüsterte er. »Es wird nicht wieder vorkommen. Ich werde Eure Onna-Bugeisha von einem Regiment der Palastwachen unterstützen lassen.«

»Nein«, widersprach ich. »Ich traue Euren Palastwachen nicht. Ihr werdet zehn weiteren meiner Onna-Bugeisha erlauben, die Frauen zu unterstützen, die mich zurzeit bewachen. Ihr werdet mir nicht nur zwei Leibwächterinnen zugestehen. Es sind schwierige Zeiten, und ich verlange den Schutz, den ich benötige. Heute Nacht wurden meine Wachen betäubt, Xuwicha – versteht Ihr das nicht?«

Plötzliche Erkenntnis zeichnete sich auf seinem erschrockenen Gesicht ab.

»Ich … ich habe nicht … Aber natürlich, das ist logisch.«

»Natürlich ist das logisch.« Meine Stimme hatte die Wildheit eines Drachen angenommen. »Und damit so etwas nicht wieder geschieht, werden mich fünf Mal so viele Onna-Bugeisha bewachen. Verstanden?«

Großmeister Xuwicha verneigte sich so tief, dass seine Stirn fast den Boden berührte.

»Ja. Ja, selbstverständlich. Sehr weise.« Er klang, als müsse er sich übergeben oder als würde er sich später noch selbst schlagen, wenn ich nicht zusah. »Ich bitte um Vergebung, künftige Kaiserin.«

Heiße Freude wallte in mir auf. *Künftige Kaiserin*. Der Klang dieses Titels hallte in jeder Faser meines Körpers wider.

»Euch ist verziehen, Großmeister Xuwicha. Sorgt nur dafür, dass sich so etwas nicht wiederholt. Ich würde ungern schon vor meiner Krönung sterben.«

Er verneigte sich, während er sich den Gang entlang zurückzog, bis er verschwunden war, und seine Unterwürfigkeit war so wohltuend wie ein gutes Frühstück. Doch als ich mich umdrehte, um unsere neuen Räumlichkeiten zu betreten, verstellten mir Chou und Aiko den Weg. Ihre Gesichter waren hart und unnachgiebig. Sie erbebten nicht, und sie warfen sich auch nicht vor ihrer Kaiserin in den Staub. Sie waren nur Schwestern, die hinter der Maske ihrer Mitkriegerin den Verräter erkannten.

Meine Wut geriet momentan ins Wanken wie eine flackernde Kerze, die fast ausgeblasen wird. Ich sah die Enttäuschung auf ihren Gesichtern, kalt wie Eis, klar wie der Mond. Mein Betragen war einer Schwester nicht würdig, das wussten wir alle, aber ich war im Moment eben nicht nur eine Schwester. Das schienen sie nicht zu verstehen.

Ich ging an ihnen vorbei und durchquerte das Vorzimmer, ohne die Einzelheiten zur Kenntnis zu nehmen. Ich ging an Hisakawa und Chizuko vorbei, denen der Schrecken der nächtlichen Ereignisse immer noch ins Gesicht geschrieben stand. Ich ignorierte ihre leise vorgebrachten Fragen, ihre schreckhafte Nervosität angesichts meines kalten Schweigens. Ich ging an ihnen vorbei in Prinzessin Norikos Schlafgemach – *mein* Schlafgemach – und schloss die Tür hinter mir.

Und nun, am Morgen nach dem Feuer, sah mich Chou von der Tür her an und sagte, dass Prinz Enlai mich zu sehen wünschte.

Erst jetzt fiel mir die Kargheit der neuen Räume des River Kingdom auf. Unsere früheren Zimmer – die, die in Flammen aufgegangen waren – waren extra für den Hof von Mizu eingerichtet worden. Alles, vom Besteck bis zur seidenen Bettwäsche, war aus Mizu importiert worden. Mir war nicht klar gewesen, wie sehr ich mich in dieser Suite zu Hause gefühlt hatte, bevor wir in eine andere gezogen waren. Diese Räume waren völlig nichtssagend, verstaubt, weil sie lange nicht genutzt worden waren, und sie enthielten ein Sammelsurium von Dingen aus allen Königreichen. Sie waren nicht für den Hof von Mizu entworfen worden, sie wurden von jedem ausländischen Würdenträger genutzt, der sie gerade benötigte. Der Löffel, mit dem ich meinen Haferbrei aß, war aus Stahl, den man in den Minen der kargen Shi-Berge abbaute, und die Verzierungen, die man hineingraviert hatte – Geweihe, eulenäugige Götter und Vögel mit Bändern im Schnabel –, waren Symbole, die man aus dem Forest Kingdom entwendet hatte. Die Wände des Salons waren mit dem blassen Holz des Desert Kingdom vertäfelt und mit Teppichen behangen, die die Folklore von Samac darstellten. Die Gemälde, die dort hingen, stammten allerdings eindeutig aus dem Mountain Kingdom. Die Identität ging in der Anonymität des Imperiums auf. Der ganze Flügel des Palastes war sogar irgendwie namenlos, gesichtslos – für Hausgäste gemacht, denen es egal war und die sich nicht beschweren würden.

Abwesend nahm ich einen Wasserkrug in die Hand.

Aber das hier, dachte ich, *das kommt aus Mizu.*
Das Porzellan war so hauchdünn wie Eissplitter. Diese einfache Keramik war grazil wie ein Vogel, geschaffen von der Hand eines Künstlers.
Ich drückte mir den kühlen Krug an die Stirn, und mit der Kälte überkam mich ein plötzlicher Anfall von Heimweh.
Ich will nach Hause, flüsterte das kleine Mädchen Kai in mir. *Ich will nach Hause, ich will nach Hause …*
»Prinzessin?«, wiederholte Chou. »Habt Ihr gehört?«
Ich wischte mir über das Gesicht und stand so schnell auf, dass ich den Krug fast umgeworfen hätte.
»Ja, ja, natürlich. Ich werde ihn empfangen.«
Auch Chizuko erhob sich und folgte mir zur Tür. Ihre Müdigkeit verbarg sie hinter ihrer Anstandsdamenfassade. Ich blieb stehen und starrte sie an.
»Was tut Ihr?«
Ein Schatten ihrer alten Furcht flackerte über ihr Gesicht.
»Ich muss …«
»Nein, müsst Ihr nicht«, unterbrach ich sie. »Ich werde den Prinzen allein sehen.«
Chizuko stieß ein ungläubiges Lachen aus. Ich spürte, wie sie sich kampfbereit machte und sich darauf vorbereitete, heftigst mit mir darüber zu diskutieren, und kam ihr zuvor: »… allein, bis auf Aiko.«
Chizuko klappte den Mund wie eine Falle zu und blinzelte mich an, als überlege sie, wie unangemessen diese Forderung war. Noch bevor sie weitere Einwände vorbringen konnte, wandte ich mich an Chou.
»Aiko steht doch draußen Wache, nicht wahr?«
Chou nickte. Ihr Gesicht war zu der leeren, ausdruckslosen Maske erstarrt, die wir Schwestern unseren kommandierenden Offizieren

gegenüber aufsetzten. Ich war mir selbst nicht ganz sicher, ob ich deswegen zufrieden oder niedergeschlagen sein sollte.
»Sehr gut. Bleib hier, Chou. Und sieh zu, dass mir Chizuko nicht folgt.«
Chizuko quiekte empört auf, als ich zur Tür ging, doch Hisakawa unterbrach sie ruhig: »Lass sie gehen, Chizuko. Da kannst du nichts tun.«
Triumphierend machte ich die Tür auf.
Prinz Enlai stand im Gang vor unseren neuen Quartieren, die Hände hinter dem Rücken verschränkt, und ging auf und ab. Als er mich bemerkte, sah er vom Boden hoch. Wir verneigten uns voreinander, doch er sah Aiko an.
»Prinzessin Noriko«, sagte er leise, »darf ich Euch unter vier Augen sprechen? Was ich zu sagen habe, ist ziemlich persönlich.«
Mein Magen schlug einen unerwarteten Purzelbaum, als ich über die mögliche Bedeutung einer *persönlichen* Unterhaltung nachdachte, unwillkürlich gingen meine Gedanken zu jenem verbotenen Traum mit dem dunklen Palast, einer dunklen Ecke und Enlais Mund auf meinem zurück.
Ich schluckte und verdrängte die unangenehme Erinnerung.
»Ich verstehe, Eure Hoheit«, erwiderte ich. »Aber Aiko ist meine engste Vertraute und Leibwächterin. Ihr kennt Sie sicher noch aus der Leichenkammer. Sie ist und war schon immer an meiner Seite. Ich vertraue ihr vollkommen.«
Diese Worte gingen mir ohne zu zögern und ohne große Furcht über die Lippen. Ein merkwürdiges, unirdisches Selbstvertrauen hatte mich erfasst. Es ließ mein Herz in meinen Ohren donnern und machte meinen Kopf leicht und wirr wie den eines Betrunkenen. Es ließ jeden Befehl und jeden herrischen Blick so normal erscheinen wie die einfachsten Schwertübungen. *Ich wurde dazu geboren*, flüsterte die Verräterin Kai …

Aikos Gesicht blieb starr und stoisch, doch ihre Augen sahen mich verwundert an. Ich konnte die Lawine ihrer Gedanken fast hören, die unsicher und verwirrt übereinanderstolperten. Ihr Blick bat mich, ihr diese neue, grimmige Autorität zu erklären, die wie Hitzewellen von mir ausging. Doch ich konnte es nicht erklären. Ich wusste nur, dass seit einigen Tagen ein neues Selbst in mir herangewachsen war, und irgendwie war es gestern im Tempel von Mizu plötzlich zum Leben erwacht.

Enlai sah von mir zu Aiko. Einen Moment lang fürchtete ich, dass er die Spannung und die Fragen bemerkte, die zwischen uns standen, aber nach ein paar Sekunden unangenehmer Stille sagte er: »Ja, natürlich. Ich erinnere mich an sie.« Er räusperte sich, und ich bemerkte, dass er rot geworden war. Auf seinen Wangen und seiner Stirn glänzte ein dünner Schweißfilm.

»Hoheit?«, fragte ich. »Fühlt Ihr Euch wohl?«

»Ja. Ja, natürlich.« Er fegte ein unsichtbares Staubkorn von seiner Tunika. »Ehrlich gesagt, Prinzessin Noriko … ich mache mir Sorgen um Euch.« Seine Kehle zuckte, als er zwei Mal schluckte. »Bei den Prüfungen habt Ihr Euch so gut – erstaunlich gut – geschlagen. Mir ist klar, dass die Götter Euch unterstützen. Aber, Prinzessin …« Plötzlich ergriff er fest meine Hand, und seine Finger umklammerten meine Hand, dass es fast schmerzte. »Prinzessin, irgendjemand versucht, Euch zu ermorden. Einen Kaiser haben sie schon getötet, und jetzt sind sie hinter Euch her.«

Der Knoten in seiner Kehle sprang weiter, weil er immer wieder schlucken musste. Offenbar beunruhigte ihn der Gedanke an meine Ermordung mehr als mich und Aiko zusammen.

»Ja, Eure Hoheit«, entgegnete ich sehr sanft, um ihn nicht weiter zu beunruhigen, »das ist mir auch schon aufgefallen.«

Er riss seine Hand zurück und rieb sich damit heftig über die Stirn.

»Prinzessin Noriko«, flüsterte er, »das Feuer … Was wäre geschehen, wenn Eure Wachen nicht aufgewacht wären? Was wäre, wenn …«

»Ich weiß, Eure Hoheit«, besänftigte ich ihn.

Er holte tief und schaudernd Luft und schloss die Augen. Aiko sah mich erneut an, und ich wusste, dass nur eine Schwester das erkennen konnte, was ich sah. Das Erschrecken und den unsicheren *Was-ist-los*-Blick in ihren Augen. Und auch ich spürte es – etwas von Bedeutung in Enlais Worten.

»Eure Hoheit?«, forderte ich ihn auf.

Er machte die Augen auf und stieß hervor: »Prinzessin Noriko. Sie verzweifeln langsam. Das beweist das Feuer. Es ist noch Zeit … Wenn Ihr einfach den Anspruch auf den Thron aufgebt, könntet Ihr nach Mizu zurückkehren. Ihr habt Euch hier gut geschlagen, Prinzessin. Ihr habt Euch den Respekt und die Treue fast jedes Königreiches verdient …« Er hielt inne. »Nun ja, außer …«

Er brach ab, runzelte die Brauen und richtete den Blick auf einen fernen, unsichtbaren Punkt.

»Ihr verdächtigt immer noch das Desert Kingdom«, stellte Aiko fest.

Ihre Direktheit schien ein Vakuum im Raum entstehen zu lassen. Enlai riss überrascht den Mund auf, wurde blass und dann wieder rot.

»Das habe ich nicht gesagt …«

»Das musstet Ihr auch nicht«, erklärte Aiko. Aufmerksam stand sie neben mir, in respektvoller Haltung, doch ihr Blick war intensiv und forschend. Im Inneren hörte ich Hisakawas Warnung, dass man mit unbegründeten Anschuldigungen einen Krieg auslösen konnte. Doch Aiko schien das nicht zu beunruhigen. Sie sah Enlai an und schien sich weder um einen möglichen Krieg zu kümmern noch um die Tatsache, dass es nicht ganz angemessen war, einen Prinzen so anzustarren.

»Ja«, gab Enlai leise zu. »Das tue ich.«
Aiko nickte nur, antwortete aber nicht.
»Das tun wir auch«, fügte ich schnell hinzu und warf rasch einen Blick auf Aikos unerschütterlichen Gesichtsausdruck. »Ich danke Euch, Eure Hoheit, aber ich kann jetzt nicht aufgeben. Meine Entscheidung ist gefallen. Ich werde bis zum Ende der Prüfungen bleiben und akzeptieren, was auch immer mich danach erwartet.«
Fast hätte ich gesagt: *Das bin ich Noriko schuldig.* Doch im letzten Moment unterdrückte ich diese Worte.
Prinz Enlai seufzte und rieb sich erneut über die Stirn.
»Prinzessin – die letzte Prüfung, die des Shi-Reiches ... Sie wird nicht leicht werden. Es ist gefährlich. Ich ... ich fürchte wirklich, dass Ihr sie nicht überleben werdet.«
»Warum?«, unterbrach ihn Aiko wieder. »Was ist so schlimm an dieser Prüfung? Bislang hat sie sich gut behauptet.«
Enlai schüttelte heftig den Kopf. »Ihr versteht das nicht. Es wird ...« Er sah hin und her, als ob er befürchtete, dass uns jemand in dem leeren Gang belauschte.
»Da werden Drachen sein«, murmelte Enlai. »Bergdrachen.«
Ich erschrak. Bergdachen. Ich erinnerte mich an die großen, granitfarbenen Tiere, die bei der Krönung im Palasthof gehockt hatten. Sie hatten Krallen wie Sicheln und riesige Kiefer mit scharfen Zähnen. Bislang waren mir vor allem die Samac-Drachen aufgefallen. Es waren die bösartigsten, blutrünstigsten und schrecklichsten Kreaturen, die die Magie erzeugen konnte. Aber jetzt erhoben sich die großen Drachen von Shi vor mir, groß wie die Berge selbst. Groß genug, um mich zu zerquetschen, wie ich eine Maus zerquetschen könnte.
Ich dachte daran, wie ich das letzte Mal gesehen hatte, dass ein Drache mit einem Menschen spielte – im Fluss Mizu, als Blut um

meinen halb ertrunkenen Körper wirbelte, während der Rebell im Schlund des Drachen verschwand …
Ich holte tief Luft und imitierte unwillkürlich die Geste von Enlai, als ich mir über die Stirn rieb.
»Nun«, meinte ich, »vielleicht sollte ich ein wenig vor der morgigen Prüfung schlafen.«
Aiko schnaufte, weil sie sich kaum das Lachen verkneifen konnte. Ich lächelte sie schief und gequält an, und einen kurzen Augenblick lang war die Spannung zwischen uns verflogen. Wir waren wieder Schwestern, als hätte es diese ganze verrückte Woche gar nicht gegeben, als würde ich mich nicht als Adlige ausgeben. Doch dann verfielen wir angesichts des ernsten Moments wieder in unsere Rollen und sahen erneut Enlai an.
»Vielen Dank für die Warnung«, sagte ich. »Wirklich, Eure Hoheit. Ich weiß, dass Euch diese Information teuer zu stehen kommen kann.«
»Ich musste Euch warnen«, sagte er. Er schien irgendwie atemlos, als ob in seiner Brust plötzlich ein Feuer brannte. »Ich musste es … Ich tat, was ich für Euch tun konnte, Prinzessin. Bitte, lasst mich Euch helfen.«
Mein Herz geriet ins Stottern, meine Handflächen wurden feucht und kalt, und ich sah einen Moment weg, um mich zusammenzureißen.
»Es ist meine Prüfung, Prinz Enlai«, sagte ich mit trockenem Mund. »Meine ganz allein.«
»Vielleicht«, gab er zu. »Aber ich muss es versuchen.« Damit sank er auf ein Knie nieder.
Ein unwürdiges Quieken entrang sich meinen Lippen.
»Was tut Ihr da?«
»Prinzessin Noriko«, fragte er heiser, »wollt Ihr mich heiraten?«
Schwindelnde Ungläubigkeit überfiel mich.

»Seid Ihr verrückt?«, stieß ich hervor.
Benommen stellte ich fest, dass sich Aiko vor mich geschoben hatte und ihr sonst so beherrschter Gesichtsausdruck höchste Alarmbereitschaft zeigte.
»Ich bin *nicht* verrückt«, erklärte Enlai mit trockenem Lachen. Er war wieder blass geworden, nur auf seinen Wangenknochen prangten zwei rosa Flecken. »Unsere Verlobung würde Euch schützen. Wenn Ihr mit ihrem Prinzen verlobt wärt, wäre das Shi-Reich nicht so sehr darauf bedacht, Euch eine gefährliche, schwere Prüfung aufzuerlegen. Sie würden ihre Allianz mit der künftigen Kaiserin zu schützen versuchen …«
Aiko machte ein kehliges Geräusch, das klang, als schwanke sie zwischen Schrecken, Belustigung und einem tiefen inneren Misstrauen. Ich konnte diese Gefühle verstehen, aber da war auch noch die Tatsache, dass Enlai hier vor mir kniete und mich bat, ihn zu heiraten.
»Das ist wohl wahr«, erwiderte ich. »Das … das mit der Allianz, meine ich …« Ich konnte gar nicht denken, solange ich ihn ansah. Ich schloss die Augen. *Ja*, dachte ich. *Ja, eine mächtige Heirat würde mich schützen. Noriko. Uns.* Aber ich konnte doch nicht jemanden für die Prinzessin heiraten! Und ich wollte auch niemanden für die Prinzessin heiraten!
»Ich weiß, dass meine Berater das bereits als Möglichkeit in Erwägung gezogen haben«, fuhr Enlai fort, »und sowohl das River Kingdom als auch mein eigener Hof hatten sich damals dagegen entschieden. Aber offensichtlich … haben sich die Dinge seitdem geändert.« Er schluckte und schluckte. »Prinzessin Noriko … Hier geht es um Politik. Es geht darum, Euch zu beschützen. Aber es ist noch mehr. Ich … ich mag Euch wirklich.« Er griff nach meiner Hand und presste sie an seine Lippen. Die Wärme seines Mundes breitete sich über meinen Arm aus und verbrannte meinen ganzen Körper.

Diese Lippen. Warum waren sie so faszinierend? Es waren nicht Jaos Lippen … Aber *diese* Lippen küssten meine Hand, sie versuchten, mein Leben zu retten, sie machten mir einen Heiratsantrag …

»Ihr mögt mich?«, fragte ich ein wenig benommen.

»Ja«, flüsterte er. »Wirklich. Und ich glaube, wir würden gut zusammenpassen, Prinzessin Noriko. Wir könnten glücklich sein.«

Ich fragte mich, ob ich diese Lippen küssen könnte, wie ich Jaos Lippen geküsst hatte. Ich stellte mir vor, wie sich sein Mund auf meinen presste, wie sich diese Arme um meine Taille schlangen – für immer. Heirat mit Enlai – für immer. Kinder vielleicht, und ein kleines Haus am Flussufer …

Nur dass Enlai ein Prinz war. Es würde kein Leben im Dorf geben. Keine Rückkehr nach Mizu. Es gäbe nur Politik und das Lächeln für ausländische Würdenträger und Versammlungen, bei denen ich die Prinzessinnenmaske tragen musste. Das *konnte* ich tun. Es wurde leichter, Macht zu haben. Ich war gut darin, mächtig zu sein. Aber Enlai … Nein. Die Träume, die am längsten nachhallten, waren stets die von Jao. Ich konnte nicht so tun, als sei Prinz Enlai nicht freundlich und gut aussehend. Ich konnte nicht leugnen, dass ein Teil von mir gerne *Ja* gesagt hätte. Aber ein größerer Teil von mir – der größte sogar – konnte die Träume nicht vergessen. Ich konnte den Gedanken an das kleine Haus am Fluss nicht abschütteln.

»Ich … ich mag Euch auch«, flüsterte ich. »Aber, Prinz Enlai … es tut mir so leid. Ich kann Euren Antrag nicht annehmen.«

Er blinzelte und ließ meine Hand los.

»Oh. Ich verstehe.«

Ich sah, wie die Farbe wieder in sein Gesicht zurückkehrte, heißer und leuchtender als zuvor. Seine Kehle zuckte, als er schwer schluckte.

Aiko sah mich mit offensichtlicher Erleichterung an. Ich sah geradeaus auf Enlai und versuchte, dem Blick meiner Freundin nicht zu begegnen, damit ich so prinzessinnenhaft und leidenschaftslos wie möglich blieb.

»Es ist … eine wunderschöne Geste«, brachte ich hervor. »Aber ich glaube … ähm … Ich habe einfach das Gefühl, als ob es für uns besser sei …«

»Natürlich könnten wir die Verlobung nach Eurer Krönung einfach annullieren«, gab Enlai so schnell zu bedenken, dass er fast über seine Worte stolperte. »Wir könnten … wir könnten sie einfach lösen. Wir müssen ja nicht heiraten. Aber die Verlobung selbst würde sie ablenken. Es würde die Art der Prüfungen ändern. Es würde Sicherheit für Euch bedeuten.« Er leckte sich über die Unterlippe, und ich glaubte, Schweißperlen an seiner Schläfe zu entdecken. Er schien furchtbar verlegen. Am liebsten hätte ich *Ja* gesagt, nur damit er sich besser fühlte.

»Ich bitte um Verzeihung, Prinz Enlai«, unterbrach Aiko. »Wollt Ihr sie nun heiraten, oder wollt Ihr nur die Verlobung verkünden und dann die Hochzeit streichen?« Ihr Tonfall war sanft, aber ihr Mund war zu einer schmalen Linie zusammengepresst, und ihre Wangen waren leicht gerötet. Ich kannte diesen Ausdruck. Es war Aikos »Ich-glaube-dir-kein-Wort«-Gesicht. Ich wollte etwas anfassen, um mich festzuhalten. Das war alles zu viel, zu schnell und zu unbekannt.

Prinz Enlai sah Aiko an, und sein Gesicht verhärtete sich zu einem ähnlichen Ausdruck wie ihrem.

»Was auch immer die Prinzessin schützen kann – das will ich.«

Ich verschränkte die Hände in einer unbewussten Kai-Geste, bevor ich es verhindern konnte.

»Prinz Enlai«, stieß ich hervor, »Ihr seid so gütig. Und … ich mag Euch auch. Aber …« Mein Herz wollte fast zerspringen. Ich warf einen weiteren verzweifelten Blick auf Aiko, die immer noch zornig guckte. Gute Göttin, mit so einer Unterhaltung hätte ich nicht weniger rechnen können. Auf einen Heiratsantrag hatte man mich im

Tempel und beim Training nicht vorbereitet. Und ich wusste schon gar nicht, wie man einen Antrag *ablehnte*.
Ich holte ein Mal tief Luft. Dann noch einmal. Für einen Moment lichtete sich der Nebel in meinem Kopf. Die kleine Kai trat in den Hintergrund, und die Prinzessinnen-Kai, die Verräterin, übernahm wieder.
»Euer Angebot ist ungeheuer freundlich«, sagte ich. Ich bemerkte die Veränderung in meiner Stimme und hörte, wie das Fremde, Starke, Mächtige übernahm. »Aber in meinem Reich gibt es einen Brauch: Ein Mann muss den Vater einer Frau fragen, bevor er sie heiraten kann. Da meine Familie nicht hier bei mir in der Kaiserstadt ist … Ich fürchte, dass diese Unschicklichkeit meinem Vater das Herz brechen würde. Ganz zu schweigen von meiner Anstandsdame Chizuko.« Ich schenkte ihm ein wissendes, sanftes Lächeln, das er mit einem unsicheren Lachen beantwortete.
»Aber Ihr habt doch Eure Berater hier«, wandte er ein. »Ich bin sicher, sie können an Eures Vaters Stelle handeln.«
»Es würde mir nicht im Traum einfallen, meine Berater meinen Vater übergehen zu lassen«, erklärte ich und legte ein wenig Entsetzen in meinen Tonfall. »Ich bin das älteste Kind meines Vaters. Er wäre am Boden zerstört, wenn ich so eine Entscheidung ohne ihn treffen würde. Am Boden zerstört.«
Seine Wangen waren jetzt genauso gerötet wie Aikos, und seine Hand hing schlaff in meiner. Doch als er aufstand, war sein Gesicht wieder zu einer Maske höflicher Gelassenheit erstarrt.
»Nun, ich kann natürlich verstehen, dass Ihr die liebe Chizuko nicht aufregen wollt«, erklärte er. »Und natürlich weiß ich die Liebe und Loyalität Eurer Familie gegenüber zu schätzen. Vielen Dank, Prinzessin Noriko, dass Ihr mir die Ehre erwiesen habt, meinen Antrag wenigstens anzuhören.« Er verneigte sich mit einem stillen Lächeln. »Ich denke, die Götter werden Euch bei der Vollendung

der letzten Aufgabe gewogen sein. Und wenn Ihr nichts dagegen habt, werde ich mich jetzt entschuldigen und in meine eigenen Gemächer zurückkehren.«

Ich verneigte mich tief, tiefer als notwendig, damit er sah, wie leid es mir tat, ihn ablehnen zu müssen. Doch als ich wieder aufsah, war er schon weg.

»Der Göttin sei Dank«, meinte Aiko tonlos. Ihre Nasenflügel bebten wie die eines wütenden Bullen, und sie verschränkte die Arme vor der Brust. »Ich dachte schon, der geht nie.«

»Sei nicht so grausam«, überrascht stellte ich fest, wie emotional ich klang. »Das war das Schlimmste, was ich je tun musste.«

»Ich bezweifle, dass er sich in den Schlaf weinen wird«, knurrte Aiko. »Er hat da eben einen hübschen politischen Tanz aufgeführt – und der Erfolg hing sowohl von deiner Unwissenheit als auch von deinem Mitleid ab.«

»Wie meinst du das?«, fragte ich gereizt. Nur einen Moment lang wollte ich mich gerne der schönen Vorstellung dieser tragischen Situation hingeben: Ein Mann hatte mir gerade einen Heiratsantrag gemacht – ein *Prinz* hatte mir gerade einen Heiratsantrag gemacht –, und ich hatte ihn ablehnen müssen. Konnten wir uns nicht ein bisschen Zeit nehmen, um über diesen ganzen Wahnsinn nachzudenken? *Ich hätte lieber Chou bitten sollen, mitzukommen,* fuhr es mir durch den Kopf. *Chou hätte dafür Verständnis gehabt.*

»Kai«, sagte Aiko leise und verärgert und neigte sich näher zu mir, »das eine gebe ich zu – ich glaube, er will dir helfen. Es scheint, dass das eine schwierige Prüfung wird, und er macht sich tatsächlich Sorgen um dich. Aber ein Heiratsantrag – ein *persönlicher* Antrag, ohne die Zustimmung seiner oder deiner Berater –, das ist überhaupt nicht schicklich.«

Ich zwang mich, ihr zuzuhören und den Nebel der Schmeicheleien zu verdrängen, damit ich sie wirklich hörte.

»Aber er hat doch gesagt, wir könnten die Verlobung nach der Prüfung annullieren.«
Doch Aiko schüttelte den Kopf.
»Das ist noch unangemessener. Niemand löst eine Verlobung einfach so wieder auf. Nicht in einer königlichen Familie. Normalerweise dauern die Verhandlungen für eine Heirat Monate, bevor die Verlobung verkündet wird. Die Familien müssen sich treffen und die Vorteile einer Heirat für beide Königreiche besprechen. Das Paar braucht eine lange Zeit der Werbung unter der Aufsicht mehrerer Anstandsdamen … Daher ist eine Verlobung, wenn sie erst einmal offiziell ist, nicht so leicht zu lösen.«
Mein Bauch fühlte sich schwach und flatterig an.
»Dann … dann willst du also sagen, dass er nur nach der Macht strebt?«
Aiko sah weg. Ihr Mund zuckte, als sie sich eine Antwort überlegte. Doch schließlich konnte sie nur sagen: »Vielleicht hat er wirklich Angst, dich zu verlieren, und er weiß nicht, wie er dir sonst helfen kann. Vielleicht. Aber … ja, ich glaube, er versucht nur, an die Macht zu kommen.«
Ich starrte in den Gang und ging das Gespräch mit dem Prinzen im Geist noch einmal durch. Er war immer so freundlich gewesen. War das alles nur Berechnung gewesen? Hatte ich es versäumt, den Ehrgeiz hinter Prinz Enlais Höflichkeit und schönem Lächeln zu sehen?
Ich hatte das Gefühl, mich übergeben zu müssen. Das war zu viel. In der letzten Woche hatte ich gelernt, wie man dieses Spiel spielt. Ich wusste, was in diesem Spinnennetz aus kaiserlicher Macht von mir erwartet wurde, aber es machte mich krank, zu fürchten, dass andere genauso mit mir gespielt hatten.
»Es spielt keine Rolle«, erklärte ich mit einer krächzenden Stimme, die ich gar nicht als meine eigene erkannte. »Im Moment spielt es

keine Rolle. Meine größte Sorge sind jetzt die Prüfungen … die Drachen.«

»Ja«, stimmte Aiko zu. »Wir haben von den Drachen erfahren. Zumindest ist bei dieser Peinlichkeit etwas Gutes herausgekommen.«

Ich schnaufte und rieb mir über die Stirn. »Das war wirklich peinlich, nicht wahr?«

»Unglücklicherweise ja«, grinste Aiko mich an, und ihre Schultern zuckten von ihrem leisen Lachen. »*Es ist eine schöne Geste.* Er hat dir einen Antrag gemacht und nicht versucht, eine Statue von dir zu basteln.«

Ich unterdrückte ein Grinsen.

»Das wäre aber ein *schönes* Hochzeitsgeschenk gewesen.«

Plötzlich brachen wir beide in lautes Gelächter aus, bis uns die Tränen kamen, und unsere Worte überschlugen sich, als wir ausführlich über meine und Enlais Ausdrücke und unsere gestammelten Erklärungen redeten. Es war nicht wirklich lustig. Wir lachten nicht über den Heiratsantrag des Prinzen oder mein eigenes Unbehagen, aber die Welt schien aus den Fugen geraten, und es gab keine richtige Antwort auf die vielen Fragen, die uns umgaben. Wir lachten über die Stromschnellen, die uns diesen unbekannten Fluss hinunterführten. Wir lachten, weil wir nicht wussten, was kommen würde oder was wir tun würden, wenn es geschah.

Und mitten in unserem hysterischen Lachanfall holte ich schließlich Luft, richtete mich auf und fasste Aiko an der Schulter. Für einen Moment ließ ich alle Masken fallen, und der kalte Schatten in mir verstummte. Ich war einfach nur ich, Kai, mit meiner Schwester.

»Ich bin so froh, dass du hier bei mir bist«, erklärte ich.

Aiko legte lächelnd ihre Hand auf die meine.

»Es gibt keinen Ort, an dem ich lieber wäre, Prinzessin.«

Kapitel 15

Mit einem hatte ich recht gehabt: Chou war von Enlais Heiratsantrag wesentlich begeisterter als Aiko.

»Du hättest Ja sagen sollen«, erklärte sie, ohne zu zögern.

»Im Ernst?«, rief Aiko. »Und was genau hätte sie tun sollen, wenn die echte Prinzessin hier auftaucht?«

»Na ja«, meinte Chou seelenruhig, »zumindest hätte sie eine Hochzeit erleben können. Wie soll sie denn sonst so eine Erfahrung machen?«

»Ja, sicher doch«, spottete Aiko. »Und was passiert, wenn wir Kai gegen die echte Noriko austauschen? Glaubst du nicht, dass es Prinz Enlai auffällt, wenn seine Frau plötzlich ein wenig anders aussieht als am Hochzeitstag?«

Ihre Offenheit ließ mich erröten.

»Es spielt keine Rolle, denn ich habe schließlich Nein gesagt«, erklärte ich. »Weder ich noch Noriko werden den Prinzen heiraten. Stattdessen muss ich mich den Bergdrachen stellen und kann nur hoffen, dass ich das überlebe.«

Diese Prüfung machte mir mehr Angst als alle anderen zuvor. Das Bild der riesigen Drachen, mit scharfen Zähnen und steinernen Schuppen, hatte meine innere Ruhe zunichtegemacht. An dem Ort, an den ich mich normalerweise zurückzog, um mich zu sammeln, hatten sich lauter »Was wenns« und »Warums« breitgemacht. Und

Drachen. Auch die Drachen waren da und hingen wie riesige Schatten über meinen Gedanken.

Bei der Prüfung des Desert Kingdom habe ich mich bereits einer Chimäre gestellt, dachte ich. *Ich habe dem Shadow Dragon gegenübergestanden, und er hat seinen Kopf in meinen Schoß gelegt und mich Kaiserin genannt. Wenn ich dem Großen Drachen ins Auge sehen konnte, können die Shi-Bestien auch nicht schlimmer sein.*

Dennoch: Es waren Bestien. Riesige Bestien und tödliche Jäger. Der Shadow Dragon war ebenfalls eine Bestie, aber er hatte auch ein Bewusstsein. Er war ein großes, uraltes Wesen mit einem Geist hinter den schwarzen, in Ölschlierenfarben glänzenden Schuppen. Vor dem Shadow Dragon hatte ich nicht nur keine Angst, weil ich ihm in die Augen gesehen hatte, sondern weil ich mit ihm gesprochen hatte. Und er hatte mit mir gesprochen.

Aber die Bergdrachen würden nicht mit mir sprechen. Sie würden mich einfach fressen.

Ich dachte an den drohenden Tod durch Ertrinken, an blitzende Zähne, an das Blut im Wasser …

Ich holte tief Luft und schloss die Augen. Aiko und Chou unterhielten sich weiter, während die Schatten länger wurden und ich weiteratmete und nach Ruhe suchte. Irgendwann verstummten Chou und Aiko, und so verharrten wir bis kurz vor Sonnenuntergang. Als das warme Licht hinter der Westmauer des Palastes versank, klopfte Hisakawa an die Tür meines Schlafzimmers.

»Ich komme«, sagte ich mit immer noch geschlossenen Augen.

Da meine Schwestern wussten, was ich brauchte, ließen sie die Zimmermädchen nicht herein, sondern halfen mir selbst beim Ankleiden. Ich schlüpfte in dasselbe weiße Kleid, das ich bei der ersten Prüfung getragen hatte, allerdings mit ein paar Veränderungen. Chou knüpfte die Bänder des Korsetts um die Klinge eines sehr langen Dolches. Als sie fertig war, lag er verborgen in den Falten

des Gewandes an meinem Rücken. Der kalte Stahl presste sich an meine Haut. Ich bückte mich, holte meine eigenen Stiefel unter dem Bett hervor und zog sie an. Damit sah ich für eine Königstochter vielleicht etwas merkwürdig und wenig elegant aus, aber das war mir egal. Ich wollte das hier überleben.
Wortlos verließen wir das Schlafgemach, und ich folgte mit meinen Schwestern Hisakawa zur vierten Prüfung.
Vor dem Hauptpalast, in dem Hof, wo wir uns zuerst Kaiser Haneul vorgestellt hatten, trafen wir auf die Gesandtschaft des Mountain Kingdom, angeführt von Enlai.
»Folgt uns bitte«, forderte uns der Prinz auf. Er wirkte sehr gefasst und so gleichmütig, als hätte er mir nicht eben erst einen Heiratsantrag gemacht.
Also folgten wir ihm.
Wir liefen. Wir liefen wesentlich länger als zu den anderen Prüfungen – aus dem Palast in die Stadt und dann aus der Stadt hinaus.
Niemand sagte ein Wort. Die anderen Königreiche waren vor der Prüfung auch schweigsam gewesen, aber dieses Schweigen war anders. Das Mountain Kingdom war ein ernstes Volk. Bisher war es mir noch nie aufgefallen, aber selbst ihre zeremonielle Kleidung war schlicht, in gedämpften Farben gehalten und sehr praktisch. Ihre Waffen waren schwer: Die Wachen trugen eiserne Streitäxte an der linken Hüfte und an der rechten eine merkwürdige eckige Klinge. Enlai war bei Weitem der freundlichste Shi-Mann, dem ich begegnet war. Für mich, die ich aus dem River Kingdom kam, wo man über einer gemeinsamen Schale Eintopf Freundschaften schließen konnte, war das besonders auffällig. Und in diesen dunklen Momenten vor einem gefährlichen Test war es sogar noch mehr als nur merkwürdig – es wirkte bedrohlich. Vielleicht war ich ungerecht – aber so etwas kam vor, wenn es dunkel war und man Angst hatte.

Als wir schließlich hielten, kamen die ersten Sterne zum Vorschein, und wir befanden uns vor einer grauen Steinmauer. Ich legte den Kopf in den Nacken, um die Spitze des Gebäudes zu erkennen, die irgendwo hoch oben im Himmel zu sein schien.
Ich trat einen Schritt zurück und versuchte blinzelnd, den riesigen Bau zu betrachten. Es war schwer zu sagen, woher er kam oder wohin er führte, es war einfach nur eine hohe, graue Mauer, die sich zu beiden Seiten ins Endlose erstreckte. Die einzige Unterbrechung war ein hohes, schweres Tor, in dessen dunkles Holz das Wappen von Shi eingebrannt war.
»Dies ist ein Labyrinth«, beantwortete Enlai meine unausgesprochene Frage. »Und es ist das älteste Gebäude in der Kaiserstadt. Kaiser Phx selbst hat es in seiner Drachengestalt gebaut und die Steine dafür aus den Shi-Bergen geholt. Es heißt, nur die weisesten Männer – oder, äh, Frauen – könnten den Mittelpunkt des Labyrinths finden.« Er lächelte mich nervös an, und sein Blick war grimmig und unsicher. »Und das ist Eure Aufgabe, Prinzessin Noriko. Ihr müsst ein heiliges Symbol des Mountain Kingdom vom Schrein in der Mitte des Labyrinths holen. Dazu habt Ihr bis zum Morgengrauen Zeit.«
Ich schauderte unwillkürlich. Es war jetzt vollkommen dunkel und wurde schnell kühler. Morgengrauen. Wenn man erwartete, dass ich die ganze Nacht darin herumwanderte, musste das Labyrinth viele Meilen umfassen.
»Ich verstehe«, sagte ich.
»Mögen die Götter Euch geleiten«, wünschte mir Enlai. Und leise fügten Aiko und Chou hinzu – obwohl sie es eigentlich nicht durften: »Möge Kosuke deinen Weg erhellen.«
Irgendwie gab mir das den Mut, den ich zuvor nicht hatte aufbringen können. Ich berührte die verborgene Klinge und stieß ein wenig beruhigt das Tor auf.

Drinnen erstreckte sich ein ungepflasterter Weg in die Dunkelheit. An den Steinmauern brannten Fackeln und zeigten mir Ecken, die entfernt die Wege im Zickzack weiterführten.
Automatisch blickte ich nach oben, um die Position der Sterne zu sehen. Das Auge der Göttin befand sich fast direkt über mir. Wenn es über den Himmel zog, würde es mir den Weg nach Süden weisen, zurück in die Kaiserstadt. Und die Flügelspitze des Reihers deutete nach Norden, in seine Heimat am Fluss. Solange der Reiher bei mir war, würde ich mich nicht verlaufen.
Ich lächelte den großen Vogel aus Sternen an und behielt ihn im Blick, als ich loslief.
Wir hatten so etwas in den ersten beiden Jahren unseres Novizentrainings gemacht: Wir waren mit dem Blick in den Himmel gerichtet durch Labyrinthe gelaufen und hatten uns von den Sternen und unserem Instinkt leiten lassen. Ich konnte leicht vergessen, dass ich keine acht Jahre alt war und mir auf dem Pfad, den meine Lehrerinnen angelegt hatten, meinen Weg durch ein Weizenfeld suchte. Diese Labyrinthe waren fast lustig gewesen. Ich konnte so tun, als sei ich wieder auf diesem Feld, und versuchte, zwischen den hohen Weizenähren Lady Mayumi zu finden.
Doch plötzlich ließen mich weiche Schritte zusammenzucken, und noch bevor ich mich in die Gegenwart zurückgerissen hatte, hatte ich schon die Nähte meines Korsetts zerschnitten, als ich das verborgene Messer zog. Ich wirbelte zu dem Geräusch hinter mir herum und erwartete, ein Maul voller Zähne und einen gigantischen Körper zu erblicken – erwartete einen ähnlichen Angriff wie den eines Bären oder eines Berglöwen – denn so griffen die Shi-Drachen normalerweise an. Aber es war gar kein Drache. Es war ein kleiner Schatten in der Dunkelheit, im Licht der Fackeln kaum erkennbar bis auf blitzende Augen und einen geduckten Körper mit wütend aufgestelltem Haar am Rücken.

Und dann gesellte sich ein weiterer Schatten dazu. Und noch einer. Und noch einer.

Kojoten.

Zwischen dem Fauchen der Tiere und ihrem Angriff vergingen kaum vier Sekunden. Doch in diesen vier Sekunden nahm ich Folgendes wahr: Es waren fünf. Der ganz vorne war offensichtlich das Alphatier, wenn auch nicht das größte. Auch wenn er wie ein Teufel kämpfte, war ich mindestens sechzig Pfund schwerer als er. Ihn *konnte* ich töten.

Die Tiere waren hungrig, und sie waren krank. Ihre Rippen stachen unter dem schäbigen Pelz hervor, und ein paar von ihnen hatten kahle Stellen. Normalerweise griffen Kojoten keine Menschen an. Die Leute von Shi mussten sie die ganze Woche lang gequält haben und hatten sie hungern lassen, dass sie so wütend und verzweifelt waren.

Ich hatte mich geirrt. Es waren nicht fünf Tiere. Das sechste, das mit seinem pechschwarzen Fell fast unsichtbar war, sprang mich von hinten an. Ich schrie auf, als es seine Kiefer in mein Bein schlug.

Ich hieb mit dem Messer nach dem Kojoten, doch der verschwand sofort wieder, nachdem er zugebissen hatte. Die anderen wurden durch seinen Angriff und den Geruch frischen Blutes ebenfalls mutiger. Sie kreisten näher und leckten sich über die Lefzen. In ihrem Atem roch ich altes Fleisch, ihre Mäuler waren von alten Wunden verkrustet.

Ich fasste den Dolch fester und drehte mich langsam im Kreis, als die Kojoten näher schlichen. Dieses Mal schlug das Alphatier zuerst zu, sprang los und schnappte nach meiner Hüfte. Ich spürte, wie seine Zähne das Fleisch streiften, war dieses Mal aber vorbereitet. Ich schlug nicht wild nach ihm, sondern stieß ihm die Klinge tief in die Schulter. Das Tier jaulte auf und zappelte, während das Blut aus der Wunde gurgelte und seinen schäbigen Pelz besudelte.

Ich knurrte selbst wie ein Kojote und riss das Messer nur Sekundenbruchteile, bevor das nächste Tier mich angriff, aus dem Körper. Ich hob den Dolch, doch noch bevor ich ihn verletzen konnte, versenkte der Kojote die Zähne in meinem Arm. Ich schrie auf und versuchte, ihn abzuschütteln, doch er hielt eisern fest. Das erste Tier ergriff die Gelegenheit, mich erneut anzuspringen und mir in das verletzte Bein zu beißen, aus dem er dieses Mal ein Stück herausriss. Meine Schreie wurden lauter, als ich dem Kojoten immer wieder das blutige Messer in den Körper stieß.

Doch sein Hunger war stärker als der Schmerz. Gierig leckte er an meinem Blut und knabberte an den Wundrändern. Der Anblick des sabbernden Mauls ließ Panik und Entsetzen in mir aufsteigen. Mit beiden Armen und dem Messer attackierte ich die Tiere und versuchte hektisch, mich von ihnen zu befreien. Ich trat nach ihnen und spürte, wie die Stahlspitzen meiner Stiefel ihre Rippen trafen, doch sie griffen immer weiter an. Jetzt warfen sich alle sechs auf mich, beißend und knurrend schossen sie zwischen meinen Beinen herum. Ihr Kläffen klang nach höhnischem Lachen.

Plötzlich wünschte ich mir, dass dieses Kojotenpack tatsächlich ein Drache wäre, denn das wäre irgendwie weniger furchterregend. Mit einem Bergdrachen konnte ich fertigwerden, solange er nur ein Paar Augen hatte. Aber dieser Ansturm von Pelz, Zähnen, Klauen und Blut war wie ein Wirbelsturm. Die Hartnäckigkeit und Geschwindigkeit des Angriffs überwältigten mich.

Es schnürte mir den Atem ab, als ich vor dem Rudel zurückwich, und ich spürte Tränen auf meinem Gesicht. Mein Mund war zu einem Schrei verzogen, einem endlosen *Zurück! Zurück! Zurück!*. Doch die Tiere kamen immer wieder, die Zähne gefletscht und die Körper flach an den Boden gedrückt.

Plötzlich verfing sich mein Stiefel in etwas, und ich stürzte rücklings zu Boden, noch bevor ich auch nur fluchen konnte. Blitzschnell waren die Kojoten über mir und schnappten nach meinem Körper wie Geier nach Aas. Ich schlug um mich und trat mit den Absätzen zu, während sie sich um ihre Beute stritten. Mein Messer stach zu und traf ein Tier in die Schulter. Aber die Wunde war nicht tief, und der Kojote sprang nur außer Reichweite und lachte kläffend. Wieder traf ich, und ein weiteres Tier sprang weg und fletschte die Zähne zu einem grausamen Lächeln. Mein Herz schlug schneller, mehr aus Angst als vor Anstrengung.

Ich bemühte mich, ruhig zu bleiben, meine Reflexe zu schonen und abzuwarten. Meine plötzliche Bewegungslosigkeit machte sie noch kühner, und alle sechs warfen sich auf mich. Zähne wie kleine Messer bissen mich immer wieder. Ich unterdrückte meine Schreie und rang nach Atem. *Ignoriere den Schmerz … atme … es gibt keinen Schmerz … Sei ruhig. Sei ganz still. Lass sie glauben, sie hätten gewonnen … Ignoriere den Schmerz.*

Ich spürte, wie sich ihr Angriff veränderte. Ihre Zähne gruben plötzlich tiefer, suchten die Knochen. Mein Tod war nahe. Ich biss mir auf die Unterlippe, hielt still und wartete auf den richtigen Augenblick. Dann änderten sich die Rufe der Kojoten – aus dem lachenden Kläffen wurde ein gemeinsames triumphierendes Heulen, in dem das Knurren mitklang.

Zisch – ich durchtrennte dem ersten Kojoten die Kehle. *Stich* – der zweite bekam meine Klinge ins Auge, noch bevor er sie hatte kommen sehen. *Stoß* – ein dritter spürte das Messer an der Achillessehne und humpelte jaulend davon. Die anderen folgten und zogen sich mit aufgestellten Nackenhaaren zurück. Jetzt hatte ich Platz, konnte aufstehen und die Tiere anknurren, ohne dass sie mich ununterbrochen angriffen.

Doch als ich aufstand, merkte ich plötzlich, dass sie sich auf einmal gar nicht mehr für mich oder mein blutendes Fleisch interessierten. Stattdessen standen sie knurrend und zähnefletschend um ihre toten Kameraden herum. Und noch bevor ich erfasst hatte, was da vor sich ging, stürzten sich die verbleibenden Kojoten auf die Kadaver und den einen Kojoten, der sich noch am Boden wand, und begannen sie aufzufressen.

Starr vor Entsetzen sah ich zu, wie die Tiere Fell und Knochen zerrissen und ihre blutroten Schnauzen im Fleisch vergruben. Fast eine Minute starrte ich hin, bevor ich daran dachte, wegzulaufen.

Im Zickzack rannte ich durch das Labyrinth, nur darauf bedacht, die fressenden Kojoten hinter mir zurückzulassen.

Als ich sie schließlich aus den Augen verloren hatte, blieb ich keuchend stehen und stemmte die Hände auf die Knie. Je mehr sich mein Puls beruhigte, desto stärker spürte ich die Schmerzen, die mir wie heftige Stiche durch die Nerven zuckten. Am schlimmsten waren die Bisse an den Beinen: Jedes Mal, wenn ich sie belastete, drohten meine Knie einzuknicken. Ich entschied, einen Moment auszuruhen, um wieder zu Atem zu kommen.

Ich blickte in den Himmel. Irgendwie hatte ich die Richtung verloren und stand jetzt – den Flügeln des Reihers nach zu urteilen – in Richtung Süden. Also drehte ich mich um und sah erst zur Nordspitze des Sternbildes und dann auf den Weg. Die Abstände zwischen den Fackeln wurden größer, sodass sich zwischen den flackernden Flammen dunkle Inseln bildeten. Noch ein Stück weiter hörten die Fackeln ganz auf. Von meinem Standort aus konnte ich die hell lodernden Flammen der Fackeln hinter der Labyrinthmauer erkennen, doch weiter innen flackerte nichts. Kein Feuer warf Muster auf die Steine oder in den schwarzen Himmel, es gab nur noch Dunkelheit. Und ich stellte fest, dass ich, je weiter ich ins Labyrinth vordrang, mich immer mehr auf mein Gedächtnis und meinen Instinkt verlassen musste, um mich zu orientieren. Bald würde ich gar nichts mehr sehen.

Wie angewurzelt blieb ich stehen und suchte nach Anzeichen für

Bewegung, nach Umrissen von Kojoten oder noch Schlimmerem. Doch es gab nichts außer dem gewundenen Pfad. Ich schöpfte neue Hoffnung und fragte mich, ob Enlai seinen Hof vielleicht irgendwie überredet hatte, die Drachen aus dem Labyrinth zu holen.

Ich schloss die Augen und sog die Luft in die Lungen, um die Panik zu bekämpfen, die in mir aufsteigen wollte. Der Schock bedrohte mein Bewusstsein, und von dem stechenden Schmerz und dem Geruch meines eigenen Blutes wurde mir schlecht. Ich fluchte im Stillen. Ich war nicht ohnmächtig geworden, als mich der Bauernrebell fast ertränkt hatte oder als der Flussdrache mir den Arm aufriss oder als der Große Drache selbst meinen Namen gesagt hatte. Also würde ich auch jetzt nicht ohnmächtig werden.

Ich legte den Kopf in beide Hände, knirschte mit den Zähnen und suchte nach dem Fluss in mir. Es war ein undeutliches Bild, verschwommen durch den Blutverlust und die Angst, aber es war noch da. Es war immer da.

Doch da war auch noch etwas anderes. Ein Schatten hockte über dem geistigen Bild meines Flusses – ein kaltes, stilles Wesen, durch das sich alles wie Winter anfühlte. Ich schauderte, als ein kühles, grollendes Lachen in meinem Schädel widerhallte und mich aus dem Ort der inneren Ruhe vertrieb.

Ich riss die Augen auf. Das dumpfe Pochen in meinem Körper war einem warmen Summen gewichen. Es begann in meinem Kopf und fuhr durch meinen ganzen Körper, bis jede Zelle in wilder Freude erglühte.

Und plötzlich sah ich den Weg ins Herz des Labyrinths.

Zwar hatte sich mein Sehvermögen nicht geändert, und es war auch immer noch tiefschwarze Nacht – bis auf die Fackeln –, aber es spielte keine Rolle mehr. Auch wenn ich in der Dunkelheit immer noch nicht sehen konnte, nahm ich meine Umgebung nicht mehr nur mit meinen Augen wahr. Es war ein Sehen mit Haut, Fingernägeln und Haarspitzen, mit dem Herzschlag und mit dem Atem. Es war mehr ein Wissen als ein sinnliches Wahrnehmen, und ich hinterfragte es nicht einen Augenblick lang. Mit dem Selbstvertrauen von jemandem, der diesen Weg schon tausend Mal gegangen war, lief ich durch das Labyrinth.

In einem Viertel der Zeit, die ich bis zu den Kojoten gebraucht hatte, gelangte ich zum Mittelpunkt des Labyrinths. Die Höhe der steinernen Mauern um mich herum nahm plötzlich ab, bis sie nicht mehr höher als bis zu meinen Knien reichten. Um mich herum erkannte ich die Form des Labyrinths zwischen den verschwindenden Mauern – Dutzende von gewundenen Pfaden, die sich durch ein Netz aus Stein zogen. Dann hörten die Mauern plötzlich ganz auf, und ich stand auf einem runden, mit feinem Kies belegten Platz.

In der Mitte dieses Hofes stand ein Tempel, aus dem gleichen Stein errichtet wie das Labyrinth selbst, doch so glatt poliert, dass er wie ein grauer Spiegel wirkte. Die Tür bestand aus Rauchglas. Um den Tempel herum lagen die Kiesel in kunstvollen Mustern, die mich an den Palast von Mizu erinnerten. Das Heimweh schmerzte fast ebenso wie die Wunden an meinem Körper, aber ich schob es beiseite, als ich auf den Tempel zuging. Mein Herz klopfte laut und schwer in meinen Ohren, aber mein Puls ging gleichmäßig. Ich legte die Hände an die glatte Tür und schob. Leise ging sie auf.

Im Tempel roch es sauber, kühl und metallisch. Mein Atem stand als kleine Wolke vor meinem Gesicht in der Luft.

So, wie die Prüfung von Mizu in einem Tempel stattgefunden hatte, der wie Mizu selbst war, so war dieser Ort wie die Shi-Berge – oder zumindest so wie das, was ich darüber gelesen hatte. Die Luft war frisch, hell und klar und überlagert vom Geruch nach Fichten. Doch dieser Tempel war größer als der von Mizu, und die Decke wölbte sich wie der Himmel selbst über mir. Zwischen den Säulen der breiten Torbögen, die um den ganzen Raum herum angeordnet waren, sah ich Statuen – die Götter und Göttinnen des Shi-Reiches. Die meisten davon waren bewaffnet, entweder trugen sie Waffen in der Hand, oder sie hatten scharfe Zähne wie Bären. Ein paar waren fast unscheinbar und sahen wie Bäume oder Felsen oder andere unbelebte Objekte aus. Und eines sah aus wie ein Habicht mit einem Frauenkopf.

Mitten im Raum stand auf einem Podest, das über meinem Kopf aufragte, die Statuette, die das Symbol von Shi sein musste, von dem Enlai gesprochen hatte. Es war klein, so klein, dass es in meine Hand passte, und bunt bemalt. Es zeigte einen Mann in glänzender Rüstung mit einer Krone, deren spitze Zacken mir die Finger zerstechen würden, wenn ich sie anfasste. Sein Ausdruck war wild, und er stand in Angriffsstellung. In einer Hand hatte er ein schweres Schwert, das er über den Kopf schwang, als wolle er damit nach mir schlagen.

Stirnrunzelnd sah ich die Figur an, denn ich hatte das merkwürdige Gefühl, diesen Gott zu erkennen. Doch das ergab keinen Sinn. Ich war ein Kind von Mizu – ich kannte nur Mizu-Götter. Wie konnte ich das Symbol eines anderen, so weit entfernten Königreiches kennen?

Die Augen des Gottes zogen meinen Blick an, und sie waren es, die das Erkennen aufblitzen ließen. Seine Augen und das Wappen auf seiner Rüstung – eine gebrochene Sonne.

»Masashi«, murmelte ich. Es war der böse Feldherr der Geisterarmeen, der Gott, der das Leben einer Frau bedroht hatte, um ihr den Thron zu stehlen. Es war der Mann der Kosuke, der von der Hand der Göttin gestorben war.

Masashi ist der Schutzpatron des Mountain Kingdom?

Überrascht, verlegen und ein wenig beunruhigt nahm ich das Symbol an mich. Es war so schwer, dass ich es beinahe hätte fallen las-

sen, ich hielt es fest in der einen Hand. In der anderen hatte ich das blutige Messer. Dann wandte ich mich um, um den Tempel zu verlassen.
Doch hinter mir stand eine Bestie, so groß, dass sie fast an die Decke des Tempels stieß. Das Symbol entglitt meiner Hand.

Kapitel 16

Die Statuette fiel krachend zu Boden, und ich dachte schon, das laute Geräusch würde den ganzen Tempel einstürzen lassen. Ich war vor Schreck wie erstarrt. Wie hatte ich übersehen können, wie groß diese Kreaturen waren, als ich sie bei den Zeremonien gesehen hatte? Er war nicht so groß wie der Shadow Dragon, nicht einmal annähernd, aber er war gedrungen wie ein Bär und bewegte sich mit berechnender Langsamkeit. Plötzlich fragte ich mich, ob die kalte Bergluft hier im Tempel von ihm ausging. Jetzt, wo er so nah war, wo ich ihn mit meinen eigenen Augen sehen konnte, fühlte ich seine kalte Anwesenheit bis ins Mark.

»Ich will fliegen, so hoch wie möglich, will mit meinen großen Klauen die Wipfel der höchsten Bäume stutzen … ich will essen. Ich will ein Reh reißen oder, noch besser, einen Berglöwen, eine große Ziege – irgendetwas, was groß genug ist, meinen leeren Bauch zu füllen …«

Die Magie des Drachen nahm mich gefangen, bevor ich mir dessen bewusst war, und unwillkürlich streckte ich die Hand aus, um ihn zu streicheln, ihn zu berühren. Mit schierer Willenskraft riss ich mich von seiner Magie los und stolperte von dem massigen Körper zurück. Zitternd zielte ich mit meinem Dolch auf das Herz des Drachen, obwohl meine Muskeln schon von dieser geringen Anstrengung brannten und meine Wunden pulsierten. Ich wusste nicht, was das kleine Messer gegen den Panzer dieser Bestie ausrichten konnte, aber ich musste es trotzdem verwenden. Ich musste irgendwie versuchen, mir meinen Weg hier heraus zu erkämpfen.

Ich taumelte ein Stück vor, schwenkte die Klinge und gab ein kehliges Geräusch von mir, als ob ich ihn damit in die Flucht schlagen könnte. Doch der Drache floh nicht. Auf allen vieren kam er näher, vorsichtig und ohne Eile. Seine Augen waren kleiner, als ich erwartet hatte. Vielleicht lag es aber auch daran, dass sie halb unter rauen, gehörnten Graten verborgen lagen, die über den Augenhöhlen hervorragten. Er kam immer näher. Jetzt war er direkt vor mir und blies mir seinen Atem ins Gesicht – einen Atem, der so kalt und steinig war wie die Berge. Meine Haare wurden mir aus der Stirn geweht, als er schnaufte und schniefte, tierhafter, als ich es je bei einem Drachen erlebt hatte. Wieder erstarrte ich – erstarrte auf eine andere Weise, aus einem anderen Grund.

Die Kälte durchdrang mich bis in die Knochen und noch tiefer, bis in mein Gehirn. Sie ging von demselben kalten Schatten aus, der an meinem ruhigen inneren Ort gelauert hatte. Plötzlich war ich nicht mehr Herrin meines Körpers. Ich wurde aus mir herausgeschleudert und schwebte über meinem eigenen Kopf, während etwas anderes meinen Körper übernahm. Alles wurde still. Der Bergdrache bewegte sich nicht mehr. Ich atmete nicht mehr.

Dann brüllte der Drache. Die Lautstärke ließ die Steine unter meinen Füßen erbeben. In mir bäumte es sich dunkel auf, wütend über die Dreistigkeit dieser Bestie, und ich brüllte zurück.

Dieses Gebrüll konnte mein Körper nicht auf natürliche Weise hervorgebracht haben. Dafür besaß ich nicht die Lungen, die Kehle oder die Zunge. Es war ein scharrendes, knurrendes Geräusch, das von jemand anderem kam als von Kai, und plötzlich hatte ich mehr Angst vor mir selbst als vor dem Drachen.

Der Bergdrache fuhr zurück und sah mich mit seinen harten, schattigen Augen an. Tief in den hellen Pupillen ging eine Veränderung vor sich – etwas wurde weicher, als würde sich der Drache vor meinen Augen in einen großen Welpen verwandeln. Dann ließ er sich zu meinen Füßen auf den Bauch sinken.
Verblüfft starrte ich die Bestie an, und vor Verwunderung verschwand meine Furcht. Aus der Kehle des großen Tieres kam ein miauender Laut.
Plötzlich verspürte ich eine große Zuneigung zu dem Wesen. Vorsichtig, bebend legte ich meinen Kopf an den seinen. Die Augen, schwarz wie Obsidian mit einem silbernen Punkt in der Mitte, sahen zu mir auf. Es waren beunruhigende Augen, magische Augen, und ich wusste, dass ich wieder Angst haben würde, wenn ich in meinem eigenen Körper zurück wäre. Aber ich schwebte immer noch irgendwie über mir selbst und beobachtete das Geschehen mit ehrfürchtiger Bewunderung.
Und dann, ganz plötzlich, als hätte ich einen Schlag ins Gesicht erhalten, verschwand diese eigenartige Besessenheit. Ich riss meine Hand von der schuppigen Haut des Drachen, und mit einem Mal spürte ich wieder den Schmerz und die Furcht. Ungeschickt hob ich die Statuette vom Boden auf und rannte, so schnell mein verletzter Körper es zuließ, aus dem Tempel.
Vielleicht war es Glück, vielleicht umgab mich aber auch noch etwas von dieser Macht, die von mir Besitz ergriffen hatte. Auf jeden Fall begegnete ich auf dem Rückweg durch das Labyrinth keinen Kojoten, und trotz der Dunkelheit konnte ich immer noch den richtigen Weg vor mir sehen.
Der erste Hauch der Dämmerung hatte den Himmel gerade erst berührt, als ich zum Eingang des Labyrinths zurückkehrte.
Der ganz Hof des Mountain Kingdom hatte vor dem Tor gesessen und geschlafen oder sich mit gedämpften Stimmen unterhalten. Als

sie mich hinter den Mauern auftauchen sahen, keuchten sie auf, als hätten sie einen Geist gesehen. Enlai, der auf einer Sänfte voller Kissen geruht hatte, stand auf, als ich ihm die Statuette vor die Füße warf. Er lächelte, und in seinem Lächeln lag Erleichterung und Schreck und – wie beim Desert Kingdom – ein klein wenig Angst.

»Bei allen Göttern, Prinzessin Noriko«, flüsterte er so leise, dass nur ich ihn hören konnte, »Ihr seid wirklich ein Wunder.«

Ich war zu erschöpft, um mit etwas anderem als einem Lächeln zu antworten, als er vor mir auf die Knie ging.

»Das Mountain Kingdom schwört Euch Gefolgschaft«, verkündete Prinz Enlai mit gedämpfter, heiserer Stimme. »Ihr seid unsere Kaiserin.«

Das war es, dachte ich, doch mein Kopf war wie vernebelt. Das war die letzte Prüfung. Ich bin die Herrscherin der vier Königreiche.

Ich war so erschöpft, dass ich vergaß, mich zu korrigieren, mein Herz und meinen Verstand daran zu erinnern, dass es im Grunde Noriko war, die gerade eben den Thron gewonnen hatte.

***

»Vorsicht mit dieser Nadel«, sagte ich zu dem Dienstmädchen, das mir die Haare machte. »Du stichst mich ja damit.«

Das Mädchen erbleichte, doch ich lächelte sie an, damit sie nicht glaubte, dass ich sie hinrichten lassen würde.

»Schon gut. Steck sie einfach nur hoch.«

»Jawohl, Herrin«, murmelte sie mit ein wenig zittriger Stimme.

»Wie viele Kojoten waren es noch mal?«, fragte Madame Chizuko, die unser unterbrochenes Gespräch im Flussdialekt wieder aufnahm.

Mein Blick glitt zu ihr. Sie saß in einer Ecke in meinem Schlafzimmer und tat, als würde sie ein Buch lesen. Als die Heiler gestern meine Wunden behandelt hatten, hatten sie einen so starken Betäu-

bungszauber ausgesprochen, dass ich halb verrückt wurde und in Chizukos Gegenwart über die Ereignisse im Labyrinth geplappert hatte.
»Sechs«, antwortete ich. »Es waren sechs Kojoten, wie ich bereits gesagt habe.«
Ich rollte den Kopf auf den Schultern. Die Heiler hatten gute Arbeit geleistet. Die Bisse heilten schnell, aber ich entdeckte ständig neue blaue Flecken, Schnitte und Schwellungen. Mein ganzer Körper war steif und empfindlich, als hätte ich Fieber.
»Das glaube ich nicht«, behauptete Madame Chizuko. »Du kannst nicht sechs Kojoten ganz allein besiegt haben.«
Ich zuckte mit den Schultern und gab keine Antwort. Mir war es ziemlich egal, ob sie mir glaubte oder nicht. Ich hatte Mühe, den Kopf still zu halten, während das Mädchen an meinen Haaren zerrte.
»Und der Schutzpatron von Shi ist also tatsächlich auch ein Flussgott?«, forschte Chizuko nach.
»Das weiß ich nicht«, antwortete ich. »Die Statuette hat mich an Masashi erinnert – den Befehlshaber der Geisterarmeen.«
Madame Chizuko runzelte die Stirn, und eine Sorgenfalte tauchte auf ihrer Stirn auf. Ich schürzte die Lippen, um nicht zu lächeln. Dieser Gesichtsausdruck passte zu jemandem, der sich gerade das Hirn zermarterte und nach einer Information über diesen Gott suchte, den sie bei ihrer Andacht zu erwähnen vergessen hatte.
»Masashi war der Befehlshaber der Geisterarmeen«, erzählte ich. »In der Überlieferung von Mizu wurde er von Kosuke getötet, weil er versucht hatte, die Kaiserin zu ermorden.«
»Ja, das weiß ich natürlich«, knurrte Chizuko und blätterte demonstrativ eine Seite in ihrem Buch um. »Ich finde es nur … merkwürdig … dass das Mountain Kingdom einem so blutrünstigen Gott huldigt.«

Ich wusste, was sie dachte, denn ich hatte das Gleiche gedacht.
Jemand hatte unsere Zimmer in Brand gesteckt. Masashi – höchstwahrscheinlich der Schutzpatron des Mountain Kingdom – war von Kosukes Hand in den flammenden Strahlen der Sonne gestorben. Das war interessant. Vielleicht war es nur ein Zufall … Aber die Prüfung des Mountain Kingdom war darauf angelegt gewesen, mich zu töten. Das hatte ich mir nicht nur eingebildet. Die Kojoten, der Drache und schon allein die Größe des Labyrinths, ganz zu schweigen von den entsetzten Gesichtern des gesamten Hofstaats des Mountain Kingdom bei meiner Rückkehr – ganz offensichtlich hatten sie nicht erwartet, dass ich überlebte.
Diese Erkenntnis war seltsam befriedigend. Aiko und Hisakawa hatten mich gewarnt, dass die anderen Königreiche nicht mit mir einverstanden sein würden und dass sie ihr Möglichstes tun würden, um zu verhindern, dass ich den Krönungstag erlebte. Damit hatte ich gerechnet. Aber ich hatte nie etwas gesehen, was am Hof von Shi auf Attentäter hingedeutet hätte. Ich glaubte nicht, dass jemand aus Enlais Delegation mein Zimmer hätte in Brand stecken können.
Derartige Feindseligkeit hatte ich nur von Samac erfahren, und es fiel mir schwer, nicht an meiner ursprünglichen Theorie festzuhalten, dass Minh und Cadeo hinter dieser Gewalt steckten.
Chizuko war unruhig, tippte mit der Fußspitze auf den Boden und ließ den Blick unstet durchs Zimmer gleiten. Schließlich platzte sie heraus:
»Es ist das Shi-Reich! Ich weiß es, es ist das Shi-Reich. Jemand aus dem Hof des Mountain Kingdom hat den Kaiser getötet, und jetzt versuchen sie, dich umzubringen.«
Ich zog die Brauen hoch und wandte meinen Blick dem Dienstmädchen zu, das an meinem Haar und meinem Make-up arbeitete. Bei Chizukos Ausbruch zuckte sie nicht mit der Wimper.

»Interessant«, meinte ich kühl. »Was ist mit Eurer Theorie über die Bauernrebellen?«
Chizuko sah mich finster an, ließ ihr Buch sinken und verschränkte die Arme vor der Brust.
»Mach dich nicht lächerlich, Mädchen. Diese Bauernrebellen haben doch gar nicht die Möglichkeit für derartige Angriffe. Wie sollten sie es fertiggebracht haben, einen Kaiser zu töten? Wie hätten sie in dein Zimmer kommen können?«
Angewidert sah ich sie an.
»Nun, wie passend.«
Immer wenn ich angedeutet hatte, dass vielleicht eines der Königreiche hinter den versuchten Anschlägen steckte, hatte sie mich behandelt, als wäre ich verrückt. Und jetzt wetterte sie gegen die Shi, als hätte sie sie schon die ganze Zeit verdächtigt.
»Ich weiß nicht, wovon du redest«, behauptete Chizuko steif.
Ich verdrehte die Augen und zuckte zusammen, als mich das Mädchen wieder mit der Nadel in die Kopfhaut stieß.
»Ich habe doch gesagt, du sollst vorsichtig sein!«
Ich fasste nach der Stelle an meinem Kopf und stellte fest, dass ich blutete. Als ich aufsah, hielt sich das Mädchen zitternd die Hand vor den Mund.
»Es tut mir leid«, flüsterte sie heiser. »Es tut mir so leid …«
»Geh«, knurrte ich. »Schick mir jemand anderen. Ich will nicht, dass du mich noch einmal anfasst.«
Sie rannte hinaus und versuchte, ihr Schluchzen zu verbergen. Ich stellte fest, dass es mir egal war, ob sie weinte. Sie hatte mich verletzt. Sie war schuld, dass ich blutete. Sie verdiente die Angst und die Schuldgefühle.
Als das zweite Mädchen eintrat, befahl ich barsch in der gemeinsamen Sprache: »Mach meine Frisur und mein Make-up fertig. Und zwar schnell, wir werden in einer Stunde in der Festhalle erwartet.«

Das Mädchen berührte mein Gesicht, als hätte sie es mit heißen Kohlen zu tun. Ich schloss die Augen, dankbar für die sanfteren Hände des neuen Mädchens.

»Madame Chizuko«, sagte ich immer noch in der gemeinsamen Sprache, »Ihr dürft auch gehen.«

»Was?«, fragte sie, als hätte sie nicht richtig verstanden. »Was soll das? Warum denn?«

Ich machte die Augen auf und sah in ihr verkniffenes, weißes Gesicht und sprach endlich das aus, was ich schon seit Wochen hatte sagen wollen: »Weil Ihr kleinlich und gemein seid. Euch liegt weder mein Bestes am Herzen noch das Eures Königreiches. Ihr wollt nur über irgendetwas befehlen. Vor allem über mich. Nun, heute werdet Ihr das nicht. Ich entlasse Euch endgültig. Meinetwegen kann Hisakawa mein Berater und meine Anstandsdame sein.«

Chizukos blasses Gesicht wurde noch blasser. Sie klappte den Mund auf und zu wie ein Fisch, immer wieder – auf der Suche nach Worten, die ihr fehlten. Zufrieden sah ich, wie sich ihre Hände zu Fäusten ballten und bebten.

In der Flusssprache zischte Chizuko: »Es spielt keine Rolle, was du sagst. Du bist nicht meine Prinzessin. Du wirst nie meine Kaiserin sein. Es ist völlig egal!«

Ich schloss erneut die Augen und bemühte mich, gleichmütig und ausdruckslos auszusehen.

»Geht jetzt! Kusch!«

Chizuko machte ein Geräusch wie ein Hund, dem man auf den Schwanz getreten hatte, doch ich hörte, wie sie durchs Zimmer stapfte, die Tür aufriss und ins Vorzimmer rief, dass die *künftige Kaiserin* Hisakawa zu sehen wünschte. Den Titel *künftige Kaiserin* betonte sie mit einem Sarkasmus, der zum Schneiden dick war.

Einen Augenblick später trat Hisakawa ein und blieb vor mir stehen. Ich sah ihn kühl an, ohne ein Wort zu sagen.

»Was hast du ihr angetan?«, fragte er.
»Ich habe sie entlassen.«
Er zog eine Braue hoch. »Nun ja«, meinte er und ging zur Flusssprache über, »dann können wir uns unterhalten, ohne dass sie uns unterbricht.« Er drehte sich um und setzte sich auf den Stuhl in der Ecke, stützte das Kinn in die Hand und lächelte mich an. Ich musste mich beherrschen, nicht zurückzugrinsen. Aber im Augenblick trug ich meine königliche Maske, und die wollte ich nicht ruinieren.
»Morgen wird Großmeister Xuwicha die Kommunikationssperre um die Kaiserstadt aufheben«, erklärte er. »Ich habe dem König einen Brief geschrieben, in dem ich ihm erzählt habe, was in den letzten paar Tagen geschehen ist. Innerhalb einer Woche sollte Noriko hier sein. Sie wird als ein Dienstmädchen des Königs und der Königin hier eintreffen. So kann sie mit dir den Platz tauschen, ohne dass es jemand merkt.«
Er lächelte äußerst erleichtert und sah auf einmal um Jahre jünger aus.
Ich bekam ein komisches Gefühl im Bauch – fast wie Übelkeit oder eine Magenverstimmung. Erst nach ein paar Sekunden merkte ich, dass es Empörung war. Es war die Verräterin, die sich wie eine Flutwelle in mir erhob, sich aufbäumte und ans Ufer brandete.
Sie darf nicht auf den Thron, er gehört mir, ich habe Anspruch darauf, ich wurde gewählt, der Shadow Dragon hat mich ausgewählt!
»Prinz Enlai hat mich gebeten, seine Frau zu werden«, sagte ich. Die Worte brachen unüberlegt und ohne Vorwarnung aus mir heraus. Niemand außer Aiko und Chou wusste davon. Ich hatte den Vorfall wie ein etwas peinliches Geheimnis für mich behalten. Aber es war real, es war geschehen, und ich konnte es einsetzen.
Hisakawa riss die Augen so weit auf, dass seine Lider zu verschwinden schienen.

»Wie bitte?«
»Er hat mich gebeten, ihn zu heiraten. Und ich habe abgelehnt.«
Die Überraschung und der Zorn in Hisakawas Gesicht waren seltsam befriedigend. Ich hatte das Gefühl, als hätte ich eine schlafende Katze gestochen, bis sie fauchend flüchtete.
Hisakawa sprang auf und begann, auf und ab zu gehen, die Hände hinter dem Rücken verschränkt, das Gesicht vor Wut verzerrt.
»Er hat dich gefragt? Allein? Ohne seinen Hofstaat? Und er … Bei allen Göttern, das muss ein Machtspiel sein. Dieses Labyrinth … diese lächerlich gefährliche Prüfung. Natürlich geht es hier um die Macht. Tötet die neue Kaiserin oder heiratet sie – Hauptsache, sie übernimmt den Thron nicht allein.«
»Was?«, fragte ich, und meine Freude war plötzlich wie weggeblasen. »Töten oder … heiraten?«
»Natürlich, Mädchen«, entgegnete Hisakawa. »Das ist doch der älteste Trick der Welt. Heirate die Königin, und wenn sie dich geheiratet hat, bring sie um. Und wenn sie dich nicht heiraten will, dann bring sie um – und lass deine eigenen Leute ihren Platz einnehmen. Wenn man einen Aufstand proben will, dann fängt man so an. Das haben ihm seine Berater sicher ins Ohr geflüstert.«
Mein erster Gedanke war, dass Minister Hisakawa ein würdiger Gegner sein würde, falls er sich je entschloss, sich gegen die Herrschenden zu wenden. Mein zweiter Gedanke war: *Nein. Nicht Enlai.*
Ich starrte auf meine Hände und stellte fest, dass sie sich in die kostbare Seide meines Morgenrocks gekrallt hatten. Mein Verstand hatte diese Möglichkeit nicht ausgeschlossen, doch mein Herz hatte sie nicht akzeptieren wollen. War es denn so unmöglich, dass Enlai mich einfach nur gernhatte? Musste er denn weiter reichende Motive haben?
Meine Augen brannten. *Nicht Enlai. Bitte. Nicht Enlai.*

Dann musste ich plötzlich wieder an die Statuette denken, die ich im Bergtempel in der Mitte des Labyrinths gefunden hatte – das Bild von Masashi, oder das ich zumindest für Masashi gehalten hatte. Der wilde Gott, dessen Machtgier ihn die Sonne selbst herausfordern ließ. Ich spürte, wie sich mein Magen zu einem harten, kalten Knoten zusammenkrampfte.

Nein, dachte ich. *Nein*, das würde ich nicht zulassen. Er war mein Freund. Ich würde nicht das Schlimmste von ihm annehmen, egal, was meine Berater sagten.

Hisakawa fluchte plötzlich – einen gemeinen, heftigen Fluch, den ich erst ein Mal gehört hatte, als Chou einen Sparringskampf verloren hatte. »Warum hast du mir das nicht früher gesagt?«

Ich zuckte mit der Schulter.

»Es schien mir nicht wichtig.« *Weil es peinlich war*, dachte ich. *Es war lächerlich. Es war das erste und letzte Mal, dass jemand um meine Hand anhalten würde. Es war unglaublich …* Ich musste schlucken. »Ich … ich wollte es Euch nur jetzt sagen, weil Prinz Enlai den Austausch als Erster bemerken würde. Er hat mich aus der Nähe gesehen. Er wird erkennen, dass Noriko nicht die Prinzessin ist, die er zuerst gesehen hat.«

Hisakawa ging stirnrunzelnd weiter auf und ab.

»Ja, das ist natürlich ein Nachteil«, meinte er. »Wir werden dafür sorgen müssen, dass der Hof des Mountain Kingdom bei der Krönung so wenig wie möglich von Noriko sieht und danach überhaupt nicht mehr.«

»Oder«, schlug ich vor, »ich übernehme Norikos Rolle während der Krönung, und Noriko übernimmt den Thron, wenn die Königreiche abgereist sind. Dann wird niemand den Unterschied zwischen uns bemerken.«

Hisakawas Brauen schossen so weit in die Höhe, dass sie fast seinen zurückweichenden Haaransatz erreichten.

»Das«, meinte er langsam, »ist *fast* eine gute Idee. Außer, dass du bei der Krönung die Prinzessin nicht vertreten kannst.«
»Warum denn nicht?«, fragte ich.
Hisakawas Stimme und sein Blick wurden etwas härter, als hätte er mich durchschaut.
»Weil du, wenn du während der Krönung auf dem Thron sitzt, die neue Kaiserin bist«, erklärte er. »Jeglicher Tausch danach wäre Blasphemie.«
Ich hielt seinem stählernen Blick stand, ohne mit der Wimper zu zucken.
»Es haben auch alle behauptet, es wäre Blasphemie, dass ich vor dem Shadow Dragon stünde«, wandte ich ein. »Trotzdem haben wir es getan.«
Hisakawa sah mich mit verschlagenem, berechnendem Blick an.
»Ohne mich würde Noriko nie Kaiserin sein«, erklärte ich gelassen. Und wieder stürzten die Worte hervor, bevor ich es verhindern konnte, als spräche in diesem Moment jemand anderes. »Noriko hätte die Prüfungen nicht überstanden. Sie hätte sie nicht *überlebt*.«
Minister Hisakawa blinzelte. Dann seufzte er, rieb sich über die Stirn und zwickte sich in die Haut zwischen den Brauen, als bekäme er Kopfschmerzen.
»Das ist vielleicht wahr, meine Liebe«, sagte er, »aber du bist nicht die Prinzessin, und deshalb kannst du nicht Kaiserin sein.«
Ich bekam einen bitteren Geschmack im Mund, was ich nicht ganz verstand.
»Ich verstehe.«
Er legte den Kopf schief und fragte auf einmal wachsam und nachdenklich wie eine Eule: »Willst du denn Kaiserin sein?«
Er war der Erste, der auch nur ansatzweise diese Frage stellte. Die Direktheit ließ mein Herz stolpern, und die Antwort, die mir vor

ein paar Sekunden noch so klar vor Augen gestanden hatte, war auf einmal so verworren und verdreht wie das Labyrinth des Mountain Kingdom.

Will ich Kaiserin sein? In den letzten Tagen hatte es keine Rolle gespielt, was ich wollte. Ich *war* die künftige Kaiserin. Es war meine Pflicht, die ich mit dem Schwert der Göttin und dem Eid eines kleinen Mädchens übernommen hatte. Aber im Laufe der Zeit hatte ich gefühlt, dass ich nicht nur meiner Prinzessin und Mizu gegenüber eine Pflicht zu erfüllen hatte, sondern auch dem Imperium gegenüber. Dieses Imperium war nicht die friedliche Allianz von Königreichen, die der Große Phx sich vorgestellt hatte. Es war in die Brüche gegangen, voller kriegführender Fraktionen, Verdächtigungen und Unehrlichkeit. Und ich lernte, was nötig war, um die Scherben des Imperiums durchzusehen, sie zu bewerten und zu versuchen, sie wieder zusammenzufügen. Ich konnte das schaffen. Der Shadow Dragon hatte mir in die Augen gesehen und mir den Thron überlassen. Der Shadow Dragon wusste, dass ich das vermochte.

Ich konnte mein Schwert nicht aufgeben. Der Gedanke, meine Schwestern und das Leben im Tempel aufzugeben, war zu schmerzhaft. Aber der Macht so nahe zu kommen, nur um sie wieder aufgeben zu müssen – das war zum Verzweifeln.

»Ich weiß nicht«, sagte ich schließlich.

Hisakawa sah mich mit mehr Mitgefühl an, als ich erwartet hätte.

»Wir haben viel von dir verlangt«, sagte er sehr leise. »Hätten wir gewusst, was passieren würde, hätten Ihre Majestäten dir diese Last sicher nicht aufgebürdet. Ich werde ihnen berichten, wie gut du gewesen bist. Ohne dich wäre das alles nicht möglich gewesen – und obwohl es seltsam war und auf keinen Fall konventionell, glaube ich, dass der König und die Königin das auch sehen und dir die gebührende Ehre erweisen werden.«

Ich spürte eine unbestimmte Drohung in seinen Worten, oder eher dahinter – etwas, was er nicht ganz aussprach. Ich vermutete, dass er selbst nicht sicher war, was der König und die Königin mit mir vorhatten. Und da der König und die Königin nicht einmal wussten, dass die falsche Noriko zur nächsten Kaiserin ernannt worden war, wussten sie auch nicht, dass jetzt mehr auf dem Spiel stand als damals, als sie das letzte Mal mit ihrem Berater gesprochen hatten. Minister Hisakawa war besorgt. Vielleicht mehr als besorgt. Hisakawa hatte Angst um mich.

Es war seltsam, wie wenig mich im Moment das Urteil der Majestäten kümmerte. Vielleicht würden sie beschließen, mich als Lehrerin zurück in den Tempel zu schicken. Möglicherweise beschlossen sie auch, mich töten zu lassen. Aber irgendwie hatte ich das Gefühl, als würden ihre Entscheidungen das, was tatsächlich geschehen würde, nicht wirklich beeinflussen. Sie konnten über mein Schicksal nicht mehr entscheiden. Irgendwie war ich in der letzten Woche in die Obhut von mächtigeren Händen übergegangen.

Ich dachte an die Kälte und die Dunkelheit, die in mir lauerten und meine Sinne geschärft hatten, als ich durch das Labyrinth gelaufen war. Ich erinnerte mich an die Stimme des Shadow Dragon in meinen Träumen. Dann dachte ich an den König und die Königin von Mizu, die überlegten, wie sie die Hochstaplerin loswerden konnten, die sie erschaffen hatten. Und an Noriko, die in der Verkleidung eines Dienstmädchens oder einer Hofdame bald auf dem Weg zum Kaiserpalast sein würde, um den Thron einzunehmen.

Und in meinem Kopf hörte ich diese Stimme – diese kühle, trockene Stimme, die mir gehörte und dann auch wieder nicht –, die flüsterte: »Wir werden sehen.«

»Herrin?«, fragte das Dienstmädchen mit zitternder Stimme. »Ich bin fertig. Seid Ihr zufrieden?«

Sie reichte mir einen kleinen Handspiegel, und ich betrachtete mein Spiegelbild. Der schwarze Kholstift, der Schimmer von Grün und

Blau auf meinen Wangen, die silbernen Lippen – es war die gleiche Prinzessinnenmaske, die ich die letzten Wochen über getragen hatte. Aber etwas hatte sich verändert. *Ich* hatte mich verändert. Ich war zur Hälfte Kai und zur Hälfte künftige Kaiserin.
»Ja«, sagte ich leise. »Ich bin zufrieden.«

Kapitel 17

Ich nahm nur vorsichtige Schlucke aus meinem Becher, denn ich wurde das Gefühl nicht los, dass ich lieber keinen Wein trinken sollte, weil ich in einer Stunde meinen Dienst antreten musste. Trotzdem trank ich ihn und war überrascht von dem Geschmack, der auf meiner Zunge explodierte. Im Tempel hatten wir zwar auch Wein, aber der war schwach und verwässert und sollte den Durst löschen, er war nicht zum Feiern da.

Im Saal ging es lauter und lockerer zu als während der ganzen Zeit, die ich in der Kaiserstadt verbracht hatte. Auf einem Podest am Ende des Saales spielten vier Musiker Instrumente, die ich noch nie gesehen hatte. Ihr Spiel war ein luftiges Klingeln, als ob man dem Mondlicht lauschte. Mein Tisch stand wie eine Insel mitten im Saal, doch die Einsamkeit meines Platzes belastete mich nicht so sehr wie beim letzten Bankett. Ich genoss meine kleine Insel mit meinem Wein und dem guten Essen, erhaben über die anderen, wie eine Kaiserin. Denn ich *war* die Kaiserin.

Ich nahm noch einen Schluck Wein und lehnte mich lächelnd auf dem gepolsterten Stuhl zurück. Ob ich wegen des Weines lächelte oder weil die Prüfungen jetzt endgültig vorbei waren, wusste ich nicht, aber ich hatte das Gefühl, fliegen zu können.

»Prinzessin.« Großmeister Xuwicha tauchte vor mir auf und verneigte sich tief. »Ich gratuliere.«

Immer noch lächelnd, setzte ich mich auf. Ich freute mich wirklich, ihn zu sehen. Wir mussten einander kennenlernen, Großmeister Xuwicha und ich. Er war der Reichskanzler, mein neuer Berater und meine rechte Hand, sobald ich den Thron bestiegen hatte.

Sobald ich den Thron bestiegen hatte? Aber ich würde den Thron nicht besteigen. Es war nicht mein Thron … Das vergaß ich immer so leicht.

»Künftige Kaiserin«, begann Großmeister Xuwicha, »ich glaube, ich kann für das ganze Imperium sprechen, wenn ich sage, dass ich von der Art, wie Ihr die letzte Prüfung bewältigt habt, sehr beeindruckt bin. Dank der Götter werden wir bald eine Kaiserin haben, die nicht nur weise, sondern auch stark ist.«

Mir stieg die Röte ins Gesicht. Plötzlich vergaß ich, dass *ich den Thron nicht besteigen würde.*

»Ich fühle mich sehr geschmeichelt, Großmeister Xuwicha. Die Göttin hat mir beigestanden.«

»Die Göttin?«

»Kosuke, die Sonnengöttin. Sie ist die Schutzgöttin …« Schnell verschluckte ich die Worte, mit denen ich mich beinahe verraten hätte. »… sie ist eine Schutzgöttin von Mizu.«

»Wir können viel von Euch lernen«, erklärte Großmeister Xuwicha herzlich. »Es ist schon eine Weile her, seit wir einen Herrscher aus dem River Kingdom hatten.«

»Ich weiß, dass ich ebenso viel von Euch lernen werde wie Ihr von mir.«

Immer noch lächelnd, nahm Großmeister Xuwicha ein Stück Pergament und einen Kohlestift aus den Falten seines Gewandes und hielt es bereit wie ein eifriger Schüler.

»Habt Ihr schon über die Krönung nachgedacht, künftige Kaiserin? Irgendwelche besonderen Vorbereitungen, die wir treffen sollen?«

»Oh, natürlich.« Ich starrte sein Blatt an und musste ein Lachen unterdrücken. Das hier war ein Festessen. Ein Fest. Und hier saß Großmeister Xuwicha und arbeitete, während um ihn herum die Leute ihr Essen, den Wein und die Musik genossen. Ich hatte das Gefühl, als ob er und Hisakawa gute Freunde sein könnten.

Beim Gedanken an Hisakawa fielen mir dessen Worte ein – wie wichtig es war, Noriko vor der Krönung in die Stadt zu holen.

»Ich hätte gerne, dass meine Eltern bei der Zeremonie anwesend sind«, sagte ich daher schnell. »Das ist mir sehr wichtig. Wird das möglich sein?«

»Ja, ich glaube schon«, antwortete Großmeister Xuwicha und kritzelte auf sein Pergament. »Sie brauchen für die Reise fünf Tage, nicht wahr?«

Ich antwortete nicht, weil ich das Gefühl hatte, dass er mehr mit sich selbst als mit mir redete. »Oder … nein, geben wir ihnen lieber sieben Tage. Ja. Sieben, wenn man bedenkt, dass die Barken und Kutschen schwer mit Geschenken beladen sein werden … Das heißt also, wir können die Krönung in acht Tagen ansetzen. Das gibt auch den anderen Königreichen Zeit, Gesandtschaften mit Geschenken zu schicken.«

»Was für Geschenke?«, unterbrach ich.

Er antwortete, ohne die Augen vom Blatt zu nehmen.

»Eure Geschenke natürlich. Die Gaben der Königreiche für die neue Kaiserin.«

»Aber … die Königreiche haben Kaiser Haneul doch vor kaum zwei Wochen Geschenke gebracht.«

»Ja, sicher. Aber das war Kaiser Haneul. Für die neue Herrscherin gibt es neue Geschenke. So ist es Brauch.«

Es war eine so gleichgültige Aussage, dass ich sicher war, nicht richtig gehört zu haben.

»Was für Geschenke, Großmeister Xuwicha?«

Vielleicht hatten die neuen Gesandtschaften kleinere Gaben für mich, Gaben, die den kürzlichen Tod des Kaisers widerspiegelten und die allgemeine Trauer berücksichtigten. Natürlich war eine Krönung immer ein Anlass zum Feiern, aber diese Krönung war auch ernst, traurig und von Angst überlagert. Sollten die Königreiche nicht Gaben bringen, die diesem Ernst Rechnung trugen?
Wieder antwortete Xuwicha, ohne mich anzusehen.
»Jeder neue Herrscher erhält die besten Lebensmittel, Waren, Weine und Tiere, die die Königreiche zu bieten haben. Ihr müsst Eure Herrschaft mit dem größtmöglichen Reichtum und Ruhm beginnen. Sehr wichtig. Tradition, versteht Ihr?«
Es machte mich traurig. Nahrung, Waren, Wein, Tiere. Mehr Fisch aus Mizu, mehr Weizenbier und Apfelwein, mehr Seide, mehr Drachen. Mehr von unseren kostbaren Reserven wurden ins Herz des Imperiums gekarrt, während unser eigenes Volk hungerte.
Unwillkürlich tauchte das Bild des Architekten vor mir auf, der vor ein paar Tagen seine Bitte gestellt hatte. Ich sah seinen anklagenden Blick, als er vor mir gestanden hatte, hörte seine Stimme, mit der er die Schrecken beschrieb, die Mizu bevorstanden, wenn ich, die Prinzessin, meine Gier nicht zügeln würde.
Und jetzt müsste ich zusehen, wie das Flussvolk Tonnen ihrer kostbarsten, ihrer notwendigsten Ressourcen brachten und der neuen Kaiserin zu Füßen legten.
Zu Norikos Füßen.
Wenn ich am Krönungstag auf diesem Thron sitzen würde, was würde ich zu diesen Stapeln von reichen Gaben sagen? Würde ich sie zurückweisen und verlangen, dass sie ihrem Volk zurückgegeben werden würden? Oder würde ich akzeptieren, dass es ein uraltes Ritual war, über das ich keine Kontrolle hatte?
Vor meinem Auge wurde das Gesicht des Architekten von einem anderen ersetzt – einem verzweifelten Mann in einer gestohlenen

Rüstung, der schrie: »*Schwört, dass ihr uns gebt, was wir brauchen, sonst ertränke ich sie! Schwört, dass ihr uns gebt, was wir brauchen, sonst ertränke ich sie!*«

Und noch ein wütender Schrei stieg in meiner Erinnerung auf: *Verschwendung, Verschwendung, Verschwendung! Unser kleines Königreich zahlt Tribute, die es sich nicht leisten kann, und sein Volk wird sterben …*

Hatten diese Bauern Noriko deswegen angegriffen? War es diese hartherzige Tat, die sie in solche Verzweiflung getrieben hatte?

Gleich darauf meldete sich die Onna-Bugeisha in mir. *Wie kannst du nur?*, wütete die Kriegerin Kai. *Wie kannst du dein Königreich, dein Imperium infrage stellen? Du hast geschworen, ihnen zu dienen. Du hat geschworen, deine Prinzessin zu schützen und durch sie ganz Mizu …*

Angesichts der Kriegerin, die nie von dem Weg abwich, den man sie zu gehen gelehrt hatte, waren alle anderen Facetten meines Ichs für einen Moment eingeschüchtert. Natürlich … ja, natürlich hatte ich geschworen, Prinzessin Noriko, meinen Schwestern und meinem Königreich zu dienen. Die Ethik dieser Tradition konnte ich nicht infrage stellen, das stand mir nicht zu. Von jetzt an war meine einzige Aufgabe, Prinzessin Noriko den Weg zum Thron der Kaiserin zu ebnen.

Plötzlich war es, als wären tausend Spinnweben von meinem Geist weggefegt worden. Ich hatte das Gefühl, in meinem Herzen hätte jemand ein Licht entzündet und die Schatten von Gier und Ehrgeiz vertrieben. Ich war wieder ich selbst, und in meinen Lungen war reine Luft. Ich konnte wieder denken. Ich konnte denken wie eine Onna-Bugeisha und nicht mehr wie eine Hochstaplerin.

Und dieser Augenblick der Klarheit ließ mich mich schwach und dankbar fühlen wie noch nie zuvor.

Bebend schwor ich mir, dass ich bei meiner Rückkehr hundert Tage und Nächte in Andacht verbringen würde. Dieses ganze Abenteuer war eine lehrreiche Erfahrung gewesen und würde mich eines Tages zweifellos zu einer weisen Lehrerin machen. Aber im Moment hatte ich das Gefühl, zu viele Geheimnisse zu haben, war zu durcheinander von den widersprüchlichen Verlangen, die mich in den letzten Wochen fast in Stücke gerissen hatten. Im Moment war mir egal, ob diese Erfahrung langfristig gut für mich sein würde. Ich wollte nur zurück zum Tempel.

Ich schloss die Augen.

»Mir fällt nichts ein, was ich sonst brauchen könnte, Großmeister Xuwicha«, sagte ich. »Aber ich werde es Euch wissen lassen, wenn mir etwas einfällt.«

»Ja, ja, natürlich«, meinte Großmeister Xuwicha geschäftig. »Bitte entschuldigt. Wir können das natürlich zu einer angemesseneren Zeit besprechen. Bitte genießt den Rest Eures Essens, Prinzessin.«

Damit war Großmeister Xuwicha so schnell verschwunden, wie er gekommen war.

Wie merkwürdig, dachte ich und nahm noch einen Schluck Wein. Xuwicha war in meiner Gegenwart fast ebenso verlegen gewesen wie ich in seiner. Aber wahrscheinlich war das kein Wunder. Er hatte viele Wochen damit zugebracht, Kaiser Haneul kennenzulernen – den Herrscher, dem er über viele Jahre hinweg zur Seite stehen sollte. Und jetzt war ich hier, ein Stock im Getriebe der Welt …

Ich lehnte mich in meinem gepolsterten Stuhl zurück. Der Wein und das reichhaltige Essen machten mich träge. Es war ein unbekanntes Gefühl, und ich fand es ein wenig beunruhigend. Die strenge Stimme meiner Lehrerinnen hallte mir im Ohr. *Eine Kriegerin sollte weder zu viel noch zu wenig essen … Essen ist der Stein, mit dem ihr den Tempel eures Körpers errichtet, aber Völlerei ist der Zeitvertreib von Narren …*

Ich schloss die Augen und lauschte der Musik, die wie Schmetter-

linge um mich herumflatterte. Es spielte doch wirklich keine Rolle, ob ich heute Abend aß und trank? Ich hatte keinen Dienst, ich würde auch so bald keinen Dienst haben. Ich musste meine Prinzessinnenmaske nur noch ein paar Tage lang tragen. Es würde *verdächtig* aussehen, wenn ich nicht aß und trank.
Mir schwirrte der Kopf. Es war schwer, über diese Dinge nachzudenken, und je mehr ich nachdachte, desto weniger wollte ich es.
Bald bin ich zu Hause, erinnerte ich mich. *Dann muss ich mir keine Sorgen mehr machen … Noch eine Woche, vielleicht etwas länger …* Die Stimmen in meinem Kopf, die unerwarteten Feste und Treffen und Prüfungen – all das wäre vorbei …
»Prinzessin?«
Ich riss die Augen auf. Ich sah nur unklar und verschwommen, als wäre ich eingeschlafen, ohne es gemerkt zu haben. Den Weinbecher hatte ich noch in der Hand, als ich mich aufsetzte und den Sprecher trübe ansah. Es war Prinz Enlai.
»Oh«, machte ich. Meine Stimme klang gedämpft in meinen Ohren. »Oh, hallo.«
Prinz Enlai verneigte sich mit einem schwachen Lächeln. Ich kicherte und sah mich dann um, um mich zu vergewissern, dass dieser Laut tatsächlich von mir gekommen war. *Kichern?* Ich kicherte nicht. Das war mir in meinem ganzen Leben noch nicht passiert. Was war nur über mich gekommen?
Ich versuchte, mich zusammenzureißen, aber es war, als würde ich versuchen, mit dem Lasso Tiere einzufangen, die alle in unterschiedliche Richtungen liefen.
»Ja. Hallo. Hallo, Prinz Enlai. Es ist mir eine Freude, Euch … Euch heute Abend zu sehen.«
»Die Freude ist ganz meinerseits, künftige Kaiserin.«
Ich neigte mich vor und sah ihm ins Gesicht. Er roch gut, nach Zimt und Asche, und sein Haar glänzte. Ich wollte es gerne berühren,

weil es so weich aussah, aber selbst in meinem verwirrten Zustand wusste ich, dass das keine gute Idee war.

»Ich bin so dankbar für Eure Hilfe«, sagte ich. »Ihr wisst schon – die Drachen.« Ich versuchte, meine Stimme zu einem Flüstern zu senken, doch das schien nicht ganz zu funktionieren. »Vielen Dank für die Warnung.«

Prinz Enlais Blick schweifte nach rechts und links, und er wirkte erschrocken. Als er noch einen Schritt näher kam, badete ich förmlich in Zimt.

»Bitte, Prinzessin«, flüsterte er – was er wesentlich besser schaffte als ich. »Bitte erwähnt es nicht mehr. Es wäre nicht gut, wenn unsere Feinde wüssten, dass ich Euch geholfen habe.«

»Natürlich«, erwiderte ich stirnrunzelnd. Was war denn nur los mit mir? Ich wusste doch, wie wichtig Diskretion war. Ich hätte mir am liebsten kaltes Wasser ins Gesicht gespritzt oder mir auf die Wangen geschlagen, bis sie brannten. *Konzentrier dich, Kai. Konzentrier dich!*

»Offensichtlich wart Ihr mehr als fähig, die Prüfung zu bestehen, ob mit oder ohne meine Hilfe«, fuhr Enlai fort und lächelte mich an. Ich lächelte zurück und imitierte seinen Gesichtsausdruck.

»Es war schwierig«, wiederholte ich die Worte, die ich zu Xuwicha gesagt hatte, »aber die Göttin war bei mir.«

Die Erwähnung der Göttin erinnerte mich plötzlich an das Götterbild im Bergtempel. Der Wein wirkte stark genug, dass ich danach fragte, ohne mich um die Logik zu scheren.

»Wer ist der Schutzgott des Mountain Kingdom? Der Gott, den ich aus dem Labyrinth mitgenommen habe?«

»Jie, der Held«, erwiderte Enlai. »Man sagt, er sei im Herzen des Berges geboren, der Sohn von Feuer und Winter. Die Verbindung der beiden Gegensätze machte ihn so stark und unnachgiebig wie Eisen, daher starb er nicht, selbst als ihn eine Göttin der Flammen

zu töten versuchte.« Er lächelte. »Es tut mir leid, das war wohl eine sehr lange Antwort auf Eure einfache Frage.«
Das klang nach Masashi. Es klang, als würde mein Freund einem Gott huldigen, den alle Onna-Bugeisha als blutrünstig kannten. Mein Gesicht hatte sich bei seinen Worten zu einem Stirnrunzeln verzogen, und als ich es merkte, setzte ich schnell wieder einen freundlicheren Gesichtsausdruck auf.
»Wie interessant. Wir haben einen ähnlichen Gott, aber bei uns hat er einen anderen Namen.«
»Viele der Königreiche verehren dieselben Götter, nur mit verschiedenen Namen«, erklärte Prinz Enlai gelassen. Sein Blick schien erneut irgendetwas zu suchen. Ich spürte, wie das Stirnrunzeln zurückkehrte, während ich versuchte, die Gefühle zu verstehen, die in mir aufwallten.
Spielte es eine Rolle, ob Prinz Enlai Masashi, den Kriegergott, verehrte, der gegen mein Königreich gekämpft und es fast vernichtet hätte? Es gab genügend Menschen, sogar aus dem River Kingdom, die gewalttätige oder zornige Geister anbeteten. Selbst *ich* trug ein Schwert, und meine lächelnde Sonnengöttin bewaffnete ihre Töchter. Warum störte es mich dann also so sehr? Sollte es mich wirklich so sehr stören?
Töte sie oder heirate sie, hatte Minister Hisakawa gesagt …
Nein. Prinz Enlai war nicht mein Feind. Ich war nicht hier, um Feinde zu erfinden. Ich war hier, um noch ein paar Tage die künftige Kaiserin zu sein und dann meiner Prinzessin den Thron zu übergeben. Mein Reich würde für viele Jahre über das Imperium herrschen, und ich würde als Heldin nach Hause zurückkehren …
»Würdet Ihr einen Spaziergang mit mir machen, Prinzessin?«
Einen Augenblick traute ich meinen Ohren nicht. Da spielte mir doch bestimmt mein wirrer Kopf wieder einen Streich.
»Wie bitte?«

Seine Wangen waren gerötet, und sein Blick glitt unstet umher.
»Ich … ich weiß, wie unschicklich es ist«, meinte er. »Ich weiß, dass Eure Anstandsdame nicht hier ist. Aber ich … ich würde Euch gerne besser kennenlernen. Vor Eurer Krönung. Bevor es Blasphemie wäre, wenn ich Euch so anspreche. Bevor ich zurückkehre in die Shi-Berge …« Er schluckte schwer und sah zu mir auf. Mein Herz machte einen Sprung. Der Ernst in diesen Augen war wie ein heißes Feuer mitten im Winter. Mein ganzer Körper fühlte sich zu ihm hingezogen.
»Ihr habt recht«, murmelte ich, mehr zu mir selbst als zum Prinzen. »Es ist wirklich unschicklich.«
Er wurde noch röter und wich ein paar Schritte zurück.
»Ich verstehe. Ich hoffe, Ihr verzeiht mir. Ich …«
»Trotzdem«, unterbrach ich ihn hochmütig, »ich würde gerne mit Euch spazieren gehen.« In meiner Brust brannte eine heiße, starke Fackel. Enlai trug an diesem Abend Grau und Silber – die Farbe des Berggesteins –, und die gedämpften Farben ließen ihn selbst im Gegensatz dazu golden erscheinen. Alles an Enlai erinnerte mich an Gold: eine strahlend leuchtende, warme Gestalt, die ich gerne berühren würde.
Chizuko würde höchstwahrscheinlich einen Herzinfarkt bekommen, Lady Mayumi würde toben, und Aiko würde mich mit diesem besonderen, versteinerten Ausdruck der Enttäuschung ansehen. Aber mir war das egal. Der Wein wirkte in meinem Blut, die Prüfungen waren vorüber, und ich hatte nur noch eine Woche, in der ich die Prinzessinnenmaske tragen durfte. Ich kümmerte mich nicht mehr um Anstand und wollte auch nicht hier sitzen und über die Krönung sprechen – die nicht meine Krönung sein würde, egal, was die anderen dachten.
Und das war es wirklich – das steckte hinter der Hitze in meinem Blut und meinem Kopf. Dies war nicht länger mein Platz. Ich hatte

alles getan, was eine Onna-Bugeisha hier tun konnte. Von jetzt an hieß es einfach nur noch warten. Darauf warten, zurückgeschickt zu werden, auf die Ankunft der echten Prinzessin warten, darauf warten, den Thron zu überreichen.

Meinen Thron.

Norikos Thron.

Aber der Shadow Dragon hat mich *gewählt …*

Das spielt keine Rolle. Ich bin eine Leibwächterin. Ich werde nie etwas anderes sein …

Ich schüttelte den Kopf, um die leidige Diskussion und den Alkoholnebel aus meinem Kopf zu vertreiben.

»Gehen wir«, sagte ich zu Prinz Enlai. »Bevor es jemand merkt.«

So schlüpften wir aus einer kleinen Seitentür und stahlen uns an den Küchen vorbei in die kühle, frische Luft.

Meine Instinkte sagten mir, dass das eine sehr schlechte Idee war, doch das Summen in meinem Kopf überstimmte sie. Enlai war so weit außerhalb meiner Reichweite, dass er auch eine andere Spezies hätte sein können – aber im Moment wollte ich ihn. Ich wollte ihn für das, was er darstellte: etwas Unmögliches. Diese Scharade war fast vorbei, und ich wollte noch ein Mal das Unmögliche probieren.

Die kühle Luft des Frühlingsmorgens überraschte mich. Es war ein ungeheurer Unterschied zu dem lauten, stickigen Festsaal, der mir, bis wir in den Garten kamen, gar nicht so laut und stickig vorgekommen war. Ich rückte näher an Enlai und wärmte mich an der Hitze, die von ihm ausging. Meine eigene Kühnheit machte mich ein bisschen nervös. Aus dem Westen wehte ein leichter Wind, und fast glaubte ich, den Fluss riechen zu können. Ich holte tief, tief Luft und fühlte mich sofort ein wenig klarer und ruhiger. Jetzt blieb mir nur noch das angenehme Summen des Weines und die Aufregung, etwas zu tun, was nicht ganz richtig war.

»Hier entlang«, forderte Enlai mich auf. Sein leiser Tonfall sagte mir, dass auch er das Gefühl hatte, unsere Flucht sei ein verbotenes Vergnügen. Er berührte mich nicht, aber ich sah, wie seine Hand fast unwillkürlich nach meiner griff, bevor sie zurückzuckte wie ein nervöses Fohlen.

Mit einem atemlosen Lachen führte er mich um den Palast herum. Wir hielten uns an der Mauer und blieben im Schatten. So geisterten wir an der südlichen Wand des Festsaales entlang, die fast ganz aus Fenstern bestand. Einen Augenblick lang blieb ich stehen, um in den Palast zu sehen, in dem mir zu Ehren ein Fest gegeben wurde. Offensichtlich hatte noch niemand meinen leeren Tisch bemerkt. Ich fragte mich, wie viel Zeit wir hatten. Wie lange würde es dauern, bis es jemandem auffiel, dass ich nicht nur einfach im Saal herumspazierte, sondern tatsächlich verschwunden war?

»Prinzessin?«

Ich wandte mich wieder zu Enlai um. Er wartete neben einer einfachen Holztür in einer Hecke. Mir stockte der Atem, weil ich plötzlich an das steinerne Labyrinth denken musste – die vierte Prüfung. *Wohin führt mich Enlai?*

Er musste mein Zögern bemerkt haben, denn er lächelte und winkte mir zu.

»Das ist der Abendgarten der Kaiserstadt. Davon habt Ihr doch sicher schon gehört, oder?«

Ich schüttelte den Kopf. »Ist es da … sicher?«

Was ich eigentlich fragen wollte, war: *Ist es mit dir sicher? Kann ich dir trauen? Hinter diesem Tor gibt es doch keine Drachen, oder?*

»Natürlich, Prinzessin, ich verspreche es. Kommt. Es wird Euch gefallen.«

Also folgte ich ihm durch das Tor.

Als Erstes überraschte mich das helle Licht. Da die Welt um uns herum in Dunkelheit getaucht war, erwartete ich hinter der Hecke natürlich das Gleiche. Aber die Gärten erstrahlten in einem zauberhaften silbernen Leuchten, das mehr dem Mondschein auf dem Wasser ähnelte als dem Licht von Fackeln. Zu beiden Seiten des glatten, gepflasterten Weges waren Lichtkugeln aufgehängt, die ein blasses, silber-goldenes Licht auf die Obstbäume, Kräuter, großen Blumen und zu Tierformen gestutzten Hecken warf. Ich wusste, dass der Garten nicht so groß sein konnte, wie es schien, aber die Anlage hatte etwas von einer Illusion, die ihn schier endlos wirken ließ.

»Das ist unglaublich!«, rief ich. Mein Herz wollte jubeln, schreien, singen, aber die Stille und Schönheit des Gartens zwang mich, meine Stimme zu einem Flüstern zu senken.

»Ich weiß«, murmelte Prinz Enlai. »Hier gibt es Exemplare von jeder Blumen- und Baumart aus allen Königreichen. Seht Euch das an!«

Er rannte praktisch zu einer der leuchtenden Kugeln, die neben dem Pfad schwebte, als lebe eine Fee darin. Er zwickte sie leicht mit zwei Fingern zusammen und hielt sie still, damit ich sie betrachten konnte. Das Licht kam aus dem kugelförmigen Zentrum einer sehr schlichten Pflanze – geformt wie ein Gänseblümchen, mit runderen Blütenblättern. Abgesehen von dem Leuchten war es eine ganz normale Pflanze. Die Pollen mussten das silbrig-goldene Leuchten ausstrahlen. Als Enlai die Pflanze losließ, hatte er leuchtenden Staub an den Fingern, als hätte er sie in Sternenstaub gewaschen.

»Was ist das?«, fragte ich. »So etwas habe ich noch nie gesehen. Woher kommt es?«

»Sie kommt aus Shi«, sagte Prinz Enlai, und im Licht der Blüte konnte ich seinen stolzen Gesichtsausdruck erkennen. »Die Blüten schmücken unseren Sommerpalast. Wir nennen sie Mondbabys.«

»Das ist ein lächerlicher Name«, lachte ich.

Ohne den Einfluss des Alkohols hätte ich so etwas nie gesagt und wollte schon eine Entschuldigung vorbringen, als Enlai mich ebenfalls lachend unterbrach: »Das ist wohl wahr. Aber so wurden sie schon genannt, bevor ich geboren wurde, und so werden sie wohl auch noch heißen, wenn ich schon längst gestorben bin. Das Bergvolk mag keine Veränderungen.«

Seine Augen glänzten im schimmernden Licht. Ich fand, er sah genau aus, wie ein Prinz aussehen sollte – groß, breitschultrig, mit kräftigem Kiefer und glänzendem Haar. Ich konnte die silbernen Pollen an seinen Fingern riechen, schwer und träge wie ein kostbares Parfum.

Ich starrte ihn an. Ich war mir bewusst, dass ich es tat, aber ich war mutiger als gewöhnlich und entschied, dass ich nicht die Erste sein würde, die diese Verbindung löste.

Tatsächlich wurde Enlai wieder rot, drehte sich um und ging den Gartenpfad weiter. Die Hände hatte er hinter dem Rücken verschränkt, aber ich sah, wie er nervös mit den Daumen spielte.

»Habt Ihr schon Pläne für das Imperium nach Eurer Thronbesteigung?«, fragte er. Plötzlich klang er wieder vorsichtig und höflich.

Ich folgte ihm eine Weile, ohne zu antworten. Die Frage brachte mir all die Dinge, an die ich nicht denken wollte, wieder zu Bewusstsein.

Natürlich. Meine Pläne. Ich habe jede Menge Pläne für das Imperium …

Nein, hast du nicht. Du machst keine Pläne – das ist Norikos Aufgabe. Noriko ist die Kaiserin.

Ist sie nicht. Sie war nicht hier, sie wurde nicht erwählt, sie hat die Prüfungen nicht bestanden …

Willst du denn die Last eines Imperiums tragen? Willst du das wirklich?

Die Last von … oh Göttin, nein! Ich will nur nach Hause. Ich weiß nicht, was ich mir gedacht habe – ich will nur nach Hause!«
»Darüber habe ich noch nicht nachgedacht«, sagte ich laut genug, um die Diskussion in meinem Kopf zu übertönen. »Aber ich möchte mehr über die Schwierigkeiten erfahren, unter denen die Armen und die Arbeiterklasse in meinem Land leiden. In den letzten Wochen habe ich mehr von ihrem Leid erfahren, als ich je erwartet hätte …« Wieder sah ich die Bauernrebellen mit ihren zerrissenen Lumpen und den verrosteten Waffen vor mir, und ich runzelte die Stirn. »Und ich würde gerne diesen … Unruhen auf den Grund gehen, die in allen Königreichen um sich zu greifen scheinen. Es ist, als wolle uns die Unterschicht des Imperiums etwas sagen, und ich glaube, wir sollten zuhören. Ich glaube auch, dass ein besseres Verständnis dieser Probleme zu mehr Einigkeit innerhalb des Imperiums führen könnte.«
Ich hielt inne, überrascht von meiner plötzlichen Flut an Worten – Worten, die sehr königlich, sehr kaiserlich klangen. Ich hatte gar nicht gewusst, dass ich diese Gedanken hegte, bevor ich sie ausgesprochen hatte.
»Ihr seid ein Wunder, künftige Kaiserin«, stellte Prinz Enlai fest. Mein Herz schlug heftig in meiner Brust, als ich Jaos Worte von seinen Lippen vernahm.
Seine Lippen … sie waren leicht geöffnet und die Mundwinkel zu einem leisen Lächeln hochgezogen. Wie er die Schultern hielt und den Kopf schief legte, ließ mich vermuten, dass er erneut gegen den Drang ankämpfte, mich zu berühren.
»An mir ist nichts Wunderbares, Euer Hoheit«, flüsterte ich.
»Doch, schon«, widersprach er mit leisem Lachen. »Ihr versteht nicht. Ich habe diese Frage nur flüchtig gestellt, ohne irgendwelche Erwartungen, aber Ihr habt sie wahrheitsgemäß beantwortet, mit einer Ernsthaftigkeit, die ich noch nie bei einem königlichen

Erben gesehen habe. Ihr erstaunt mich. Eure Intelligenz und Euer Mitgefühl …« Er schluckte heftig, als müsse er intensive Gefühle beherrschen. »Ich meine es ernst. Ihr seid ein *Wunder*. Ich glaube, Ihr werdet eine sehr gute Kaiserin sein.«

Mich überfiel ein so starkes Schamgefühl, dass ich den Kopf senkte, um die Tränen zu verbergen, die mir plötzlich in die Augen traten. Es waren alles Lügen – so viele Lügen. Wochenlang hatte ich freundliche Leute wie Enlai, Jao und Großmeister Xuwicha angelogen, und auch wenn die Täuschung notwendig gewesen war, war es trotzdem Betrug.

Wieder flüsterte die Verräterin Kai: *Du brauchst dich nicht zu schämen. Das ist dein angestammter Platz, das hat der Shadow Dragon gesagt!*

Seufzend rieb ich mir über die Stirn. Lag es an dem Wein, dass meine inneren Stimmen auf einmal so laut waren?

»Ihr schmeichelt mir, Prinz Enlai«, murmelte ich. »Ihr schmeichelt mir immer so …«

Ich sah auf, und plötzlich stand er so dicht vor mir, dass sich unsere Nasenspitzen fast berührten. Mein Herz machte einen Satz, und ich hielt völlig grundlos den Atem an. Sein Atem hingegen ging schnell und ungleichmäßig und kitzelte meine Wange wie eine Feder.

»Prinzessin«, sagte er, »ich will ja nicht unverschämt sein, aber mein Herz erlaubt mir nicht, zu schweigen.« Damit nahm er meine Hand. Ich starrte sie an – seine Finger umfassten meine. Sie zitterten leicht, so wie sein ganzer Körper. Ein Blitz durchzuckte mich, gefolgt von einem erwartungsvollen Kribbeln. Der Garten um uns herum geriet ins Wanken, erst in eine, dann in die andere Richtung.

»Es stimmt, dass mein erster Antrag von der Angst um Eure Sicherheit motiviert war. Und es ist auch wahr, dass Mizu ein treuer Verbündeter des Mountain Kingdom ist, sodass eine Heirat unseren beiden Ländern zu Wohlstand verhelfen würde. Aber jetzt habe ich noch ein weiteres Motiv: Ich finde, Ihr seid die beste und schönste Frau, die ich je getroffen habe, und ich würde mich geehrt fühlen, wenn Ihr meine Frau werdet.«

Meine Eingeweide wurden zu Pudding, und ich wusste, dass das Schwindelgefühl in meinem Kopf nicht nur vom Alkohol kam. Blitzschnell wurde ich in den Traum zurückgeführt, den ich zu Beginn meines Aufenthalts in der Kaiserstadt gehabt hatte – den Traum von Enlai, der im Schatten verborgen mit heißen Küssen auf mich wartete und mich mit seinen Armen umschlang.

Aber das war ein Traum, dachte ich. *Es wird immer ein Traum bleiben.* Das war ja der Reiz an Enlai: Er war unerreichbar. Er würde nie mein sein – weder als Prinzessin Noriko und schon gar nicht als Kai.

Ich entzog ihm meine Hand, um sie mir an die heißen Wangen zu legen.

»Oh, Eure Hoheit«, sagte ich. In meiner Stimme lag die Trauer um die Dinge, die ich nicht sagen konnte. »Ich glaube, Ihr seid der beste Mann, dem *ich* je begegnet bin. Aber es gibt Umstände in meinem Leben … Ich kann es nicht erklären – aber sie zwingen mich … Nein zu sagen. Es tut mir leid.«

Prinz Enlai starrte mich lange, lange an. Ich sah nicht weg, denn ich wollte, dass er die Wahrheit in meinen Augen las, die einzige Wahrheit, die ich ihm sagen konnte: *Es tut mir leid. Es tut mir so leid. Bitte erkenne, dass es mir leidtut.* Aber er sah mich nur immer weiter an.

Dann lachte er schließlich auf – ein gebrochenes, hartes Lachen, das mich im Herzen mehr verletzte, als es Tränen oder Bitten vermocht hätten.

»Ich hege keinen Groll gegen Euch, Prinzessin. Aber ich muss gestehen, dass ich enttäuscht bin.«

»Natürlich«, sagte ich sanft, in der Hoffnung, ihn zu beruhigen.
Abrupt wandte mir Prinz Enlai den Rücken zu und ging den Gartenpfad entlang, die Hände wieder hinter dem Rücken verschränkt. Es geschah so plötzlich, dass ich mich kaum rühren konnte und ihm nur benommen nachsah. Erst nach ein paar Sekunden folgte ich ihm und stolperte dabei über eine lose Wurzel. Der Boden schwankte erneut, so stark, dass ich beim Gehen auf meine Füße achten musste.
»Trotzdem«, sagte er in einem beiläufigen Tonfall, der vermuten ließ, dass seiner Enttäuschung ein wenig Selbstironie beiwohnte, »muss ich Eure Entscheidung respektieren, Prinzessin. Denn sosehr ich Euch mag, ich glaube nicht, dass ich ein guter Gefährte für eine Kaiserin wäre.«
Verwundert sah ich ihm nach.
»Nun, da muss ich Euch widersprechen«, fand ich. »Ich glaube, Ihr würdet einen sehr guten Gefährten abgeben. Meine Antwort hat nichts mit Euch zu tun, es sind nur …«
»Eure Umstände«, unterbrach er mich und wandte sich wieder zu mir um. Er lächelte wieder, doch die Enttäuschung in seiner Stimme spiegelte sich auch in seinem Gesicht wider. »Ja, ich weiß. Aber selbst wenn die Umstände anders wären, künftige Kaiserin – selbst wenn Ihr frei wie ein Vogel und von der Vorstellung, mich zu heiraten, begeistert wärt, müsste ich Euch warnen: Ich glaube nicht, dass ich einen guten Gefährten abgeben würde.« Er streckte die Hand nach einer der Mondbabyblumen aus und lächelte wehmütig.
»Warum?«, fragte ich leise. »Warum denkt Ihr so gering von Euch selbst?«
»Das hat nichts damit zu tun, dass ich mich schlechtmachen will«, meinte Prinz Enlai. »So ist es eben einfach. Wusstet Ihr, dass ich eigentlich nicht hier sein sollte?« Er sah mich über die Schulter hin-

weg an und streichelte weiter die Blütenblätter des Mondbabys – jedes einzelne, wie Gebetsperlen. »Ich hatte einen älteren Bruder – Liang. Er wäre in der Thronfolge von Shi der Nächste gewesen. Als Erstgeborener hätte er hier sein sollen. Aber er …« Die Worte blieben ihm im Hals stecken, und sein Mund zuckte, als er versuchte, den Satz zu beenden. Ich biss mir auf die Lippe, denn die Richtung, die die Geschichte nahm, machte mich jetzt schon traurig.

»Es gab einen Unfall«, sagte Enlai schließlich. »Einen sehr schweren Unfall … mit einem Drachen.« Er schluckte, schluckte und schluckte. »Die Bestie hat ihn zerrissen.«

Mir fiel sein ängstliches Gesicht ein, als er mich vor den Bergdrachen gewarnt hatte, die im Labyrinth warteten, und seine verzweifelte Bitte, ihn zu heiraten, um der hässlichen, grauenvollen Prüfung zu entgehen. Jetzt konnte ich es verstehen.

»Das tut mir leid«, sagte ich leise.

»Ich vermisse ihn«, gestand Enlai sanft. »Ich vermisse ihn jeden Tag. Er war der Prinz, von dem jeder erwartete, dass er eines Tages herrschen würde. Und er hätte es gut gemacht.«

»Wann ist er gestorben?«, fragte ich.

»Letzte Woche war es ein Jahr her«, antwortete Enlai.

»Große Göttin«, stieß ich hervor. Ich hatte das Gefühl, als hätte mir jemand einen Pfeil durchs Herz gebohrt. »Eure Hoheit … wie könnt Ihr das ertragen? Wie schafft Ihr es, hier zu sein?«

Prinz Enlais Lächeln änderte sich ständig – mal war es enttäuscht, mal strahlend und fröhlich, jetzt schief und geheimnisvoll. Ich wusste nie, welches mich erwartete. Jetzt kam er wieder auf mich zu, und dieses Mal zögerte er aus irgendeinem Grund nicht, die Hand auszustrecken und mit dem Daumen sehr sanft über meine Wange zu streichen. Ein Schwindelgefühl überfiel mich.

»Wie ich schon sagte«, murmelte er, »Intelligent und mitleidig … die beste und schönste Frau, die ich je getroffen habe.«

Der Kuss kam trotz allem überraschend, weil Enlai sich so langsam und sanft bewegte, dass ich nicht erkannte, was er vorhatte, bis sein lächelnder Mund auf meinen traf. Es war der süßeste, kindlichste Kuss, den ich mir vorstellen konnte – weiche Lippen, mit sorgfältigem Respekt liebkosend, zögernd und nur ein klein wenig forschend. Ich blieb starr stehen und wusste nicht, was ich mit meinen Händen, meinem Körper und meinem Mund tun sollte. Auf Jaos Kuss hatte ich reagiert, weil es nichts anderes gab und weil alles in mir nach einer Reaktion verlangt hatte. Aber dieser Kuss war anders. Er war sanfter, mehr geschaffen für mondbeschienene Gärten als für Feuer, also gab ich die Vorstellung von Leidenschaft und Hitze auf und ließ mich von dem Moment gefangen nehmen.

Als sich Enlai von mir löste, lächelte ich. Ich war glücklich und zufrieden, und das sah man mir an.

»Oh, Prinzessin«, murmelte Enlai, »Ihr bringt mich dazu, mich selbst zu vergessen.«

»Ich mich auch«, hauchte ich.

Enlai lehnte die Stirn an meine – eine Geste, die mich plötzlich schmerzhaft an Jao erinnerte.

»Müssen wir je aus diesem Garten hinaus?«, flüsterte er. »Können wir nicht für immer hierbleiben?«

»Wahrscheinlich nicht«, sagte ich. Dann kicherte ich wieder. Warum konnte ich nicht aufhören, zu kichern?

»Ich wünschte, wir könnten«, meinte Enlai. »Darf ich es mir wenigstens eine Minute lang vorstellen? Vorstellen, dass wir nicht noch weiteren Zeremonien beiwohnen müssen … keine weiteren Festbankette, keine Botschafterempfänge, keine weiteren Diskussionen um mögliche Heiratspläne. Stellen wir uns vor, es gebe nur uns. Für einen perfekten, geheimen Augenblick – nur uns!«

Ich seufzte, denn seine Stimme klang wie ein Wiegenlied und schläferte mich ein.
Kopfschüttelnd trat Enlai einen Schritt zurück.
»Verzeiht, künftige Kaiserin. Ich weiß, ich klinge verrückt. Ich weiß, Ihr habt mir Eure Antwort gegeben, und diese ist endgültig – Ihr könnt mich nicht heiraten.« Seine Lippen verzogen sich zu einem wehmütigen Lächeln. »Es ist nur … Ihr lasst mich vergessen, dass ich hier nur ein Hochstapler bin – der um seinen Bruder trauert, der an meiner Stelle unser Königreich hätte repräsentieren sollen.«
Hochstapler. Dieses Wort hallte nun schon seit Wochen in meinem Unterbewusstsein, und seine Erwähnung verstärkte meine Gefühle für den Prinzen noch. Es machte uns gleich – oder vielleicht nicht gleich, aber zumindest ähnlich. Es machte uns zu Partnern in einem gemeinsamen Unrecht.
Unwillkürlich musste ich lachen, denn der Letzte, bei dem ich eine Art Verwandtschaft zu finden geglaubt hätte, war Prinz Enlai, während wir über die Rollen sprachen, mit denen wir das Imperium täuschten.
»Was ist so lustig?«, fragte Enlai lächelnd.
Ich schüttelte den Kopf, immer noch lachend. Ich konnte mich nicht beherrschen, und das Lachen brach stoßweise und in lächerlichen Anfällen aus mir heraus. Es schien, als hätte es sich seit Jahren in mir aufgestaut und ich wäre zum ersten Mal seit meiner Kindheit frei, es herauszulassen.
»Es ist nur … es ist … noch mehr von meinen Umständen«, keuchte ich und bog mich unter einem neuen Lachkrampf. Mir schwindelte, und ich versuchte, Luft in meine hysterischen Lungen zu saugen.
»Also, jetzt muss ich diese Geschichte einfach hören«, erklärte Enlai, der mit mir lachte. Ich stellte mir vor, dass es wohl schwer sein musste, nicht über mich zu lachen. Eine künftige Kaiserin in schwe-

rer königlicher Kleidung, die Lachkrämpfe bekam wie ein kleines Mädchen.
Ich richtete mich auf und bemühte mich, gleichmäßig zu atmen.
»Diese Geschichte ist sehr, sehr lang.«
»Ich habe Euch meine erzählt«, forderte mich Enlai auf.
Ich holte Luft und sah ihm ins Gesicht, sah die sanfte Offenheit und den Glanz in seinen Augen, und plötzlich wusste ich, dass ich es ihm nicht verschweigen konnte. Es war nicht so sehr eine Entscheidung als ein Impuls, doch dieser Impuls ließ mich sprechen, noch bevor ich ganz verstand, was ich tat.
»Nicht Ihr seid der Hochstapler, sondern ich.«
Ich erzählte ihm alles. Von dem Anschlag auf Noriko, davon, wie ich den Entführer überwältigt und an die Flussdrachen verfüttert hatte. Über den Austausch, der kurz vor der Abreise in die Kaiserstadt stattfand. Über die Mühe, all die Regeln des Königshauses zu lernen und Noriko so ähnlich zu sein wie möglich, ohne je zu behaupten, dass ich genau wie sie war. Die Geschichte, die seit Wochen in mir wuchs, brach schließlich aus mir hervor wie Wasser aus einem geborstenen Damm.
»… und ich habe keine Ahnung, wie diese königlichen Damen es in den Kleidern aushalten, die man sie zu tragen zwingt«, stieß ich atemlos hervor. »Wenn es etwas gab, was meine Entschlossenheit ins Wanken brachte, dann waren es diese Kleider. Das Unpraktischste … Aber natürlich, wenn ich Chizuko um etwas Praktischeres zum Anziehen bat, hat sie mich angesehen, als hätte ich sie gebeten, sie zum Mond zu bringen …«
Beim Sprechen spürte ich, wie stolz ich auf meine eigenen Leistungen war. In den letzten paar Wochen hatte ich mir nicht die Zeit genommen, darüber nachzudenken, aber ich war stolz. Niemand außerhalb meines eigenen Hofes und meiner Schwestern würde je wissen, was nach dem Angriff auf Noriko passiert war. Aber ich

wusste es, und es brachte mich um, all das für mich zu behalten. Die Befriedigung, den Schrecken in Enlais Gesicht zu sehen, war irgendwie befreiend.
Und dann fiel es mir auf: *Enlais Gesicht*. Während meiner Erzählung hatte sein Gesicht hundert Emotionen durchlaufen – nicht nur Verwirrung, sondern auch Entsetzen, Ungläubigkeit und … Zorn. Ein wütendes Aufblitzen ließ mich auf einmal erschrecken und riss mich mit einem Ruck aus meinem fröhlichen Geplapper. Ich spürte, wie mein Gesicht einen ähnlichen Ausdruck annahm wie das von Enlai: verständnislos und erschrocken.
Mein Herz schlug heftig. Instinktiv dachte ich, es sei Zeit, wegzulaufen, zu kämpfen, irgendetwas zu tun, um mein Leben zu retten. *Was hatte ich mir gedacht? Was hatte ich mir nur gedacht? Was hatte ich mir nur dabei gedacht?*
»Das«, sagte Enlai schließlich mit einem Krächzen in der Stimme, das ihn krank klingen ließ, »das erklärt so einiges.«
»Tatsächlich?«, flüsterte ich.
»Natürlich.« Er lächelte, und der kalte Schreck verwandelte sich in weiche, schimmernde Ehrfurcht.
»Ich kann nicht fassen, dass mir das nicht früher aufgefallen ist. Deine Fähigkeiten bei den Prüfungen, ganz zu schweigen von der Art, wie du Iseul das Leben gerettet hast. Natürlich konntest du keine Prinzessin sein. Natürlich musstest du … mehr sein.« Dann begann er wieder zu lächeln, und der Angstknoten in meinem Bauch lockerte sich ein wenig. »Ihr seid ein Wunder, Prinzessin.«
Und so plötzlich, wie mich die Furcht überwältigt hatte, versank ich nun in der Freude über seinen Gesichtsausdruck: Ehrfurcht und Bewunderung. Zum ersten Mal begriff ich, dass diese Hochstaplergeschichte stark war und dass diese Stärke zum Teil der Grund dafür gewesen war, dass es mir so schwerfiel, sie nicht mit jeman-

dem zu teilen. Ich war gut in diesem Spiel, es fiel mir schwer, es aufzugeben. Nicht nur, weil ich weiterspielen wollte, sondern *weil keiner wissen würde, wie gut ich war.*
»Ich werde Euer Geheimnis nicht verraten, Prinzessin«, sagte er sanft. »Und ich schwöre, ich werde Euch nie vergessen.«
Er nahm meine Hand und ließ seine Lippen über die Fingerknöchel streichen. In meinem Bauch hob ein Schwarm von Schmetterlingen ab.

***

Als wir in den Festsaal zurückkamen, fiel es uns überraschend leicht, es Minister Hisakawa zu erklären. Ich erzählte ihm, dass ich ein paar Minuten hinausgegangen war, um spazieren zu gehen. Er sagte nur: »Ja, künftige Kaiserin.« Und das war das Ende. Er hatte mich noch nie »künftige Kaiserin« genannt.
Etwas hatte sich verändert.
Alles hatte sich verändert.
Es war zu viel, die unterschiedlichen Gefühle zu verarbeiten, die mich aufwühlten, und all die Stimmen zu beruhigen, die in mir stritten, daher ließ ich sie, als ich in dieser Nacht im Bett lag, alle einfach los.
Es war, als öffnete man ein Schleusentor. Die Verräterin Kai, die sechsjährige Novizin, die so verzweifelt gefallen wollte, die Frau, die einen Ehemann und ein Haus in einem Dorf am Fluss haben wollte. Und der dunkle, schleichende Schatten, der die anderen alle auslachte. Alle, jeder Einzelne von ihnen, schrien in meinem Kopf durcheinander.
Ich hätte es Enlai nicht sagen sollen.
Natürlich hätte ich es Enlai sagen sollen. Er war nett zu mir, und er ist ein Verbündeter des River Kingdom. Wem, wenn nicht ihm, soll ich es erzählen?

Warum hatte ich mich von ihm küssen lassen? Ich hätte ihn mich nicht küssen lassen dürfen …

Warum denn nicht? Es war schön, ihn zu küssen. Hatte ich nicht etwas Schönes verdient?

Ich verdiene, was immer ich will. Ich verdiene das Imperium.

Nein, nein, NEIN! Noriko ist die echte Prinzessin. Sie wird Kaiserin. Ich bin nichts. Ich bin Kai vom Fluss, Kai aus dem Tempel …

DER SHADOW DRAGON HAT MICH GEWÄHLT!

Ich stöhnte laut auf und zog mir das Kissen über den Kopf. Es war ein Fehler.

Gut, immer eins nach dem anderen, sagte ich mir. Ich versuchte, das Wirrwarr in meinem Kopf zu sortieren, und hielt zunächst das erste Thema fest, das am lautesten hallte: Enlais Kuss.

Er war warm gewesen. Weich. Es war schön gewesen. Es war auf jeden Fall schön gewesen.

Doch dann dachte ich an Jao. Mein Körper sehnte sich immer noch nach seiner feurigen Hitze. Jao hatte einen Teil von mir berührt, den nur der Shadow Dragon kannte. Er und der Shadow Dragon hatten mich gesehen und mich bei meinem richtigen Namen genannt. Bei ihnen musste ich mich nicht verstellen, musste nicht die Maske der Prinzessin tragen – es gab nur Wut, Leidenschaft, Feuer, Macht und Magie.

Aber Enlai zu küssen … nun ja. Dieser Kuss war sehr, sehr schön gewesen.

In der Dunkelheit meines Schlafzimmers lachte ich leise vor mich hin. *Jungen?* Jetzt, wo ich das Chaos in meinem Kopf sortieren sollte, dachte ich automatisch an … *Jungen?*

Ich versuchte, mir ein Leben vorzustellen, wo meine einzigen wichtigen Entscheidungen die waren, welchen Jungen ich küssen wollte. Doch ich schaffte es nicht.

Aber im Moment – nur für diesen Moment – konnte ich so tun, als sei ich das Mädchen – oder die Frau, die nur einen Ehemann und ein Haus am Fluss wollte. Ich tat so, als sei es möglich, zu heiraten, und als gäbe es in meiner Zukunft noch mehr Küsse. Wenn das wahr wäre, wenn ich die Chance hätte, zu wählen – Jao oder Enlai –, für wen würde sich mein Herz tatsächlich entscheiden?

Letztendlich spielte es keine Rolle. Natürlich spielte es keine Rolle. Trotzdem musste ich lächeln, als ich einschlief.

Kapitel 18

»Raus, Herrin! Raus!«

Chous gellende Stimme vor der Tür riss mich aus dem Schlaf und ließ mich aus dem Bett springen, noch bevor ich richtig wach war. Mein Kopf fühlte sich an wie mit Watte vollgestopft, aber die einsetzende Panik machte ihn augenblicklich klar. Ich nahm Abwehrstellung ein und sah die Tür an.

Draußen hörte ich ein zischendes Geräusch, als eine meiner Schwestern vergeblich versuchte, ihr Katana zu ziehen, und dann das Bumm, Bumm, Bumm kräftiger Fäuste an meiner Zimmertür.

»Aufmachen! Auf Befehl des Reichskanzlers!«

Mein Herz begann zu hämmern, und ich reagierte instinktiv. Wo war mein Schwert? Ich brauchte mein Schwert. Meine Schwestern hatten Schwierigkeiten, und ich brauchte mein Schwert …

»Öffnet die Tür! Sofort!«

Aber im Augenblick war ich keine Schwester, ich war die Prinzessin, die künftige Kaiserin, und ich musste diese Tür öffnen und mich *königlich* verhalten. Und es war nicht königlich, der kaiserlichen Wache mit dem Schwert in der Hand gegenüberzutreten oder seinen Leibwächtern zu Hilfe zu eilen …

Doch noch bevor ich mich entschieden hatte, was ich tun sollte, hatten die kaiserlichen Wachen die Tür aufgebrochen und stürmten herein wie ein Schwarm Hornissen.

Mein Prinzessinnengehirn übernahm die Leitung, ich hielt meinen Morgenmantel zu und bemühte mich entsetzt, mich zu bedecken.
»Was soll das bedeuten?«, verlangte ich. »Wie könnt Ihr es wagen? Wo ist meine Wache?«
Glücklicherweise waren meine Onna-Bugeisha direkt hinter den Eindringlingen, angeführt von Aiko, die wütend den Mann abschüttelte, der sie zurückzuhalten versuchte. Es war mitten in der Nacht. Die kaiserlichen Wachen hatten nicht erwartet, dass jemand Wache halten würde. Aber wir waren Onna-Bugeisha. Wir waren immer wachsam.
Als die Wache erneut nach Aiko griff, zog sie ihr Schwert und fletschte die Zähne. Mit der Spitze ihres Katana kitzelte sie den Soldaten am Bauch und grollte gefährlich leise: »Wenn Ihr mich noch ein Mal anrührt, schwöre ich, bei der großen Göttin …«
»Genug, Mädchen!«, rief Minister Hisakawa, der sich durch die Wachen drängte, und nahm Aiko an der Schulter. Seine Hand zitterte. Seine eigene Kleidung war in Unordnung, er hatte die Pantoffeln verkehrt an, und der Ausschnitt seines Nachtgewandes hing ihm über die Schulter. Hinter ihm lauerte Chizuko wie ein Schatten. Ohne ihren üblichen überheblichen Gesichtsausdruck wirkte sie klein und verschüchtert.
»Genug«, befahl Hisakawa erneut, dieses Mal leiser und beruhigend, als spräche er mit einem Hund oder einem Pferd. »Keine Gewalt gegenüber dem kaiserlichen Hof!«
Doch Aiko hielt ihr Katana fest in der Faust, und in ihren Augen konnte man trotz Hisakawas Worten die Gewaltbereitschaft lesen.
Dann erschien Lady Mayumi und glitt mit der Geschmeidigkeit eines Aals zwischen den kaiserlichen Wachen hindurch. Bei ihrem Anblick wurde mir ganz flau im Magen. Seit den Prüfungen hatten wir uns kaum gesehen, und ich sehnte mich nach einem Augen-

blick Ruhe, um herauszufinden, was geschehen war und was diesen nächtlichen Überfall ausgelöst hatte.
Mayumis Gesicht war wie versteinert, doch ich erkannte, dass sie insgeheim die Zähne zusammenbiss.
»Zurück, Kriegerin«, befahl sie Aiko. Die Stimme ihrer Kommandantin bewirkte, was Hisakawa nicht vermocht hatte: Ohne zu zögern, steckte Aiko das Katana weg und trat von dem Soldaten zurück.
»Ich bin sicher, diese Männer haben einen Grund für ihr Verhalten«, fuhr Lady Mayumi fort. Ihre Stimme war hart, doch sie war sehr blass. Sie warf mir einen flüchtigen Blick zu, dem ich entnahm, dass sie die gleiche Befürchtung hatte wie ich.
Sie wissen, wer ich bin.
Mir gefror der Atem in der Lunge, und die Erinnerung an ein blasses, erschrockenes Gesicht tauchte vor mir auf.
Enlai.
»Ihr müsst mit uns kommen«, knurrte einer der Soldaten. »Alle. Großmeister Xuwicha will mit Euch sprechen.«
Mein Herz schrumpfte auf die Größe einer vertrockneten Feige zusammen. *Das ist es. Das ist das Ende.* Ich rang nach Atem, während meine Welt ins Wanken geriet.

***

Sie brachten uns in den Raum, wo wir uns kurz nach dem Tod des Kaisers versammelt hatten. Wie an jenem schrecklichen Tag waren alle Höfe anwesend – sie saßen an den langen Tischen wie Novizen im Speisesaal. Die meisten trugen ihre Morgenröcke und sahen so zerknittert aus wie Hisakawa, aber ein paar der Königserben hatten es geschafft, formelle Kleidung anzulegen. Prinzessin Minh trug ein sonnenuntergangsfarbenes Kleid, doch ihre schwarze Haarmähne fiel ihr lose über den Rücken, und sie trug kein Make-up. Ohne

den Khol und die goldene Farbe wirkte sie kleiner und jünger. Ihre Augen waren nicht so wild und löwenartig, wie sie sonst schienen, sondern eher rund, dunkel, strahlend und sehr menschlich.
Ich sah mich nach Enlai um und fand ihn – auch er war vollständig angezogen. Er trug eine einfache, braune Tunika und Stiefel. Anstatt mir in die Augen zu sehen, starrte er gerade vor sich hin. Seine Berater und Höflinge flüsterten ihm ins Ohr, doch er sah starr auf das Podest, auf dem Großmeister Xuwicha stand. Er sprach nicht, rührte sich nicht und blinzelte nicht, sondern sah aus, als würde er meditieren, abgesehen von der linken Hand, mit der er das Shi-Wappen auf seiner Brust streichelte.
Bei seinem Anblick hatte ich das Gefühl, mich übergeben zu müssen.
Das hast du nicht getan, Enlai. Bitte sag mir, dass du nicht …
»Ich bitte den Hof von Mizu, vor den Reichskanzler zu treten«, forderte Großmeister Xuwicha uns auf. Er sah sehr ernst aus, sein Gesicht wie aus Marmor gehauen. Doch die hängenden Schultern drückten etwas anderes aus: Erschöpfung. Traurigkeit. *Verrat.*
Es war genau so, wie ich es befürchtet hatte, wie ich es erwartet hatte, doch immer noch betete ich, dass ich mich irrte.
Das hast du nicht getan, Enlai. Bitte sag mir, dass du nicht …
Meine Schwestern flankierten mich zu beiden Seiten, als ich vor Großmeister Xuwicha trat. Ich versuchte mir vorzustellen, dass er ein Lehrer oder mein Kommandant war. Ich versuchte mir vorzustellen, dass ich nur eine Schwester war, die sich mit aller Anmut und Ergebenheit, die man sie gelehrt hatte, der strengen Disziplin einer Tempelmutter stellt.
»Wisst Ihr, warum Ihr hier seid?«, fragte Großmeister Xuwicha mit weicher, im ganzen Saal deutlich vernehmbarer Stimme.
»Nein, Reichskanzler.«
Mein Herz schlug wie eine Trommel, wie die Fäuste, die mitten

in der Nacht an meine Tür gehämmert hatten: *Bumm. Bumm. Bumm …*

Großmeister Xuwichas Blick glitt zum Hof von Shi.

»Prinz Enlai! Wollt Ihr bitte vortreten und Euch den versammelten Höfen erklären?«

Enlai erhob sich.

»Danke, Großmeister Xuwicha. Meine verehrten Freunde, gestern Abend hat mir die Prinzessin von Mizu – unsere künftige Kaiserin – gestanden, dass sie nicht die ist, die sie zu sein behauptet.«

Mein Herz zersprang in Millionen Stücke.

Natürlich. Ich hatte es kommen sehen. Von dem Moment an, als die Wachen in mein Zimmer gestürmt waren, hatte ich es gewusst. Dennoch traf mich der Verrat wie ein Stich ins Herz. Allerdings verhinderte es nicht, dass ich mir dumm vorkam. Gestern Abend war ich betrunken gewesen. Ich war arrogant gewesen, ich war ein dummes kleines Mädchen gewesen, das einen Jungen anhimmelte und erfreut geglaubt hatte, dass er mein Geheimnis für sich behalten würde. Aber eine Kriegerin hätte es besser wissen müssen. Ich konnte nur hoffen, dass ich mich nach all dem immer noch eine Kriegerin nennen konnte.

»Sie erzählte mir, dass sie in Wahrheit nicht Prinzessin Noriko ist – sie ist nicht einmal adlig. Sie ist eine Bürgerliche aus dem Tempel der Kosuke, die den Platz der echten Prinzessin einnahm, weil Noriko verletzt wurde.« Jetzt, zum ersten Mal, sah er zu mir. Ich wünschte, er hätte es nicht getan. Ich wünschte, er hätte weiter so getan, als wäre ich gar nicht da. Die Gleichgültigkeit in seinem Blick war ein letzter, schmerzhafter Stich in mein brechendes Herz. »Es tut mir leid. Vielleicht wolltet Ihr mit diesem Betrug niemandem schaden. Aber was Ihr und Euer Hof getan habt, ist Blasphemie der schlimmsten Art. Ich kann das nicht länger zulassen, die Götter würden mich für mein Schweigen sonst bestrafen.«

Doch in seinem Gesicht sah ich kein Bedauern. Ich sah nur grimmige Selbstgerechtigkeit. Auch in seiner Stimme klang keine Reue mit, sein Tonfall war einfach gleichgültig, gelangweilt … kalt.

Hier ging es um nichts Persönliches. Es war nicht einmal Verrat. Es war eine gerechtfertigte Reaktion auf das Fehlverhalten eines Mädchens aus der Gosse, die sich für eine Adlige ausgab.

Ich kämpfte mit den brennenden Tränen, die mir in die Augen stiegen, und wandte mich von Enlais ausdruckslosem Gesicht ab. Ich hatte mir einen einzigen kurzen Augenblick der Freiheit gegönnt, als ich mit ihm zusammen im Garten gestanden hatte. Ich hatte der Sehnsucht des kleinen Mädchens in mir nachgegeben. Das hatte ich jetzt davon.

Enlais Worte ließen sofort den Zorn der Zuhörer aufflammen – so unmittelbar, dass es fast komisch war, denn es war wie eine automatische Reaktion von Leuten, die wussten, dass sie jetzt empört sein *sollten*, auch wenn sie eigentlich noch viel zu müde waren, um richtig darüber nachzudenken. Unter anderen Umständen hätte ich vielleicht gelacht.

»Blasphemie! Blasphemie!«

»Wie konnte das geschehen? Wie war das nur möglich?«

»Eine Bürgerliche? Die Götter mögen dich verfluchen, Mädchen! Die Götter mögen dich und deine ganze Familie verfluchen!«

Plötzlich sprang Minister Hisakawa vor mich, als wolle er mich vor einem Schlag beschützen, und hob winkend die Hände. Er war ganz aufgeregt und wirkte ein bisschen lächerlich.

»Nicht! Halt! Wartet!«, schrie er. »Ich weiß nicht, woher dieser Junge seine Informationen hat. Wenn man mich fragt, ist das eine lächerliche Geschichte, ganz offensichtlich erfunden, offensichtlich vom Prinzen erfunden, um die Ehre der künftigen Kaiserin zu diskreditieren. Wie könnt Ihr es nur wagen, königliche Hoheit! Wie könnt Ihr nur!«

Prinz Enlai sah ihn gelassen an, ungerührt von Hisakawas Hysterie.

»Das hat mir das Mädchen selbst erzählt«, sagte er, »als wir gestern Abend zusammen spazieren gegangen sind.«

Minister Hisakawa sah mich ungläubig an, und ich wünschte mir, dass mich der Erdboden verschlingen möge.

»Sie … sie war betrunken«, brachte er schwächlich hervor. »Sie war nicht ganz bei sich … Es war nur eine phantastische Geschichte.«

Doch er wurde von einem erstickten Schluchzer unterbrochen. Madame Chizuko hatte sich im Halbdunkel hinter den anderen verborgen, als versuche sie, unsichtbar zu sein. Sie hatte sich das Taschentuch vors Gesicht gehalten, aber das war von Tränen und Rotz bereits durchweicht, als sie jammerte: »Es ist wahr! Es ist alles wahr! Die Götter mögen mir vergeben, dass ich dabei mitgemacht habe, weil mein König und meine Königin es befohlen haben – aber Seine königliche Hoheit hat recht. Er hat recht! Es ist ein Skandal! Wir haben die Götter beleidigt, und jetzt müssen wir den Preis dafür zahlen!«

War zuvor Empörung zu hören gewesen, so war sie jetzt verstummt, und Hunderte von Augen starrten mich und Madame Chizuko völlig entgeistert an.

Ich hatte vergessen, zu atmen. Das war eigentlich ganz in Ordnung, denn wenn ich lange genug den Atem anhielt, würde ich wohl irgendwann sterben. Und hier zu sterben, unter den anklagenden Blicken des ganzen Imperiums, war nicht mehr, als ich verdient hatte.

»Ihr versteht das nicht«, verkündete Minister Hisakawa schließlich. Seine Stimme war so heiser, als habe er seit Stunden geschrien. »Ihr könnt das nicht verstehen. Natürlich würden wir nie einer Bürgerlichen erlauben, den Thron zu besteigen – sie war nur eine Stellvertreterin, bis Noriko selbst gesund genug war, um zu kommen. Am Tag der Krönung wäre Noriko Kaiserin geworden. Dieses Mädchen war nur ihre Stellvertreterin …«

Doch im wütenden Geheul der versammelten Höfe ging seine Stimme unter.

»Wie könnt Ihr es wagen! Wie könnt Ihr …«

Prinzessin Minhs Stimme erhob sich über das Geschrei wie eine Glocke – höher, klarer und bestimmter als alle anderen.

»Eine Stellvertreterin für Prinzessin Noriko? Was soll das heißen? Die Prinzessin kann jetzt nicht mehr den Thron besteigen! Sie hat nicht vor dem Shadow Dragon gestanden. Noriko hat die Prüfungen nicht bestanden! Sie hat nicht mehr Anspruch auf den Thron als diese Tempelschlampe!«

Sie sah mich hochmütig und verächtlich an, aber ich fragte mich, ob sie die Bedeutung ihrer Worte wirklich verstand. Denn im Prinzip sprach sie für mich.

Sie hat nicht mehr Anspruch auf den Thron als diese Tempelschlampe … Also hat diese Tempelschlampe vielleicht genauso viel Anspruch auf den Thron wie Noriko.

Dieser triumphierende Gedanke weckte plötzlich die Verräterin in mir.

Genau. Das ist richtig. Noriko hat es nicht verdient, zu herrschen, sie wurde nicht erwählt, sondern ich, der Shadow Dragon hat mich gewählt …

Irgendwo im Gefolge des Forest Kingdom zischte eine Frau, die ich nicht sehen konnte: »Sie lügen! Seht ihr nicht, wie vorteilhaft es ist, eine dieser unnatürlichen Frauen anstelle der Prinzessin zu schicken? Seht doch nur, was sie alles getan hat! Diese Prüfungen waren doch kinderleicht für sie!«

Die anderen murmelten zustimmend, während ich stoisch schwieg. In mir schrie die Verräterin: *Das ist richtig! Genau! Die Prinzessin hätte das nicht gekonnt. Ich bin diejenige, die würdig ist! Ich werde herrschen!*

Ich zitterte. Ich hasste mich selbst dafür, aber ich konnte nicht aufhören, zu zittern.

»Es wäre nur von Vorteil«, meinte ein anderes Mitglied des Hofes von Namu, »wenn jemand in Mizu gewusst hätte, dass das Mädchen sich den Prüfungen stellen muss.«

Daraufhin schwiegen alle wieder, doch ich ahnte, auf was der Sprecher mit seinen Worten hinauswollte. Ich wusste jedenfalls, was ich vermuten würde, wenn die Rollen vertauscht gewesen wären und ich den Hochstapler anklagen müsste.

Dann erklang aus der Menge eine neue Stimme: »Vielleicht war das von Mizu so geplant. Vielleicht hat das River Kingdom vorgehabt, den Kaiser zu ermorden.«

Entsetzt und aufgeregt schrien die anderen auf, und wieder erhob sich ein Sturm der Empörung. Doch ich sah mich nach der Stimme um, die die schrecklichste Anklage ausgesprochen hatte. Wer es gewesen war, konnte ich nicht sehen, aber so, wie die Berater des Mountain Kingdom beisammenstanden und untereinander tuschelten, wusste ich, dass es von ihnen gekommen war.

»Das wäre logisch«, meinte ein anderes Mitglied des Shi-Reiches. »Es würde alles erklären. Im Kosuke-Tempel werden bekanntlich nicht nur große Gelehrte, sondern auch große Krieger ausgebildet. Sie wussten wahrscheinlich vom Brauch, dass der Shadow Dragon den Nachfolger wählen soll. Und sie haben gewusst, dass dieser wahrscheinlich die Person wählen würde, die am fähigsten dazu ist …«

Ja, ja, ja!, schrie die Verräterin Kai in mir. *Hört ihr euch eigentlich selbst? Ich bin die Fähigste! Ich wurde erwählt!*

Chizuko musste ihren Fehler erkannt haben, denn als sich die Rufe von *»River Kingdom – Hochstapler«* zu *»River Kingdom – Mörder«* wandelte, wurde ihre Hysterie zu blanker Panik.

»Nein, nein, nein!«, kreischte sie. »Nein! Das würden wir nie … Sie würde nie …«
Doch die anderen übertönten sie, und im Saal braute sich langsam ein regelrechter Aufstand zusammen. Mein Herz schlug so heftig, als ob es mir aus der Brust springen wollte.
Iseul starrte mich kreidebleich mit großen Augen an und hielt die zitternden Fäuste ausgestreckt, als sei er bereit, mich tatsächlich anzugreifen. Hilflos starrte ich zurück und wünschte, er könnte meine Unschuld spüren und erkennen. *Ich habe deinen Bruder nicht ermordet. Ich schwöre, ich habe deinen Bruder nicht ermordet!*
Großmeister Xuwicha hob eine Hand. Mit versteinertem Gesichtsausdruck schaffte er es, die Aufmerksamkeit aller mit wesentlich weniger Gewedel zu erringen als zuvor Minister Hisakawa.
»Bitte, beruhigen wir uns doch wieder«, verlangte er, als rufe er eine lärmende Schulklasse zur Ordnung. »Das Imperium wird das Fehlverhalten des Mädchens so gründlich wie möglich untersuchen. Aber wir müssen noch ein paar andere Dinge klarstellen.«
Damit wandte er sich mir zu, mit der Strenge eines gereizten Buchhalters. Die Verbundenheit, die ich beim Festmahl am Abend zuvor mit ihm verspürt hatte, war völlig verschwunden. Ich fragte mich, ob Großmeister Xuwicha überhaupt eine Persönlichkeit hatte oder ob sein Gehirn jeden Menschen nur als Rädchen im Getriebe des Kaiserreiches sah.
»Nun«, begann er, »sag mir die Wahrheit, Mädchen: Hat noch jemand aus eurer Gesandtschaft von diesem Betrug gewusst, abgesehen von deiner Hofdame und deinem Berater?« Sein Blick fiel auf Aiko und meine anderen Schwestern. »Was ist mit deinen Leibwächterinnen? Und den Zimmermädchen?«
Aiko erstarrte. Das Zittern, das mich ergriffen hatte, als wir die Große Halle betreten hatten, schien ansteckend zu sein, denn plötzlich zitterte auch Aiko.

»Nein«, krächzte ich verkrampft. »Nein, natürlich nicht. Meine Kammermädchen waren unschuldig. Es sind kaiserliche Dienerinnen aus dem Palast. Es wäre viel zu gefährlich gewesen, meine eigenen – *Norikos* eigene Mädchen mitzubringen. Und … meine Leibwachen auch … Sie wurden aus einem anderen Tempel in einem anderen Teil von Mizu geholt. Wir haben uns noch nie zuvor gesehen …«

Enlai räusperte sich laut genug, um in der ganzen Halle gehört zu werden.

»Bitte verzeiht die Unterbrechung, Großmeister Xuwicha«, sagte er, »aber ich bin mir ziemlich sicher, dass das Mädchen lügt. Ich habe diese beiden …«, er deutete auf mich und Aiko, »… eines Nachts zusammen gesehen und längere Zeit mit ihnen gesprochen. Vielleicht bilde ich es mir nur ein, aber ich hatte das Gefühl, als würden sie einander gut kennen – und dass sie sich schon seit Langem kennen.«

Plötzlich verspürte ich Hass – so stark, dass ich darunter zu schmelzen drohte. In diesem Moment hätte ich Enlai ermorden können. *Verrate mich. Verspotte mich. Beschuldige mich. Ist mir egal. Aber wende dich nicht gegen meine Schwestern!*

»Ich muss mich entschuldigen, Großmeister Xuwicha«, ergriff Aiko das Wort und verneigte sich so tief wie möglich. »Meine Herrin hat sich falsch ausgedrückt. Der Prinz hat recht: Wir sind tatsächlich im selben Tempel aufgewachsen. Minister Hisakawa war der Meinung, dass sie wenigstens eine Freundin und Vertraute auf dieser Reise brauchen würde. Doch der Rest der Onna-Bugeisha wurde durch das Los aus den verschiedenen Tempeln des River Kingdom gewählt.«

Trotz ihres Zitterns klang ihre Stimme so fest wie eh und je.

Großmeister Xuwicha blinzelte uns an, und ich konnte förmlich sehen, wie sein analytischer Verstand die Wahrheiten und Lügen auseinandersortierte und sich entschied, was was war. Wieder hielt ich den Atem an.

»Nun gut«, meinte er, »die Onna-Bugeisha werden heute Nacht in den Baracken bleiben. Aber ihr anderen …«, er deutete mit dem Finger auf mich, Hisakawa, Chizuko und Aiko, »… ihr wandert in die Kerker.« Wieder sprach er in einem Tonfall, als bespräche er die Menüfolge fürs Abendessen. Als wäre die Anordnung, uns ins Verlies zu schicken, nur ein weiteres Häkchen auf der kleinen Liste in seiner Tasche.

Stumm und unbeweglich blieb ich stehen, als uns die kaiserlichen Wachen fesselten. Chizuko schluchzte immer noch so, dass ihr Tränen und Rotz über das Gesicht liefen. Hisakawa sah aus wie ein Hund, den man so oft getreten hatte, dass er nicht mehr wusste, wie er mit dem Schwanz wedeln sollte. Nur Aiko stand stolz und unbeugsam wie ein Baum neben mir, obwohl die Leute um uns herum schrien und johlten und sich gegenseitig zu übertönen versuchten.

Als man uns wie Vieh an der Leine aus dem Saal schleifte, sah ich mich nach Iseul um. Er starrte mich immer noch mit geballten Händen an, und der Aufruhr seiner Gefühle färbte seine Wangen rot. Ich wünschte, ich hätte die Welt für einen Augenblick anhalten können, um zu ihm zu laufen und ihn zu bitten, mir zu glauben. *Ich habe deinen Bruder nicht ermordet!*, schrie ich im Stillen. *Iseul, bitte glaub mir, ich habe deinen Bruder nicht ermordet!*

Doch er konnte mich nicht hören. Natürlich konnte er mich nicht hören. Sein Gesichtsausdruck änderte sich nicht.

Es tat mir im Herzen weh, als ich mich von ihm abwandte. Dann suchte ich nach Enlai. Es war ein instinktiver Impuls, gegen den ich nicht ankam. Ich musste wissen, ob sein Gesicht etwas von der Kälte verloren hatte, als er sah, wie wir abgeführt wurden. Doch die scharfen Kanten seines Kiefers, der ausdruckslose Blick seiner

Augen – er zeigte die Gleichgültigkeit eines Fremden. Mir wurde gleichzeitig heiß und kalt. Es machte mich krank und traurig, und mein Zittern wurde fast zu einer Art Anfall. Einen Moment lang musste mich der Soldat, der mich begleitete, unter den Achseln packen, damit ich nicht zusammenbrach.

Zuletzt sah ich meine Gefährten an, was am schmerzhaftesten war. Chizuko, Hisakawa, Aiko – sie hatten für mich gelogen, mich unterrichtet, mich beschützt und beraten. Jetzt konnte es sein, dass sie für mich sterben mussten.

Nein. Nicht für *mich*. Sie würden wegen meines großen Mundwerks sterben, wegen meiner mangelnden Diskretion, wegen meiner Aufmüpfigkeit und meiner Selbstsucht.

Ich bin so dumm!

Ich hatte uns alle zum Tode verurteilt.

***

Die Wachen ließen uns im Dunkeln zurück. An den Wänden des Verlieses klebte der Schleim von jahrzehntelanger Feuchtigkeit und Kälte. Der Fußboden bestand aus glatten Steinen mit einer dünnen Schicht Matsch, der sich überallhin verirrte: unter meine Fingernägel, in meine Stiefel, in mein Haar. Ich wusste gar nicht, dass sich so wenig Dreck über so viel Körperoberfläche ausbreiten konnte.

Zwei Mal tastete ich die Zelle ab, versuchte, mich zurechtzufinden, und forschte nach einem Fluchtweg. Doch es war eher Instinkt als Optimismus, der mich dazu veranlasste, denn eigentlich hatte ich keine Hoffnung. Aber schließlich und endlich war ich eine Onna-Bugeisha, und Onna-Bugeisha saßen nicht in einer Ecke und weinten.

So wie Chizuko. Ich wunderte mich, woher eine so kleine Frau so viele Tränen hernahm. Ihre unterdrückten, schniefenden Schluchzer wurden von Flüchen, Gebeten und gelegentlich ein paar passenden Worten über mich unterbrochen.

»Sie hat uns umgebracht«, schluchzte sie. »Das Mädchen hat uns alle umgebracht.« Ich hörte, wie sie aufsprang und ihre Angst sich so schnell in Wut verwandelte, dass mir schwindelig wurde. »Hisakawa! Du warst zu nachgiebig! Du hast ihr viel zu viele Freiheiten gelassen. Du hast dich von ihr herumkommandieren lassen, du schwacher ...« So plötzlich, wie ihr Zorn gekommen war, verflog er auch wieder, und ihre Stimme wurde zu einem Wimmern. Ein Scharren sagte mir, dass sie wieder an der Wand hinuntergesunken war und in ihrer Ecke hockte. »Hier kommen wir nie wieder heraus! Noch vor Morgengrauen wird man uns köpfen, und *das ist alles ihre Schuld!*«

Die Schuldgefühle brachten mich beinahe um. Sie hatte recht. Vielleicht war Chizuko feige und dumm und herrisch, aber was mich betraf, hatte sie die ganze Zeit recht gehabt. Sie hätten jemand anderen zu ihrer falschen Prinzessin machen sollen. Sie hätten jemand Besseren wählen sollen.

»Das Mädchen hat keine Schuld«, erwiderte Hisakawa. »Es ist meine Schuld. Ich hätte nie zustimmen dürfen. Ich hätte ihre Majestäten warnen müssen, dass es verrückt ist, einer Leibwächterin so eine wichtige Mission anzuvertrauen.«

Sie sprachen von mir nur als »das Mädchen«. Jetzt, wo ich nicht mehr Noriko war, war mein richtiger Name anscheinend verflucht. War er gefährlich? Oder versuchten sie immer noch, meine Identität zu verschleiern, als ob mich das retten würde?

»Diese Aufgabe erforderte Raffinesse«, fuhr Hisakawa fort. »Sie verlangte Haltung, politisches Verständnis und Menschenkenntnis. Das hätte ich ihnen sagen sollen. Sie ist sechzehn. Was weiß sie schon? Was haben wir denn erwartet?«

Chizuko knurrte wie ein tollwütiger Hund. »Wir haben erwartet, dass sie ihre Geschichte nicht dem erstbesten Jungen ausplaudert, der nett zu ihr ist.«

Das war unfair, dachte ich. Jao war auch nett zu mir gewesen. Ihm hatte ich nie etwas über meine Rolle als Prinzessin erzählt. Allerdings, dachte ich halb belustigt, kannte ***er*** meinen richtigen Namen.

Meine Gedanken schienen irgendwie losgelöst von meinem Körper. Scham und Schuldgefühle waren physische Dinge, die mir ins Fleisch schnitten, während mein Geist irgendwo über mir zu schweben schien. Denken. Planen. Ich konnte die Onna-Bugeisha in mir nicht abschalten. Die Kriegerin hatte keine Zeit, sich zu schämen. Sie war immer im Dienst.

»Jetzt kann alles geschehen«, murmelte Minister Hisakawa. »Einfach alles. Es besteht die Chance, dass sie uns nach Mizu zurückschicken. Dann wären wir zwar entehrt, aber besser zu Hause entehrt als in einem Verlies. Wahrscheinlicher ist, dass wir hingerichtet werden. Im schlimmsten Fall schickt das Imperium Truppen nach Mizu. Sie erklären, dass der König und die Königin nicht fähig sind, zu regieren, und errichten am Fluss einen militärischen Außenposten.«

Irgendwo neben mir hörte ich Aiko ungläubig auflachen.

»Haltet Ihr das für wahrscheinlich?«

Doch Hisakawa antwortete ihr nicht. Ich hatte das Gefühl, als rede er gar nicht mit uns, sondern sprach nur, weil sonst nichts zu tun war. Er redete, damit er nicht schreien musste.

Ich streckte die Hand aus, bis ich Aikos fand, und presste ihre Handfläche an meine Stirn.

»Es tut mir leid«, flüsterte ich.

Ihre Hand berührte mein Haar und glättete die schmutzigen Strähnen, um schließlich auf meiner Schulter liegen zu bleiben. Die sanfte, zarte Berührung ließ mich die Fassung verlieren. Meiner

Kehle entrang sich ein Schluchzen, das im Dunkeln verhallte, und ich schlug mir die Hände vor Augen und Mund. Meine Schultern begannen zu zucken, weil ich die Tränen zurückhielt, aber Aiko rückte näher und schlang fest die Arme um mich, um mein Zittern zu beruhigen.

»Es tut mir leid«, sagte ich, dieses Mal lauter. Ich hörte Hisakawa geringschätzig ächzen, aber sobald die Worte erst einmal ausgesprochen waren, kamen sie immer wieder, wie ein Mantra. »Es tut mir leid, es tut mir leid, es tut mir leid …«

Alles, was Chizuko und Hisakawa sagten, stimmte. Ich war nicht gut genug dafür. Zu jung, zu unerfahren, zu übermütig. Ich hätte nie einwilligen dürfen. Als mich der König und die Königin gefragt hatten, den Platz ihrer Tochter einzunehmen, hätte ich mich ihrer Gnade unterwerfen und sie bitten sollen, jemand anderen dafür auszusuchen.

Es spielte keine Rolle, was ich bisher geschafft hatte, diese Geschichte endete damit, dass ich meine Freunde zu einem Leben in Unehre oder einer schändlichen Hinrichtung verdammt hatte. Ich hatte das Leben von Menschen, die ich liebte, ruiniert, ich hatte meinem Königreich Schande bereitet. Ich hatte mich selbst zum Narren gemacht. Und ich konnte nichts anderes sagen als: *Es tut mir leid, es tut mir leid, es tut mir leid.*

Aiko hielt mich fest, während ich schluchzte. Weder Hisakawa noch Chizuko sprachen mit mir, sie waren zu sehr mit ihren eigenen Ängsten, ihrer Erschöpfung und ihrem Elend beschäftigt, um meine verzweifelte Reue anzuerkennen.

Etwas huschte über meinen Fuß – etwas Rattengroßes, Schweres, offenbar gut Gefüttertes. Ich schauderte und zog die Knie an die Brust.

Am liebsten hätte ich mich mit Chizuko zusammen in der Ecke zusammengerollt.

Kapitel 19

Im Traum bin ich ein kleines Mädchen, nicht mehr als drei Jahre alt – selbst für eine Novizin zu jung. Sogar zu jung für einen Namen. Wenn mich die Tempelmütter zum Schlafengehen oder zum Essen rufen, nennen sie mich »kleiner Sonnenstrahl« oder »Blitzkäfer« oder geben mir andere Kosenamen.

So spielen die namenlose Kai und die namenlose Aiko im Garten, fangen Schmetterlinge und Fische für die Elritzen im Fluss und denken nicht an Training, ans Kämpfen oder an irgendetwas anderes, außer Kinder zu sein.

Es ist Frühling im Traum. Im Garten summen Hummeln. Die Blumen sind so groß wie mein Kopf und duften wie das Parfum der Königin. Rosa Rosen, Hortensien, Glyzinien – alle baumeln und schwingen in der leichten Brise, als wollten sie uns zuwinken. Ich winke zurück und reiße ihnen dann lachend die Köpfe ab. Ich pflücke und pflücke und pflücke, bis ich einen Strauß voller Schönheit in meinen kleinen Händen halte.

»Nein!«, ruft Aiko, die immer die Regeln im Auge hat und darauf achtet, wenn man sie bricht. »Nein, nicht! Du tötest sie ja.«

Aber ich bin ganz verliebt in meinen schönen Strauß und laufe lachend vor ihren Anklagen davon. Im Laufen zupfe ich an den Blütenblättern und hinterlasse eine leuchtend bunte Spur.

Ich laufe in den Tempel – tief in den Tempel hinein. Hier dürfen kleine

Kinder eigentlich nicht hinein, aber im Traum ignoriere ich es. Ich denke nur daran, den Regenbogen aus Blütenblättern überall im Tempel zu verteilen, damit meine Schwestern und Mütter sich auch an der Schönheit erfreuen können.

So sehr konzentriere ich mich darauf, Blumenteile zu verteilen, dass ich die Frau vor mir erst bemerke, als ich ihr fast auf den Rocksaum trete. Ich stolpere und stürze zu ihren Füßen zu Boden, sodass meine Blumen auf den Schieferboden des Tempels fallen. Dann sehe ich auf zu einem Gesicht aus Licht und Haaren aus Feuer. Doch ihre Augen – ihre Augen haben die Farbe des Flusses Mizu, wenn die Sonne in einem bestimmten Winkel darauf scheint: nicht ganz blau, nicht ganz grau, nicht ganz grün.

»Kleine Kai«, sagt sie mit einer Stimme voller Musik, und obwohl ich noch keinen Namen habe, weiß ich, dass sie mit mir spricht. »Kleine Kai«, wiederholt sie, und in der Musik ihrer Stimme liegt eine Hitze, die mir bis in die Knochen brennt. »Du bist meine Tochter.«

Verzaubert nicke ich, unfähig, den Blick von ihrem strahlenden Gesicht zu lösen. Natürlich bin ich ihre Tochter. Wer sollte ich sonst sein? Wer sonst könnte mehr Mutter sein als diese Gestalt?

»Ja«, sagt sie, und in ihrer Stimme schwingt ein Seufzer mit. »Ja, in deinem Herzen ist Sonne. Meine Tochter … aber nicht meine allein.«

Und irgendwo über uns dröhnt das Brüllen eines Drachen am Himmel.

***

Aber es war nicht das Brüllen eines Drachen, es war das Geräusch, mit dem sich die Tür des Verlieses öffnete. Ich riss die Augen auf und starrte an die schleimig schwarze Decke der Zelle, die plötzlich ein schwacher Lichtstrahl traf.

Es gibt Träume, und es gibt Visionen. Was war das?

Aiko und ich waren aneinandergelehnt eingeschlafen und hielten uns an den Händen. Jetzt stieß sie mich sachte an.
»Zeit, aufzustehen, Kai«, murmelte sie. Als ob das Öffnen der Verliestür nur bedeutete, dass uns unsere Lehrerinnen für das Frühstück weckten. Aber weil Aiko es sagte, stand ich auf. Ich erkannte die erschöpften Gesichter von Hisakawa und Chizuko, als auch sie sich erhoben und in den Lichtstrahl aus der Tür blinzelten.
Dort standen zwei Männer. Einer davon war offensichtlich ein Soldat in schwerer Rüstung. Der andere war schlank und jung, in den Gewändern eines Höflings oder Adligen. Ich blinzelte, konnte aber das Wappen auf seiner Tunika nicht erkennen.
»Ich habe eine Botschaft für die, die sich einst Prinzessin Noriko nannte«, sagte er.
Unwillkürlich musste ich lachen. So nannten sie mich jetzt? Nicht Prinzessin Noriko? Es war absichtlich beleidigend und zielte darauf ab, mich die Schande dessen, was ich getan hatte, deutlich fühlen zu lassen.
Im fahlen Licht sah ich, wie sich Aikos Mundwinkel zu einer Art Lächeln verzogen.
Der Adlige nahm der Wache die Fackel ab.
»Es wird nicht lange dauern«, sagte er.
»Das Geld …«, knurrte der Soldat nervös.
»Du bekommst dein Geld schon noch«, fuhr ihn der Adlige an. »Etwas Geduld, Mann!«
Vorsichtig suchte er sich seinen Weg durch die Zelle und verzog angewidert das Gesicht, als er schmutzigen Pfützen und matschigen Häufchen auswich, von denen ich hoffte, dass sie nur Dreckhaufen waren. Als er näher kam, erkannte ich den silbernen Hirschen auf seiner Tunika, das Wappen des Forest Kingdom.
Unwillkürlich wich ich einen Schritt zurück, als ich mich an den entsetzten, zutiefst enttäuschten Blick von Prinz Iseul erinnerte.

Was für eine Botschaft könnte Namu mir wohl bringen wollen, wenn Iseul glaubte, dass ich an der Ermordung seines Bruders beteiligt war? Würde er Rache wollen?
Ich an seiner Stelle würde mich rächen wollen.
Der Mann blieb vor mir stehen, griff in die Tasche und holte einen mit einem Wachssiegel verschlossenen Brief hervor.
»Für dich. Kannst du lesen?«
Ich nickte. Er sah mich etwas überrascht an, aber er kam näher und hielt die Fackel so, dass ich den Brief besser sehen konnte. Ich faltete das Pergament auseinander und begann zu lesen.
Iseul hatte ihn adressiert an: »Meine Freundin, der ich mein Leben verdanke«.
Plötzlich brannten mir Tränen in den Augen, und ich musste die Faust auf den Mund pressen, um nicht laut aufzuschluchzen. Ich las weiter.

Meine Freundin, der ich mein Leben verdanke:

Ich weiß, dass Du meinen Bruder nicht ermordet hast. Ich bin vielleicht noch jung, aber nicht dumm. Du hättest Dich nicht selbst in Gefahr gebracht, um mich zu retten, nur um im nächsten Moment den Kaiser zu ermorden. Aber ich glaube, ich weiß, wer der Mörder ist, und ich werde nicht ruhen, bis er gefasst und Du entlastet bist.
Ich wünschte, ich könnte Dir jetzt helfen, aber solange Du hier im Imperium bist, sind mir die Hände gebunden. Doch wenn Du das überlebst, was sie hier vorhaben, solltest Du wissen, dass Du in Namu jederzeit Asyl finden kannst. Mein Volk vergisst nie eine gute Tat, und Du warst mehr als freundlich zu mir.
Ich hoffe, Dich bald wiederzusehen.

Iseul hatte den Brief nicht unterzeichnet, aber ich konnte seine Freundlichkeit, seinen trotzigen guten Willen und seine Loyalität in dem Schreiben erkennen. Wie hatte ich nur glauben können, dass Enlai mein einziger Freund unter den Königserben war? Wie hatte ich Iseul vergessen können?

Jetzt kamen mir die Tränen und ließen die Tinte auf dem Blatt verschwimmen.

»Gib mir das wieder, bitte«, verlangte der Bote und streckte die Hand danach aus.

Ich wischte mir mit dem Handrücken über das Gesicht und reichte ihm den Brief. Er ließ ihn auf den Boden fallen, nahm Feuerstein und Stahl aus der Tasche und schlug sie zusammen, bis ein Funke das Pergament entzündete. Die Flammen verzehrten es und vernichteten alle Beweise der Korrespondenz. Wortlos sahen wir alle zu, wie Prinz Iseuls Brief zu unseren Füßen zu Asche verbrannte.

»Wir waren niemals hier«, erklärte der Bote leise. Dann drehte er sich um und ging. Ich hörte, wie vor der Tür Münzen in die Hand des Soldaten fielen, als sie die Zellentür wieder schlossen und es im Inneren der Zelle wieder schwarz wurde.

»Was stand darin?«, erkundigte sich Chizuko mit dünner, heiserer Stimme aus der Ecke. »Was stand in diesem Brief?«

Ich hockte mich hin und tastete nach der Asche auf dem Steinfußboden, die ich aufhob, um Iseuls Worte bei mir zu haben.

»Da stand, dass wir im Forest Kingdom Asyl finden können, wenn wir hier entkommen. Da stand, dass das Volk von Namu seine Freunde nicht vergisst.«

Irgendwo neben mir stieß Aiko explosionsartig einen lauten Seufzer aus.

»Von Iseul?«

Ich nickte, und weil mir einfiel, dass sie mich ja nicht sehen konnte, sagte ich: »Ja.«

»Gut«, murmelte sie. »Das ist gut.«
»Er sagt auch, dass er erst etwas für uns tun kann, wenn wir die Kaiserstadt verlassen haben.«
Ein tiefes Schweigen senkte sich über die dunkle Zelle.
»Nun«, meinte Hisakawa schließlich, »das ist nicht so gut.«
Chizuko begann erneut zu heulen.
»Wir werden alle sterben! Wir sterben hundert Meilen von zu Hause entfernt, entehrt und in Schande und verlassen und …«
»Seid still!«, rief Aiko.
Chizuko schluchzte, schwieg aber.
Mich überwältigten erneut die Schuldgefühle, und ich stieß Aiko an.
»Lass sie doch«, meinte ich. »Lass sie sagen, was sie will.«
Aiko grunzte nur, was ich als Zeichen der Zustimmung deutete.
»Das Wichtige ist«, meinte Hisakawa, »dass wir einen Verbündeten haben. Darauf müssen wir uns konzentrieren. Wir dürfen der Dunkelheit nicht die Oberhand lassen.«
Aber wir waren bereits in der Dunkelheit versunken, einer Dunkelheit voller Ratten und Dreck und Atem, der als Wolke aus unseren Mündern kam. Ich konnte mir nicht einreden, dass Iseuls Brief einen großen Unterschied ausmachte.

***

Wir warteten. Ich weiß nicht, wie lange wir warteten, denn ohne Sonne, Luft und Erde hat die Zeit keine Bedeutung. Es mochten Stunden sein, vielleicht auch Jahre. Oder nur Sekunden.
Aber irgendwann kamen sie uns holen. Wieder ging die Tür auf, aber dieses Mal waren es ein Dutzend kaiserlicher Soldaten, die ins Verlies drängten, uns mit Fackeln blendeten und uns schweigend Fesseln anlegten. Sie schleiften uns aus der Zelle und dem feuchten, unterirdischen Verlies. Meine Beine waren ganz taub von der Kälte,

sodass ich ständig stolperte, doch die Wachen zerrten mich mit sich wie Vieh zur Schlachtbank.
Es war Nacht. Wir hatten mindestens einen Tag im Verlies verbracht, wenn nicht zwei. Es schien kein Mond, doch nach der absoluten Finsternis der Zelle stach uns bereits das Sternenlicht wie mit Feuernadeln in die Augen. Ich sah den Reiher am Himmel, dessen große Flügel nach Westen deuteten, nach Mizu – nach Hause. Mein Magen verkrampfte sich.
Schließlich blieben wir im großen Hof mit dem goldenen Käfig stehen – an dem Ort, der seit Tagen in meinen Gedanken herumspukte.
Es war der Ort, an dem ich erwählt worden war.
Der Rand des Hofes lag im Schatten der umliegenden Häuser, doch im Zwielicht konnte man erkennen, dass sich um den Platz herum eine riesige Menschenmenge versammelt hatte. Anscheinend waren alle gekommen. Alle aus dem Palast, aus der Stadt und alle königlichen Gesandtschaften waren gekommen, um das Urteil zu hören, das über uns verhängt werden sollte.
Unsere Wachen schienen davon ebenso überrascht zu sein wie wir, denn sie tuschelten aufgeregt untereinander.
»Was können wir da machen? Die Leute erwarten eine Vorstellung.«
»Das ist nicht anständig. Wir sind doch keine Barbaren. So sollte das nicht sein. Die Gefangenen haben ein wenig Würde verdient …«
»Es spielt keine Rolle. Es gibt keinen Kaiser. Niemand kann den Leuten sagen, dass sie verschwinden sollen.«
Aiko sah mich grimmig an. Sie war leichenblass, und unter ihren Augen lagen tiefe Schatten.
Die Wachen taten, als könnten wir sie nicht hören, wenn sie miteinander flüsterten, und schoben uns in den Käfig, dessen Tür sie hinter uns abschlossen.

Instinktiv legte ich mein Gesicht an die Gitterstangen, prüfte das Schloss, die Angeln und die Stärke des Metalls, das uns gefangen hielt. Die Kriegerin Kai weigerte sich, zu glauben, dass eine Flucht unmöglich war. Doch die Schlösser waren ebenso stark wie die Gitterstäbe. Ich sah auf, suchte nach Lady Mayumi in der Menge. Vielleicht hatte unsere Kommandantin eine Idee.

Die Delegationen aller vier Königreiche waren anwesend – Wachen, Diener, Kammermädchen und die Königserben, alle gekennzeichnet durch ihre Farben und Wappen. Zwischen den Beinen von Frauen in Kaufmannstracht liefen kleine Kinder umher. Es waren Köche da, die gerade aus der Küche kamen und noch die Soßen- und Fleischflecken auf ihren Jacken hatten. Ich sah sogar Verkäufer mit ihren Karren, obwohl niemand versuchte, etwas zu verkaufen.

Schließlich fand ich Lady Mayumi in der Menge bei meinen Schwestern. Ihr Gesicht war hart wie Stein – wie immer. Doch in ihren Augen leuchtete ein Schmerz, den man eher bei einer Mutter vermuten würde, deren Kind in Gefahr ist. Meine Schwestern hatten Haltung angenommen, aber sie hielten die Arme vor der Brust verschränkt. Diese Geste kannten nur die Mädchen aus dem Tempel. Es war eine Geste der vollkommenen Verbundenheit. Wir gebrauchten sie nur, wenn wir einen Eid schworen und uns für immer an etwas oder jemanden banden.

Ich wusste, dass auch Aiko sie gesehen hatte, denn ihr liefen Tränen über das Gesicht, und ihre Lippen hauchten etwas, was mir vorkam wie: »Kommandantin, ich konnte sie nicht allein lassen.«

Lady Mayumi sah Aikos stumme Rede ebenfalls und schloss die Augen. Sie nickte einmal und salutierte dann vor uns, als wären wir ihr gleichgestellt.

Ich wünschte, sie würde das nicht tun, dachte ich, während in meiner Kehle die Tränen brannten. *Ich wünschte, sie wäre wütend auf mich, wünschte, sie würde mir sagen, ich sollte aufhören, zu jammern, und nach einem Ausweg suchen.*

»Seid stark, meine Kriegerinnen.« Lady Mayumis Worte waren sehr leise – kaum mehr als ein Flüstern –, aber ich vernahm sie dennoch. Ich hörte sie, weil ich zehn Jahre lang automatisch auf ihre Stimme gelauscht hatte, ihre Befehle, ihr Lob und ihre Kritik. Meine Unterlippe begann zu zittern.

Ich stellte fest, dass ich mein Gesicht immer noch an die Käfigstangen gepresst hatte und meine Hände sie so fest umklammerten, dass mir die Finger wehtaten. Warme, rote Flüssigkeit rann mir über die Fingerknöchel und Handgelenke.

Plötzlich trat Großmeister Xuwicha aus der Menge hervor und kam zum Käfig. Er räusperte sich und hob die Stimme.

»Wir Menschen sind nur unzureichende Richter, wenn es darum geht, über diese Hochstaplerin und ihre Komplizen zu urteilen. Für solch eine Situation haben wir keinen Präzedenzfall. Daher vertrauen wir auf einen Geist, der höher und größer ist als unserer.«

Ich lehnte die Stirn an das kalte Metall und schloss die Augen.

Natürlich. Natürlich wollen sie die Entscheidung nicht selbst treffen. Damit würden sie einen offenen Krieg riskieren. Sie würden die Feindschaft von Mizu für die nächsten hundert Jahre heraufbeschwören, aber sie brauchen uns. Sie brauchen ein geeintes Imperium …

»Der Shadow Dragon sieht ins Herz der Menschen«, fuhr Großmeister Xuwicha fort, »und er wird wissen, wer ein Verräter ist und wer es verdient, zu leben.«

Aiko gab einen erstickten Laut von sich. Chizuko begann zu heulen, während aus der Menge Rufe und aufgeregtes Gemurmel laut wurden.

Der Shadow Dragon sieht ins Herz der Menschen?

Ich schauderte, und eine neue Welle von Scham überkam mich. Das letzte Mal, als ich in diesem Käfig gesessen hatte, hatte er mich ausgewählt. Aber das war vorher gewesen. Ich fürchtete den Gedanken, dass der Große Drache die Person ansah, zu der ich in den letzten drei Tagen geworden war: ein betrunkenes, trotziges kleines Mädchen, das einem fremden Prinzen in den Garten gefolgt war … Vielleicht würde er mich wegen meiner Dummheit einfach umbringen.

Aber das durfte ich nicht aussprechen. Für die anderen musste ich stark bleiben, damit sie ihren letzten Augenblicken gefasst entgegentreten konnten.

»Keine Sorge«, murmelte ich Aiko zu. »Das wird schon gut gehen.«

»Es ist der *Drache*, Kai«, flüsterte sie zurück. Aus ihrem kleinen, dunklen Gesicht leuchteten ihre Augen unnatürlich groß hervor. »Das kannst du nicht wissen. Es ist der Große Drache – Magie und Zähne und noch mehr Magie. Da kann man nie wissen …«

»Er wird uns nichts tun«, sagte ich, selbst überrascht, wie zuversichtlich ich klang. »Es wird gut gehen.«

Ich lächelte kurz, doch die Angst in Aikos Gesicht brachte meine falsche Zuversicht zum Schmelzen. Ich wandte mich von ihr ab und sah in grimmiger Erwartung wieder durch die Gitterstäbe.

Der Boden begann zu beben. Die Gespräche in der Menge erstarben und verstummten schließlich ganz. Wild klopfte mein Herz, als die Erde unter den herannahenden Schritten von etwas Großem erzitterte.

Der Shadow Dragon berührte meinen Geist. Ich spürte, wie die Dunkelheit in mir den Kopf hob, um das uralte Wesen zu grüßen. All meine Glieder begannen zu kribbeln, und dieses Gefühl nahm mir etwas von meiner Angst. *Er erkennt mich.* Selbst aus der Entfernung erkannte mich der Drache, und die Macht um dieses Wissen machte mich ruhiger. Doch der Geist des großen Tieres wirkte trotzdem noch schwarz und hungrig und voller kaum beherrschter

Gewalt, sodass ich mich keineswegs sicher fühlte. In diesem Moment war mir nur eines klar:

Ich würde heute Nacht nicht sterben. Für die Sicherheit der anderen auf diesem Hof konnte ich allerdings nicht garantieren.

»Er wird uns nichts tun«, flüsterte ich erneut. Es klang mehr wie ein Gebet als wie ein Versprechen.

Wie aus großer Entfernung hörte ich Hisakawa und Chizuko aufschreien, als der Shadow Dragon um eine Ecke des Palastes kam. Beim Anblick der Menge blieb er stehen und zog den Kopf zurück wie eine Schlange.

Jao und drei andere Drachenhüter begleiteten ihn, eine Hand an ihren magischen Steinen und die andere an seine Flanken gelegt. Sofort fiel Jaos Blick auf mich und verbrannte mich aus der Entfernung. Seine Lippen waren leicht geöffnet, und sein Gesicht war blass und eingefallen vor Angst. Sein Mund bewegte sich.

»Kai …«

Ich konnte ihn zwar nicht hören, aber ich spürte es, als wären wir beide Drachen, die von Geist zu Geist miteinander kommunizierten.

Jaos Anblick löste die Schockstarre, in die ich verfallen war, als mich das Bewusstsein des Shadow Dragon erreicht hatte. Plötzlich war ich wieder ich selbst und lebte beim unerwarteten Anblick von Jaos Gesicht auf.

Wieder bewegte sich sein Mund: Er sprach nicht, er schrie auch nicht, sondern formte nur meinen Namen mit dem Mund.

Meinen Namen. Oh, Jao, ich danke dir, dass du meinen Namen weißt!

»Alles wird gut«, murmelte ich. Ich wusste, dass er mich nicht hören konnte, aber mit dem Kloß in meinem Hals konnte ich nicht sprechen.

Die Drachenhüter führten den Shadow Dragon auf den Hof, wo

seine Klauen über die Steinplatten scharrten. Jao lief unruhig neben dem großen Tier, und sein Blick flog zwischen mir und dem Drachen hin und her. Sein Gesicht zeigte Entsetzen und Verzweiflung, sein Mund öffnete und schloss sich, als suche er nach Worten, ohne sie finden zu können.

Neben dem Käfig blieb der Shadow Dragon stehen. Seine Schuppen glänzten im Dunkeln, schwärzer als die Nacht, abgesehen von bunten Blitzen, die plötzlich durch die Haut drangen. Seine Augen waren zwei Fackeln, die über meinem Kopf schwebten, wie bei einer Kobra, die ihr Opfer hypnotisiert. Ich spürte die summende Spannung in seinem Körper, die jene der Menge widerspiegelte. Die ungeheure Weite seines Geistes erreichte mich und zupfte am Rand meiner Gedanken, als prüfe er ihre Grenzen. Ich wusste, dass er mich überwältigen würde, sobald er den Käfig betrat, aber im Augenblick hielt ich den Blick auf Jao gerichtet.

Der stand genau neben dem Käfig. Er tat nicht einmal so, als würde er mich nicht kennen, und dafür war ich ihm dankbar. Eine Hand ruhte auf dem Großen Drachen, die andere streckte er nach mir aus. Ich lehnte mich erneut gegen die Gitterstäbe und fühlte brennende Tränen.

»Es tut mir leid«, flüsterte ich, halb hoffend, dass er mich nicht hörte. Doch er hatte mich verstanden.

»Oh, kleine Göttin«, flüsterte er zurück, mit einem bebenden Lächeln und verdächtig glänzenden Augen. »Da ist nichts, was dir leidtun müsste.«

»Jao!«, fuhr ihn eine der älteren Drachenhüterinnen an. War es seine Mutter? Sie wirkte unsicher und nervös, als gefiele ihr das alles nicht mehr als mir. »Das reicht! Wir müssen unsere Pflicht erfüllen!«

»Nein – warte!«, rief Jao, doch es war schon zu spät. Die Drachenhüterin schloss den Käfig auf.

Wie eine Ölspur schlängelte sich der Große Drache durch die Öffnung, und ich wurde in seine Gedanken gesogen.

»Ruhelos. Alles ist ein Käfig, alles hat Wände und ein Dach. Selbst der Himmel hat ein Dach, und die Sterne sind nicht real, und das Fleisch lebt nicht, und die Magie hat ihren Glanz verloren … Ruhelos. Ruhelos. Reiß das Dach ab, entflamme die toten Sterne, verwandle die Felsen in Diamant und zerschmettere die glanzlose Magie …«

Die Käfigtür fiel scheppernd ins Schloss. Der Drache war mit uns zusammen eingeschlossen.

»Er wird uns nichts tun«, sagte ich schwach. Mir war schwindelig vom Bewusstsein des Großen Drachen. »Er hat mich schon einmal ausgewählt. Er wird mir jetzt nichts tun …« Doch mein Magen krampfte sich zusammen, meine Fingerspitzen kribbelten, und ich war so unsicher wie beim ersten Mal, als ich seinen Käfig betreten hatte.

»Er wird uns nichts tun«, flüsterte ich mit zitternden Lippen. »Wir haben nichts Falsches getan … Keiner von uns hat etwas Unrechtes getan. Schickt uns heim nach Mizu. Entehrung ist besser als Tod. Schick uns nur nach Hause …«

»Nach Hause?«

Der Shadow Dragon richtete sich auf und breitete die Flügel wie Segel um uns herum aus. Unter der gespannten Haut zeichneten sich silbern seine Knochen ab. Eine Welle der Verwirrung überkam mich, und ich wusste, dass sie nicht aus meinem Herzen stammte. Der Große Drache war krank und benommen.

»Ein kranker Kaiser und dann ein toter Kaiser, ein neuer Kaiser und dann ein toter Kaiser und dann das Mädchen mit dem Schwert. Zu viele Seelen auf einmal. So viel zu fragen …«

»Schick uns einfach nach Hause«, flüsterte ich. »Bitte. Schick uns nach Hause, dann wird es besser.«

»Nach Hause …«, stöhnte der Große Drache. Seine Flügel bebten so leicht wie Schmetterlingsflügel. **»Wo ist zu Hause, wenn man so viele Seelen trägt …?«**
Der Fluss. Ich wollte, dass er meine Gedanken hörte, denn meine Stimme war mir plötzlich abhandengekommen. Ich schwankte, so schwindelig war mir. So schwindelig. *Der Fluss ist meine Heimat. Ich vermisse meine Heimat …*
Der Drache seufzte abgrundtief auf, sodass mir das Haar wie von einem Sturm zurückgeweht wurde. Dann senkte er ganz langsam den Kopf, bis sich seine Augen auf gleicher Höhe mit meinem Kopf befanden. Ich spürte seinen Atem wie heiße Kohlen auf meinem Gesicht. Er roch nach Asche und Blut.
Dann schlug er zu.
Ich zuckte zusammen, erwartete Zähne, Blut und das Brechen meiner Knochen. Doch stattdessen schlossen sich die Kiefer des Shadow Dragon um Chizuko. Er biss zu und schüttelte den Kopf wie ein Terrier.
Um mich herum hörte ich entsetzte Schreie, doch aus meinem Mund kam kein Laut außer einem erstickten Krächzen.
Sie hatte nicht einmal geschrien. Sie hatte gar keine Zeit gehabt, zu schreien. Und ich stand immer noch da und starrte, als wäre die blutige Szene nicht real.
Der Shadow Dragon öffnete das Maul und ließ Chizukos zermalmten Körper fast sanft vor meine Füße gleiten.
Wieder sprang das Tier vor, und wieder zuckte ich zusammen, weil ich erwartete, dass er dieses Mal – dieses Mal bestimmt – mein Leben beenden würde. Doch der Kopf des Shadow Dragon schlängelte sich an mir vorbei, und schneller, als ich es verfolgen konnte, zermalmte er Hisakawas Schädel zwischen den Zähnen.
Jetzt verwandelte sich das Krächzen in meiner Kehle zu einem richtigen Schrei, einem Schrei, der länger und länger wurde, bis er im

Hof ein nicht enden wollendes Echo fand und von hundert anderen aufgenommen wurde.
Der Große Drache bäumte sich erneut auf, schüttelte den großen Kopf und verteilte Blutstropfen. Dann wandte er sich zu Aiko.
Blankes Entsetzen schnürte mir die Brust ab. Ich konnte nicht atmen, konnte nicht sprechen, doch in meinem Kopf schrie es: *Nein, nein, nein!*
Aus dem Gesicht meiner Schwester wich alles Blut. Irgendwo in der Menge ließ Lady Mayumi ihr Tigerbrüllen vernehmen. Sie würde den Shadow Dragon wohl selbst zerreißen, wenn sie nur in seine Nähe käme.
Die Drachenhüter betrachteten die Szene erschrocken und angewidert, aber auch resigniert. Nur Jao presste sich an die Gitterstäbe und schrie immer wieder meinen Namen. Die Kiefer des Großen Drachen öffneten sich erneut.
»Nein!« Bevor ich darüber nachdenken konnte, stand ich mit ausgebreiteten Armen vor Aiko, als ob die mageren Gliedmaßen sie vor der Bestie vor uns schützen konnten. Mein Herz hämmerte wie ein verrückter Vogel in meiner Brust. »Nein! Wenn du sie anrührst, reiße ich dir die Kehle heraus, hast du gehört? *Ich bringe dich um!*«
Das war Blasphemie – ich wusste, dass es Blasphemie war, dem Drachen das Urteil zu verweigern. Aber mir war es egal. Im Augenblick war ich selbst halb Drache, hin und her gerissen zwischen Angst, Wut und dem Urinstinkt, meine Schwester zu beschützen.
Der Shadow Dragon sah mich mit seinen mondgleichen Augen an. Das Schwindelgefühl in meinem Kopf schien sich ein wenig zu legen. Ein dunkles Lachen erklang in meinem Inneren.
»Tapfere kleine Kai …«
Ich knurrte ihn an, doch sein Geist umfasste wieder den meinen. Ich kämpfte dagegen an, versuchte, den Zorn festzuhalten, der mich

eben noch erfüllt hatte. Doch er war bereits vergangen, untergegangen im enormen Geist und Herz und Gedächtnis des Großen Drachen …

Ich sah Wolken. Ich flog hoch über der Stadt, Sonne schien auf meine Flügel. Unter mir breitete sich die Erde aus wie eine Decke aus endlos vielen Landschaftsfetzen. Mein Herz hüpfte vor unbändiger Freude darüber, wie der Wind über und unter meinem langen, schlanken Körper entlangstrich.

Dann verblassten die Bilder und die Gefühle, aber nicht ganz. Ich konnte den Käfig um mich herum wieder sehen, die Drachenhüter und meine Gefährten – aber der Himmel vor meinen Augen blieb.

Ohne nachzudenken, taumelte ich vor und streckte meine Hände nach dem Shadow Dragon aus. Er senkte den Kopf, bis sich sein Auge auf gleicher Höhe befand wie meines. Ruhig und mit sicheren Händen berührte ich ihn an der Wange. Seine nachtschwarzen Schuppen waren glatt und hart wie Flusskiesel und pulsierten von der Wärme der Magie. In meinem Herzen entbrannte ein Heimweh, das weit größer war als meine Kleinmädchen-Sehnsucht nach dem Fluss.

»Kleine Kai … weißt du, wie lange es her ist, seit ich den offenen Himmel gekostet habe?«

Der Körper des Shadow Dragon bebte. Ich zuckte zurück, weil ich einen Moment lang glaubte, er wolle wieder zuschlagen, doch er legte nur den Körper flach auf den Boden und breitete die Flügel aus. Sie streckten sich vor uns aus und bedeckten den Boden des Käfigs wie ein Teppich.

Mich überkam eine tiefe, traumartige Ruhe, und plötzlich wusste ich, was ich tun musste.

Die Käfigtür wurde aufgerissen, und die Drachenhüter kamen hereingelaufen. Sie winkten mit ihren Amuletten und gaben schnelle

Befehle, die lustigerweise an jene erinnerten, die man Hunden gab.
Jao tauchte neben mir auf und nahm mein Gesicht in beide Hände. »Geht es dir gut? Bist du verletzt?«
Ich blinzelte ihn an. Es war schwer, sich durch den Wirbel von Bildern, die an mir vorüberzogen, auf sein Gesicht zu konzentrieren.
»Ich muss jetzt gehen«, erklärte ich mit einer verträumten Stimme, die ich nicht wiedererkannte.
»Was?«, fragte er entgeistert. »Was hast du gesagt?«
Ich nahm seine Hände von meinem Gesicht, küsste seine Handflächen und lächelte ihn ernst an.
»Es ist schon lange her, seit wir den Himmel gekostet haben.«
Dann ging ich an ihm vorbei, um auf den Rücken des Shadow Dragon zu klettern. Die ausgebreiteten Schwingen bildeten eine Art Laufsteg für mich, als hätte das große Tier Sterbliche schon tausend Mal aufgefordert, mit ihm zu fliegen. Ich setzte mich kurz hinter dem Flügelansatz auf seinen Rücken und stellte angenehm überrascht fest, dass der Platz breit genug war, um bequem zu sitzen. Ich sah nach unten. Aiko, Jao und die anderen Drachenhüter starrten mich mit offenem Mund an.
»Jao«, sagte ich, »bitte hilf Aiko hinauf.«
Jao starrte mich an, und zum ersten Mal, seit ich ihn kannte, flog ein Anflug von Gereiztheit über sein Gesicht.
»Was machst du denn da, Kai?«, fragte er mit plötzlicher Autorität in der Stimme. »Du kannst den Shadow Dragon nicht *reiten*. Du kannst ihn nicht wegbringen. Er lebt hier. Er ist ein Heiligtum der Stadt und muss deshalb in der Stadt *bleiben* …«
»Jao?«, wiederholte ich, immer noch freundlich, aber mit etwas mehr Nachdruck. »Bitte hilf Aiko hinauf.«
Aiko starrte mich nur zitternd und blinzelnd an.
Jao sah Aiko an. Dann sah er dem Shadow Dragon in das große,

ruhige Auge. Und dann sah er mich an. Ich war jetzt selbst fast ganz Drache, vollkommen unter dem Bann des Tieres – aber selbst jetzt, an diesem kühlen, ruhigen Ort, entflammte mich Jaos Blick wie eine Fackel.

Er seufzte und strich sich mit der Hand über das kurz geschorene Haar. Seine Schultern sackten zusammen, und er grinste mich schief und ein wenig wehmütig an.

»Du bist die Göttin«, meinte er. »Ich vertraue deinem Urteil.«

Dann nahm er Aiko an der Hand und geleitete sie sanft auf den Rücken des Drachen, gleich hinter mich.

»He, Junge! Was machst du denn da?«, brüllte einer der anderen Drachenhüter. Auch die anderen schrien, aber er schenkte ihnen keine Beachtung.

»Pass auf dich auf, Kai«, sagte er über den zunehmenden Lärm der Menge hinweg. »Pass auf dich auf – und komm zurück zu mir.«

Ich grinste ihn an, und mein Herz schlug warm im Takt mit seinem, doch noch bevor ich antworten konnte, hatte sich der Große Drache aufgerichtet, und seine großen Schwingen trugen uns zu den Gitterstäben über uns. Ich schrie auf, und Aiko und ich drückten uns flach an den Rücken des Drachen. Doch ich hätte keine Angst haben müssen, denn sobald die Flügel des Großen Drachen die goldenen Stäbe berührten, zerfielen sie zu Staub. Und schneller, schneller, schneller, als ich es je für möglich gehalten hätte, stiegen wir hoch in den Nachthimmel.

Je höher wir stiegen, desto weiter ließen wir den Frühling hinter uns. Die Luft über der Kaiserstadt war so kalt wie Eis. Meine Zähne begannen zu klappern. Der Drachenkörper schwamm wie ein Fisch durch die Luft, sein Schwanz peitschte, und sein langer Hals wiegte sich auf den Wellen der Luftströmungen. Ich lachte und weinte und schrie gleichzeitig und wusste nicht, ob in meinem Herzen die Angst oder die Freude die Oberhand hatten. Die Freude war die des Shadow Dragon, und sie war überwältigend, doch das kleine Mädchen unter der traumartigen Trance hatte immer noch Höhenangst.

»Wo… wohin fliegen wir?«, stammelte Aiko. Sie hatte die Arme fest um mich gelegt, und ich spürte, wie ihr Körper zitterte. Aber sie kam wieder zu sich. Ihre Stimme bebte weniger, und sie hatte einen Teil ihrer selbstsicheren, vernünftigen Art wiedergefunden, die ich von ihr erwartete.

»Wir fliegen zurück nach Mizu«, erklärte ich, ohne nachzudenken. »Um dem König und der Königin zu sagen, was passiert ist.« Diese Idee stammte sowohl von mir als auch vom Shadow Dragon – ein gemeinsamer Plan, der sich irgendwie bei einer tief gehenden, wortlosen Konversation geformt hatte.

»Er hat sie getötet«, sagte Aiko mit dumpfer, distanzierter Stimme. »Er … er hat sie getötet, Kai.«

Ich nickte, antwortete aber nicht. Es war *unmöglich*, zu antworten. Ich ging völlig auf im Großen Drachen – Jahrhunderte von Weisheit und Flügel, die seit Jahrzehnten nicht mehr richtig den Himmel berührt hatten, außer bei kurzen Flügen über die Stadt bei zeremoniellen Anlässen –, und er kümmerte sich nicht um die Leichen, die er zurückgelassen hatte. Er dachte nur an den ewigen Wind vor ihm und das schreckliche Gefängnis hinter ihm.

Irgendwo tief in meinem Inneren war ich erschüttert wegen der beiden Körper, die wir in dem goldenen Käfig hatten liegen lassen. Aber hier und jetzt war mein Geist erfüllt von Luft und Wolken und dem steten Rhythmus des Blutes, das durch das gigantische Tier pulsierte. Eines Tages – eines nahen Tages – würde ich mich mit der Gewalt auseinandersetzen, die ich eben mit angesehen hatte, aber jetzt, in diesem Augenblick, war ich eingehüllt an einem Ort der Sicherheit und eines wohltuenden Friedens.

Das Lachen des Drachen ließ seine Schuppen wie Blitze aufleuchten. Seine dunkle, seidige Stimme glitt durch meinen Kopf. Hier oben am Himmel war es eine laute, klare Stimme wie ein Gong in meinem Kopf – so laut, dass ich fast glaubte, Aiko könne sie auch hören.

»Also, Kleine«, sagte der Shadow Dragon, **»lass uns mal sehen, was du mit deinem Schwert ausrichten kannst.«**

2-